Johannes Heggland

Der goldene Fjord

Johannes Heggland

Der goldene Fjord

Roman

Deutsch von Åse Birkenheier

rosenheimer

Titel der norwegischen Originalausgabe:
»Seglet og vinden. Gullkaven«

2. Auflage

Sonderausgabe für Readers Digest:
Verlag Das Beste GmbH Stuttgart, Zürich, Wien

Übersetzung aus dem Norwegischen (Nynorsk):
Åse Birkenheier, Koblenz

Titelfoto: Izzog – Fotolia.com
Satz: Buch-Werkstatt GmbH, Bad Aibling
Druck und Bindung: GGP Media GmbH, Pößneck
Printed in Germany

ISBN 978-3-475-54059-2

I

Auch wenn Maler-Gunnar nicht direkt der Anlass dessen, was passierte, gewesen war, ein Botschafter von oben war er trotzdem, Hermann konnte es sich nicht anders erklären.

Der Onkel hatte schon lange vor dieser Fahrt angefragt, und da der Kutter sowieso unten im Hafen vor Anker lag, verabredete Hermann mit Gunnar, Anfang Mai, fjordeinwärts zu segeln. Das Korn war schon in der Erde, die Kartoffeläcker waren umgegraben und die Wiesen von Steinen befreit worden. Im Frühjahr hatten sie auf dem Hof genügend Arbeitskräfte gehabt, was den Leuten vom Apfelhügel zu verdanken war. Gudrun erwartete dieses Frühjahr kein Kind. Es war ja auch an der Zeit, dass Abel, ihr Mann, endlich vernünftig wurde, denn sein Haus war schon mehr als überfüllt mit Kindern.

Zwar hatte Hermann auch persönlich noch viele Pläne, doch dieser Auftrag von Onkel Gunnar war irgendwie größer als alles andere geworden, war ihm wichtiger als die Sorge um das tägliche Leben. Es ging um das Altarbild, mit dem Gunnar sich den ganzen Winter über beschäftigt hatte, jetzt drängte der Onkel darauf, es zur Kirche in Ljoneset zu bringen. Allerdings hatte Hermann gleichzeitig noch etwas anderes vor: Er hatte erfahren, dass im Fjordinneren ein neuer Kutter zum Verkauf angeboten wurde, ein Hardangerkutter von bester Qualität. Das hatte er dem Onkel aber noch nicht gesagt. Warum sollte er auch?

In letzter Zeit war besonders viel los gewesen. Die Leute hetzten immer weiter, Ingeborg meinte sogar, das Ende der Welt sei gekommen. Hermann widersprach seiner Mutter nicht, lächelte nur manchmal über sie. Dann nannte sie ihn einen Gottlosen, der die Zeichen der Zeit nicht deuten könne: Die Menschen beschäftigten sich immer mehr mit rein Weltlichem, Kinder kehrten alten Wahrheiten den Rücken zu. Er selbst sei aber davon überzeugt, dass die Welt noch eine Weile bestehen würde, das hatte er ihr auch gesagt. Nur weil einige Menschen alt wurden und sich mit dem Jenseits beschäftigten, würde die Welt doch nicht untergehen, oder?

Die Tatsache, dass er noch keine neue Frau hatte, ärgerte seine Mutter mehr, als sie zugeben wollte. Sie hatte zwar damit aufgehört, es ihm vorzuhalten, doch die fünf oder sechs Jahre, die seit Gundis Tod vergangen waren, kamen ihr anscheinend als zu lange vor. Wenn Nachbarn oder ihre Verwandten von Folkaberget vorbeischauten, ließ Ingeborg öfters Worte darüber fallen, dass auf diesem Hof die Hausfrau – und damit auch drinnen und draußen die weibliche Umsicht – fehle. Die anderen redeten ihr nach dem Mund, am meisten Gabriels Sigrid vom Unterhof: Es sei doch wahrhaftig schlimm, wie dieser Hermann sich abrackere! Warum habe er sich nicht schon längst wieder eine Frau gesucht? Die Trauer der Witwer saß doch normalerweise nicht besonders tief. Und Jakob, das gute Kind, brauche doch schließlich auch eine Mutter!

Es war immer Elisabeth, die dafür sorgte, dass Hermann solche Sachen erfuhr, doch er rümpfte nur die Nase über das, was die Schwester ihm erzählte. Allerdings – Elisabeth schaute ihn manchmal so an, als wäre sie mit den Klatschweibern einer Meinung!

Als der Kutter ›Die Brüder‹ an diesem Frühlingstag mit schlaffen Segeln und mit Hermann am Steuer an Vatna entlangsegelte, ließ er die Gedanken in die Weite schweifen, sowohl die Vergangenheit als auch die Zukunft sah er vor sich. Er hatte viel erlebt, hatte wohl auch einiges dabei gelernt. Es wunderte ihn fast, dass er immer noch das Gefühl hatte, die Zukunft liege wie ein gespannter Bogen vor ihm.

Manchmal spürte er das Zittern tief in seinem Inneren, das wusste aber niemand. Inzwischen war es auf dem Helgeshof eher ungemütlich geworden, das musste er zugeben, obwohl er an seinem Sohn viel Freude hatte. Vom Aussehen her sah er Gundi und ihrer Familie auf Hesjaland sehr ähnlich, war seinem Großvater, dem alten Jakob, wie aus dem Gesicht geschnitten. Hermann hatte aber auch gemerkt, dass der Junge, so klein wie er war, vom Charakter her mehr nach seiner eigenen Familie kam.

Die viele Arbeit und die Hetze gefielen ihm nicht. Mitten im Winter segelte er los Richtung Norden, vertraute darauf, dass der Herrgott und seine Mutter Ingeborg alles daheim richten würden. Gegen Frühjahrsende ging es dann wieder nach Hause. Dann musste er sich um alles kümmern, was auf dem Hof liegen geblieben war, außerdem mussten Kutter und Fischausrüstung repariert werden. Manchmal war es ihm fast zu viel geworden. Natürlich hatte er bei diesen Fahrten viel verdient, hatte kaum noch Schulden auf dem Hof. Obwohl die Scheune nicht mehr in bestem Zustand war, konnten sie sich auf dem Helgeshof nicht beklagen, denn das neue Wohnhaus glänzte mit prächtigen Fenstern gegen Westen, zum Hafen hin, sodass es alle sehen konnten.

Die letzten Jahre hatte er fremde Leute anstellen müssen, was oft zu Problemen geführt hatte. Die Zeiten, in denen Mägde und Knechte mit drei oder vier Talern im Jahr zufrieden gewesen waren, einschließlich einem Paar Schuhe, Wolle und Kartoffeln aus einem kleinen Acker, waren endgültig vorbei. Jetzt wollten sie bares Geld auf die Hand, am liebsten am Ende eines jeden Monats. Es war auch nicht einfach, gute Leute zu bekommen: Die Jugendlichen zogen nach Amerika, als wäre der Teufel hinter ihnen her, die Häusler konnten ihre kleinen Höfe erwerben, wurden selbstständig und eigensinnig. Nein, er wollte nicht wie die Mutter, diese alte Frau, denken. Er selbst war doch immer mit der Zeit gegangen! Seit seinem vierzehnten Lebensjahr war er weit herumgekommen, hatte vieles erfahren und viel dazugelernt. Diese Fahrten nach Nordnorwegen waren ja auch etwas Besonderes: Aus Memmen wurden dabei richtige Männer, die später überall an den Buchten und Häfen entlang klopften und hämmerten, weil sie von ihrem verdienten Geld neue Häuser bauten. Doch das war gut so. Natürlich hätten die Männer allein mit ihren Höfen schon genug zu tun gehabt, aber der Lockruf aus dem Norden hatte seinen besonderen Reiz, Hermann hatte es die ganzen Jahre am eigenen Leib erfahren: Es war wie Zauberei, etwas, was die Männer in den Wochen, die sie daheim verbrachten, in ihrem Inneren mit sich herumtrugen. In ihren Gedanken waren sie in Stamsund, in Svolvaer, in den nördlichen Fjorden oben in Troms … Dafür hatten die Frauen kein Verständnis. »Ja, diese Fahrten nach Nordnorwegen!«, sagten sie und beklagten sich wegen der vielen Arbeit, die immer wieder hinausgeschoben werden musste. Trotzdem ließen sie ihre Söhne ziehen. Immer noch besser, als wenn sie übers Meer in Richtung Westen gezogen wären – dann würden sie sie nie mehr wiedersehen.

Seit kurzem beschäftigten sich die Männer auch noch mit diesem Goldschürfen! Überall wurden Geschichten darüber erzählt, sodass besonnene Lutheraner und leidenschaftliche Bethausleute gleichermaßen von der Versuchung des Mammons angesteckt wurden. In der Aareid-Gemeinde war es zwar noch nicht allzu schlimm, denn hier gab es fast ausschließlich Granitgneis, jedenfalls nach den Felsen zu schließen, die überall sichtbar waren. Zwar hatte Hermann auch hellere Gesteinsarten ausfindig gemacht, hatte sie in früheren Jahren an verschiedenen Stellen oben in den Waldweiden gesehen. Er hatte aber nie darüber nachgedacht, bevor die Sache mit dem Gold passierte.

Man hatte sich daran gewöhnt, dass Gold – dieser wertvolle Besitz – nicht jedermanns Sache war. Man konnte sich glücklich schätzen, wenn man einen alten Silberlöffel oder eine verbeulte Silberkanne besaß, die man damals, als die Silbersteuer eingetrieben wurde, zur Seite geschafft hatte. Jetzt aber lag das Gold manchmal offen da, vielleicht sogar in einem Bachbett, wo die Menschen seit ewigen Zeiten durchgewatet sind …!

Es war kaum zu glauben: Ein kleiner Junge hatte etwas Blankes am Bach gefunden, hatte es mit nach Hause genommen und versucht, es so zurechtzuklopfen, dass daraus eine leuchtende Spange wurde, die er an seinem gerissenen Holzschuh befestigen konnte.

Die Geschichte war aber damit noch nicht zu Ende. Das Gold fiel einem Mann, der weitsichtiger als andere war, in die Hände, und er wiederum verkaufte es für einige Taler an einen Mann, der sich mit Gesteinsarten auskannte. Damit trat er eine Lawine los. Auf den Inseln weiter draußen fingen sie an zu suchen und zu graben, die Leute fielen mit Hammer und Handfäustel, Gesteinsbohrer und Schießpulver über die nackten Felsen her. Plötzlich waren Hering und Fischfang vergessen, es gab nur noch Schüsse und Sprengungen. Fremde Menschen mit großem Wissen kamen und planten Häuser und Bauten, ließen alles vermessen und nahmen Gesteinsproben mit. Leute von der anderen Seite der Nordsee kamen angereist und wollten mitmischen, Mutscheine, die man benötigt, um mit dem Schürfen beginnen zu können, wurden beantragt, Rechte auf das nackte Gebirge von den armen Bauern gepachtet. Als Hermann im letzten Herbst nach dem Sommerhering gefahren war, war er dort vorbeigesegelt – die Geröllfelder erstreckten sich bis zum Meer hinunter, es wimmelte von Leuten wie Fliegen auf einem Kuhfladen.

»Und das Gold?«, fragten die Leute. Etwas hatten sie gefunden, das wusste Hermann: einige Gramm pro Tonne. Sie hätten den Kieselstein nicht richtig ausgewaschen, meinte Gerhard Bugge, der Dussel, wie er genannt wurde, als Hermann nach seiner Rückkehr mit ihm abgerechnet hatte. Dann hatte der Kaufmann sich über das Goldschürfen und das Treiben draußen auf den Inseln ausgelassen: »Viel Goldstaub ist schon auf dem Meeresboden gelandet, das habe ich sie sagen hören!«

Anschließend kam der Dussel auf das Goldfieber, das man auch in Aareid schon zu spüren bekommen hatte, zu sprechen. »Dieser Gärtner, den uns das Amt auf den Hals gehetzt hat und der sich überall hier herumtreibt, wiegelt die Leute auf, sagt, dass sie Gold schürfen müssten! Es wäre besser, wenn er ihnen beibringen würde, die Apfelstechlinge richtig zu setzen und einen Küchengarten anzulegen!«

Hermann hatte den Kerl sowohl gesehen als auch gehört: Ein vornehmer Mensch, der den alten Hof eines Beamten gekauft hatte und sich Proprietär – Großgrundbesitzer – nannte. Wahrscheinlich hatte er sein Leben lang noch nie zupacken müssen. Es wurde erzählt, dass er sich nebenbei mit dem Schreiben von Kinderliedern und Kehrreimen beschäftige, manchmal spaßig, manchmal ernst. Hermann erinnerte sich an eine Strophe, die er unten auf dem Apfelhügel zufällig gelesen hatte. Der verrückte Abel hatte für Gudrun ein Gartenbuch gekauft, obwohl sie sich den Sinn nur mühsam hatte zusammenbuchstabieren können. In dem Buch gab es verschiedene Reime, die die abgehetzten Hausfrauen dazu anhielten, auf ihre Topfpflanzen zu achten:

Du möchtest meinen Duft genießen?
Dann hol Seife, lass Wasser fließen!
Denn nur bei Ordnung und Sauberkeit,
steht für dich mein Duft bereit.

Sie hatten schon Aareid und die Kirchensiedlung hinter sich gebracht, segelten bei günstigem Wind um die große Landspitze herum, bald würden sie steuerbords den Hesjalandfelsen sehen. Als Hermann an diesem Maitag das Land und die Gegend sozusagen entgegenkamen, strömten die Erinnerungen auf ihn ein. Sie drehten sich ausnahmsweise alle um Gundi, die er hier an diesem dunklen Waldrand unter den drohenden Felsen abgeholt hatte, aus der kleinen Welt, die Jakob zu seinem Kaiserreich gemacht hatte. Das hier war ihre Welt gewesen, diese Wiesen und diese Wälder hatte sie ihr Leben lang als Erinnerung mit sich herumgetragen, die kleinen Inseln draußen im Sund, den wilden, unberechenbaren Fjord. Obwohl in der Spanbucht gegen Westen hin alles viel heller gewesen war – mit dem Flachland und dem Inselreich davor –, Gundi hatte nur von Hesjaland und allem, was dort ihre Welt gewesen war, geträumt. Noch stand die Kleidertruhe mit ihren Handarbeiten und ihrer Kleidung draußen in der neuen Abstellkammer, keine fremde Frauenhand hatte sie bisher berühren dürfen.

Er fühlte sich, als wäre sie in der letzten, schweren Nacht ganz einfach fortgegangen, als hätte sie ihn mit ihrem gemeinsamen Kind sitzen lassen. Sie hatte ihn nicht verraten, es war wohl eher er, der sie verraten hatte. Sie war irgendwie auch nicht tot, das war das Seltsame. Wenn er aber an ihrem Grab an der Aareidkirche stand, war sie auch dort nicht zu finden. Es war, als halte sie sich irgendwo in seiner Nähe auf, als würde sie ihn begleiten. Sie war zwar nicht auf Schritt und Tritt bei ihm, doch die Tatsache, dass er sich ihr noch so nahe fühlte, unterdrückte sein Verlangen nach einer anderen Frau. Er konnte eben nicht anders, empfand die Dinge eben so.

Maler-Gunnar riss Hermann aus seinen Gedanken heraus, und das war vielleicht auch besser so. Manchmal beschäftigte man sich wohl zu viel mit dem, was längst verloren war. Der Onkel kam aus dem Steuerhaus heraus, wie Methusalem stand er mit seinem grauen Haar und dem weiß gestreiften Bart in der offenen Tür. Gunnar war an diesem Tag so abgehetzt gewesen. Als sie das eingewickelte Altarbild an Bord getragen hatten, hätte er es beinahe fallen lassen.

Es war eine seltsame Ladung, die Hermann an diesem Tag mit sich führte: Im Laderaum hatte er Heringsfässer und Trockenfisch, darauf waren sie im Fjordinneren oft ganz versessen. An Deck lag das Altarbild auf einigen Holzklötzen. Den Onkel drängte es immer wieder, nachzuschauen, hob die Plane hoch, als hätte er Angst davor, dass der Gottessohn weglaufen würde!

Ein Lächeln huschte Hermann über die Lippen, dann hielt er inne: Das hier war für Maler-Gunnar eine feierliche Fahrt. Als sie fahren wollten, war seine liebe Veronika auf unsicheren Beinen zu der Anlegestelle heruntergekommen, ihre Gesundheit war nicht mehr die beste, noch dazu war sie im Alter misstrauisch geworden, befürchtete, dass ihr Mann ihr nicht mehr treu sei. Es war eine Sünde und eine Schande, so etwas von dem moralischen Gunnar zu glauben, der sich sogar versteckte, wenn er Wasser lassen musste, weil er nicht wie andere Männer dabei aufrecht stehen wollte. Deswegen konnte Hermann auch nicht glauben, dass es Veronika nur darum gegangen war, Gunnar ihren Segen mitzugeben, als sie an diesem Tag angehumpelt kam. Vielmehr hätte sie ihn wohl am liebsten verhexen wollen, damit er mit anderen Frauen nicht anbändelte.

»Nein!«, rief Gunnar, während die Segel im Wind flatterten. »Nein!«

Daraus wurde Hermann nicht klug, deswegen wartete er ab.

»Ich spüre eine solche Unruhe in mir«, meinte Gunnar und zog die Strickjacke gegen den kalten Zug vom Meer her besser zusammen. »Ich habe die bange Vorahnung, dass sie das hier nicht mehr wollen ...«, der Onkel zeigte aufs Deck, wo das Altarbild lag.

Hermann sagte nicht viel dazu. Er habe doch eine Abmachung mit ihnen getroffen?

Ja, schon, sie hätten ihn gefragt, als die Kirche in Ljoneset bei dem schlimmen Gewitter damals abgebrannt sei, danach habe er aber nichts mehr von ihnen gehört. Vielleicht hätten sie jetzt eine so vortreffliche Kirche bekommen, dass dieses hier …

Hermann hatte von der neuen Kirche gelesen. Sie hatten einen Architekten aus Christiania gehabt, hatten einen großartigen Bau hingestellt, jetzt leuchtete der Kirchturm weit übers Meer hinaus.

Mehr sagte Gunnar nicht, erwartete keinen Trost von dem Jüngeren. Er blieb aber neben dem Altarbild stehen, als wollte er sich mit dem Mann unter der Plane unterhalten, mit dem farbenprächtigen Sohn Gottes, der immer im Herzen dieses seltsamen Onkels gewohnt hatte. Hermann wurde aus ihm nie ganz schlau.

Als sie mitten im Fjord in den Schutz der Inseln gekommen waren, blieb der Wind auf einmal weg, stattdessen kamen ihnen Windböen von den Berghängen herunter entgegen. Schließlich mussten sie vor dem Sjonesland ins Beiboot gehen und sich das letzte Stück mit den Rudern abplagen.

Sie gingen an Land und machten die Männer ausfindig, die für die Kirche zuständig waren. Einer von ihnen ging zum Pfarrhof, um den Pfarrer zu holen.

Gunnar wirkte niedergeschlagen, sagte fast nichts. Hermann und die anderen Männer unterhielten sich über weltliche Dinge, über den Hering und die letzte Winterfahrt nach Nordnorwegen.

Sie hatten das Bild an Land gebracht, und bevor der Pfarrer kam, hatten sie es ausgepackt und vorne im Chorraum aufgestellt, am Altar abgestützt.

Das Gotteshaus roch nach frischem Holz, überall lagen Plankenenden und Werkzeug herum. Die Stühle waren schon da, der Chorraum wölbte sich weiß über ihnen. Einige Schreiner, die gerade durch die Kirchentür hereinkamen, nahmen ihre Mützen ab, als sie vorne in der Kirche das Bild des Gottessohnes sahen, der wegen der Sünden aller Menschen leidend am Kreuze hing.

Die Männer vom Gemeinderat blickten von dem Gekreuzigten zum Pfarrer hin, Hermann schien es, als hätten sie mehr Achtung vor dem Geistlichen als vor dem Herrgott. Und das Seltsame war: Hier in dieser großen, neu gebauten Kirche, unter einem hohen Himmel, der sich über Kirchenraum und Chorraum wölbte, mit vortrefflichen Kieferstöcken als tragende Säulen und mit Sitzplätzen für vierhundert Seelen, hier wurde der Gekreuzigte ein ganz anderer als der, vor dem Hermann in der niedrigen Werkstatt zu Hause bei Maler-Gunnar gestanden hatte. Er sah es, bevor jemand etwas gesagt hatte: Maler-Gunnars Heiland gehörte irgendwie nicht in diese hohe, großräumige Kirche. Vielleicht hatte es auch Gunnar gesehen, denn er ging einige Schritte rückwärts und legte die Hand vor das eine Auge – dann ließ er sie herabfallen.

Es ging darum, einen großen, leeren Raum über dem Altartisch zu füllen. Sobald die Kirchgänger aus dem Vorraum über die Türschwelle in die Kirche schritten, sollte ihnen ein wirklich überwältigender Anblick geboten werden.

Der Pfarrer faltete die Hände, jetzt war er es, der die Mitglieder des Gemeinderates anschaute. »Tragt es zum Altar hoch, zwei Männer stellen es dort oben auf!«

Das Bild kam auf seinen Platz, der Pfarrer ging den Mittelgang hinunter, blieb an der Tür stehen, blickte angestrengt. Die Schreiner gingen zur Seite, Hermann hörte, wie sie sich gegenseitig etwas zuflüsterten.

Alle sahen es: In einer niedrigen Kirche vom alten Schlag, im Dämmerlicht über alten Altarschränken, dort hätte sich Gunnars Christus gut gemacht. Doch hier – in diesem neuen Gotteshaus mit drei hohen Fenstern auf jeder Seite und mit viel Licht vorne im Chorraum –, hier wirkte der Gekreuzigte irgendwie verloren und fehl am Platz.

»Dies ist schlimm, mein guter Mann«, der Pfarrer wandte sich schließlich Gunnar zu: »Es ist, als würde der liebe Christus vor unseren Augen verschwinden.«

Gunnar antwortete nicht, hielt nur den Filzhut zwischen den Händen fest, den Händen mit Farbenrändern unter den Nägeln.

Die Männer vom Gemeinderat redeten jetzt alle durcheinander. Sie hätten es schon längst bemerkt, ein großes Altarbild sei nötig, am besten ein Bild, auf dem Christus in einem anderen Verhältnis zu den Sündern dargestelllt sei. Den gekreuzigten Christus gäbe es in so vielen Kirchen.

Hermann sprach den Pfarrer an:

»Warum habt ihr die Bestellung nicht rückgängig gemacht?«

Das war schwer zu sagen. Sie hätten ja nicht gewusst, dass Gunnars Arbeit schon so weit fortgeschritten sei. Natürlich hätten sie ihn damals darum gebeten, und einige Kronen würden sie sicher bezahlen können, damit er seine Ausgaben decken konnte. Sie hätten sich aber die ganze Zeit über etwas anderes vorgestellt.

Die Männer hatten das Bild, Gunnars Meisterwerk, am Fuße des Altars abgestellt. Das Fenster gegen Süden warf Sonnenlicht herein, es glänzte golden über einem blassen, leidenden Gesicht mit Gunnars Dornenkrone über der Stirn.

Die Stimme des Pfarrers traf den armen Gunnar wie ein Messerstich:

»Deine Bilder sind zu altmodisch, guter Mann. Ihr Bauernmaler seid wie die meisten Leute vom Land so farbenfroh, dass ihr jeglichen vernünftigen Rahmen sprengt, wie zum Beispiel die blutrote Farbe des Lendenkleides, das außerdem unnatürlich um die Hüfte herum drapiert ist.«

»Nein, nein«, war alles, was Gunnar darauf antworten konnte. »Nein, nein.«

»Alles soll jetzt so vornehm aussehen«, meinte Hermann. »Das ist doch nicht alles, was zählt. Ich glaube, Gunnars Christus könnte genauso gut die Seelen erwecken wie die Kopien der Altarbilder aus den Kirchen in der Stadt!«

Der Pfarrer lächelte ein wenig:

»Was verstehst denn du davon, junger Mann?«

»Ach«, sagte Hermann langsam, »ich habe das ganze Land vom Süden bis in den Norden durchstreift, dabei habe ich viele Kirchen aufgesucht.«

Hermann spürte eine Hand am Jackenärmel. Es war Gunnar.

»Widersprich ihnen nicht, Hermann. Sie meinen es ja gut. Ich muss wohl mit meiner Kleckserei aufhören.«

Gunnars Worte hatten bei den anderen etwas ausgelöst. Sie waren plötzlich redegewandt geworden, als müssten sie für ihren Pfarrer sprechen: Sie hätten irgendwie nicht damit gerechnet, dass aus dem, was sie mit Gunnar abgesprochen hatten, etwas werden würde, das wäre ja auch nicht verwunderlich, denn er sei schon in die Jahre gekommen. Außerdem sei es eine Tatsache, dass er viele schöne Atarbilder und Altarschränke angefertigt habe, das wüssten sie. Doch die neue Zeit fordere ihr Recht, die Menschen stellten höhere Ansprüche.

Der Pfarrer unterbrach das Gerede.

»Ihr sollt aber wissen, dass wir mit einem Maler aus Christiania Kontakt aufgenommen haben. Sein Name ist Losting, ein sehr anerkannter Kirchenmaler. Nach einem Konzept, das er uns geschickt hat, haben wir uns für eine moderne Darstellung entschieden: Christus, der einer Gruppe lauschender Menschen das Evangelium verkündet!«

Maler-Gunnar hörte angespannt zu, doch seine Augen waren die ganze Zeit auf sein Kunstwerk gerichtet.

»Ich verstehe nur nicht, warum ihr ihm nicht Bescheid geben konntet!« Hermanns Stimme hatte einen harten Klang bekommen.

Der Pfarrer machte mit den Händen eine abwehrende Bewegung:

»Es ist allzu menschlich, Fehler zu machen. Ansonsten ist es bei dieser Größenordnung nicht ungewöhnlich, dass man – hm –, dass ein Künstler sich damit abfinden muss, dass seine Arbeit bewertet, ja, sogar übergangen wird. Aber selbstverständlich werden wir dich schadlos halten.« Die letzten Worte waren an Gunnar gerichtet.

Gunnar hob die Hand, als wollte er sich gegen das große Wohlwollen wehren.

»Ich möchte nichts haben.« Die Stimme des Onkels zitterte ein wenig, er behielt aber die Fassung: »Wir dürfen die Leute nicht länger aufhalten, Hermann, lass uns das Altarbild wieder auf den Kutter bringen!«

Davon konnte noch gar keine Rede sein! Nach der weiten Fahrt müssten sie zuerst auf dem Pfarrhof vorbeischauen, um eine Kleinigkeit zu sich zu nehmen, meinte der Pfarrer.

Vielleicht ist es am besten so, dachte Hermann, als Gunnars Traum wieder in die Plane eingewickelt wurde. In dieser Kirche wäre es für seine Vision von Opfer und Auferstehung vielleicht zu kalt geworden.

»Das hier ist wirklich schade«, sagte der Pfarrer, als sie die Kirche verließen.

Hermann kamen einige Worte in den Sinn, die er nicht zurückhalten konnte:

»Es ist übrigens nicht das erste Mal, dass dieser Mann von seinen eigenen Leuten abgewiesen worden ist!«

II

Am Abend, als die Sonne im Westen noch hoch am Maihimmel stand, warfen sie Anker in der Bucht vor Ljoneset. So weit es Hermann beurteilen konnte, war es ein gemütlicher Ort, er war noch nie hier an Land gegangen. Die Apfelbäume standen in langen Reihen auf den steilen Hügeln, der Bauer hatte wahrhaftig seine Flurstücke gut ausgenutzt, obwohl es hier besonders steil war. Den Häusern im Inneren des Ortes konnte man es deutlich ansehen, dass hier Leute wohnten, die nicht so wie viele andere ihr Geld zweimal umdrehen mussten. Allerdings hatte sich Veronikas Familie auch immer so benommen, als würde ihnen die halbe Welt gehören, dachte Hermann und erinnerte sich an früher, als sie ihm beim Onkel begegnet waren.

Sie wurden freundlich empfangen, obwohl dieser Verwandte hier in Ljoneset Maler-Gunnar für einen Kleinkrämer und einen Träumer hielt. Hermann hatte zuvor Hering und Fisch verkauft und bekam das Geld bar auf die Hand. Später mussten sie die Wiesenstreifen mit dem Sjonesmann abgehen: Er wollte ihnen die Apfelbäume voller roter, schwellender Knospen zeigen. In einer Woche würde alles weiß leuchten. Das sei diesem neuen Amtsgärtner zu verdanken, sagte Ingmar Sjones, er habe neue Sorten mitgebracht, die beständiger seien und besseres Obst hätten. Am schlimmsten seien die Würmer. Wenn diese verflixten Viecher erst mal im Obst seien, gäbe es keine andere Möglichkeit, als die Äpfel den Schweinen zu überlassen.

Früher war Ingmar mit seinem Kutter weit herumgekommen, hatte ihn als Frachtschiff benutzt und war auch nach Nordnorwegen gefahren. Jetzt hatte er genug davon. Das Obst sicherte ihm neben dem Wald so viel Einkommen, dass er nicht mehr herumfahren musste. Es sei eine Dummheit gewesen, diesen neuen Kutter bauen zu lassen, meinte er.

»Vielleicht kaufe ich ihn dir ab«, sagte Hermann.

»Du hast doch schon einen guten Kutter, soweit ich weiß?«, meinte Ingmar.

»Wenn ich zu lange damit warte, ihn abzustoßen, verliere ich Geld.«

Diese Sprache verstand der Sjonesmann. Weniger Verständnis zeigte er für das missratene Altarbild des Onkels, so etwas gehörte nicht in seine Welt. »Du hast sicher viel Geld dabei verloren«, sagte er zu Gunnar, der aber nur den Kopf schüttelte hinsichtlich so viel Gerede über materielle

Dinge. Er ließ kein böses Wort über den Sjonespfarrer und seine Gleichgesinnten fallen, sprach überhaupt wenig von dem, was passiert war.

Ohne es zu wollen, streute Ingmar Salz in die Wunde, als sie über die Flurstücke zur Bucht hinuntergingen, wo der neue Kutter vor Anker lag. Er erinnerte daran, dass die Bauern früher Kirchen auf ihren Höfen gehabt hätten. »Du solltest dir eine bauen, Hermann, du bist Schiffer und ein angesehener Mann! Dann könntest du das Meisterwerk deines Onkels dort aufhängen. Ingeborg ist doch auch eine gläubige Frau, oder?«

»Mit so etwas solltest du keine Scherze machen«, antwortete Hermann.

Die Sache wurde nicht mehr erwähnt, und der Herr des Hofes schwieg eine Weile, bevor er begann, über alles, was er auf dieser Welt erreicht hatte, zu reden. Hier war alles in bester Ordnung, Hermann hatte beinahe das Gefühl, nach Hesjaland gekommen zu sein, nur mit dem Unterschied, dass dieser Hof viel steiler gelegen war. Dann kamen sie wieder auf den Kutter zu sprechen und darauf, warum Ingmar nicht mehr segeln wollte. Die Tatsache, dass er so viel zu tun hatte, war nicht der einzige Grund, denn derjenige, für den der Kutter ursprünglich gebaut worden war, lebte nicht mehr. Hermann wusste, dass er vor ein paar Jahren seinen einzigen Sohn ganz plötzlich verloren hatte. Er war mit voller Ladung nach Bergen gefahren, hatte sich irgendwo mit einer teuflischen Krankheit angesteckt und war auf dem Nachhauseweg krank geworden. Das war sein Ende gewesen.

Ingmar erzählte und wischte sich mit dem Handrücken eine Träne ab. Anschließend sah ihn Hermann mit anderen Augen. Menschen versteckten sich oft hinter verschiedenen Masken, manchmal, um sich zu schützen.

Hermann zuckte zusammen, als er den neuen Kutter erblickte, musste beinahe lächeln, als er oben auf dem Hügel stand und aufs Wasser schaute, er erinnerte sich dabei an einen jungen Mann, der zum ersten Mal sein Mädchen sah und sich fest vornahm: Du musst die Meine werden!

Es war beinahe wie damals, als er nach Vasstal gefahren war, um ›Die Brüder‹ zu kaufen, dieselbe Spannung und Neugier. Trotz seines Schwermuts musste sogar Gunnar über ihn lächeln. »Ich kenne niemanden, der so viel von Booten versteht, wie du.« Die Worte taten Hermann gut, und er wusste, dass viel Wahrheit in ihnen steckte. Man konnte ihn vielleicht in manchen Dingen über den Tisch ziehen, doch niemals, wenn es um Schiffe ging …!

Nichts konnte sich aber mit dem Gefühl von damals messen, als er zum ersten Mal als Schiffer auf seinem eigenen Deck gestanden hatte. Natürlich war auch dieser ein prima Kutter. Er kannte den Baumeister, der nichts dem Zufall überließ. Hermann war vorne, hinten und unter Deck, schaute sich das Schiff und die Spanten genau an. Zwar war dieser Kutter etwas größer als ›Die Brüder‹, konnte an die achthundert Fässer fassen, doch in guten Jahren würde er ihn gewiss füllen können.

Er fragte nicht nach dem Preis, das hatte Zeit, bis sie ins Haus gingen. Das war auch so Sitte. Ingmar tat manchmal etwas vornehm, schließlich stammte er von einer feinen Familie ab. Ein versoffener Adeliger hatte vor unzähligen Jahren mit einem einfachen Mädchen einen Sohn gezeugt. Aus diesem Sohn entsprangen später die einzelnen Familienzweige, und einer dieser Zweige hatte sich im Laufe der Generationen in Ljoneset niedergelassen. Man konnte es Ingmar ansehen – nicht, dass er einer verblassten Adelsfamilie angehörte, sondern dass er an diese Geschichte glaubte. Sein Sohn, der in jungen Jahren gestorben war, hatte seinen Namen aus dieser Adelsfamilie bekommen, einen Namen, der vor seiner Taufe fast in Vergessenheit geraten war.

Hermann blieb auf dem Achterdeck des Kutters kurz stehen, während Ingmar und Gunnar wieder ins Beiboot stiegen. Er freute sich auf den neuen Kutter, hatte beinahe das Gefühl, als würde er ihm schon gehören. Er hatte aber noch keinen passenden Namen gefunden. Es hätte ihm Spaß gemacht, dem Kutter einen Frauennamen zu geben, den Namen einer Frau, die er liebte. Das taten die meisten. Es kam aber nicht in Frage, ihn Gundi zu nennen. Damit hatte sie nichts mehr zu tun, sie gehörte seiner Vergangenheit an. Natürlich gab es einen Namen, mit dem er in Gedanken gespielt hatte, als er versucht hatte, ›Die Brüder‹ umzutaufen, weil er hier auf dieser sündigen Welt sowieso keinen Bruder hatte. Es stand ihm aber nicht zu, diesen Namen zu wählen. Natürlich gab es viele Namen, zum Beispiel könnte er den Kutter ›Sibylle‹ nennen, das war ein schöner Name. Einige benutzten den Namen des Hofes, er wollte aber nicht mit einem Kutter namens ›Die Spanbucht‹ überall herumsegeln, das wäre doch zu komisch. ›Die Versuchung des Glücks‹ hörte sich auch nicht überzeugend an, aber er würde schon eine Lösung finden, er hatte den Kutter ja noch nicht gekauft! Ein Gedanke kam ihm: Auf diesem Kutter würde er später Jakob seemännisches Verhalten beibringen.

Der Abend wurde anders, als Hermann ihn sich vorgestellt hatte.

Sie saßen in dem großen Wohnzimmer und hatten zu essen und zu trinken bekommen. Ingmars Frau war schlicht und natürlich, ein guter Mensch, wusste nicht, was sie der Familie der Veronika noch mehr Gutes tun könnte. Sie war nicht von einer adeliger Abstammung, auf die sie hätte verweisen können, war nur eine einfache Frau. Sie bewunderte ihren Ehemann, und vielleicht gab es für sie manchmal einen noch Größeren, bei dem sie im Verborgenen Zuflucht suchen konnte. Überall wimmelte es von Töchtern und Mägden, beinahe wie in alten Zeiten. Sie erweckten in Hermann aber keine tieferen Gefühle, denn obwohl er beim Anblick eines hübschen Mädchens manchmal ein heißes Aufwallen in sich spürte, war es nie ernst.

Die Sache mit dem Kutter war schnell ausgehandelt. Nach dem Abendbrot, als das Essen verdaut werden musste und Ingmar Schnaps anbot, kam der Hausherr selbst auf den Kutter zu sprechen. In der Spanbucht würde er in den besten Händen sein. Geld hätten sie doch jetzt genug, oder? Hermann habe an den Fahrten in den Norden sicher gut verdient, und aus Hesjaland sei damals gewiss eine besonders große Mitgift gekommen, nicht wahr?

Dazu wollte Hermann sich nicht äußern, es war immer einfach, über den Besitz anderer Leute Vermutungen anzustellen. »Ich habe mein Auskommen – und noch ein bisschen mehr«, sagte er. Er spürte aber einen Stich, als er daran erinnert wurde, was Gundi aus Hesjaland mitgebracht hatte: In dem Geld war kein Segen gelegen, aus welchem Grund auch immer. Natürlich hatte er noch etwas davon auf der Bank – das würde aber dort bleiben, bis Jakob alt genug war, sein mütterliches Erbe anzutreten.

Ingmar wollte zwölftausend Kronen für den Kutter, und Hermann wusste, dass der Preis annehmbar war. Trotzdem versuchte er ihn herunterzuhandeln, sonst wäre es irgendwie kein richtiges Geschäft gewesen, und Ingmar spielte mit. Es wurde ein langer Abend, sie stritten gutmütig wegen ein paar Geldscheinen, und als der Vertrag abgeschlossen war, besaß Hermann nicht nur den Kutter, sondern auch ein nagelneues Fischernetz, und er wusste, dass er sich wegen des Handels nicht beschweren konnte.

Onkel Gunnar wollte ins Bett, er hatte ihnen den ganzen Abend schweigend zugehört. Doch Ingmar wollte Hermann noch nicht gehen lassen, sagte, dass er ihm unbedingt etwas zeigen müsse.

Auf den Tisch legte Ingmar jetzt eine Übersichtskarte vom Fjord, von Aareid und den ganzen Inseln bis zum Meer hinaus. Die Karte bedeckte fast die ganze Tischplatte. Dann holte er ein Kästchen. Hermann wusste nicht, was er davon halten sollte.

»Eure Fahrten nach Nordnorwegen sind Kleinigkeiten, verglichen mit dem, was sich jetzt entwickelt«, sagte er. »Ich denke an das, was in unserem Gebirge steckt!«

»Sprichst du von diesem Goldfieber?«

Ingmar nickte. »Hier werden große Dinge geschehen, glaub mir.«

Hermann widersprach nicht, obwohl er ein Grinsen unterdrücken musste, doch das feierliche Gerede des anderen hatte ihn neugierig gemacht.

Ingmar redete wie ein Fachmann über Erz- und Kiesgänge, jetzt war seine Stimme so ernsthaft, dass er kaum wieder zu erkennen war.

»Schau nur her«, sagte er und zeigte mit ein paar Fingern auf die Karte. »Es läuft eine breite Kalkader hier durch das ganze Land. Sie durchzieht die Inseln mitten im Fjord und kommt an mehreren Stellen in Aareid wieder zum Vorschein. Hast du nicht die weißen Felsen bemerkt, die in den Waldweiden zu sehen sind?«

Hermann nickte, nahm die Augen nicht von der Karte.

»Dann läuft sie weiter zu den Inseln hinaus, direkt ins Meer! Und zusätzlich zu diesen Kalkadern gibt es hier im Gebirge noch andere Reichtümer, sie müssen nur an den Tag gebracht werden, Hermann! Und Kies kann man gut gebrauchen, das verspreche ich dir. In England sind sie wie versessen darauf. Die Schwefelsäurefabrikanten dort haben damit angefangen, an Stelle von Schwefel Kies als Rohstoff einzusetzen.«

»Deine Kenntnisse sind aber enorm«, meinte Hermann.

Ingmar klatschte sich auf die Schenkel und lachte laut. »Ich habe mich oft mit einem der Ingenieure unterhalten. Den Rest habe ich in Büchern gefunden. Wenn die vornehmen Herren kommen und Schürfrechte beantragen, wissen die Leute hier zu wenig über ihre Möglichkeiten!«

Hermann nahm jedes einzelne Wort auf, in Gedanken ging er durch die Waldweiden.

»Ich kenne das Gesetz«, sagte Ingmar und nahm ein Schriftstück aus dem Kästchen heraus. Es trug die Unterschrift und das Siegel des Königs. Feierlich las der Sjonesmann den kurzen Paragrafen vor: »Das Recht, Gold zu waschen oder auf andere Art und Weise abgelagertes Gold zu gewinnen, steht einzig und alleine dem Grundbesitzer zu.«

»Es ist nicht einfach, Gold zu gewinnen«, sagte Hermann. »Die Arbeiter in den Gruben draußen auf den Inseln schufteten sich fast zu Tode, nur um ein paar Gramm zu finden. Und als sie endlich auf einen größeren Goldklumpen stießen, wurde richtig gefeiert, sie riefen sogar den König in Stockholm an!«

Davon wollte Ingmar nichts mehr hören. Er legte eine nassgeschwitzte Hand auf Hermanns Handrücken und sagte: »Ich glaube, dass es hier im Gebirge sowohl Silber als auch Gold gibt. Darauf verwette ich meinen gesamten Besitz. Du musst suchen, Hermann! Nimm jemanden mit. Sprich mit eurem Polizeibeamten, er riskiert gern etwas. Oder mit diesem Buggesohn, der die Geschäfte seines Vaters wieder angekurbelt hat, nachdem dieser aufhören musste. Wie heißt er noch?«

»Ach, der Dussel«, klärte Hermann ihn auf, »ich meine Gerhard.«

Es verging Stunde um Stunde, ein besonderer Abend. Aus dem Kästchen nahm Ingmar Gesteinsproben, die er gesammelt hatte, es gab Schwefelkies und Kupferkies, Kalkspat, Blei und etwas mit einem fremden Namen, den Hermann nicht verstand.

»Hast du keine Gesteinsproben mit Gold?«, wollte er wissen.

»Davon gibt es, wie du vielleicht weißt, viele Arten«, sagte Ingmar, der sich gut auskannte. »Es gibt Gebirgsgold und Waschgold. Der Junge, der sich eine Holzschuhspange anfertigen wollte, hat Waschgold gefunden.«

Ingmar suchte in seinem Kästchen, nahm ein Stück Schiefer heraus: »Manchmal finden sie auch Gold in dieser Gesteinsart. Schau nur, wie es im Schiefer glänzt!«

Hermann nahm das Stück in die Hände. Wahrhaftig: kleine, blanke, glänzende Körner, dicht zusammengepresst.

»Vielleicht ist es nur Katzensilber?«

Ingmar lachte selbstsicher.

»Katzensilber! Dass ich nicht lache! Siehst du nicht den Glanz?«

»Wo hast du das her?«, fragte Hermann.

Ingmar erhob den Kopf und lauschte, als hätte er in dem nachtstillen Haus Angst vor anderen Leuten.

»Das möchtest du wohl gern wissen! Es stammt aus den Waldweiden irgendwo in deiner Gegend!«

Hermann saß mit offenem Mund da.

»Nicht nur draußen auf den Inseln könnte es sich auszahlen, nach Gold zu suchen!«, stellte Ingmar fest.

In Hermanns Kopf war ein einziges Durcheinander. Er sah die Waldweiden vor sich: Höchstwahrscheinlich hatte Ingmar diesen Schiefer in den Gabrielsweiden vor dem Apfelhügel gefunden. Dort gab es in den so genannten Blitzweiden besondere Steine, das wusste er aus seiner Kindheit. Wo der Blitz eingeschlagen hatte, gab es meistens Mineralien, das hatte er gelesen, und diese großen Weiden gingen bis an den südlichen Wald. Vielleicht würde er seine Nachbarn dazu überreden können, ihm das, was nicht zum Helgeshof gehörte, zu verpachten! Harald in der Karlsstube war schon alt, er würde ihm sicher die Schürfrechte überschreiben, und Gabriel auf dem Unterhof war so gierig nach Geld, dass auch er verpachten würde, dessen war sich Hermann so gut wie sicher.

»Die schottische Grubengesellschaft draußen auf den Inseln sucht neue Schürfgruben, habe ich gehört«, sagte Ingmar, als sie kurz draußen waren, bevor sie ins Bett gingen.

Hermann hatte von dieser Gesellschaft gehört, denn sowohl der neue Polizeibeamte als auch der junge Bugge hatten davon gesprochen. Die Agenten der Gesellschaft hatten ihren Sitz in Stavanger. »Wenn die Grundbesitzer und die Bauern aber selbst anfangen, kann ihnen niemand den Gewinn nehmen!«

»Dann müssen sie aber auch das Risiko tragen!«

Weiter wurden an diesem Abend keine Worte mehr darüber gewechselt. Hermann bekam ein Bett in der Dachkammer zugeteilt, wo schon Gunnar unruhig unter seiner Bettdecke lag.

Nachdem Hermann ins Bett gegangen war, redeten in seinem Kopf viele Stimmen auf ihn ein. Er hatte das Gefühl, als hätte diese Welt und das Materielle ganz und gar von ihm Besitz ergriffen – so hätte es der Onkel sicher ausgedrückt. Er hatte einen neuen Kutter gekauft und musste in dieser hellen Mainacht zuerst einmal das Finanzielle überschlagen. Dann stellte er sich vor, mit einem Suchgerät durch die Waldweiden zu gehen, im Gebirge und auf den Felskuppen zu hämmern, sodass sich die Steine lösten und Silber und andere Herrlichkeiten offen glänzten. In Gedanken hatte er schon angefangen zu bauen, er verhandelte mit den Engländern und versammelte die Dorfbewohner um sich herum: Hier gäbe es Arbeit und Geld! Nein, er habe kein goldenes Kalb gefunden, wolle nur Gottes eigene Gaben retten – im Gebirge und im Fjord! Und schon wieder kam der Traum, obwohl er wach war – ein Traum von der Spanbucht mit Leben und Treiben auf dem Hof, überall in den Waldweiden und im Gebirge wimmelte es von Arbeitern. Unten im Hafen lagen Schiffe und luden Kies nach England! Und dann schließlich: Die Frau oben an der Hauswand, die ihn und Jakob nach Hause zum Essen rief …

Hermann war in seine eigenen Gedanken derart vertieft gewesen, dass er Gunnar, der sich die ganze Zeit unruhig im Bett hin und her wälzte, nicht beachtet hatte. Erst als der Onkel in den späten Abend ein »Herr Christus!« hinausstöhnte, kam Hermann zu sich und hob seinen Kopf vom Kissen: »Ist alles in Ordnung, Onkel?«

Drüben im anderen Bett regte sich etwas. Zuerst kamen über der Bettdecke der weiße Kopf und der Bart zum Vorschein, dann der ganze Kerl. Verschwitzt und abgehetzt erhob sich Gunnar mit größter Mühe, blieb im Hemd auf der Bettkante sitzen.

»Ach, Hermann, Hermann, ich bin davon überzeugt, dass ich verloren und verdammt bin …«

Das hier war kein Flehen in einer Versammlung von Bethausleuten, hier saß ein Mensch in großer Not. Hermann hatte Menschen bei stürmischer See ertrinken sehen, hatte ihre Gesichter für einen letzten kurzen Moment gesehen, bevor sie vom Meer verschluckt wurden. Der Anblick des Onkels war ähnlich, dieselbe Hoffnungslosigkeit wegen eines verlorenen Lebens, und für einen Augenblick war er wieder draußen auf dem tobenden Meer. Alle seine hochtrabenden Zukunftsgedanken waren auf einmal wie fortgeblasen. Er stieg aus dem Bett und ging über den Fußboden zu dem alten Mann hin, der mit zitternden Händen auf der Bettkante saß, während die Tränen in seinen Bart flossen.

Eine solche Not hatte er noch nie bei einem Menschen gesehen. Doch – einmal bei seiner Gundi, bevor sie gestorben war. Aber dass der zuverlässige, bibelfeste Maler-Gunnar … Hermann hatte ihn immer für einen wahren Lutheraner gehalten.

Da saßen sie, zwei einsame Männer in einem fremden Haus.

»Hast du irgendwo Schmerzen, Onkel?«

Gunnar nahm die Hand des Jüngeren, drückte so fest zu, wie nur jemand in höchster Verzweiflung zudrücken konnte. Die Brust des Alten ging schwer, es zuckte in seinem Gesicht.

»Ich habe meinen Glauben verloren, Hermann. Das Boot will mich nicht mehr tragen …!«

Hermann wusste, was zu tun war, wenn eine Windböe ihn dazu zwang, gegen den Wind zu kreuzen. Er konnte sein Schiff gegen die großen Wellen steuern und das Fahrzeug retten. Hier ging es aber um etwas anderes, auf diesem Terrain kannte er sich nicht aus.

»Bist du krank?«, fragte er noch einmal, als wollte er Zeit gewinnen.

Nein, Gunnar war nicht krank. »Das hier ist schlimmer als jede Krankheit. Derjenige, dem ich seit meiner Jugend gefolgt bin, ist verloren gegangen. Ich habe selbst mitgeholfen, ihn aus der Kirche und aus seinem eigenen Haus hinauszutragen …!«

Vielleicht hatte der Verstand des Onkels dabei gelitten. Es war ihm alles zu viel geworden – die Anspannung, die Menschen, die kein Verständnis für das, was er erschaffen hatte, aufbringen konnten.

»Du darfst nicht auf diese Leute, die die neue Kirche bauen, hören, Gunnar. Sie wissen nicht, was sie tun.«

Hermann wusste nicht, woher diese Worte kamen.

»Ich habe ihn aber verraten«, sagte der Alte aus tiefster Überzeugung. »Ich habe nicht für ihn gekämpft, blieb nur stehen und ließ sie auf ihm herumtrampeln, ich half sogar noch mit, ihn hinauszutragen!«

Das hier war schlimmer, als Hermann zuerst gedacht hatte.

»Wir werden nach Hause fahren, damit du dich wieder um deine eigenen Sachen kümmern kannst, Onkel!«

Es drang aber nicht zu ihm durch.

»Du musst für mich beten, Hermann, sonst verliere ich den Verstand. Er wird am Letzten Tag nichts von mir wissen wollen!«

Hermann spürte, wie stark der Kampf in seinem Inneren wütete. Natürlich hatte er an Bord seines Kutters das Wort Gottes vorgelesen, so wie es sich für einen Schiffer gehörte.

Das war allerdings bei ruhigem Wetter gewesen, von Zeit zu Zeit ein Vaterunser, damit man sich anschließend der Welt wieder zuwenden konnte. Hier aber war ein Mensch, der auf dem Kiel eines gekenterten Bootes kämpfte, und er selbst fand keine helfenden Worte.

Gunnar ließ seine Hand los, er sah aus, als wäre er in sich zusammengefallen. Hermann überlegte: Beim Sjonesmann würde er sicher keine Hilfe bekommen. Er hatte das Gefühl, als würde ihm jemand durch die Stille der Nacht zuflüstern, dass er das hier selbst lösen müsse. Vorhin hatte er die ganze Welt gewinnen wollen, jetzt konnte er nicht einmal jemanden trösten, der ihn um das Wasser des Lebens anbettelte.

Hermann war immer davon überzeugt gewesen, dass man für das, was die Menschen am meisten benötigten, nicht unbedingt einen Pfarrer brauchte, es kam nur darauf an, mit den richtigen Worten zu überzeugen. Die bekannten Worte über Sünde, Gnade und Erlösung fielen ihm ein, er verwarf sie aber, denn Gunnar hatte immer in der Gnade Gottes gelebt. Der Onkel aber hatte jetzt etwas verloren, und zwar nicht nur den Glauben an sich selbst, sondern auch den Glauben an *Ihn*, der ihm bisher geistige Nahrung gewesen war. Hermann suchte in seiner Erinnerung, fand Worte aus der Bibel, die er aus Pflicht und Gewohnheit gelernt hatte. In der nächtlichen Dunkelheit jedoch erschienen sie Gunnar in einem neuen Glanz, und je öfter Hermann sie wiederholte, desto ruhiger wurde Gunnar, fand einen Teil von sich selbst wieder. Doch ein Diener Gottes, der sich mit Bibelworten besser auskannte, hätte sicher andere Worte gefunden.

»Ja«, sagte jemand in die Nacht hinaus, es war Gunnar, der nach seinem Bett und seiner Decke tastete. »Ja«, sagte er immer wieder zu jemandem, den niemand von ihnen sehen konnte. Gunnar brauchte jetzt besänftigende Worte, davon war Hermann überzeugt. Nach und nach wurde es im anderen Bett leiser, als wäre der Kampf beendet.

Daraufhin lag Hermann noch eine Weile wach. Er hatte das Gefühl, als wäre er auf dem Meer gewesen, doch auf einem anderen Meer als das, was er bisher kennen gelernt hatte. Einmal würde er selbst wieder auf dieses Meer hinaus müssen.

Er hörte die Uhr eins und auch zwei schlagen, voll tönende, schnelle Schläge. Schließlich umschloss ihn die Nacht mit ihrem Frieden.

Hermann wurde plötzlich wach, als hätte sich jemand über ihn gebeugt, um ihn zu wecken. Er richtete sich schnell auf, in dem frühen Morgenlicht sah er, dass Gunnars Bett leer war. Hermann ahnte Schlimmes, stand auf und griff nach seiner Kleidung.

Es war noch still im Haus, nur aus dem Stall hörte er das Vieh langsam wach werden. Nirgendwo waren Menschen zu sehen. Die Kleidung und die Schuhe des Onkels waren weg. Vielleicht sollte er Ingmar und seine Leute wecken?

Dann sah er Spuren im Tau – sie führten zum Fjord hinunter. Hermann ging ihnen nach, in seinem Inneren kam eine wachsende Unruhe auf. Wie oft hatte er Menschen erlebt, die ins Meer gesprungen waren, wenn der Verstand nicht mehr mitmachen wollte, das war ihr letzter Ausweg gewesen.

Der Kutter lag am Kai, alles war so, wie sie es am Tag zuvor zurückgelassen hatten.

Dann sah Hermann die Plane, einen liegen gebliebenen Haufen an Deck. Gunnars Altarbild war fort.

Vom Wind wurde die Stimme eines Mannes herangetragen. Hermann trat an die Reling. Da sah er das Altarbild an der Außenseite des Steuerhauses, davor lag Gunnar, vor den Augen des Erlösers, den die Sjonesleute verschmäht hatten. Er flehte ihn um Vergebung an, seine Worte gingen Hermann durch Mark und Bein, wie ein Hilferuf, der nicht für menschliche Ohren bestimmt war.

Gunnar redete, als würde er mit jemandem direkt neben sich sprechen. Dieses Ereignis machte den Morgen zu einem ganz besonderen.

Schließlich ging Hermann zu ihm hin. Gunnar schaute auf, etwas in seinen Augen erinnerte Hermann an eine Geschichte aus der Bibel, die er in der Schule gehört hatte: »Wisset ihr nicht, dass ich sein muss in dem, was meines Vaters ist?«

»Ich habe Angst um dich gehabt«, sagte er endlich. Da stand Gunnar auf, seine Hand fiel schwer auf die Schulter des Jüngeren, er sagte aber nichts. Seine Augen hatten einen neuen Glanz bekommen, als hielte die Zukunft immer noch Farben für ihn bereit, Farben, von deren Existenz Gunnar bisher nichts geahnt hatte.

Gunnar ging die Hügel voran hoch.

Sie konnten beide nicht mehr einschlafen. Hermann starrte an die Zimmerdecke mit den vielen Astlöchern, Gunnar lag ruhig da.

Nach und nach erwachten Mensch und Hof, und beim Frühstück redete Ingmar weiter. Später wurde überlegt, wie sie es mit der Bezahlung für den Kutter regeln könnten, und sie einigten sich darauf, dass Hermann und Ingmar sich näher unterhalten wollten, wenn Ingmar nach Aareid komme, um seine Tante zu besuchen.

Als sie in der Wohnstube standen und sich verabschiedeten, sagte Ingmar, der Schelm:

»Es ist schlimm mit dir, Hermann, du hast zwar einen Kutter gekauft, eine Frau hast du aber noch nicht. Du hättest ein Auge auf eine meiner Töchter werfen können!«

Das war die Sprache eines ehrlichen Mannes. Hermann aber machte nur eine abwehrende Bewegung mit dem Hut.

»Alles zu seiner Zeit, Ingmar. Diesmal wollte ich einen Kutter kaufen.«

III

Das erste Mal, als Hermann sie sah, war an dem Morgen, als der Tuftefluss sich unterhalb der Waschstelle einen neuen Weg suchte und eine Abkürzung die Hügel hinunter nahm, direkt auf die Bootsschuppen zu.

In den Wochen vor Mittsommer hatte es ununterbrochen geregnet. Wenn man sich draußen aufhalten musste, wurde man sofort völlig durchnässt. Trotzdem hatte niemand geglaubt, dass es schlimm enden könnte. Als Hermann noch ganz klein gewesen war, hatten sein Vater Gerd und die Nachbarn an der Waschstelle eine Mauer gebaut, und diese Mauer hatte bisher gehalten. Doch das viele Wasser, das in der Woche, nachdem sich Ingeborg auf dem Helgeshof die Hüfte gebrochen hatte, von oben gekommen war, hatte den Tuftefluss derart anschwellen lassen, dass nicht einmal die alten Leute sich daran erinnern konnten, den Fluss jemals so schlimm gesehen oder gehört zu haben. Es lag ein Zittern und ein Beben in der Luft, ein so starkes Rauschen, dass man seine eigene Stimme kaum vernehmen konnte, sogar wenn man sich neben den Häusern aufhielt.

Zuerst suchte sich der Fluss oben neben dem Steinzaun einen Weg, dort konnten sie ihn aber noch aufhalten. Die Mauer wurde größer gemacht, wurde abgestützt und repariert, sonst hätte der Fluss direkt auf das neue Wohnhaus auf dem Oberhof zugesteuert. Zuerst hatte der Fluss wohl nur ein wenig üben wollen, lief an einigen Stellen auf die Wiesen über. Dann wurde es ernst. Als Erstes wurde der Heuschuppen vom Hof Tufta angeschwemmt, oder besser gesagt das, was davon noch übrig war: Stöcke und Dachlatten wurden in hohem Bogen die Stromschnellen hinuntergeschleudert. Später folgten Holzfässer und Teile der Mühle, der Fluss wollte anscheinend alles mitreißen, was nicht niet- und nagelfest war. Und es schüttete weiter wie aus Kübeln. Sie waren alle durchnässt bis auf die Haut, standen gebückt und versuchten das zu retten, was noch zu retten war. Wenn der Tuftefluss jetzt ganz und gar ausbrechen würde, sähe es weder für Äcker noch für Wiesen gut aus, denn der Fluss führte jetzt viel zu viel Wasser.

Gabriels Wohnhaus und Scheune auf dem Unterhof waren am meisten gefährdet. Deswegen war es auch Gabriel, der sich oben bei den Wasserlöchern am meisten anstrengte. Er schonte sich nicht, hatte den durchnässten Rückenschutz abgeworfen und war vor Schweiß und Erde ganz schwarz im Gesicht.

Elisabeth, Hermanns Schwester, kam mit ihren Kindern, entsetzt wegen der großen Überschwemmung. Hermann bat sie, nach Hause zur Mutter zu gehen, er konnte sich nur zu gut vorstellen, wie sie jetzt empfand.

»Hat sie viele Schmerzen?«

Hermann trocknete sich den Schweiß ab: »Das kann man wohl sagen.«

Elisabeth rief die Kinder, die ihren Vetter Jakob entdeckt hatten, zu sich.

»Wie ist es denn passiert?«

»Ach, sie ist auf dem Fußboden ausgerutscht«, meinte Hermann, »ganz einfach so. Segelte dahin wie ein Kutter, fiel mit ihrem ganzen Gewicht auf die Seite, wie es alte Menschen meistens tun. Wir haben den Doktor nicht geholt, das wollte sie nicht, und er hätte wohl auch wenig ausrichten können. Gebrochen ist gebrochen, das kann auch der Doktor nicht ändern.«

Die Schwester tat ihm Leid, nicht nur, weil sie bis auf die Haut nass war. Man sah ihr deutlich an, dass sie innerhalb kürzester Zeit drei Kinder bekommen hatte, doch am meisten sah man ihr die Schwierigkeiten mit Markus an. Hermann wollte jetzt nicht fragen, wusste aber, dass der Schwager zu Hause, ohne Deckplanken unter den Füßen, seine schlechten Gewohnheiten von früher wieder aufgenommen hatte.

Entlang des Flusses wimmelte es von Leuten. Alles, was gehen und stehen konnte, war gekommen, nicht nur die Leute von den drei Höfen hier, sondern auch diejenigen vom Apfelhügel, von Wald und von Folkaberget, eine große Menschenansammlung. Wenn es aber nicht bald aufhören würde, zu schütten, könnten sie nur wenig ausrichten. Die Höfe wären nicht mehr sicher, wenn der Fluss weiter anwachsen würde. Hermann rannte hin und her und führte das Kommando, obwohl Gabriel vom Unterhof mürrisch antwortete, dass er genau wisse, wo sie gegen das Wasser abdämmen müssten. Sie waren oben in den Waldweiden gewesen, hatten sich lange Stöcke gemacht, einige hatten vom Geröllfeld und vom Steinzaun lose Steine hierher gerollt. Sie hatten aber das Gefühl, gegen einen Riesen anzukämpfen, der anscheinend nicht so wollte wie sie.

Gerade in dem Augenblick bemerkte Hermann zwischen all den vielen Männern diese Frau. Er meinte gesehen zu haben, dass sie in Begleitung Abels gekommen war, hatte gehört, dass sie mit Gudrun vom Apfelhügel eng verwandt sei. Sie war eine große Frau, fasste mit groben Händen nach Stöcken und Steinen, ihre Haare hingen nass und offen herab, sie sah fast wie eine Überirdische aus. Ihre Stimme übertönte das Brausen des Flusses und die Streitereien der Männer, es hörte sich beinahe so an, als wollte sie versuchen, den Fluss zu zähmen. Er hörte Abel ihren Namen rufen, er nannte sie Lea, und der Name passte zu ihr. Wahrscheinlich war sie eine Magd, die von Dorf zu Dorf zog, denn genau so waren diese Frauen, die schwere Arbeiten erledigen mussten, die andere nicht tun wollten.

Sie schufteten bis gegen Mittag, dann war am Himmel erstmals etwas Blau zu sehen, und die Bewölkung im Westen lichtete sich ein wenig. Jetzt machten die Männer Pause, versammelten sich im geräumigen Bootsschuppen, der zum Helgeshof gehörte, und ließen sich von den Frauen das Essen bringen. Und diese Frau ließ sich mitten unter ihnen nieder, als wäre sie ein Mann, redete über Dinge, von denen Frauen normalerweise keine Ahnung hatten: vom Sommerhering und wer ihn fangen wollte, von Bugges Geschäft und vom Goldfieber, von dem die Leute entlang der Strände befallen waren! Warum zum Teufel redete sie nicht von den Dingen, die zur Welt der Frauen gehörten: Krankheit und Armut, Schwangerschaften und Ähnliches?

Gabriel stellte den Eimer mit Brei auf den Kiesboden und wischte sich mit dem Hemdsärmel den Bart ab. Dann drehte er sich zu Hermann um:

»Dieses Schürfen! Jetzt hat man keine Ruhe mehr vor den Leuten, die mit Hammer und Gesteinsbohrer an allen Berghängen herumrennen! Du bist doch auch mit einem Pickel an den Hügeln oben in meinen Waldweiden herumgerannt, nicht wahr?«

Das kam für Hermann so unerwartet, dass er die Farbe wechselte. Dieses Teufelsweib, warum hatte sie Gabriel an die Sache mit dem Schürfen erinnern müssen? »Wer möchte jetzt nicht nach Gold schürfen, Gabriel?«, antwortete er kurz.

Sein Nachbar gab aber nicht so leicht auf:

»Man hat dich auch gesehen, wie du vor Mittsommer überall in den Waldweiden herumgerannt bist. So war es doch?«, sagte Gabriel an den jungen Bauern vom Wald gerichtet. Dieser nickte. Lea, die Schwätzliesel, half ihm aber aus der Klemme: Sie stieß Gabriel in die Seite: »Vielleicht gibt es Gold in den Hügeln oben in deinen Waldweiden, dann ziehe ich zu dir!«

Und Gabriel, der alte Kerl, wurde ganz freundlich und wollte seinen Arm um sie legen. Weiter kam er aber nicht, denn oben an den Hügeln erklang eine ängstliche Kinderstimme: »Jetzt kommt der Tuftefluss!«

Sie warfen alles, was sie in den Händen hielten, von sich und rannten los.

Hermann sah es sofort: In der Kurve unterhalb des

Steinzauns hatten Mauer und Erde nachgegeben, Steine und Stöcke waren zur Seite gefegt worden, und die graubraune Brühe warf sich die Hügel hinunter, durch Wiesen und Äcker. Eine Schande war das!

»Das Wohnhaus, Gabriel!«, rief eine verzweifelte Frauenstimme vom Unterhof. »Der Fluss stürzt das Wohnhaus!«

Und der starke Gabriel, der seine Flurstücke umgespatet und sie von Steinen befreit hatte, der das alte Wohnhaus repariert, aber kein neues gebaut hatte, er erhob jetzt die Hände wie in Ohnmacht.

Hermann überlegte schnell: Der Fluss würde den direkten Weg durch die Höfe nehmen, würde unter den Wirtschaftsgebäuden Gabriels alles aushöhlen, vielleicht aber würde das Wohnhaus verschont bleiben. Er musste an eine alte Sage denken, die davon erzählte, dass so etwas schon mal in einer Herbstnacht passiert sei, ein Mensch sei damals ums Leben gekommen.

Es war Lea, die sich zuerst besann. Sie ergriff einen Holzstock, rief Hermann etwas zu und rannte auf den Unterhof zu, sodass die Nässe an ihren Beinen hochspritzte. Alle begleiteten sie zum Hof, wo Karls Silke und Gabriels Sigrid auf dem Wohnhaushügel standen und sich dem Schicksal beugen mussten. Sie rannten mit dem Wasser und der Nässe um die Wette. Als Sigrid sie kommen sah, besann auch sie sich und rannte los, um die nötige Ausrüstung und die wichtigsten Geräte zu holen. Jetzt geschah auf einmal so viel, dass Hermann später nicht mehr wusste, wie alles gekommen war: Jede Menge Hände, die gruben und schlugen, Steine umwarfen und versuchten, die wilden Mächte aufzuhalten. Sie standen wie in einer Wasserwolke, in schwarzbraunem Erdwasser, das kein Ende nehmen wollte, das sich über Hof und Flur ergoss, sodass die Menschenhände erbärmlich klein wirkten.

Im Laufe des Tages ließ der Regen nach. Im Gebirge gab es noch einzelne Schauer, zwischendurch drang die Sonne hervor. Wie eine riesige Narbe wälzte sich das neue Flussbett die Hügel herab, und im festgetretenen Hofraum zwischen den Häusern des Unterhofes gab es weder Sand noch Kieselsteine, die Leute balancierten auf den groben Steinen, die aus den Wasserlöchern herausragten. Der Tuftefluss selbst hatte sich aber nach seinem Ausbruch wieder beruhigt, jetzt rauschte er in seinem alten Flussbett zum Meer hinunter.

Auf dem Unterhof war die alte Scheune zusammengefallen, Sparren und Dachlatten waren wie nackte Finger in die Luft gespreizt, ein Teil vom Dach neigte sich beängstigend stark herab, es war gefährlich, sich in der Nähe aufzuhalten. Der Fluss hatte sich seinen Weg unter dem Wohnhaus durchgegraben, die Ecksteine weggerissen und das Kellerloch ausgehöhlt. Das Haus aber stand noch und war nicht einmal schief, stellte Hermann fest, er und Gabriel blickten mit den anderen zusammen von der Hausecke aus über die sinnlose Zerstörung.

Sie würden ihm alle helfen, sagte Hermann, sowohl mit dem Wohnhaus als auch mit den Wirtschaftsgebäuden, er selbst habe nach dem Bauen damals immer noch einige Ellen Bretter auf dem Dachboden seiner Scheune liegen. Der junge Waldbauer würde auch einiges beisteuern können, und wenn Not am Mann wäre, würden sie in den Wald gehen und Bäume fällen, obwohl es nicht die richtige Jahreszeit dazu war.

Gabriel sagte »ja« und »ach« und schien nicht besonders optimistisch. Er blutete aus einer Wunde am Kopf und hatte anscheinend nicht ganz begriffen, was mit seinem Hof, den er vielleicht noch mehr als seine Frau liebte, passiert war.

Es war schon spät, als Hermann zu seinem eigenen Wohnhaus zurückging. Elisabeth war mit ihren Kindern nach Hause gegangen, und auf dem Helgeshof ging es nicht gerade lustig zu. Ingeborg lag zugedeckt im großen Bett, und noch bevor sie etwas sagen konnte, hatte Hermann das

Gefühl, dass es ihr nicht besonders gut ging. Für eine Frau, die immer gesund gewesen war und überall hatte herumlaufen können, war es nicht einfach, plötzlich das Bett hüten zu müssen – und noch dazu unter Schmerzen. Es graute ihm fast davor, ins eigene Haus hineinzugehen, besonders jetzt, da Jakob schon im Bett war. Für diesen Sommer hatten sie nur ein junges Mädchen, das bald konfirmiert werden würde, als Magd eingestellt, und um die Wahrheit zu sagen, besonders aufgeweckt war sie nicht.

Die Mutter lag in der neuen Kammer. Hermann hörte, wie sie jammerte. Er wusste, dass er nach ihr sehen musste, bevor er ins Bett ging, doch zuerst wollte er bei Jakob vorbeischauen, der in der südlichen Dachkammer schlief. Auf der Treppe begegnete ihm die Magd, sie war fast noch ein Kind, die Arme beladen mit sauberer Kleidung. Sie hatte etwas Abgehetztes an sich, sah eher blass aus und stellte für ihn keine Versuchung dar, als sie so an ihm vorbeischlich. Aber deswegen war sie ja auch nicht hier! Eigentlich hatte er sie nur aus Mitleid angestellt. Ihre Mutter war gekommen und hatte ihm vorgejammert, dass die Tochter dringend eine Anstellung suche, sie würde sogar nur für Essen und Unterkunft arbeiten! Ingeborg hatte den Mund zusammengekniffen, denn die alte Magd war vor kurzem nach Amerika ausgewandert. »Du musst sie nehmen, Hermann, auch wenn sie noch ein Kind ist!«

Das hatte er auch getan, und so war diese Maria ins Haus gekommen. Man sah ihr an, dass sie erst vierzehn Jahre alt war, und er musste ihr für den Konfirmandenunterricht frei geben. Jakob aber lief ihr überall hinterher, die beiden verstanden sich prächtig. Gut, dass der Junge jemanden hatte, dachte Hermann, als er in die Dachkammer kam und sich auf einen Schemel neben dem Bett des schlafenden Kindes setzte.

Er sah seiner Mutter unwahrscheinlich ähnlich: die gleichen Haare, die gleiche Kopfform und die gleichen Augen.

Nur um den Mund herum hatte er manchmal einen Zug, der an die Helgesfamilie erinnerte. Er war voller Energie, und wenn ihm etwas gegen den Strich ging, konnte er, so klein er auch war, sehr böse werden. Es tat Hermann gut, wenn Jakob ihn bei seiner Arbeit auf dem Hof und auch sonst überall hin begleiten wollte. Er war neugierig, und wenn er mit seinem Vater auf einen der Kutter gehen durfte, fragte er ihn wie ein Alter aus.

Ihre Zweisamkeit würde aber auf Dauer nicht genügen. Hermann wusste das nur zu gut, obwohl er es eigentlich nicht wahrhaben wollte: Es war für einen Menschen nicht gut, alleine zu leben. Das hatte auch der Schöpfer erkannt, als der erste Mensch auf Erden herumgeirrt war, und er hatte es sofort geändert, wenn man dem Religionsunterricht aus der Schulzeit Glauben schenken durfte. Hermann hatte dies in seinen einsamen Nächten deutlich gespürt, und Jakob hatte es ihm durch seine Fragen deutlich gemacht: Warum habe er denn keine Mutter?

Wenn du nur wüsstest, dachte Hermann, als wäre Jakob ein Gleichaltriger. Wenn du nur wüsstest, wie oft ich Frauen nachgeschaut habe, weil ich sie haben wollte! Nach der Bibel war das Sünde, aber der Körper und die fleischliche Lust kannten keine Gebote. Doch jedes Mal, wenn so etwas passiert war, hatte er auch an ein anderes Gebot denken müssen. Es war für ihn wie ein ungeschriebenes Gesetz: Er würde nie mehr eine so enge Beziehung wie damals eingehen – weder Geld noch Bettwärme könnten ihn dazu veranlassen, Jakob die Mutter zu geben, die der Junge so dringend brauchte. Seine Gedanken aber waren nie weiter fortgeschritten, und er musste sich selber gegenüber ehrlich eingestehen: Sie waren beide nicht besonders glücklich, weder er noch sein Sohn. Es fehlte ihnen eine Frau – das war überall im Haus zu spüren, in allem, was er anfasste. Er konnte es sogar in den Augen seines Sohnes lesen, wenn er mit seinen kleinen Händen kam und sie in den Schoß des

Vaters legte, weil er sonst niemanden hatte, zu dem er gehen konnte. Natürlich war Ingeborg da, sie war aber irgendwie nicht dazu geschaffen, Großmutter zu sein, weshalb auch immer. Mehr denn je war sie damit beschäftigt, auf dieser Welt alles richtig zu machen, hatte beinahe vergessen, dass das Leben nicht nur aus Erkenntnis und Sühne bestand. Sie hatte nicht die weichen Arme einer Großmutter, die Hermann von der alten Helgesoma her kannte.

Das Gesicht des schlafenden Jungen erinnerte Hermann an ein anderes Gesicht, das Gesicht, an das er fast jeden Tag, nachdem er erwachsen geworden war, gedacht hatte. Manchmal war es für längere Zeit verblasst gewesen, besonders damals, als er vor Gott und Menschen versprochen hatte, nur Gundi zu gehören. Später war es aber umso deutlicher wiedergekommen. Er hatte es sogar in den Augen der Mutter sehen können, wenn sie sich ab und zu mal anschauten: Er hatte manchmal den Eindruck, als könnte die Mutter seine Gedanken lesen, und zwar besonders dann, wenn er an Inges Gesicht denken musste. Die Frauen waren in dieser Hinsicht oft seltsam. Einige bekamen mit den Jahren und mit dem Alter eine eigenartige Macht, nachdem sie selbst fast verblüht waren.

Bevor er ging, deckte er Jakob noch besser zu. Er hatte das Gefühl, ihn beschützen zu müssen, und Jakob drehte sich im Schlaf um. Vater und Sohn hatten zwar keine Worte gewechselt, trotzdem hatte Hermann das Gefühl, als hätten sie miteinander gesprochen.

Ingeborg war zu bedauern, müde und erschöpft lag sie in der Kammer, das Bein ausgestreckt. Die Nachbarinnen, Sigrid und Silke, hatten sie verarztet, hatten ihr Bestes getan. Wahrscheinlich würde seine Mutter für den Rest ihres Lebens am Stock gehen müssen, dachte Hermann. Das wusste er aus Erfahrung.

Es war aber nicht ihre Krankheit, die Ingeborg jetzt am meisten beschäftigte: Es war dieses Ungeheuer, der Tuftefluss, der die Felder so schlimm zugerichtet hatte. Die Magd hatte ihrer Hausfrau erzählt, was alles passiert sei, damit Ingeborg es sich genau vorstellen konnte – die Wiesen und die Äcker, denen der Tuftefluss so übel mitgespielt hatte.

»Gabriels Scheune ist schlimm zugerichtet worden, habe ich gehört?«

Hermann erzählte, wie der Hofraum auf dem Unterhof jetzt aussähe.

Ingeborg fuchtelte mit den Händen, die jetzt zur Untätigkeit verurteilt waren, dann schaute sie an die Decke, als könnte sie dort etwas lesen: »Ja, ja, die kleinen Sünden bestraft der liebe Gott sofort!«

Hermann fragte, was sie damit meine.

»Ach, damals, als du bauen wolltest, hat Gabriel den Mund zu weit aufgerissen. Was ging ihn das an?«

Hermann musste grinsen.

»Du hast dich auch nicht gerade zurückgehalten damals, du wolltest, dass ich das alte Haus ausbessere. Hätte ich auf dich gehört, hätte der Tuftefluss heute dafür gesorgt, dass wir kein Wohnhaus mehr hätten, denn unten an den alten Grundmauern hat er gut aufgeräumt!«

Ingeborg schnaubte verächtlich, schwieg eine Weile, doch da der Sohn auch schwieg, sagte sie schließlich:

»Du musst die neuen Holzplanken auf dem Scheunenboden nehmen und Gabriel helfen.«

Das habe er auch vor, meinte Hermann. Auf dem Waldhof hätten sie auch Bretter übrig, und vielleicht würden sie in Tufta und in Folkaberget ebenfalls etwas beisteuern.

»In Folkaberget!«, sie schnaubte schon wieder. »Der junge Jan ist zu geizig, noch schlimmer als sein Vater.«

»Ja, deine Verwandten in Folkaberget sind wahrhaftig geizig.« Hermann konnte sich nicht zurückhalten.

»Es ist aber auch verständlich, denn hier auf dieser Welt kann man sich nur noch auf sich selbst verlassen.«

So war die Mutter immer. Sie selbst durfte sich zwar über ihre Verwandtschaft auslassen – andere aber nicht.

Hermann fragte, wie es ihr gehe, und Ingeborg warf die Bettdecke zur Seite und zeigte ihm den Oberschenkel. Die Schwellung schien etwas zurückgegangen zu sein, den Fuß konnte sie aber kaum bewegen.

»Und ausgerechnet jetzt, da die Heuernte und alles, was damit zusammenhängt, vor der Tür steht«, beklagte sie sich.

»Es wird schon irgendwie gehen«, meinte Hermann, doch das war anscheinend das Schlimmste, was er hätte sagen können, denn jetzt kamen die Tränen und das Klagelied: Sie habe irgendwie keine Kraft mehr, mit den vielen Enttäuschungen, die ihr das Leben bereitet habe, fertig zu werden, diese letzten Jahre – ohne eine junge Hausfrau – seien die schwersten gewesen. Nach einer gewissen Zeit müsse ein Witwer eben losziehen, um sich eine neue Frau zu suchen, so sei es immer gewesen. Man könne sich nicht nur mit einem Kutter und vielen Fahrten amüsieren, wenn zu Hause nur ein alter Mensch sei, der sich mit Hilfe von Angestellten, die von nichts eine Ahnung haben, um alles kümmern müsse.

So schlimm sei es doch auch nicht gewesen, antwortete Hermann. Sie hätten gesät und geerntet, und die Fahrten nach Nordnorwegen hätten viel Geld abgeworfen, das dürfe sie nicht vergessen!

Sie hatte aber nur noch Haus und Hof im Kopf: Natürlich habe er viel Geld verdient, der Herrgott sei großzügig gewesen. Beim Fischfang und bei den Fischpreisen könnte sich aber alles schnell ändern, nach den vielen fetten Jahren müssten sie jetzt auch mit mageren Jahren rechnen.

Es war immer dieselbe alte Leier, Hermann konnte es nicht mehr hören. An Bord des Kutters war er eine Respektsperson, in der Kirche traten einige respektvoll vor ihm zur Seite. Er hatte es nicht mehr nötig, sich vor den anderen zu verbeugen, genauso wenig wie er es nötig hatte, dass die Mutter ihn wie einen kleinen Jungen behandelte, so wie früher, als sie ihm den Hof nicht übertragen wollte.

Das sagte er ihr jetzt auch, sie schien aber nicht besonders beeindruckt. In solcher Laune zeigte sie sich stets sturköpfig. Es war spät abends, er war müde und erschöpft nach der vielen Aufregung, wollte ins Bett gehen. Sie nahm jedoch keine Rücksicht darauf, es kam ihm beinahe so vor, als meinte sie, die Welt wäre nur noch für sie da.

»Wahrscheinlich geht dir dieses Mädchen von der Flachalm immer noch nicht aus dem Kopf? Eine verheiratete Frau!« Ingeborgs Stimme hatte einen ängstlichen Klang angenommen.

»Dieses Mädchen von der Flachalm! Dass ich nicht lache!«, rief Hermann hitzköpfig und sprang vom Schemel hoch. »Du hast dich früher sowieso zu viel in meine Heiratspläne eingemischt, damit du es nur weißt!«

Für die Frau im Bett ging auf Grund dieser Bemerkung die Welt nicht unter. Sie ließ ihn nicht aus den Augen, als wollte sie ihn daran hindern, sie alleine zu lassen: »Ich wollte doch nur dein Bestes, Hermann, und du bist selbst nach Hesjaland gefahren, um Gundi zu holen.«

Damit hatte sie natürlich Recht, und seine Wut verschwand so schnell, wie sie gekommen war.

»Aber du bist nicht anders als andere Männer, du brauchst doch auch einen Menschen neben dir, oder? Ich habe es noch nie jemandem gesagt, aber es gab vor Gerd, deinem Vater, einen, der mich haben wollte. Es war ein junger Mann aus Aareid, ein stattlicher Kerl, er ist aber zur See gefahren und kam nicht mehr lebend nach Hause.«

Ingeborg räusperte sich, faltete die Hände. »Man kann nicht ein Leben lang jemandem nachtrauern, das lohnt sich nicht.«

Sie hat das Herz am rechten Fleck, seine arme, kranke Mutter, dachte Hermann. Sie redete nicht um den heißen Brei herum, das hatte Ingeborg nie gemacht. Er hätte ihr so manches sagen können, auch gute Worte, doch Ingeborg lag noch mehr auf der Seele:

»Ich mag es nicht, dass du dich mit diesem Goldschürfen zu sehr beschäftigst.«

»Wer hat dir das zugetragen?« Hermann spürte, wie die guten Worte verschwanden, ihm wurde ganz heiß.

»Mir kommt es vor, als könntest du von dieser Welt nicht genug bekommen. Du hast den Hof, du hast die Kutter, du fährst überall hin, aber sobald es sich herumgesprochen hat, dass man mit unseren bergigen Hügeln vielleicht etwas anfangen könnte, glaubst du, dass Gold zu finden ist. Ich weiß nur zu gut, womit du dich die ganze Zeit beschäftigst, seitdem du im Inneren des Fjordes den neuen Kutter gekauft hast. Dieser Neffe von Maler-Gunnar hat dir mit seinem Geschwätz Flausen in den Kopf gesetzt!«

»Darüber brauchst du dir keine Sorgen zu machen«, meinte Hermann. »Davon verstehst du nichts.«

Sie griff nach seiner Hand: »Vielleicht verstehe ich mehr als du glaubst, obwohl ich nur eine Frau bin. An dem Tag, als du mit Eduard nach Aareid gefahren bist, war der junge Polizeibeamte hier zu Besuch. Er war nicht gerade wortkarg.«

»Ich habe ja auch kein Geheimnis daraus gemacht«, schnaubte Hermann verächtlich und schüttelte die Hand der Mutter ab. »Ich glaube, dass mit diesem Goldschürfen Geld zu verdienen ist. Ja, lach du nur, das vergeht dir an dem Tag, an dem ich drüben in den Waldwiesen Seilwinden, Kreiselbrecher und alles, was man sonst noch benötigt, habe«, versetzte Hermann hitzig.

»Ich glaube, du bist völlig verrückt geworden«, kam es vom Bett her. »Du wirst mit diesem Wahnsinn noch Haus und Hof verlieren! Der Polizist hat gesagt, dass ...«

»Es kümmert mich einen Dreck, was dieser Beamte dir eingebläut hat, Mutter. Davon verstehst du nichts, glaub mir. Wissen wir, was in unserem Gebirge steckt? Ich habe die Zeichen, nach denen diese Ingenieure suchen, schon gefunden. Die Engländer hätten gern Schürfrechte auf den Höfen um Hildershafen herum!« Aufgeregt hatte er ihr alles erzählt, obwohl er es eigentlich gar nicht vorgehabt hatte.

Sie ließ sich aber nicht so leicht überzeugen. »Schürfrechte? Für diese kleinen, bergigen Hügel? Glaubst du wirklich, dass dort Gold zu finden ist? Ich denke, du wirst nicht mehr finden als das, was ich brauche, um einen meiner Fingernägel zu bedecken!«

Wieder das alte Lied: Für sie zählten nur noch die Arbeit und der Herrgott, dann würde der Segen von alleine kommen.

»Ja, ja«, sagte sie etwas ruhiger, wollte sich umdrehen und stöhnte leise dabei. »Mit dem, was dir gehört, kannst du tun und lassen, was du willst. Eines aber sage ich dir: Stürze nicht mit deinen Plänen andere Leute ins Unglück. Sie bewundern dich und hören auf dich.«

Das waren vernünftige Worte, und Hermann besann sich, wollte über andere Dinge reden. Doch Ingeborg war noch immer nicht fertig:

»Hast du vor, nach dem Sommerhering zu fahren?«, fragte sie plötzlich misstrauisch.

Ja, das habe er schon vorgehabt, meinte Hermann. Er habe ein neues Schleppnetz gekauft, habe Eduard versprochen …

»Du fährst nicht, bevor du Leute angestellt hast, die auf dem Hof zupacken können. Eine Konfirmandin und ein Knecht, die zu zart und zerbrechlich für diese steilen Hügel sind, damit kannst du keine Heuernte einfahren. Man darf nicht wegen des Herings alles andere liegen lassen!«

Damit hatte sie Recht, doch wie sollte er jetzt Leute finden? Während der Heuernte würde er aber wahrscheinlich selbst noch zu Hause sein. Es war noch recht früh im Jahr, und so wie die Wiesen jetzt aussahen, dauerte es sicher eine Weile, bis man sie mit der Sense mähen konnte.

Darauf wollte sie nicht hören. »Es muss doch auch in diesem Sommer irgendwo noch eine Magd geben. Eine war sogar heute hier, diese Lea, die zurzeit auf dem Apfelhügel wohnt. Sie sieht aus, als könnte sie gut zupacken.«

»Wahrscheinlich ist sie nicht mehr zu haben«, meinte Hermann.

»Fragen kostet nichts«, sagte Ingeborg und bat ihn, Lea bei der nächsten Gelegenheit vorbeizuschicken. »Ich war dumm, als ich das arme Kind, diese Konfirmandin, ins Haus nahm! Ich weiß nicht einmal, ob sie die Kühe richtig melken kann, Butter kann sie jedenfalls nicht machen, sie schafft es nicht, die Flüssigkeit auszukneten.«

Als hätte das Mädchen gehört, dass von ihr die Rede sei, stand sie plötzlich in der Tür. An Hermann gerichtet sagte sie:

»Gabriels Leute fragen nach dir.«

»Ist etwas passiert?«

Das wisse sie nicht, eins der Mädchen sei angerannt gekommen, völlig aufgeregt …

Er erhob sich und folgte ihr hinaus. Dort stand das jüngste Mädchen vom Unterhof. »Es ist Vater!«, war alles, was sie herausbrachte, dann lief sie wieder den Hügel hinab.

Hermann konnte sich keinen Reim daraus machen, denn Gabriel schickte sonst nicht nach ihm. Und das um diese Zeit! »Geh du ins Bett!«, sagte er zu Maria. »Schau aber zuerst nach, ob Mutter noch Hilfe braucht.«

IV

Gabriel ging es sehr schlecht.

Mittlerweile war es so dunkel geworden, dass sie Licht gemacht hatten. Gabriel lag gut zugedeckt im großen Bett, Sigrid ging ziellos hin und her, als wüsste sie nicht, was sie für ihn tun könnte. Die Kinder, die noch zu Hause waren, saßen wie verloren da, jedes in seiner Ecke, hörten dem Vater, der stöhnte und jammerte, verschwitzt und abgehetzt, zu.

Als er sich über das Bett beugte, hatte Hermann das Gefühl, dass der Nachbar ihn nicht erkannte, es zuckte aber im blutverkrusteten Gesicht, als Hermann Gabriel beim Namen rief. Weitere Reaktionen zeigte er jedoch nicht, und Sigrid, die daneben stand, wischte sich mit dem Handrücken die Tränen ab. »Ob das von dem Schlag kommt, den er unter der Scheune abbekam …? Was glaubst du?«, fragte sie mit ängstlicher Stimme.

Hermann wusste nicht, was er glauben sollte. Als sie sich getrennt hatten, hatte Gabriel viele Kratzer im Gesicht gehabt. Er hatte aus mehreren Wunden geblutet, hatte sich aber nicht beklagt. Jetzt war das ganze Gesicht von der Schläfe abwärts nur noch eine einzige Blutkruste. »Ich habe nicht gewagt, das Blut abzuwaschen, habe Angst gehabt, dass er verbluten würde«, sagte Sigrid.

Vielleicht wäre es besser, den Doktor zu holen, meinte Hermann. Nein, doch nicht den Doktor! Ob Hermann glaube …

Erst nach Mitternacht kam Gabriel wieder zu sich. Er erkannte Hermann, und als er sich wieder an alles erinnern konnte, begann er sofort zu sprechen.

»Ich muss Abschied nehmen, Hermann, ich bin aber noch nicht bereit!«

Er dürfe nicht das Schlimmste annehmen, beruhigte ihn Hermann, noch in dieser Nacht würden sie den Doktor holen.

»Etwas an der Scheunenwand ist auf mich herabgefallen, fiel ganz einfach herunter – das hat mir den Rest gegeben.«

»Deswegen stirbst du doch nicht gleich«, meinte Hermann, in seinem Inneren war er sich dessen aber nicht so sicher. Er wäre am liebsten sofort losgefahren, doch Gabriel wollte reden, obwohl ihm seine Zunge nicht gehorchte. Hermann sagte zu allem Ja und Amen, es blieb ihm nichts anderes übrig. Noch schlimmer wurde es, als Gabriels Stimme einen neuen Ton annahm, und er begann, von seiner unsterblichen Seele zu sprechen. Es kam für Hermann ganz unerwartet. Nicht, weil er daran zweifelte, dass der Nachbar eine unsterbliche Seele hatte, sondern weil Gabriel noch nie darüber gesprochen hatte, dass er eines Tages wegen seines Lebenswandels zur Verantwortung gezogen werden würde, und auch nicht davon, dass ihm im nächsten Leben ewige Glückseligkeit oder ewige Verdammnis bevorstehe.

Auf einmal veränderte sich für Hermann die Wohnstube mit der niedrigen Zimmerdecke irgendwie. Er wünschte sich weit weg, denn er war kein Pfarrer. In seiner Kindheit hatte er einmal unerlaubt den Leichnam und das Blut des Herrn genossen, und in der folgenden Zeit hatte er sich dem Herrgott besonders nahe gefühlt. Später, als erwachsener Mann, hatte er von Zeit zur Zeit mit ihm abgerechnet, doch nicht so wie Gabriel, der jetzt in tiefster Verzweiflung um Erlösung bettelte, was nur jemand, der selbst einmal am Abgrund gestanden hatte, begreifen konnte.

Gabriel aber verlangte nicht nach dem Pfarrer. Seine roten Augen waren starr auf Hermanns Gesicht gerichtet, als wollte er es nicht loslassen, und als Sigrid seine Hand nehmen wollte, schob er sie behutsam weg, als hätte er von den Freuden dieses Lebens schon Abschied genommen.

Natürlich kannte Gabriel das Wort von dem Weg, der Wahrheit und dem Leben, trotzdem war dieser Tag für ihn genauso unerwartet gekommen wie für viele andere auch. So ist eben das menschliche Leben, dachte Hermann, als er sich hilflos über das Bett beugte. Wenn das Alltägliche normal verlief, gerieten die Gedanken an die Ewigkeit in den Hintergrund. Das stand sogar in der Bibel: »Der Gesunde braucht keinen Arzt!«

Egal, ob die Gelehrten anderer Meinung waren, niemand war auf den letzten Tag und die letzte Stunde wirklich vorbereitet, das war nur leeres Gerede. Hermann hatte Männer ertrinken sehen, hatte die Hand gesehen, die sich zum letzten Mal aus den Wellen emporreckte. Dabei war es ihm aber niemals in den Sinn gekommen, dass jetzt Satan auf seine Kosten kommen könnte. Im Gegenteil, er glaubte dann Zeuge zu sein, wie eine Seele zu ihrem Schöpfer gefunden hatte, so jedenfalls hatte er sich immer gefühlt. Außerdem hielt er es für besser, in diesen geheimnisvollen Dingen nicht zu viel herumzuwühlen.

An sie alle gerichtet sagte Gabriel: »Würdet ihr für mich beten?«

Da hörte Sigrid auf zu jammern und begleitete Hermann mit dünner Stimme durch das Vaterunser. Später las Hermann aus der Bibel, die sie ihm brachte, laut vor, suchte nach den bekannten Stellen, die er sonntags an Bord des Kutters gelesen hatte, während die Männer mit Heringsschuppen an den Händen in der Kombüse saßen. Er kam sich vor, als wäre er wieder an Bord, als wäre Gabriel auf dem Weg aufs Meer hinaus, in einem Sturm, der wie so viele andere urplötzlich gekommen war.

Gabriel lag mit geschlossenen Augen da, Sigrid bekam keine Antwort, als sie versuchte, ihn anzusprechen. Er sah aus, als würde er schlafen. »Lass ihn in Ruhe«, meinte Hermann. Alles Weitere würde die Zeit bringen.

»Ich hole den Arzt«, sagte er, als er hinausging, und Sigrids Segen begleitete ihn die Hügel hinab. Die Müdigkeit war wie weggeblasen, die Sommernacht war mild und trocken. Er hatte das Gefühl, als hätte sich in seinem Inneren eine kleine Lawine gelöst. Er dachte an das Gerede der Mutter, an die Verantwortung, die er für Gabriel hatte übernehmen müssen, schließlich an den langen, schlimmen Tag. Er wollte alles abschütteln, genauso wie er den Regen aus dem Haar schüttelte, ging zum Apfelhügel und hämmerte an die Tür.

Gudrun selbst öffnete, hielt mit der Hand das Unterhemd über der Brust zusammen. Den Doktor – heute Nacht? Abel sei aber nicht zu Hause, habe bei seiner Familie draußen auf den Inseln ein Boot abholen wollen.

»Lea kann aber mit dir kommen, wenn es dir recht ist?«

»Das ist keine Fahrt für eine Frau – drei ganze Meilen«, wandte Hermann ein.

Ach, das sei für Lea eine Kleinigkeit, meinte Gudrun und weckte ihre Schwester. Dann machte sie ihr ein paar Brote zurecht und sprach dabei von Gabriel, der sich nie um das Jenseits gekümmert habe. Hermann ließ sie reden, es waren Menschen wie Gudrun, die dafür sorgten, dass die Welt nicht aus den Fugen geriet.

Lea war sofort wach, obwohl der Tag auch für sie hart gewesen war. Es war dunkle Nacht, als sie in einem leichten Holzboot den Sund hinausruderten, im Achtersteven lag das Segel bereit, falls etwas mehr Wind aufkommen sollte. Vor seinem inneren Auge sah Hermann die Strände fjordeinwärts, hier kannte er sich aus, kannte jede einzelne Bucht, jede Landspitze. Gegen Morgen würden sie im Fjordinneren sein. Dann würde es darauf ankommen, ob der Doktor zu Hause wäre, und ob derjenige, für den sie den Doktor holten, ihn noch benötigte, wenn sie endlich wieder daheim wären.

Hier saß er also mit einer fremden Frau im Boot und ruderte an den Orten vorbei, die ihn an seine Jugend und seine ersten Mannesjahre erinnerten. Dort lag der Hof Vatna mitten auf der Ebene, dort lag die Werft, die niemand mehr benutzte. Und oben im Laubwald, an den von Birken bewachsenen Talseiten, standen einige alte Mauern und verfallene Häuser. Dort hatte er die Nacht seines Lebens verbracht – eine Nacht, die ihm ewig in Erinnerung bleiben würde.

Henrikka saß immer noch da, schaltete und waltete mit fester Hand. Die Jahre hatten sie hart und unnachgiebig gemacht, das Schicksal war ihr Herr geworden. Sie trafen sich manchmal, in der Kirche oder bei einer Beerdigung, und Henrikka trug erhobenen Hauptes ihre Mädchenhaube, die Zeugnis davon ablegte, dass sie nie eine verheiratete Frau gewesen war.

Die Höfe etwas weiter landeinwärts schienen in dieser Sommernacht noch im Schlaf zu liegen, er kannte sie alle. Dann öffnete sich das Gelände nach Aareid zu – mit der Kirche und den vornehmen Leuten, um es mit Ingeborgs Worten auszudrücken. So vornehm waren sie eigentlich nicht, dachte Hermann. In letzter Zeit hatte sich einiges geändert, nicht einmal mehr vor dem Pfarrer hatten die Leute so viel Achtung wie in früheren Jahren.

Am Anfang hatte Lea über alles Mögliche gequasselt. Er hätte sich darüber ärgern oder es auch sein lassen können, sie schwätzte immerzu weiter. Doch das Rudern hatte wohl auch ein wenig an ihren Kräften gezehrt, denn das Geplappere hörte langsam auf. Hermann stellte fest, dass dieses Weibsstück doch vielschichtiger war, als er gedacht hatte, man würde lange brauchen, um sie richtig kennen zu lernen. Sie war nicht gerade hässlich, aber irgendwie war alles an ihr etwas zu groß geraten, als hätte der Herrgott zu viel Material gehabt, als er sie gemacht hatte, und dabei nicht gewusst, wo er das alles hätte hintun sollen.

Die Sonne war gerade über den höchsten Bergen im Inneren des Fjordes aufgegangen, als sie an Hesjaland vorbeiruderten. Der Hof und das Land lagen grün und üppig vor ihnen, hier war nichts verwahrlost. Olaf Hesjaland hatte alles von seinem Vater übernommen, wollte aber nicht wie dieser mit den Kuttern weitermachen, deswegen stand die Salzhütte leer. Nach dem Tod von Gundis Mutter und der Aufteilung ihres Nachlasses war Hermann nur noch selten da gewesen, es hatte damals kleinere Auseinandersetzungen gegeben, wie so oft, wenn ein Erbe geteilt werden musste. Gundis Anteil, er war nur gering, lag jetzt auf der Bank und würde später Jakob gehören.

»Möchtest du nicht guten Tag sagen?«, fragte Lea, als sie an der Anlegestelle vorbeiruderten.

Nein, das habe Hermann nicht vor. Wenn man noch irgendwo kurz vorbeischauen wollte, könnte man Gefahr laufen, sich zu verspäten. Sie ruderten weiter, doch Lea kam von Hesjaland nicht los, ihre Augen blieben an dem Hof mit den üppigen Wiesen haften.

»Gundi ist bei dir nicht alt geworden?«

Er hätte ihr mit der alten Redewendung antworten können, dass ihre Tage gezählt gewesen wären. Stattdessen antwortete er: »Sie fühlte sich bei mir nicht wohl«, obwohl es nicht seine Pflicht war, dieser herumziehenden Magd Rechenschaft abzulegen. Trotzdem fügte er hinzu: »Zu einer guten Ehe braucht es mehr als nur Bettwärme.«

Darauf antwortete Lea nicht. Wahrscheinlich war ihr von ihrer Schwester einiges zugeflüstert worden. Gudrun auf dem Apfelhügel hielt nicht mit dem, was sie wusste, hinter dem Berg. Außerdem war es für alle deutlich gewesen, wie er und Gundi in der letzten Zeit vor ihrem Tod zueinander gestanden hatten.

Als sie gegen Morgen die Bucht erreichten, war der Doktor nicht daheim, er wurde aber bald zurückerwartet. Also mussten auch sie warten. Hermann rechnete aus, dass sie erst am späten Nachmittag zurück sein würden.

Sie saßen im Boot und aßen ihre Wegzehrung, und jetzt war für Hermann die Zeit gekommen Lea zu fragen, ob sie für den Rest des Sommers als Magd auf den Helgeshof ziehen würde?

Lea saß mit ihrem Brot in der Hand da und lachte laut auf.

»Ich bin doch nur eine herumziehende Magd, ich weiß nicht, ob euch mit mir gedient ist. Man sagt Ingeborg nach, dass sie besonders genau sein soll.«

»Es ist nicht immer einfach, mit ihr auszukommen, aber du bist doch auch nicht gerade ängstlich, oder?«

Nein, das nicht. Seit ihren frühesten Jugendjahren sei sie Magd gewesen, später habe sie keine feste Anstellung annehmen wollen. Stattdessen habe sie nach Gelegenheitsarbeit gesucht. »Du meine Güte, war das eine Plackerei, der Herrgott ist mein Zeuge. Einige Sommer lang habe ich als Sennerin gearbeitet, im Winter habe ich gegen schlechte Bezahlung am Spinnrad gesessen – zwei bis drei Schilling für das Spinnen von einem halben Pfund Wolle habe ich damals verdient. Mehr konnte ein Mädchen an einem Tag nicht spinnen.«

»Du hast schwer schuften müssen«, meinte Hermann.

Lea hatte ihr Lachen wiedergefunden.

»Als ich webte, bekam ich für Lodenstoff zwei Schilling pro Elle, und wenn ich mich ranhielt, konnte ich sechs Ellen pro Tag schaffen. Später bin ich herumgezogen und habe für die Leute gebacken, und wenn das Frühjahr spät kam und Futterknappheit herrschte, passierte es manchmal, dass die Leute mich anstellten, um in den Waldweiden Heidekraut zu schneiden!«

Man sah es ihren Händen mehr als ihrem Gesicht an: Sie waren ganz rot nach der vielen Mühe und der harten Arbeit, obwohl sie selbst noch relativ jung an Jahren war.

»Ich werde ordentlich bezahlen«, versprach Hermann. »Fünfzig Kronen bis zum Umzugstag im Oktober, später werden wir weitersehen.«

»Du meine Güte, was für ein Wohlstand«, seufzte Lea. Dann fügte sie hinzu: »Ich kann mich noch an einen Knecht aus Haugane erinnern, von ihm wurde erzählt, dass er bei einem Major ein ganzes Jahr für einen Hut diente!«

Sie war eine merkwürdige Frau, doch sie war recht aufgeweckt und würde auf dem Helgeshof wieder Leben ins Haus bringen. Dort war es seit langem schon beängstigend still gewesen.

Der Doktor wollte nur ungern mit ihnen zurückfahren.

Zuerst musste er sich ausruhen, und es kam, wie es sich Hermann schon gedacht hatte: Erst am späten Nachmittag gingen sie in Hildershafen an Land.

Auf dem Unterhof hatte sich nicht viel verändert. Karls Silke war da, auch Gudrun, die Frauen konnten aber nur wenig ausrichten. Gabriel lag nur da, war den größten Teil des Tages ohnmächtig gewesen.

Der Doktor glaubte nicht, dass es gut ausgehen würde. Vielleicht könnte Gabriel noch ein paar Tage weiterkämpfen, vielleicht würde es auch bald zu Ende gehen.

Abel und der Knecht vom Helgeshof brachten den Doktor wieder nach Hause.

Sie wachten einige Nächte bei Gabriel, dann schlief er ein, so still und leise wie eine Kerze erlosch. »Er hat mich nicht mehr erkannt«, jammerte Sigrid in ihrem unerwarteten Witwenstand, sie wusste weder ein noch aus, denn Gabriel hatte sich stets um alles gekümmert. Jetzt versammelten sich die Nachbarn und die Verwandtschaft. Niemand sprach davon, wie schwierig Gabriel in den Jahren, die er auf dem Hof verbracht habe, gewesen sei. Denn nun standen erst einmal die Beerdigung und alles, was dazu gehörte, bevor.

Nur gut, dass die Heuernte noch nicht angefangen hatte. Und später, wenn es etwas ruhiger werden würde, müssten sie die Scheune auf dem Unterhof wieder aufbauen.

V

Eduard lachte aus vollem Hals über die Pläne mit dem Gold, und er war nicht der Einzige. Hier waren die Leute all die Jahre über die Felskuppen in den Waldweiden gelaufen, hatten Brennholz gemacht und Langholz gefällt, im Frühjahr Heidekraut geschnitten, und das alles ohne zu ahnen, dass unter ihren Füßen Gold sei!

Eduard war Ende September, am Sonntag vor Michaeli, in der Aareidkirche gewesen. Da hatte der Polizeibeamte den Küster beauftragt, alle Mutscheine mit den Schürfrechten der Leute, die schnell reich werden wollten, vorzulesen. Doch für den kleinen Häusler oberhalb von Vatna war der Traum von Reichtum und Gold nicht das Wichtigste im Leben. Er hatte eine Frau, der alles recht war, was er machte, er hatte wohlerzogene Kinder, die ihrem Vater bald über den Kopf wachsen würden. Außerdem konnte er auf dem Deck eines Schiffes stehen und Schiffer spielen, wenn Hermann es so wollte. Von dem Gerede über Gold und Mineralien hielt er nichts, auch wenn andere Leute glaubten, diese wären im Granitgneis, von dem es hier überall so reichlich gab, zu finden!

Doch wie immer wurde Eduard ernst, wenn der Bauer aus der Spanbucht kam und etwas von ihm wollte. Im Laufe der Jahre hatte er bei ihm schon oft gutes Geld verdient, nicht zu reden von der Achtung, die Eduard mit der Zeit vor Hermann bekommen hatte, denn dieser trank keinen Alkohol, holte keine losen Weiber an Bord und verteilte keine unnötigen Ohrfeigen.

Diesmal aber war Hermann nicht gekommen, um ihn als Schiffer anzuheuern. Der neue Kutter lag zwar bestens ausgerüstet und vorbereitet vor Anker unten im Hafen, nach welchem er auch seinen Namen bekommen hatte: Der Kutter war ›Hildershafen‹ getauft worden, und sogar Eduard war stolz auf diesen Namen, denn jetzt würden die Leute in Henningsvaer oder Kabelvaag danach fragen, wo in aller Welt Hildershafen wohl liege.

»Du könntest auch etwas Gold gebrauchen, du Nichtsnutz«, meinte Hermann an diesem Vormittag, als er Eduard zu Hause aufsuchte. »Schau dir nur das Dach deines Wohnhauses an, es leckt wie ein Sieb. Und dann erst die Scheune!«

»Ich scherze doch nur«, sagte Eduard etwas vorsichtiger.

»Na ja, du bist nicht der Einzige, der an all dem Neuen zweifelt. Ich bin aber davon überzeugt, dass man beim Goldschürfen Geld verdienen kann, ja, das bin ich!«

Sie standen in der offenen Tür – Eduard, Anna und die kleineren Kinder.

»Hast du schon etwas gefunden?«, wollte Eduard wissen.

Hermann wies mit dem Finger auf die Landschaft vor ihnen:

»Ein Streifen verläuft durch das ganze Land hier, die ganze Gemeinde Aareid liegt auf einer Gesteinsart, in der es Mineralien geben könnte. Das sagen die Fachleute.« Aber Hermann hatte noch mehr auf dem Herzen, denn unter dem Arm hatte er eine Karte, auf der mehr zu sehen war. »Warum sollten nicht auch wir in unseren bergigen Hügeln etwas finden? Draußen am Meer haben sie auch einiges gefunden.«

»Es ist aber nicht gerade einfach, danach zu graben«, meinte Eduard und erlaubte sich, an der Sache zu zweifeln.

Hermann schüttelte den Kopf über so viel Unwissenheit.

»Die Waldweiden haben eine günstige Lage, es wäre verhältnismäßig einfach, den Kies zu sprengen und ihn zum Meer hinaus zu befördern. Und es gibt noch andere, die genauso verrückt sind wie wir, wenn es um diese Sache geht. Bald kommen die Engländer ...«

»Du meine Güte!«, Eduards Frau Anna schlug die Hände zusammen.

Sie blieben wie gebannt stehen und schauten ihm nach, als er ging. Zuerst aber hatte Eduard etwas versprechen müssen: Dass er mit Hermann durch die Waldweiden gehen würde, wenn dieser im Frühjahr aus Nordnorwegen zurückgekehrt sei.

Hermann hatte aber Eduard nicht alles gesagt, denn er wollte nicht, dass es schon jetzt an den Tag kam. An seiner Brust trug er ein seltsames Dokument, das vielleicht die ganze Gemeinde hier in Aareid auf den Kopf stellen könnte. Ja, vielleicht würden die Leute sogar eine neue Zeitrechnung anfangen – vor und nach dem Goldschürfen!

Hermann ging nicht auf direktem Weg nach Hause, es zog ihn in die Waldweiden. Auf der Schulter trug er einen kleinen Hammer und einen Meißel, er hatte das Gefühl, als würde ihm ohne dieses Werkzeug etwas fehlen. Dabei dachte er daran, dass die Nachbarn sicher völlig aus der Fassung geraten würden, wenn sie etwas über das Papier an seiner Brust erfahren würden.

Manchmal hatte er seine Zweifel gehabt, denn es könnte natürlich auch schief gehen. Doch schließlich musste das Alte dem Neuen weichen, und in diesem letzten Jahr hatte er gelesen und überlegt, war in den Waldweiden herumgezogen und hatte die vielen grauen Steine mit neuen Augen gesehen. Sigrid auf dem Unterhof hatte zugestimmt, dass er in ihren Waldweiden nach Herzenslust schürfen dürfe. Gabriel konnte nichts mehr dagegen sagen, Hermann konnte tun und lassen, wie er es selbst für richtig hielt. Er war sogar draußen auf den Inseln gewesen, hatte sich den Betrieb dort angesehen. Fünfzig Männer waren hier im Steinbruch beschäftigt, und obwohl sie bisher nichts Nennenwertes an Gold gefunden hatten, gab es Kies und anderes, was die Engländer gebrauchen konnten. Schiffe wurden beladen, und er hatte sich vorgestellt, wie die großen Schiffe in der Spanbucht unterhalb der Weiden vor Anker liegen würden, dort, wo die Felsen steil ins Meer hinabstürzten.

Das Laub hatte schon angefangen, sich zu verfärben, der Pfad schlängelte sich neben Ebereschen, die voller Beeren hingen, entlang. Hermann hörte den gedämpften Klang einzelner Schafglöckchen und stellte fest, dass auch die Leute in Vatna die Schafe aus dem Gebirge heimgeholt hatten. Henrikka sorgte dafür, dass alles rechtzeitig erledigt wurde, dem Zufall wurde nichts überlassen. Der Pfad war schmal und zugewachsen, die Zweige rissen ihm immer wieder den Hut herab. Nachdem die Bauern damit aufgehört hatten, Ziegen zu halten, wucherte der Birkenwald.

Die Karte. Es war die Karte, die ihm alles verriet. Dort stand schwarz auf weiß, dass dieses lang gestreckte Tal – vom nackten Hochgebirge bis zum Vatnafjord hinunter – von alters her dieses Neue, das wiederum gar nicht neu war, im felsigen Boden versteckt hielt.

Manchmal aber wurden seine Füße in eine Richtung gelenkt, die er eigentlich nicht vorgehabt hatte einzuschlagen. Hermann blieb an einem Bachbett stehen, es war nur ein kleines Bächlein mit nackten Erlenwurzeln zwischen glatten Kieselsteinen. Dort gab es ein Wasserloch, das jetzt von glitschigem Moos ganz zugewachsen war, daneben eine gemauerte Felsplatte. Das war die Waschstelle auf der Flachalm gewesen. Durch den Wald, der wegen des Laubfalls schon Blätter verloren hatte, konnte er oben auf dem Hügelkamm die Häuser erahnen. Seit Jahren war er nicht mehr hier gewesen. Was hatte er auch hier zu suchen!

Es war Vesperzeit, denn die südliche Gebirgsseite des Folkabergethügels lag schon halb im Schatten. Noch blitzte die Sonne etwas in den kleinen Fensterscheiben des Wohnhauses, das war aber auch schon die ganze Herrlichkeit. Die Fensterscheiben des winzigen Kämmerchens fehlten, Wind und Wetter hatten sie geholt, die Sprossen waren verbogen. Das Dach hielt noch, doch einige Steinplatten waren aus den Fugen gerutscht, sodass Wasser durchsickern konnte. Hermann stieg auf den großen Stein an der höher gelegenen Seite des Hauses und schob die Steinplatten wieder auf ihren Platz zurück. Er wusste nicht, warum er es tat, vielleicht für diejenige, die für ihn hier immer anwesend war, es war und blieb nun einmal so.

Er ging um das Dach herum, wusste nicht, warum er hierher gekommen war. Er brauchte kein schlechtes Gewissen mehr zu haben, wenn er an sie dachte, denn an seiner Seite gab es niemanden mehr. Doch nun hatte sie jemanden an ihrer Seite. Jetzt verausgabte sie sich irgendwo draußen auf den Inseln in der Nähe von Bergen, hatte halbwüchsige Kinder, die nicht einmal ihre eigenen waren, vielleicht hatte sie auch selbst zwei oder drei, was wusste er schon? Ihre Haare waren sicher verblasst wie die Wiesen neben dem Wohnhaus auf der Flachalm, ihre Hände waren sicher auch nicht mehr weich nach jahrelanger harter Arbeit. Doch ihr Bild wollte nicht weichen: Er sah sie, wie sie in der ersten Nacht gewesen war und in den anderen Nächten, alles, was ihm seine Vernunft beigebracht hatte, war eine einzige Lüge.

Der Kümmel wuchs gut auf der Flachalm, an der Nordseite des Wohnhauses gab es viel davon. An der Südseite des Hauses wuchs Rainfarn. Die Chrysanthemen leuchteten immer noch aus dem vielen Grün hervor, als wollten sie nicht wahrhaben, dass bald der Spätherbst mit Schneetreiben kommen würde.

Nein, er hätte niemals hierher kommen dürfen. Doch es gab so viel, das er nicht hätte tun sollen. Dabei war ihm wieder, als würde jemand neben ihm stehen und ihm zuflüstern: Du solltest dir einen Menschen suchen, der zu dir gehört, Hermann. Du kannst sowieso nicht den Mond und die Sterne herunterholen.

Die Stimme kam aber nicht aus der Richtung, aus der sie hätte kommen sollen. Sich einen Menschen suchen? Das hatten die Leute früher gemacht, damals waren sie stets vernünftig gewesen. Er aber hatte immer noch die Vorstellung, dass er eines Tages jemanden kennen lernen würde, jemanden, der ganz einfach für ihn da sein würde – ohne Fragen und ohne Antworten. Eines Tages würde er in einen Hafen hineinsegeln, den er noch nicht kannte, und hier so jemanden finden.

Doch die Welt war merkwürdig, es lag nicht viel zwischen diesem Wunderlichen, das er nicht in Worte fassen konnte, und der alltäglichen Gier nach dem Materiellen.

Von dem Felsen, auf dem er jetzt saß, direkt unterhalb des Wohnhauses, war ein Stück abgefallen, herausgesprengt von Frost und Eis, und in dem grauen, nackten Gebirge sah er das, wonach er die letzten Wochen gesucht hatte: kleine, dichte Punkte, blanke Streifen in dem vielen Grau!

Hermann schaute sich um, als hätte er Angst, dass ihn jemand beobachten könnte. Dann bückte er sich nach dem Werkzeug, zielte genau und begann, auf den nackten Felsen einzuhämmern.

Der Felsen war hart, wie es sein sollte. Hermann blies den felsigen Staub weg und machte weiter, merkte nicht, dass die Sonne schon im Westen stand und dass bereits ein Schatten über Vatna und die bewaldeten Talseiten fiel. Jetzt vergoldete die Sonne nicht mehr das Fenster, der kalte Schatten verkündete, dass sich der Abend näherte.

Nachdem er mehrere Felsenstücke losgeschlagen hatte, kehrte er die einzelnen Stücke zusammen und trug sie in die Scheune. Dann untersuchte er seinen Fund. Alles, was er gelernt und gelesen hatte, fiel ihm wieder ein, alles, was Maler-Gunnars Neffe in Ljoneset ihm erzählt hatte. Es gab keinen Zweifel mehr. Die Karte sagte die Wahrheit.

Er richtete sich auf, blieb stehen und schaute sich um. Die ganze Talseite hinab waren grauweiße Felsen zu sehen. Der Laubwald und die kleinen Bäume dazwischen verrieten, dass man hier etwas finden könnte.

Als er die Abkürzung unterhalb des Folkabergethügels nach Hause nahm, war ihr Gesicht irgendwie in die Ferne gerückt. Jetzt sah er nur noch einen Steinbruch vor sich und weiße Felsen, die niemand zuvor bemerkt hatte …

In dieser Nacht träumte er vom blauen Gebirge mit Silber und etwas Leuchtendem, dessen Namen er nicht kannte, alles war ein einziges Durcheinander. Mittendrin lag ein kleines Häuschen, Qualm stieg aus dem Schornstein hoch, jemand trällerte ein Lied.

Ingeborg hatte einen Krückstock bekommen und hatte sich mit ihrer Hilflosigkeit abgefunden, sie begleitete ihn mit den Augen, als er sich morgens zurechtmachte, um wegzufahren. Hatten sie nicht heute vorgehabt, die Schafe zu scheren? Er dürfe doch Lea nicht mit den großen Schafböcken alleine lassen? Sie konnte es einfach nicht sein lassen, hatte kein Verständnis für die neue Zeit. Hermann redete ihr nach dem Munde, sollte sie doch glauben, was sie wolle. Er schickte Abel zum Schafstall, um Lea zu helfen, und für Jakob war es ein großer Tag, denn er durfte den großen Schafböcken so nahe kommen, wie er wollte, wenn Lea sie festgebunden in ihrem Schoß hielt. Als er um die Ecke ging, hörte Hermann, wie Lea dem Jungen etwas vorsang, ein altes Kinderlied:

Gehen wir ins Wäldchen,
suchen uns ein Stöckchen,
kitzeln den Fuchs am Schwänzchen …

Henrikka war zu Hause, als er nach Vatna kam. Wo hätte sie auch sonst sein sollen? Sie trocknete die Hände an der Schürze ab und bat ihn in die Wohnstube herein. Alles war wie früher, nur der Schrank, in dem Simon seine Papiere und die alten Bücher aufbewahrt hatte, war verschunden. Hermann vermisste ihn, genauso wie er seinen alten Wohltäter vermisste.

Sie schaute misstrauisch auf das Dokument, das Hermann auf den Tisch legte, sagte wenig, hörte aber umso aufmerksamer zu. Hermann redete mehr, als er eigentlich vorgehabt hatte, denn diese Frau saß mit ihrem offen zur Schau getragenen Zweifel da, tat, als wisse sie nicht, was Gold und Silber sei.

Als er schwieg und wartete, wirkte sie irgendwie erleichtert:

»Weißt du, was ich geglaubt habe, als du kamst, Hermann? Dass du so wie früher einmal mit mir über eine Heirat reden wolltest!«

Sie sagte es geradeheraus, scherzte nicht, wollte ihn auch nicht auf den Arm nehmen. Er spürte aber, dass etwas Ungewöhnliches mit ihm passierte, er bekam ein hochrotes Gesicht, schob das Dokument von sich weg und blieb ohne ein Wort mit den Händen auf den Oberschenkeln sitzen.

Dann legte sie eine Hand auf sein Knie und sagte: »Ich habe es nicht böse gemeint, habe nur das gesagt, was ich dachte. Du bist jetzt lange alleine gewesen, Hermann.«

Er hätte sagen können, dass er noch länger alleine bleiben müsste, bevor er mit einer solchen Absicht nach Vatna kommen würde, er sagte es aber nicht. Ihre großen, milden Augen ruhten auf ihm. Sie war eine ganz besondere Persönlichkeit, sie war Vatna selbst.

»Was meinst du dazu?«, fragte er stattdessen. »Würdest du mir die Schürfrechte für die Waldweiden in Vatna geben?«

Sie blieb sitzen, ließ ihn nicht aus den Augen.

»Es ist seltsam zu hören, dass du dich für diese Sache derart interessierst, Hermann. Du hast zwei Kutter, du hast den Helgeshof, du hast kaum noch Schulden, wenn man den Leuten glauben darf. Und dann möchtest du dir auch das noch zumuten. Ja, ja, es geht mich nichts an, und du darfst graben, wo du willst, wenn du anständig bezahlst. Du musst mir aber versprechen, dass du den Äckern und Wiesen keinen Schaden zufügst!«

»Nein«, sagte er erleichtert, »natürlich nicht.« Er würde schriftlich festhalten, wie er mit dem fremden Besitz umzugehen gedenke. »Ich möchte aber die Flachalm mit dabeihaben …?«

»Was willst du mit dem abgelegenen Stückchen dort oben?«, fragte sie.

Hermann meinte, es sei doch das Beste, die ganzen Waldweiden mit einzuschließen, wenn man es schon mal aufs Papier bringe.

Henrikka schien nachzudenken.

»Ich habe Inge einmal alles dort oben versprochen. Ob etwas daraus wird, weiß ich nicht, ich breche aber ungern mein Wort.«

Inge. Er hatte das Gefühl, als hätte sie ihn auf den Mund geschlagen. Aber er war dem Ziel nun so nahe und wollte es nicht aus den Augen verlieren:

»Inge kann doch jetzt unmöglich ein Interesse an der Flachalm haben!«

Er hatte ihren Namen seit langem nicht mehr ausgesprochen. Er sah jetzt nur den Felsen dort oben vor sich, die kleinen glitzernden Steine.

»Du bist die Besitzerin, Henrikka. Seit wann haben die Häusler etwas zu sagen?«

Sie unterschrieb das Papier, bevor er aus dem Haus ging. Die Flachalm war mit keinem Wort ausdrücklich erwähnt, es stand aber ›nicht bebautes Land‹ geschrieben, und die Flachalm war sowieso nicht ins Grundbuch eingetragen.

»Was hast du mit diesem Papier vor?«, fragte Henrikka. »Ich verstehe so wenig von diesen Dingen, Vater hat sich immer um das, was geschrieben werden musste, gekümmert.«

Obwohl er eigentlich gehen wollte, setzte er sich wieder auf die Bank und ließ sich Zeit: »Dieses Papier wird am nächsten Sonntag beim Kirchgang auf dem Kirchplatz vorgelesen. Ich kann dir den genauen Wortlaut sagen.«

Daraufhin las er ihr vor, was er geschrieben hatte, er hatte es nach der Kopie eines Mutscheines, den er sich besorgt hatte, aufgesetzt. Sie blieb ruhig sitzen, während er ihr vortrug:

»Ich, die Unterzeichnerin, Landwirtin Henrikka Simonstochter Vatna, verpachte hiermit an Hermann Gerdsohn Spanbucht das Erz und die Mineralien, sei es Eisenerz, Kupfererz, Schwefelerz, Bleierz, Zinnerz oder anderes Erz, das beim Abbau auf meinem bebauten oder unbebauten Eigentum gewonnen oder verschifft werden wird, von dem oben genannten Hermann Gerdsohn Spanbucht oder von der Person oder der Firma, an die er eventuell dieses Recht übertragen sollte, zu einer Pachtabgabe von 32 Öre für jede abgelieferte Tonne, diese Abgabe soll mir vierteljährlich ausgezahlt werden.«

Als er fertig war, blieb sie schweigend sitzen. Er befürchtete, dass sie den Inhalt nicht verstanden hatte. Dann kam sie aber irgendwie wieder zu sich, nahm die Schreibfeder und unterschrieb mit deutlichen Buchstaben.

»Ich freue mich, dass du wieder den Weg nach Vatna gefunden hast, Hermann, auch wenn du mit diesem Auftrag kommst.« Das war ein seltsamer Gruß zum Abschied.

Er hatte noch mehr Besuche vor, er war ganz besessen davon. Der Knecht des Polizisten oder der Küster würden etwas zu lesen bekommen!

Henrikka aber begleitete ihn hinaus, und man sah ihr nicht an, dass sie vielleicht gerade ihren Hof in die Hände von Räubern gegeben hatte. Hermann hatte das Gefühl, als hätten sie nur von dem einmaligen Herbstwetter gesprochen. Da sagte sie, als wollte sie ihn nicht gehen lassen: »Meine Nichte wird jetzt im Herbst zu mir ziehen. Es ist schlimm, als Frau alleine zu leben. Marita ist ein prächtiges Mädchen, ihresgleichen musst du lange suchen!«

So trennten sie sich, Henrikka auf der Türschwelle und er mit einem Papier unter dem Arm und Arbeitsgerät auf der Schulter. Sie könnte gern weiter von ihren Nichten erzählen, heute hatte er anderes im Sinn.

Den Weg nach Hause, durch Gestrüpp und Heidekraut, nahm er gar nicht wahr, die Gedanken schwirrten in seinem Kopf herum. Die Sache mit der Flachalm hatte ihn unsicher gemacht, nicht, weil es Inges Zuhause gewesen war, sondern wegen des Versprechens, das Henrikka erwähnt hatte. Wenn er aber das Papier auf dem Kirchplatz öffentlich bekannt gegeben hätte, würde es sofort gültig sein. Er machte sich Sorgen, weil er sich vielleicht mit Inge oder ihrer Familie anlegen müsste, wenn jemand von ihnen auf die Idee kommen sollte, aus Amerika zurückzukehren. Vielleicht könnte er auf dem Fischmarkt in Bergen ihren Ehemann ausfindig machen? Es wäre schlimm, wenn er wegen dieser Sache zum Betrüger würde, aber nach allem, was er heute gesehen hatte, müssten die Felsenkuppen unterhalb des Wohnhauses auf der Flachalm verschiedene Mineralien beinhalten. Er hatte vor, mit Maler-Gunnars Neffen hinzugehen, wenn dieser am Wochenende in die Spanbucht kommen würde!

In dieser Nacht träumte er von der Flachalm: Es glitzerte in den Felsen dort oben, und immer war *sie* dabei. Er hatte sich aber keine sündigen Gedanken über das, was anderen gehörte, gemacht! Oder waren Träume schon Sünde?

In der nächsten Zeit gab es viel zu tun: Die Fahrt in den Norden musste vorbereitet werden, außerdem wollte er nach Bergen fahren, um sich nach den Preisen zu erkundigen und mit einem neuen Fischaufkäufer einen Vertrag abzuschließen, denn die Firma, mit der er seit Jahren zusammenarbeitete, taugte nichts mehr. Er wollte mit Leuten, die mit Gewicht und Schnaps betrogen und schummelten, keinen Handel betreiben. Hermann hatte schon einen neuen an der Hand, er war zwar etwas schwerfällig, stand aber zu seinem Wort.

Er hatte auch noch etwas anderes zu erledigen und stand schon bald er in der Wohnstube des Bauern auf Indre-Vatna, hatte Papiere dabei und wollte sich über Schürfrechte unterhalten. Zwischen diesem Bauernhof und Henrikkas Besitz lag ein großer See, es war aber nicht nur das Wasser, das die Höfe trennte: Ein alter Streit zwischen Simon und dem Alten auf Indre-Vatna war mit den beiden Alten nicht aus der Welt geschafft worden. Hermann wusste nicht, worum es ging, wollte es auch nicht wissen – er hatte nur ein einziges Ziel: Die Schürfrechte zu bekommen.

Der Bauer, Björn, saß schweigend da und hörte sich an, was Hermann zu sagen hatte. Sie saßen auf dem Ehrenplatz für Gäste, es war aufgetischt worden, und alles schien in bester Ordnung. Es lag aber in den Augen des anderen etwas, das Hermann unruhig machte. Egal, wie er sich ausdrückte, Björn ließ sich von der Gier dieser Welt und von der Hetze nach Geld nicht anstecken. Es half alles nichts, Hermann musste andere Töne anschlagen: Viele, die in Amerika einem unsicheren Schicksal entgegensahen, könnten hier in der Heimat Arbeit finden, und die verarmten Häusler hätten wieder eine Beschäftigung und würden Geld verdienen.

Doch Björn Indre-Vatna ließ sich von dem Gerede nicht beeindrucken. Er sei der Meinung, man dürfe es den Leuten nicht zu einfach machen, sie müssten zuerst einmal zeigen, was in ihnen stecke!

Dann versuchte Hermann es anders: Als letzten Ausweg zog er die Karte hervor. Sie wurde auf dem großen Tisch in der Wohnstube ausgebreitet, und während Hermann erklärte und von Kalkstreifen und Schieferschichten erzählte, nahm Björn seine Brille und folgte Hermanns Zeigefinger mit zusammengezogenen Augenbrauen. Doch egal ob es sich um Bleierz, Kupfererz, Schwefelkies oder Silber handelte, Björn hatte anscheinend Wachs in den Ohren. Er legte seine Brille zur Seite, und als Hermann über den Unterschied zwischen Felsengold und Waschgold sprach, verzog er keine Miene. Hermann hätte genauso gut gegen eine Wand reden können.

Als Hermann ruhiger wurde und nichts mehr zu sagen hatte, bat Björn ihn, mit hinauszukommen. Als sie auf den üppigen Wiesen unterhalb der Häuser standen, zeigte Björn auf sein Reich mit schwarzen Äckern, mit weidenden Tieren auf den gemähten Hügeln, stand wie Moses da:

»Das hier hat mich sozusagen meine ganze Kraft gekostet. Glaubst du, ich möchte es von Vandalen zerstören lassen?«

Es gehe doch nur um die Waldweiden, meinte Hermann.

»Hier gibt es nichts von dem, wonach du suchst.« Björn schnaubte verächtlich.

»Wenn du mich suchen lassen würdest, könnte ich dich schnell vom Gegenteil überzeugen.«

Da drehte sich Björn zu ihm um:

»Ich habe dich für klüger gehalten, als dass du herumrennst und die Leute auf Irrwege führst. Fahr lieber nach Hause in die Spanbucht und kümmere dich um das, was dir gehört, da hast du genug zu tun!«

VI

Am Tag nach der misslungenen Fahrt nach Indre-Vatna passierte einiges, was den Widerstand dort wieder gutmachte. An diesem Herbsttag kamen Leute in die Spanbucht, banden ihre Boote neben dem Laberg fest und stiegen mit langsamen Schritten zum Hof herauf. Das war nichts Außergewöhnliches, es kamen öfter Besucher auf den Helgeshof. Die Neuankömmlinge waren aber weder Häusler noch junge Männer, die für die Fahrt nach Nordnorwegen anheuern wollten. Die meisten von ihnen waren Bauern, und sie waren von diesem Neuen, das die Aareidgemeinde zur Zeit heimsuchte, angesteckt worden, und zwar von der Jagd nach irdischen Gütern. Sie wollten sich am liebsten mit Hermann unter vier Augen unterhalten, boten ihm ihre nackten Felsen an. Dabei versprachen sie sich eine annehmbare vierteljährliche Rendite.

Sie wurden von Hermann freundlich empfangen und in die Wohnstube gebeten. Dort stand in einer Ecke eine Schatulle mit Schreibsachen und Papieren, genau wie beim Polizeibeamten oder beim Pfarrer daheim. Hermann hatte Ordnung in seinen Sachen: Nicht nur die Dokumente, die zum Hof gehörten, waren da, sondern auch die Protokolle, die Abrechnungen und die Buchführung über die Fahrten nach Nordnorwegen. Außerdem war jetzt dieses Neue dazugekommen, mit dem er besonders vorsichtig umging: Abschriften von Dokumenten mit Schürfrechten, Meldungen über neu gegründete Bergwerke und etliche vergilbte Zeitungsausschnitte. Er hatte sogar einige Gesteinsproben gesammelt, obwohl sie nicht so erstklassig waren wie diejenigen, die er bei Gunnars Neffen gesehen hatte, als er den neuen Kutter kaufte.

Ob er sich ihre Höfe anschauen könnte? Hermann spürte eine Spannung, die ihn nicht loslassen wollte. »Du schickst sie bitte sofort wieder nach Hause«, hatte Ingeborg gesagt, als sie ihn draußen im Flur alleine zu sprechen bekam. »Du darfst sie nicht dazu überreden, ihre Rechte auf 99 Jahre zu verpachten!«

So war es im Alter, das wusste Hermann. Man sah nur noch einen einzigen Weg vor sich, und zwar den, der zum Grab und zum Himmelreich führte. Das kümmerte ihn nicht, denn das, was er jetzt vorhatte, war größer als alles, was man in der Gemeinde bisher gekannt hatte.

Diejenigen, die auf den Hof gekommen waren, hatten etwas gesehen, was die anderen noch nicht sehen wollten, hatten verstanden, dass es im Leben mehr gab, als Korn und Kartoffeln anzubauen, Fisch für den Eigenbedarf zu fangen oder Kinder großzuziehen. Sie hatten die Geheimnisse der Berge gesehen, das, was nicht einmal die Weisen und Vernünftigen zu sehen bekommen hatten!

Das sagte er ihnen allerdings nicht, wollte sie nicht unnötig aufregen, das wäre nicht gut gewesen. Er saß mit Jakob auf den Knien und hörte ihnen zu, erzählte, wie sie am besten schürfen könnten, versprach, sich ihre Felsen anzuschauen. Schließlich holte er die Karte hervor, die eine Schiefer- und Kalkschicht zeigte, auf der ihre Wiesen seit Tausenden von Jahren geruht hatten, mit all den Reichtümern, die dazugehörten. Das machte allerdings keinen besonderen Eindruck auf sie, denn sie beschäftigten sich mehr mit ihrer eigenen kurzen Zeit auf Erden als mit den unendlich vielen Jahren, die jetzt zur Geschichte gehörten, was auch verständlich war.

Er weihte sie in seine Geheimnisse ein, erzählte ihnen von Schwefel, Blei und Erz. Sie fragten, ob es wahr sei, dass er Gold gefunden habe. Gold? Ob sie nicht wüssten, dass es manchmal nur vier Gramm reines Gold in einer Tonne Schwefelkies gäbe?

Auch das schreckte sie nicht ab, denn Gold war Gold, auch wenn es sich nur um vier Gramm handelte. Es gab schließlich eine unheimlich große Menge an Felsen und Steinen – davon hatten sie mehr als genug!

Das wusste Hermann auch, viele von ihnen besaßen Felder, wo man nur schwer etwas anbauen konnte, wo der Hafer verdarb und die Braunfäule die Kartoffeläcker heimsuchte, wenn die Sommer trocken waren. So war es für sie keine große Überwindung, ihren Besitz für Gebirgssprengungen und Goldsuche auf 99 Jahre zu verpachten.

Er versprach ihnen nichts, doch als sie gingen, hatten sie einen neuen Glanz in den Augen. Hermann stand mit seinem kleinen Sohn neben sich auf der großen Steinplatte vor der Haustür und schaute ihnen nach. »Wollen sie nach Gold suchen?«, fragte Jakob, bevor er zum Apfelhügel rannte, um mit den Kindern dort zu spielen. »Vielleicht«, antwortete sein Vater. Jakob aber lebte in seiner eigenen Welt, die ganz anders als die der Erwachsenen war. »Was ist Gold?« Hermann musste lachen. »Das ist das Wertvollste, was du besitzen kannst, Jakob«, sagte er. Später aber bereute er seine Worte: Warum hatte er dem Jungen eine derart sinnlose Antwort gegeben? Wenn er es seiner Großmutter erzählte, würde es einen Riesenkrach geben.

Doch Ärger gab es sowieso, sonst wäre Ingeborg nicht sie selbst gewesen. Es gehöre sich nicht für einen erwachsenen Mann, sich mit diesem Blödsinn abzugeben, sagte sie ihm eines Tages auf den Kopf zu, als sie am Mittagstisch saßen und Hering aßen, sodass der Knecht und die Magd und auch Lea es hören konnten. »Du führst sie alle in die Irre, genau das tust du!«

Lea konnte den Mund nicht halten, denn sie hatte schon frühzeitig zum Ausdruck gebracht, dass ihr all das gefiel. »Jemand muss doch endlich einmal etwas Neues anfangen.« Sie lachte, als sie es sagte, lachte schallend, wie so oft, und Hermann mochte dieses Lachen. Hier lachte sonst keiner.

Ingeborg lachte nicht. »Davon hast du keine Ahnung«, meinte sie gutmütig. Da mischte sich auch noch der Knecht ein, wagte jetzt endlich seine Meinung laut zu äußern, denn bald würde der Oktober mit dem Umzugstag kommen. »Draußen auf den Inseln verdienen sie sich am Bergbau dumm und dusselig! Ich habe selbst vor, im Steinbruch dort zu arbeiten!«

»Du wirst dir auch noch die Hörner abstoßen«, antwortete Ingeborg kurz. Dann wandte sie sich wieder Hermann zu: »Du bist auch in Vatna gewesen?«

Das schon, doch wer zum Teufel habe ihr das zugetragen? Sicher die Mägde, denn sie tratschten alles weiter.

Ingeborg hatte sich erstaunlich gut erholt. Es war wie ein Wunder, jetzt benutzte sie nur noch einen Stock und konnte überall wieder herumrennen. Es wäre für ihn viel besser gewesen, wenn sie sich aufs Altenteil zurückgezogen hätte, dann hätte sie in ihrer Kammer sitzen und in der Bibel lesen können, hätte die Welt außerhalb der Spanbucht nicht mehr beachtet. Das war aber eine trügerische Hoffnung. Wenn er einen Menschen an seiner Seite gehabt hätte, wäre vielleicht vieles anders gewesen. Nun war sie aber ganz und gar davon überzeugt, dass niemand Gottes Gaben so schätzte wie sie selbst. Es war ihr völlig egal, dass er mehrere Kutter besaß, an der ganzen Küste entlangsegelte und Fischhandel betrieb – in ihren Augen würde er wohl nie etwas anderes werden als ein einfacher Schiffsjunge.

Er hatte in solchen Situationen aufgehört, ihr zu antworten, es war einfacher so. Dann seufzte sie nur, und eine schwarze Wolke verdunkelte ihr Gesicht. Lea begann, davon zu erzählen, dass einige Schafe, die sich auf einem Bergabsatz verlaufen hätten, gerettet worden seien, es nützte aber nichts. Ingeborg saß da, starrte vor sich hin. Sie war zwar nicht beleidigt, doch das Ganze gefiel ihr nicht, und er bekam Mitleid mit ihr.

Da schaute sie ihn an und begann wieder von neuem:

»Gabriels Sigrid war hier, sie hat erzählt, dass du vorhast, auf der Landspitze ein Eishaus zu bauen. Stimmt das?«

Hermann wurde blass. Zum Teufel noch mal, das hier war schlimmer, als er zuerst gedacht hatte. Er schob den Heringsteller weg, trocknete sich den Mund ab und strich mit der Hand über seinen Bart.

»Ja«, sagte er, »das habe ich vor.«

Dann lachte Ingeborg endlich, es war aber kein gutes Lachen.

»Willst du dich ganz und gar zum Gespött der Leute machen?«

Jetzt sagten die anderen nichts mehr, sogar Lea hielt den Mund.

»Mit Eis kann man Geld verdienen.«

Sie war wie eine Klette:

»Was in Gottes Namen hast du mit dem Eis vor?«

»Es nach England zu schicken, Mutter.«

Ingeborg schaute nach unten, fiel aus allen Wolken, schüttelte den Kopf.

»Nach England? Glaubst du, dass dort jemand Eis kaufen möchte?«

Er hatte jetzt genug davon. Schließlich erzählte er das, was bisher nur einer wusste, und zwar Johannes in der Bucht, der Maurer. Er habe vor, in einer geschützten Ecke draußen auf der Landspitze ein Eishaus bauen zu lassen, ein Haus mit dicken kühlen Mauern, damit im Frühjahr und im Frühsommer die Hitze draußen bleibe. Mitten im Winter würden sie auf dem Vatnasee riesige Eisblöcke schneiden und sie bis zum Frühjahr im Eishaus lagern. Dann würden Schiffe kommen und sie über die Nordsee bringen!

Von da an erwähnte die Mutter das verflixte Eishaus nicht mehr. Sie sah aber aus, als würde sie alle Sünden dieser Welt mit sich herumtragen. Früher hatte sie einen Grund gehabt, sich zu beschweren, damals, als alles auf dem Helgeshof verpfändet gewesen war. Mittlerweile saßen sie sicher auf ihrem Hof, hatten ihr Auskommen und noch mehr dazu. In einer Truhe in der Kammer hatte die Mutter ihr eigenes Geld, das sie beim Verkauf von Eiern oder anderen Nebenprodukten des Hofes zusammengespart hatte. Zwar waren die beiden Kutter nicht ganz abbezahlt, es fehlten aber nur noch kleinere Beträge. Auf dem Hof selbst waren keine Schulden mehr, dafür hatte Gundis Mitgift gesorgt, dachte er und empfand dabei gleichzeitig Schuld und Reue. Nein, die Mutter hätte dankbar und glücklich sein müssen, hätte sich wie ein Vogel im Baum freuen können, denn sie hatte dem Herrgott viel zu verdanken. Stattdessen machte sie sich ununterbrochen Sorgen, nicht nur wegen Dingen, die schon längst erledigt waren, sondern auch wegen kleinerer Versäumnisse. Zwar bewirtschaftete er seinen Hof nicht so wie Jakob Hesjaland, das gab Hermann bereitwillig zu. Aber trotzdem schien alles um ihn herum zu gedeihen, das musste doch auch sie sehen – er hatte seinen Fischfang, die vielen Fahrten und die Leute, denen er Arbeit geben konnte. Und sie würde nicht mehr lange warten müssen, das Beste würde noch kommen!

Manchmal tat sie ihm Leid. Sie war aus Folkaberget gekommen, die Menschen dort waren schwermütig. Der Helgesopa hatte ihm von dem neuen geistigen Leben erzählt, das um 1860 in den Ortschaften erwacht sei, beinahe jedermann sei im Bethaus aufgestanden und habe Zeugnis davon abgelegt. Das wäre alles gut und schön gewesen, hatte der Großvater gemeint, wenn sie nicht auch noch so getan hätten, als wäre alles Mögliche Sünde und alle Menschen nur arme Sünderlein. Der Großvater hatte Gottes Wort gern gehört, und sobald Hermann lesen konnte, hatte er ihm aus der Bibel vorlesen müssen. Weil es so gewesen war, hatte sich Hermann schon früh eine Meinung darüber gebildet, und Opa Helges Glaube gefiel ihm besser als der Glaube, den seine Mutter schwermütig mit sich herumtrug. Die beiden waren wie Tag und Nacht gewesen, und Ingeborg hatte für das christliche Getue des Alten nicht viel übrig gehabt.

Wenn sie aber früher wegen irgendeiner Sache böse mit ihm gewesen war, war sie plötzlich wie ausgewechselt, war auf ihn zugegangen, hatte ihn streicheln wollen. »Ich habe doch nur dich«, hatte sie dann manchmal gesagt, »ich will nur dein Bestes.« Diese Zeiten waren vorbei, jetzt betete sie manchmal tagelang, weil er ein so starrköpfiger Sünder war.

Hermann vermisste aber die Hand, die streichelte, ob sie nun der Mutter oder einer anderen Frau gehörte. Einmal hatte er eine solche Hand spüren dürfen – doch dafür hatte er teuer bezahlen müssen. Ob er das jemals vergessen konnte?

Der Alltag war ein Segen, er arbeitete hart, das Irdische stellte seine Anforderungen und sorgte für den gebührenden Abstand zum Himmel, egal ob es sich um den Himmel handelte, den man voller Träume in seinem Inneren mit sich herumtrug, oder ob es der sternenbedeckte Himmel dort oben war, von dem man sich ein ewiges Leben erhoffte.

Er sagte es dem Knecht und der Magd, die als unschuldige junge Menschen von den anderen sicher ausgefragt werden würden: Sie sollten bitte nicht weitererzählen, dass seine Mutter das Eishaus erwähnt habe. Sie hörten dem Bauern des Hofes wortkarg zu, denn er war es, der ihnen ihren Lohn auszahlte und ihnen auch ab und zu frei gab. Nein, sie würden kein Wort darüber verlieren! »Ich finde das Ganze großartig«, meinte der Knecht. Ob er beim Errichten der Mauern mithelfen dürfe? Er müsse Johannes in der Bucht fragen, antwortete Hermann, und außerdem dürften sie noch nicht anfangen, denn er habe noch nicht alles geregelt. Wenn er von Bergen zurückkäme, würde er mehr wissen.

Lea war anders. Obwohl Hermann sie anfangs verdächtigt hatte, leck wie ein Sieb zu sein, wenn es darum ging, Geheimnisse zu verraten, hatte er noch nicht feststellen müssen, dass sie etwas aus dem Hause trug. Nicht einmal Gudrun, ihrer Schwester, hatte sie etwas verraten, und das war ein Wunder, so wie die beiden manchmal tratschten. Lea war irgendwie so gutmütig. Vielleicht wollte sie mit ihrem Lachen böse Erinnerungen überdecken. Die Tatsache, dass sie als herumziehende Magd früh Verantwortung tragen musste, hatte sie geprägt.

»Ingeborg wird langsam alt«, sagte sie, als sie sich später am Tag unten an der Scheune trafen. Das sollte wohl heißen, dass er sich keine Gedanken zu machen brauche. Sie stand mit Jakob da, er lief ihr wie ein Hund hinterher, denn sie nahm sich immer Zeit für ihn. Für ihn war Lea nicht grob, männlich oder hässlich, in seiner Gegnwart drückte sie sich gewählt aus. Sie besaß etwas, was er vermisste, und er konnte ihr seine Zuneigung nur dadurch zeigen, dass er sich in ihrer Nähe aufhielt. Hermann hatte es schon früh bemerkt, hatte es den ganzen Sommer lang beobachtet. Am nächsten Sonntag, als er zur Kirche fuhr, musste er auch daran denken. Sie ruderten im großen Boot los, alle, die zum Hof gehörten, mit ihren Angehörigen, er selbst hatte nur den kleinen Jakob dabei.

Sie saßen auf der Kirchenbank, die für die Leute aus Hildershafen vorgesehen war, saßen dicht zusammengedrängt, während die Kinder stehen mussten. Sigrid war mit ihren beiden Jüngsten und der Magd gekommen, sie sah in ihrem Witwenstand schwarz und zugeknöpft aus. Als der Pfarrer die Psalmen vorlas und die Aufmerksamkeit der Gemeinde in Anspruch nahm, erinnerte sich Hermann an seinen Nachbarn. Gabriel war immer besonders geizig gewesen, beim Rudern hatte er die Hose ausgezogen, manchmal hatte er sogar in der Kirche *gestanden*, weil er seine Hose nicht unnötig strapazieren wollte, das war ihm jedenfalls nachgesagt worden.

Stattlich und gerade saß Ingeborg auf der Bank, so aufrecht wie eine junge Frau. Sie sang mit zarter, dünner Stimme, eine Brille hatte sie nie getragen, und Hermann hatte sie im Verdacht, das ganze Gesangbuch auswendig zu können. Neben ihr saß Lea, obwohl sie eigentlich zusammen mit Abel und Gudrun auf der Häuslerbank hätte sitzen sollen. Doch Jakob hatte es so gewollt, hatte sich an ihrem Rock festgehalten.

Auf dem Kirchplatz begegnete ihnen Ingmar, er war gerade bei Maler-Gunnar und Veronika zu Besuch, und Hermann lud ihn in die Spanbucht ein, obwohl er es dem Gesicht seiner Mutter ansehen konnte, dass es ihr nicht gefiel.

Anschließend gaben der Polizeibeamte und sein Knecht Verschiedenes kund. Die Leute hörten nicht zu, standen überall herum und unterhielten sich lauthals, das war die Nachpredigt. Schließlich hatte der Beamte keine Lust mehr, und der Küster musste übernehmen. Hermann stand neben seiner Mutter, denn jetzt waren die vielen Mutscheine mit den Schürfrechten an der Reihe. Als das Dokument aus Vatna vorgelesen wurde, sah er es im Gesicht der Mutter zucken, sie sagte aber nichts, auch später nicht, als sie zusammen mit Ingmar ins Boot kletterten.

Zuerst aber war der neue Polizeibeamte gekommen und hatte mit Hermann reden wollen, anschließend kam auch Bugge. Der junge Gerhard hatte sich gut herausgemacht, hatte eine Frau aus der Stadt geheiratet und Kinder bekommen. Er war leutseliger als sein Vater, und sein Spitzname wurde kaum noch benutzt, denn ›Dussel‹ sagte man nicht zu einem Mann, der viele Leute beschäftigte, der unten an den Kaianlagen Häuser bauen ließ, der den Dampfer abfertigte und alle Kutter in der Gegend ausstattete.

Unten an der Kirchhofsmauer – wo immer über Mammon und finanzielle Probleme geredet worden war – zogen die beiden Hermann zur Seite, fragten ihn, wie die Geschäfte liefen. Ob die vornehmen Herren aus Stavanger mit ihm Kontakt aufgenommen hätten?

Hermann antwortete ausweichend, wollte zuerst herausfinden, wie ihre Einstellung war, bevor er etwas verriet. Ob er wirklich vorhabe, in Gabriels Waldweiden anzufangen?

»Vielleicht, wenn keine Bergwerksleute kommen, die übernehmen wollen«, meinte Hermann, und als er es sagte, spürte er in seinem Inneren eine Welle von Freude und Begeisterung. Trotz des großen Risikos könnten sie sich vorstellen, sich zu beteiligen und einige Kronen zu investieren, sagte der Polizist.

Einige Kronen? Hermann stand so zuversichtlich da wie auf dem Deck seines Kutters. Hier würden einige Kronen nicht genügen: Man müsste sich entscheiden, Gewinn oder Verlust.

Aber draußen auf den Inseln laufe doch alles bestens, warf Bugge ein.

»Ach«, meinte Hermann, »das kann man so früh noch gar nicht sagen. Der große Gewinn kann aber noch kommen, wer weiß? Und sollen wir in der Zwischenzeit untätig hier herumsitzen und zuschauen, wie unsere Felsen mit Moos zuwachsen?«

Mehr wurde nicht gesagt. Es war auch mehr als genug gewesen, das sah er den beiden Männern an, und er sah es den anderen Kirchgängern an, die zur Seite traten, als er zu seinen Leuten zurückging, wo seine Mutter mit Ingmar aus dem Fjordinneren über Verwandtschaft redete, als würde es auf dieser Welt weder Gold noch Geld geben.

Es ereignete sich aber noch mehr auf dem Kirchplatz: Markus, dieser Nichtsnutz, kam und begrüßte seine Schwiegermutter und Hermann, als wäre er das unschuldigste aller Kinder Gottes hier auf Erden. Man sah es ihm und seinen Augen deutlich an, dass er wieder dem Alkohol zugesprochen hatte. Hermann hatte ihn in Verdacht, sich an diesem Gottesdienstsonntag auch schon einen Schluck genehmigt zu haben. Nein, Elisabeth habe nicht zur Kirche mitkommen können, antwortete Markus auf die Frage der Mutter, die Geburt stünde unmittelbar bevor! Er stand da, als hätte er eine große Leistung vollbracht, und Hermann spürte einen Stich in der Brust, sah die Schwester vor sich, aschfahl und schwerfällig. Arme Elisabeth! Sie hatte schon drei Kinder, die an ihrem Rockzipfel hingen, und Markus schaffte es kaum noch, seine Familie zu ernähren. Eigentlich hatte Hermann vorgehabt, in Kürze Elisabeth zu besuchen, wollte versuchen, diesen Markus zur Vernunft zu bringen. Ein hervorragender Schiffer war er, wenn er sich vom Alkohol fern hielt! Am liebsten hätte er seinem Schwager eine Ohrfeige gegeben, das würde aber auch nicht helfen. In letzter Zeit war Elisabeth so schweigsam geworden. Aber alles, was sie nicht sagte, verriet dem Bruder, wie viel schief gelaufen war.

Markus wollte etwas von ihm, das sah man ihm an. Er war sicher nicht gekommen, um bei Hermann um Gnade zu bitten, weil er wieder Schiffer sein wollte, es war aber deutlich, dass er etwas auf dem Herzen hatte. Unterwegs zu den Kaianlagen und den Booten rückte er damit heraus: Wenn es Hermann genau wissen wolle, draußen auf den Inseln seien sie jetzt völlig verrückt geworden. Sie schürften, als wären sie total durchgedreht. Markus habe es selbst gesehen, denn er habe Baumaterial für die neuen Häuser hingebracht.

»Haben sie noch mehr gefunden?«, wollte Hermann wissen.

Ob sie etwas gefunden hätten? Markus blieb mitten auf dem Weg stehen, stand mit gespreizten Beinen da und schaute sie alle der Reihe nach an. Als sie eines Tages in zwanzig Meter Tiefe gebohrt hätten, hätten sie ein halbes

Kilo reines Gold in einem Stein von einer Größe von einem halben Kubikfuß gefunden! »Dort draußen schürfen die Leute wie wahnsinnig, dreihundertfünfzig größere und kleinere Schürfgruben sind schon gemeldet worden!«

Niemand sagte etwas dazu. Hermann schaute seine Mutter an, sie sah aus, als betete sie zu Gott, weil sie hoffte, dass alles nicht wahr sei. Schließlich entfuhr es Sigrid: »Ein halber Kubikfuß!« Wahrscheinlich wusste sie nicht einmal, wie viel ein halber Kubikfuß war, vermutete Hermann. Er selbst spürte, wie sehr die Worte ihn überwältigt hatten. Auf dem Weg zum Fjord hinunter sprach Ingmar ihn an, er hörte es jedoch kaum, einen solchen Eindruck hatte das Ganze auf ihn gemacht. Er musste sich aber unbedingt wieder davon befreien, musste sich wie ein vernünftiger Mensch benehmen, und schließlich wurde die Fahrt nach Hause doch noch ganz schön. Er musste lernen, dass es für alles im Leben die richtige Zeit gibt, wie der weise Salomon gesagt hatte, und der wusste, wovon er redete. Hermann ließ den Sonntag Sonntag sein – bis sie wieder daheim waren, Suppe und Fleisch gegessen hatten und es sich gut gehen ließen.

Dann fragte Ingmar, ob er und Hermann einen kleinen Spaziergang durch die Waldweiden machen könnten. Er habe große Lust, dieses Gebirge zu sehen, von dem Hermann gesprochen hatte – unterhalb der Flachalm liege es, nicht wahr?

Hermann zog schnell eine Jacke an und begleitete ihn. Es war zwar immer noch Sonntag und damit ein Feiertag, es konnte aber unmöglich etwas Schlimmes sein, einer derartigen Beschäftigung nachzugehen – schließlich wurde ja kein Werkzeug oder Ähnliches angefasst.

Als sie auf der Flachalm ankamen, war es schon Abend, die Talseiten lagen halb im Schatten. Im Laubwald war es schon fast dunkel, nirgendwo sonst waren Menschen zu sehen. Ingmar zog einen kleinen Hammer aus der Tasche, klopfte hier und da am Felsen. Dann blieb er ab und zu stehen, befühlte die Gänge, die Hermann aus dem Berg gesprengt hatte, sein Atem ging tief und schwer. Hermann folgte ihm mit den Augen, denn hier war der Mann, der in ihm die Lust an all dem Neuen geweckt hatte.

»Du meine Güte, Hermann«, sagte Ingmar endlich. »Du meine Güte!«

Hermann wartete ab.

Ingmar putzte sich umständlich die Nase, steckte den Hammer wieder in die Tasche.

»Und du hast die Schürfrechte auf Papier?«

Hermann nickte. Er musste kurz an Henrikkas Worte denken – dass es jemanden gäbe, der vielleicht ein Recht auf die Flachalm habe. Er sagte es aber nicht, wollte Henrikka Vatna später zur Vernunft bringen.

Sie gingen näher an den Bergrücken heran, so weit wie der Vatnabesitz reichte, denn Ingmar war schier unersättlich, als könnte er nie genug von dem grauen Gestein und dem Geröll bekommen. Er war flink wie ein Wiesel, so schnell, dass Hermann ihm kaum folgen konnte. Er tastete aber den Felsen nicht mehr an, klopfte nirgendwo mehr, obwohl seine Hand immer wieder der Hosentasche mit dem Hammer gefährlich nahe kam.

Sie hörten es beide gleichzeitig: Ein gedämpftes Klopfen, als würde jemand immer wieder auf festes Gestein schlagen. Sie schauten sich gegenseitig an, es war Sonntag, wer konnte heute so etwas Sündiges vorhaben?

Sie kletterten über den Steinzaun zwischen den Vatnahöfen, schlichen durch das Geröll dem Laut nach.

Dann sahen sie es: Auf einem Felsvorsprung am Ende des Sees saß ein Mann mit krummem Rücken und hämmerte darauflos. Es klirrte und krachte, wenn der kleine Hammer den Gesteinsbohrer traf.

»Du glaubst es nicht – es ist Björn von Indre-Vatna!«, rief Hermann, und sie blieben beide erstaunt stehen.

Der Mann auf dem Felsen machte weiter, ungeachtet dessen, dass es Sonntag war. Schließlich war der Pfarrer schon längst von der Kanzel gestiegen! Doch Hermann hielt sich die Hand vor den Mund und lachte los, denn vor ihnen saß der Mann, dem angeblich weder Gold noch Silber etwas bedeuteten, der Mann, der das Gebirge nicht anrühren wollte!

Sie hätten den Kerl in Ruhe lassen können, hätten sofort gehen sollen. Hermann schaffte es aber nicht, sich zurückzuhalten, er überredete Ingmar, das Geröllfeld zu überqueren. Sie traten einen Stein los, und der Mann, der den Reichtum suchte, entdeckte sie und ließ den Hammer fallen.

»Was hast du auf dem Besitz eines anderen Mannes zu suchen?«, fragte er und starrte Hermann böse an. Hermann ließ sich nicht beirren, war der Meinung, dass er sich überall frei bewegen dürfe – da er keinen Hammer oder Steinbohrer mit sich führte.

»Du bist auf Goldsuche?«, Hermann konnte es nicht sein lassen, ihn auf den Arm zu nehmen.

»Ich werde dir gleich Gold geben«, sagte Björn, griff nach seinem Werkzeug, klopfte den Staub von seiner Kleidung und ging schwerfällig das Geröllfeld hinunter.

»Du brauchst nur Bescheid zu sagen, ich helfe dir mit dem Mutschein!«, rief Hermann ihm nach. Doch Björn beachtete ihn nicht mehr, wollte nur noch nach Hause.

Ingmar blieb über Nacht in der Spanbucht, hatte noch einiges vor. So saßen Hermann und er an diesem Abend lange in der Wohnstube, und Hermann lauschte seinen klugen Worten. Die Zeit näherte sich, er würde bald nach Nordnorwegen fahren müssen mit allem, was dazu gehörte, trotzdem schwirrte in seinem Kopf all dieses Neue herum. Stärker denn jemals zuvor kam das Gefühl in ihm auf, in einem Sturm unterwegs zu sein, doch es war ein guter Sturm, und er wünschte, dass er lange andauern würde. Ingeborg und alle, die so wie sie dachten, könnten über den

Tanz um das Goldene Kalb herum reden, so viel sie wollten. Er hatte selbst gesehen, dass dieser Tanz notwendig war, wenn man hier auf dieser Welt existieren und sein Glück machen wollte.

VII

Vierzehn Tage, bevor er fahren wollte, kam ein Mädchen mit einem Brief für Hermann an. Der Brief war von Elisabeth, er enthielt nur wenige Worte, aber sie waren recht vielsagend. Die Schwester hatte sich wohl dazu herablassen müssen, ihm zu schreiben, dachte er, denn Elisabeth war stolz. Dieser Markus hatte ihr damals den Kopf verdreht, obwohl sie, noch bevor sie mit ihm ins Bett gegangen war, gewusst hatte, dass er gern dem Alkohol zusprach.

Sie schrieb, dass sie keinen anderen Ausweg mehr sehe, sie müsse ihn um Hilfe bitten: »Wenn du Markus wieder anheuern würdest, und sei es nur als einfachen Fischer, so glaube ich, dass er damit zufrieden wäre.« Das war die ganze Botschaft. Sie schrieb nicht, wie es ihnen gehe, wie Markus sich benommen habe – kein einziges Wort darüber. Trotzdem wusste Hermann alles, als er den Brief wieder weglegte. Er ging direkt zu seiner Mutter und zeigte ihr die wenigen Zeilen. Ingeborg las sorgfältig Wort für Wort. Dann sagte sie: »Sie haben in Kürze Kindstaufe. Wir müssen hinfahren. Ach, du arme Elisabeth, du hast es nicht gerade gut getroffen!«

Am letzten Wochenende vor der Fahrt nach Nordnorwegen war es so weit, und sie fuhren zur Kindstaufe. Hermann hatte schon genügend Leute angeheuert, für Markus aber würde er die Türe einen Spalt offen lassen.

Wie es sich gehörte, hatte die Mutter Mitbringsel und gute Sachen dabei, und Elisabeths Augen nahmen einen glücklichen Glanz an, als sie sie unten am Fjord empfing. Es war fast wie in alten Zeiten, so kam es Hermann jedenfalls vor.

Markus und Elisabeth hatten einen kleinen Hof gepachtet, und auch das Wohnhaus gehörte ihnen nicht. Sie besaßen lediglich eine Kuh und einige Schafe. Hermann sah sich die ganze Herrlichkeit an und sagte dann zu Markus: »Du solltest versuchen, dir etwas Eigenes anzuschaffen. Du hast zwei gesunde Hände zum Anpacken, und den Willen dazu hast du doch sicher auch?«

Markus schaute seinen Schwager an, ohne zu antworten. Du hast gut reden, stand in seinen Augen geschrieben. Sein Gesicht war vom Alkohol gezeichnet, der ganze Mann legte Zeugnis ab von der Hilflosigkeit, der er selbst nicht mehr Herr wurde. Wenn er mit Sachen herumhantierte, zitterte sogar seine Hand. Hermann schaute ihn an, sie standen neben der Scheune, und Markus fühlte sich unter seinem Blick sichtlich unwohl.

»Vielleicht könntest du den Hof hier kaufen?«

Markus nickte. Ja, die Leute würden verkaufen.

»Außerdem müssen die Häuser dringend repariert werden«, meinte Hermann. »Wenn du nicht bald etwas machst, fallen sie dir über dem Kopf zusammen.«

Markus schaute zum Wasser hinunter. Einer der Bootsschuppen hatte kein Dach mehr.

»Warum glotzt du so?«, fragte er auf einmal und blickte Hermann scharf an.

»Es sind meine Augen«, antwortete Hermann.

»Ich habe dir nichts getan!« Markus wollte davonlaufen, Hermann aber versperrte ihm den Weg.

»Du benimmst dich wie ein Dummkopf«, meinte Hermann. »Damals, als du gerade erwachsen geworden bist, warst du der beste Bootsmann, den ich für ›Die Brüder‹ anheuern konnte. Jetzt kannst du nicht mehr ohne Alkohol sein, kümmerst dich nicht um deine blasse kleine Frau, die sich mit Geldsorgen und anderen Nöten herumschlagen muss, und noch dazu mit einem Mann, der anscheinend nichts anderes kann, als Kinder zu zeugen!«

Markus ballte die Faust, wagte aber nicht, zuzuschlagen.

»Ich höre mit dem Trinken auf«, murmelte er.

»Das hast du schon mal gesagt, ich glaube es erst, wenn ich es sehe.«

Es war, als löste sich etwas in dem anderen, etwas, was sich seit langem aufgestaut hatte. »Für mich ist es auch nicht immer so einfach …!«

Hermann trat näher.

»Das weiß ich, Markus. Jetzt will ich dich aber noch etwas anderes fragen: Möchtest du im Winter wieder mein Bootsmann sein?«

Markus richtete sich auf. »Steckt Elisabeth dahinter?«

»Und wenn schon? Du brauchst sie nicht zum Krüppel zu schlagen, nur weil sie einen anständigen Menschen aus dir machen will, oder?«

Markus sah zu Boden, es arbeitete in seinem Inneren.

»Für dich hört sich alles so einfach an, Hermann. Du schwimmst immer oben, wie der Korken auf dem Wasser.«

Hermann musste trotz der ernsten Lage lachen.

»Auch der Korken ist manchmal fast zu schwer gewesen!«

Für Markus wurde alles auf einmal etwas leichter: Ob Hermann es wirklich noch einmal mit ihm versuchen wolle? Er habe sich schon lange gewünscht, nochmals nach Nordnorwegen fahren zu können.

Sie standen Seite an Seite, und Markus schien ruhiger zu werden. Der schlimme Alltag wurde nicht mehr erwähnt. Stattdessen fragte Markus, wann Abreisetag sei, er erkundigte sich nach Ausrüstung und Segelführung und wollte wissen, was Hermann von dem neuen Kutter und von den Preisen hielt. Hermann konnte nicht alles beantworten, sagte aber, dass für die Fahrt alles gut aussehe. Er glaube jedoch nicht, dass sie weiter als zu den Lofoten oder zu den

Vesteraaleninseln fahren müssten, um volle Ladung zu bekommen.

»Ich habe aber keine Kleidung für die Fahrt, und Verpflegung benötige ich auch. Zwar habe ich noch etwas Geld übrig, das braucht aber Elisabeth hier zu Hause.«

»Wir werden schon eine Lösung finden«, meinte Hermann. »Ich strecke dir etwas vor, und du kannst mir das Geld zurückgeben, wenn wir später abrechnen. Dann brauchst du es nicht als Almosen anzusehen. Ich weiß, was du kannst, Markus. Du darfst dich aber nicht selbst zerstören.«

Er erwartete keine Antwort darauf. Stattdessen gingen sie weiter über die mageren Wiesen und sahen sich die Wirtschaftsgebäude und Bootsschuppen an. Hermann gab Ratschläge und Markus nickte, obwohl er selbst ganz genau wusste, was allein nötig war: zwei gesunde Arme und ein vernünftiger Kopf. Das kostete nichts, war aber trotzdem das Wichtigste und Wertvollste.

Sie waren schon an der Treppe angekommen, als Markus begann, von dem, was Hermann in Gabriels Waldweiden vorhabe, zu sprechen. Hermann teilte Markus das mit, was er selbst wusste: Es sei noch nicht alles entschieden, es könnten aber noch große Dinge geschehen. »Das hier wird wahrscheinlich mehr abwerfen als die vielen Fahrten nach Nordnorwegen, davon bin ich überzeugt. Sprich aber bitte nicht darüber, wenn wir wieder zu den Frauen hineingehen, denn meine Mutter könnte dabei so böse werden, dass sie sich vergisst!«

In der Wohnstube summte Ingeborg ein Lied für den kleinen Täufling, und Hermann stellte fest, dass Frauen doch sonderbare Wesen waren: Sie konnten sich voll und ganz auf ein einziges kleines Wesen konzentrieren, so als gäbe es keine anderen Kinder auf der Welt, auch wenn es in der Stube um sie herum nur so wimmelte von den lebhaften Geschwistern des Täuflings!

Sie hatten den Kutter in den Hafen bugsiert, dort lag er jetzt vor Anker und sah so prächtig aus, dass es ein wahres Wunder war. Bald würde die ›Hildershafen‹ durch die Fjorde Richtung Norden tänzeln. Die Frauen standen im Hof und bewunderten das Schiff, während die Männer alles für die Fahrt vorbereiteten. Ingeborg hatte nach bestem Wissen Hermanns Truhe für die Fahrt gepackt, doch vorher hatte Lea die meiste Arbeit damit gehabt, hatte gestrickt und genäht. Es war aber Ingeborg, die sich ausschließlich um das Essen gekümmert hatte, denn niemand wusste so gut wie sie, wie viel Fleisch, Speck, Butter und sonstige Verpflegung für so eine Fahrt benötigt wurden. Die Zwiebackfässer würden sie jedoch erst in Bergen an Bord nehmen. Ein erwachsener Mann brauchte im Winter schließlich viel zu essen. »Wenn Markus oder Eduard sich oben an der Helgeslandsküste um das Trocknen der Fische kümmern, komme ich vielleicht schon Ostern nach Hause«, versprach Hermann.

Die Mutter freute sich, als er das sagte. Sie hatte sich anscheinend mehr dagegen gesträubt, als ihm bewusst gewesen war, obwohl sie ihn schon viele Winter hatte entbehren müssen. »Ich weiß nicht, ob ich noch lebe, wenn du wiederkommst.« Hermann ignorierte diese Bemerkung. Das hatte sie schon oft gesagt, und er glaubte ihr nicht mehr. Die Mutter war noch nicht besonders alt, nur die harte Arbeit und die Sorgen ließen sie älter wirken als sie war. Das Gerede davon, dass sie den Winter nicht überleben würde, war nur Unsinn.

Er musste aber noch etwas erledigen, bevor er fahren konnte, etwas, was er noch keinem Menschen gesagt hatte.

Am letzten Abend ging er in Richtung Osten durch die Waldweiden, in Richtung Vatna. Er erreichte den Hof gerade zu der Zeit, als die Leute aus dem Stall kamen. Die Arbeit für den Abend und die Nacht war erledigt.

Henrikka schaute ihn ein wenig überrascht an, als er in der Tür stand, dachte vielleicht, dass seine Besuche in Vatna jetzt ziemlich häufig waren. Sie freute sich dennoch darüber, das war ihm schnell bewusst geworden. Trotzdem wurde der Abend anders, als er ihn sich vorgestellt hatte. Aus dem Abstellraum kam eine Frau, die er noch nie gesehen hatte. Sie trug ein Körbchen mit Wolle, hatte anscheinend vorgehabt zu spinnen, denn das Spinnrad stand bereit. »Du kannst das Spinnen heute Abend sein lassen, Marita«, meinte Henrikka, »wie du siehst, haben wir Besuch bekommen.«

Daraufhin begrüßte ihn Henrikkas Nichte, die dazu ausersehen worden war, Henrikkas Alter und die ganze Herrlichkeit in Vatna zu retten. Hermann spürte einen Stich, als er ihrem Blick begegnete, er war ja auch nur ein Mensch. Es war so viel Lebendigkeit in ihren Augen. Sie sah ihn unter langen, dunklen Wimpern hervor an, dabei lächelte sie, aber nicht mehr, als sie jeden anderen auch angelächelt hätte, und Hermann stellte bald fest, dass man sich mit ihr vernünftig unterhalten konnte. Ihre Gestalt gefiel ihm, sie war gut gebaut, hatte dabei etwas von Henrikka, war aber fraulicher, anders konnte er es nicht ausdrücken.

Die Frauen tischten reichlich auf. Das machte ihn beinahe unruhig. Vielleicht glaubte Henrikka, dass er unter irgendeinem Vorwand nach Vatna gekommen war.

Sie unterhielten sich über die Fahrten nach Nordnorwegen und über den Alltag. Als aber Marita in ihre Dachkammer ging und er mit Henrikka alleine war, sagte er ihr, warum er gekommen war. Es habe ihn ein wenig beunruhigt, dass sie gesagt hatte, Inge habe vielleicht ein Recht auf die Flachalm.

»Bist du nur deswegen gekommen?«, wollte Henrikka wissen.

»Ja, natürlich! Warum denn sonst?«

Sie zog an der Strickarbeit, die sie in den Händen hielt.

»Wie findest du sie?«

»Wen?«, fragte Hermann und stellte sich dumm.

Ach, sie habe ihn beobachtet. »Sie hat noch niemanden gehabt, sie ist rein wie ein Engel.«

Hermann musste lachen. »Das glaube ich dir gern. Aber ich weiß nicht – ich mache mir nichts mehr aus Frauen.«

Sie schaute ihn ungläubig an: »Ach nein, Hermann. Du kannst mir nichts vormachen, so etwas verliert sich nicht. Ich selbst bin wohl zu alt geworden, obwohl ich immer noch gewisse Regungen in mir spüre. Und bei dir wird es nicht anders sein – dabei hast du noch die Jugend in dir, und ein Mann bist du auch!«

Sie hatte natürlich Recht, die kleine Hexe, doch es ärgerte ihn, dass sie es so deutlich gesagt hatte. Natürlich brannte das Feuer in seinem Inneren so heiß wie eh und je. Doch was ging sie das an? Mit dieser Sache waren Henrikka und er doch schon längst fertig.

»Ich bin gekommen, um mit dir über das Goldschürfen zu sprechen, sonst nichts. Ich habe nicht gewusst, dass du eine junge Frau im Haus hast!«

Henrikka strickte weiter, oben in der Dachkammer hörte er Schritte.

»Ja, ja«, sagte sie schließlich. Sie hatte aber einen neuen Ausdruck im Gesicht, diese Henrikka kannte er nicht. »Warum willst du der armen Inge ihr Recht nehmen? Ich habe geglaubt, dass du sie noch liebst?«

Hermann spürte, dass er unter den Bartstoppeln rot wurde.

»Ich laufe nicht verheirateten Frauen hinterher.«

Sie hörte nicht mit dem verflixten Stricken auf, die Stricknadeln bewegten sich blitzschnell.

»Und wenn ich dich bitten würde, den Mutschein mit den Schürfrechten zu zerreißen?«

Hermann stand auf. »Was ist denn heute Abend in dich gefahren?«

»Na, na«, sagte sie beruhigend, damit er sich wieder hinsetzte. »Aber glaubst du allen Ernstes, dass ich an diese

Rechte dort oben im Gebirge gedacht habe, als du das letzte Mal hier warst? Oh nein, mich kannst du nicht hinters Licht führen, auch du nicht, dafür bin ich zu alt. Es gab zu viele Nächte, in denen ich alleine war, zu viele Freier, auf die ich gewartet habe. Dein Onkel, der Kutterbesitzer, war der Erste. Er kam hierher und hielt um meine Hand an – nicht, weil er mich, sondern weil er Vaters neuen Kutter liebte. Ich werde es meinem Vater nie verzeihen, dass er ihn dazu gebracht hat. Was sollte ich mit einem solchen Freier? Du weißt, wie es ist, wenn man den Hund an der Leine führt.«

Sie hätte wohl am liebsten geweint, sie jammerte aber nicht, beklagte sich auch nicht. Sie legte nur ihre Strickarbeit auf den Tisch, fuhr mit der Hand darüber. Jetzt sah er, was es war: ein winzig kleines Kindersöckchen – es sah zwischen Henrikkas Händen seltsam verloren aus.

»Und trotzdem haben nur wenige so getrauert wie ich damals, als mein Verlobter mit seinem Kutter unterging und nie gefunden wurde.«

Hermann saß ratlos da.

Sie schob die Strickarbeit zur Seite. »Wenn du ein Mann bist, gehst du zu ihr in die Dachkammer hinauf! Tu nicht so, als wüsstest du nicht mehr, wer du eigentlich bist!« Sie sprach nicht sehr laut, doch eindringlich.

»Ich glaube, du bist verrückt geworden«, sagte er genauso eindringlich, obwohl bei ihren Worten eine heiße Welle durch seinen Körper jagte.

Henrikka wollte aber nicht hören.

»Wir kümmern uns um die Tiere.« Sie fuhr fort, als redete sie mit sich selber. »Wir helfen ihnen, wenn wir sehen, dass sie es wollen, wir sorgen für ihren Nachwuchs und tun alles, was nötig ist, damit das Leben weitergeht. Darüber redet niemand! Wenn es aber um die Menschen geht, dann stellen wir uns an, obwohl wir manchmal genauso heißblütig wie Tiere sein können. Ach, du meine Güte, wie stark müssen unsere Gefühle denn erst werden, bevor wir endlich einsehen, dass wir nur Menschen sind, die den Gesetzen der Natur folgen?«

Sie schwieg kurz, griff nach ihrer Strickarbeit, legte sie dann aber wieder zur Seite.

»Die Menschen können sich doch nicht gegenseitig anspringen, oder?«, Hermann versuchte zu scherzen.

»Oh nein, du willst einfach nicht verstehen. Du weißt aber trotzdem, dass ich Recht habe. Du bist einer der Stärksten, die ich kenne, du solltest dich aber in Acht nehmen, denn gerade deine Stärke könnte dich täuschen, sodass du nicht mehr weißt, warum du eigentlich auf der Welt bist.«

So hatte bisher niemand mit ihm gesprochen. Er bekam beinahe Angst vor ihr, denn sie hatte irgendwie eine seltsame Macht über ihn bekommen.

»Ich werde Marita, meiner Nichte, meinen ganzen Besitz übertragen. Ich möchte, dass sie das bekommt, was ich nicht hatte. Niemand sonst soll Vatna in seine Klauen bekommen, niemand sonst in der ganzen Verwandtschaft. Sie werden alle leer ausgehen.«

Ja, natürlich dürfe sie über ihren eigenen Besitz selbst entscheiden, meinte Hermann und freute sich, weil sie ein anderes Thema aufgegriffen hatte.

Als er gehen wollte, begleitete ihn Henrikka hinaus. »Du musst mit Inge über die Sache reden. Ich halte, was ich versprochen habe. Dir und ihr gegenüber. Du hast die Wahl.«

Sie blieb nur kurz draußen auf dem flachen Stein vor der Tür stehen, ging dann hinein und schloss die Tür hinter sich, wobei sie mehr mit sich nahm, als er zugeben wollte.

Mit einem seltsamen Gefühl kehrte er nach Hause zurück. Natürlich könnte er mit Inge reden. Nein, das konnte er nicht, wie sollte er sie auch finden? Vielleicht wagst du es nicht?, fragte er sich und musste an diesem kalten Abend über sich selbst grinsen.

Vielleicht könnte er auf dem Fischmarkt ihren Mann ausfindig machen, wenn er jetzt nach Bergen käme, könnte ihm eine Botschaft mit nach Hause geben? Inge würde zwar stutzig werden, vielleicht aber würde sie ihm ein paar Worte schreiben. Doch je mehr er darüber nachdachte, umso weniger hielt er von diesem Gedanken, Inge verblasste irgendwie in der Dunkelheit. Stattdessen sah er dieses neue Gesicht vor sich, musste wieder an das denken, was Henrikka in ihm wachgerufen hatte. Er wollte es nicht zugeben, die Gedanken aber waren trotzdem da, und er fragte nicht danach, ob es das Animalische in ihm gewesen war, das sie hervorgerufen hatte. Oder war es der Mann in ihm gewesen?

VIII

Im Grunde war er auf dieser Fahrt nach Nordnorwegen nur ein halber Mensch, doch nicht auf Grund gesundheitlicher oder körperlicher Beschwerden. Er war im vollen Besitz seiner Kräfte, konnte schalten und walten wie immer – legte niemanden herein und wurde auch selbst nicht hereingelegt. Er hatte aber von zu Hause zu viel von dem mitgenommen, womit er sich in letzter Zeit gedanklich beschäftigt hatte, deswegen schlief er nachts manchmal schlecht.

In diesem Jahr begann der Kabeljaufang sowohl auf den Lofoten als auch auf den Vesteraalen früh. Beim ersten Neumond im neuen Jahr waren sie losgesegelt, obwohl sie in früheren Jahren erst Ende Januar mit dem Aufkaufen von Fisch hatten anfangen können. Die ›Hildershafen‹ gehörte zu den ersten Kuttern, die ankamen, später folgten noch viele. Allein aus Aareid zählte Hermann über dreißig Schiffe, das war viel für einen Ort, aber es gab nur wenige

Gemeinden, die im Laufe der Jahre so viel wie Aareid am Fischhandel hier im Norden verdient hatten.

Eduard war mit dem Kutter ›Die Brüder‹ nachgekommen, war aber sofort nach Vesteraalen weitergesegelt. Im Hafen von Henningsvaer war es beim Laden der Schiffe besonders eng, und nach Svolvaer wollte Eduard nicht, Hermann fragte nicht, warum. Vielleicht gefiel ihm einfach das lebhafte Treiben, das den Fischfang und die Fischer dort begleitete. Wenn das der Fall wäre, hätte der scherzhafte Eduard sich nicht grundlegend verändert. Manchmal vermisste ihn Hermann an Bord, denn Eduard war immer voller Leben gewesen. Es war ganz anders, mit Markus die Kajüte zu teilen, denn er war und blieb ein seltsamer Mensch, aus dem Hermann nicht klug wurde. In den ersten Wochen hatte er sich dem Alkohol fern gehalten, denn als er angeheuert hatte, hatte Hermann sofort verkündet, dass ihn niemand wieder an Bord tragen würde, wenn er an Land Unsinn anstellen sollte. In seinem Inneren wusste er aber, dass er diese Drohung nie einhalten würde, denn zu Hause wartete Elisabeth, und ihretwegen würde er seine Worte sicher zurücknehmen, wenn Markus sich am Alkohol vergreifen sollte.

Trotz all der Aufregung mit dem Ankaufen, dem Aufschneiden und dem Einsalzen der Fische hatte Hermann stets auf eine Botschaft von daheim gehofft. Doch die Wochen vergingen, ohne dass er etwas hörte. Eigentlich wusste er selbst nicht, worauf er wartete, doch jedes Mal, wenn der Koch nach Svolvaer gefahren war, um die Post abzuholen, hoffte Hermann so sehnsüchtig wie ein ganz junger Mann auf einen Mädchenbrief. Eine Zeit lang versuchte er, seine Empfindungen zu vergessen, und vergrub sich in die Arbeit. Manchmal fuhr er selbst nach Svolvaer und schaute sich das verrückte Treiben dort an. Denn verrückt war es, dass alles und jeder die Fischer mit diesem und jenem in Versuchung führen wollte. Hermann wunderte sich darüber, dass die Menschen sich so ohne weiteres verleiten ließen. Nein, nicht die Menschen, sondern die Männer: Große, kräftige Männer, die ein Netz voll mit Kabeljau einholen konnten, die beim wildesten Sturm aufs Meer hinaussegelten und wieder unversehrt nach Hause zurückkehrten. Männer, die viele Winter lang diese harte Arbeit aushielten, obwohl dabei nicht mehr heraussprang als das bisschen Geld, das gerade mal ausreichte, um beim Kaufmann Nahrung und Kleidung für eine große Kinderschar kaufen zu können. Nicht auf dem Meer, sondern an Land begegnete ihnen das Unberechenbare und Ungestüme des Wassers, vor dem sie seit alters her so große Angst hatten, denn die meisten von denen, die der Versuchung nicht widerstanden, erlitten ihren Schiffbruch an Land.

Hermann konnte deshalb die Menschen, die sich als Boten der Bibel mit Liedern und Gebeten in den Fischerhütten und Wohnstuben betätigten, nur allzu gut verstehen, denn sie hofften, so eine Besserung herbeizuführen. Er selbst war noch jung genug, um in seinem Inneren mancherlei Gelüste zu spüren, wenn er zwischen den Zelten und Buden umherging – er hatte ja auch niemanden daheim, vor dem er sich verantworten musste. Und trotzdem, auch auf ihn wartete jemand: Am Abreisetag hatte ein kleines Kerlchen auf dem Laberg gestanden. Als der Kutter aus dem Sund hinaussteuerte, hatten Jakob und Lea der ›Hildershafen‹ nachgewinkt, waren an diesem kalten Tag stehen geblieben, bis das Schiff um die Landspitze bog und er sie aus den Augen verlor.

Aus Vesteraalen kam von Eduard die Botschaft, dass er schon die halbe Ladung zusammen habe. Das war nicht verwunderlich, denn die ›Hildershafen‹ konnte ein paar hundert Fässer mehr als ›Die Brüder‹ laden. Hermann war auf seinen neuen Kutter sehr gespannt gewesen, und auf der Fahrt in den Norden hatte er feststellen können, dass er sich leicht segeln ließ. Die Segelführung war gut gewesen, obwohl sie auf dem Follenfjord schlechtes Wetter mit heftigen Windböen gehabt hatten. Niemals zuvor war ein so großer Kutter aus Aareid losgesegelt, er war wie eine Galeasse.

Trotz der vielen anderen Gedanken, die täglich in seinem Kopf herumschwirrten, hatte Hermann seine Rechenaufgaben gemacht: Wenn er diesen Winter volle Ladung bekommen würde und die Preise sich bis zum Frühjahr hielten, dann hätte der Kutter sich bezahlt gemacht. Und wenn er das Glück haben sollte, zwei Ladungen zu bekommen, dann könnte er als Schiffer eine besonders erfolgreiche Fahrt verbuchen. Er durfte aber nicht übermütig werden, denn oft genug hatte er gesehen, wozu Spekulationen und waghalsiges Segeln in Richtung Süden führen konnten, nur weil jeder als Erster mit voller Ladung in Bergen ankommen wollte.

Und endlich erhielt er auch die ersehnte Post. Ende Februar traf ein Brief für ihn ein, allerdings nicht von denjenigen, von denen er ihn erwartet hatte. Von zu Hause schrieb niemand – seine Mutter nahm schon seit langem keine Schreibfeder mehr in die Hand –, und wer sonst hätte schreiben sollen, um zu erzählen, wie es den Leuten daheim ging? Bevor er das Siegel aufbrach, schaute er sich den Brief genau an, es war die große, deutliche Handschrift einer Frau.

Nachdem er ihn geöffnet und gelesen hatte, musste er laut lachen, sodass Markus, der sich gerade in der Kajüte aufhielt, fragte, womit Hermann sich gerade beschäftige. Diesen Brief konnte er aber keinem Menschen zeigen. Später allerdings hatte er aufgehört zu lachen und verspürte das Bedürfnis, den Brief, der nur einige wenige Worte beinhaltete, immer wieder zu lesen.

Henrikka schrieb von sich selbst und ihren Problemen, sie spüre das Alter immer mehr. Aber was hatte er damit zu tun? Sie schrieb auch, dass der Mensch nie wissen könne, wann das Leben zu Ende sein würde. »Und wenn ich jetzt die Feder in die Hand nehme, ist es, um dir ein Angebot zu machen. Wenn du meine Nichte Marita zur Ehefrau nimmst …«, ja, so stand es wahrhaftig geschrieben, und an dieser Stelle hatte ihn das Lachen überwältigt, denn sie versprach ihm tatsächlich den ganzen Besitz Vatna, wenn er mit Marita Tisch und Bett teilen würde.

Es war ein Geschäft. So wie er selbst mit Hering und Kabeljau Geschäfte machte, so spielte Henrikka Schicksal und wollte mit dem Leben anderer Geschäfte machen. Die Bezahlung bei diesem Geschäft war Vatna.

Es dauerte lange, bevor er in dieser Nacht einschlafen konnte. Er warf sich in seiner Koje hin und her, zog die Decke eine Weile über den Kopf, das half sonst immer. Doch die unruhigen Wellen schlugen gegen die Schiffsverkleidung, eine Trosse knarrte, und die Regenschauer, die vom Meer kamen, ließen das Wasser durch das Speigatt und die Wasserablauföffnungen schwappen. Er hörte jeden einzelnen Laut, und noch dazu schnarchte Markus laut und störend in der anderen Koje. Den Schlaf hatte er sich allerdings nach einem langen, harten Arbeitstag inmitten der glitschigen Fischabfälle ehrlich verdient.

Am Anfang war Hermann davon überzeugt, dass das Weibsstück in Vatna jetzt voll und ganz verrückt geworden war. Er hatte ihr keine Veranlassung dazu gegeben, so zu schreiben. Er kannte das Mädchen nicht einmal näher! Doch bei genauerem Nachdenken stellte er fest, dass Henrikka genauso war wie viele alte Menschen vor ihr: Sie wollten die Zukunft planen, wollten Schicksal spielen und ihren Besitz absichern. Sie glaubte wohl, auf diese Art und Weise im Namen Gottes zu handeln. Gleichzeitig wäre auch sie selbst versorgt, wenn junge Leute Vatna übernehmen würden.

Nachdem sich die erste Wut gelegt hatte, trat die so genannte Versuchung an Hermann heran. Aus dieser Heimsuchung konnte er wahrhaftig viel lernen, denn sie hatte ein besonders einnehmendes Wesen und wusste ganz genau, wie sie die Menschen überzeugen konnte. Sie hatte ja auch ausreichend Erfahrung darin und viele Siege errungen, auf die sie zurückblicken konnte.

Zuerst flüsterte sie Hermann zu, dass es doch keine Sünde sei, sich das, was Henrikka geschrieben habe, genauer zu überlegen. Vielleicht sei dies sogar die beste Lösung? Warum wolle er denn noch abwarten – warum verschenke er seine besten Mannesjahre? Und wenn er einwilligen würde, könnte ihm keiner nachsagen, dass er nur nach Geld und Macht trachte. Alle wüssten, dass er schließlich mehr als die meisten besitze! Und das, obwohl Hermann genau erkannt hatte, dass er an die Grenzen seiner Möglichkeiten gestoßen war, als er nach dem Kutterkauf mit Ingmar abgerechnet hatte.

Nachdem die Versuchung ihr Bestes getan hatte, kam der Zweifel, und mit ihm war noch schwieriger umzugehen. Schon einmal hatte Hermann sich dazu überreden lassen, einen Menschen nach Hause zu holen, nur weil er gedacht hatte, die Zeit und die Bettwärme würden alle Probleme lösen. Sie war aber ein seltsames Geschöpf gewesen – in Hermanns Innerem gab es noch immer die Sehnsucht nach mehr als dem gemeinsamen Bett. Obwohl er kein Prediger war und sich im Alltag auch nicht besonders mit dem Glauben beschäftigte, hatte die Ehegemeinschaft mit Gundi und das, was dabei zu kurz gekommen war, sich in seinem Inneren fest eingebrannt. Aber beim Gedanken an diese Marita, die er abends im Schein einer Lampe nur ein einziges Mal kurz gesehen hatte, spürte er jetzt die Wogen aus allen Richtungen auf sich einstürmen. Er konnte zwar navigieren, egal, wie wild und verrückt ein Wind war, doch wer konnte gleichzeitig gegen so viele Winde ankämpfen?

Endlich war die Nacht zu Ende. Der Morgen begegnete

ihm mit Schnee auf allen Gipfeln, und für Hermann waren diese Berge zu Symbolen für Wagemut und menschliche Furchtlosigkeit geworden. An diesem Tag verausgabte er sich bis zum Umfallen und trieb seine Männer derart an, dass sie nicht wagten, aufzumucken. Bei jeder Kleinigkeit schimpfte und fluchte er, sodass der arme Schiffsjunge, der zum ersten Mal als Koch auf den Lofoten war, beinahe das Messer fallen ließ. Schließlich hatten sie alle kein Verständnis mehr für ihren Schiffer, denn die Ladung im Laderaum wurde immer größer, der Kabeljau war von bester Qualität, und die treuen Fischer boten wie immer der ›Hildershafen‹ bereitwillig ihren Fang an.

Markus wusste, dass Hermann einen Brief bekommen hatte, vielleicht hatte er sich auch seine Gedanken darüber gemacht, denn als sie beide spät abends vorne in der Kajüte eine gemeinsame Mahlzeit einnahmen, sagte Markus, als ihm klar wurde, dass Hermann keinen besonderen Appetit hatte:

»Du siehst aus, als hättest du einen Brief von einem Mädchen daheim bekommen?«

Hermann schnaubte verächtlich, spürte aber, dass er errötete.

»Du bist sicher auch nicht so eiskalt, wie du manchmal tust«, fuhr Markus fort.

Hermann schaute den Schwager an, wollte sich plötzlich jemandem anvertrauen, obwohl Markus sicher nicht der Richtige dazu war. Doch sie waren wochenlang an Bord zusammen eingeschlossen gewesen, sie waren beide Männer, und der Altersunterschied zwischen ihnen war nicht groß. Eigentlich wussten sie viel voneinander, sie behielten es aber immer für sich.

Jetzt aber hatte Markus etwas angesprochen, und Hermann beschloss, sein Schweigen aufzugeben. Er stützte den Kopf in die Hände, beugte sich nach vorne über den Tisch und schob das Essen weg.

»Es gibt eine, die hat es sich in den Kopf gesetzt, dass ich die Prinzessin heirate und das halbe Königreich erbe!«

Markus wurde auf einmal ganz aufmerksam, gab aber vor, weiterhin seinen Fisch gleichmütig zu kauen, und zog die Gräten zwischen den Zähnen heraus.

»Ich dachte, du hast schon dein eigenes Königreich«, meinte er dann.

Hermann lachte gutmütig und fuhr sich mit den Händen durch das wirre Haar.

»Es ist der pure Wahnsinn, denn ich kenne das Mädchen kaum.«

Markus fragte nicht, wer es sei, stattdessen sprach er die weisen Worte: »Ich habe bemerkt, dass dich schon seit Tagen etwas bedrückt.«

»Ja, man macht sich so seine Gedanken. Ich habe zwar andere Briefe erwartet, dann aber ist dieser gekommen – von Henrikka in Vatna!«

Markus ließ das Messer fallen.

»Hat sie etwas zu bieten, das dir gefallen könnte?«

Hermann schüttelte den Kopf.

»Na ja, damals, als Großvater starb und es um den Helgeshof sehr schlecht stand, habe ich Henrikka allen Ernstes gefragt, ob sie meine Frau werden wolle. So verrückt war ich. Jetzt geht es um ihre Nichte, die sie gern unter die Haube bringen möchte.«

Markus zeigte keine Regung.

»Hast du das Mädchen gesehen?«, wollte er wissen.

Hermann erzählte, was er wusste, und das war nicht viel. »Das Mädchen ist sicher in Ordnung. Wenn ich aber wieder heiraten sollte, möchte ich dabei keine Bedingungen stellen oder erfüllen müssen.«

Markus aß zu Ende, dann klopfte er an die Wand, damit der Koch die Teller und die Essensreste abräumte. Später blieben die beiden noch lange sitzen, ohne ins Bett zu gehen. Markus rauchte eine Zigarette nach der anderen, in der

Kajüte war es warm geworden, es roch nach Fischabfall und nassen Lederschuhen.

Schließlich meinte Markus: »Denkst du immer noch an das Mädchen aus den Waldweiden, das Mädchen, das diesen Fischer geheiratet hat?«

Hermann lachte nicht, wollte keine Scherze darüber machen.

»Ich habe sie wohl nie ganz vergessen können.«

»Du hast dich doch damals in der Stadt mit ihr getroffen – damals war sie doch noch nicht verheiratet, oder?«

Hermann schlug mit der flachen Hand auf die Tischplatte.

»Damals war *ich* verheiratet, Markus.«

Es verging eine Weile, bis Markus sich wieder gesammelt hatte:

»Hast du diesen Nichtsnutz gesehen, den sie schließlich geheiratet hat?«

Hermann erzählte, was er in Erfahrung gebracht hatte: Bevor er nach Nordnorwegen gefahren sei, habe er sich mit dem Kerl auf dem Fischmarkt getroffen, habe fragen wollen, ob Inge sich vorstellen könne, ihm die Schürfrechte für die Flachalm zu überlassen. »Es war aber schon gegen Abend, der Kerl hatte getrunken, und es war nichts mehr mit ihm anzufangen. Ich glaube nicht, dass es Inge besonders gut geht.«

Markus nickte. »Wie du weißt, haben die Armen nicht immer so viel zu erwarten.« Der Schwager sprach aus eigener – schlechter – Erfahrung.

Doch durch das Gespräch wurde eine Wunde aufgerissen, von der Hermann geglaubt hatte, sie wäre bereits vor langer Zeit geheilt.

Markus sagte nichts mehr, es war, als hätte er alle seine Worte aufgebraucht. Und schon bald lag er schnarchend in seiner Koje, wie es sich für eine ehrliche Seele gehörte. Hermann blieb wach, griff nach dem Gesangbuch, legte es aber gleich wieder weg. Stattdessen fischte er den Brief aus der

Schublade, obwohl er sich an jedes einzelne Wort erinnerte. Was konnte denn das arme Mädchen dafür? Sie hatte so ein liebes Gesicht, vielleicht hatte sie auch weiche Hände? Weiche Hände brauchte er, für sich und auch für Jakob.

Er würde zurückschreiben. Nein, lieber doch nicht, das hier war ganz einfach zu verrückt. Diese langen Winter in Nordnorwegen – sie konnten einen Mann völlig fertig machen, etwas staute sich im Inneren auf, etwas, das wehtat, eine Art Lust oder Begierde. Es war eine süße Empfindung und tat gleichzeitig weh. Er wollte sich jetzt aber keine Gedanken darüber machen, ob es Sünde war, so zu sein, wie man erschaffen worden war.

Es würde noch einiges geschehen, das spürte Hermann. Er hatte das Gefühl, als hielte jeder Tag etwas Neues für ihn bereit.

Nach der ganzen Aufregung, rechtzeitig volle Ladung zu bekommen, wurde plötzlich alles ganz anders, als Hermann eines Tages einen neuen Brief bekam. Er war in Nyksund in Vesteraalen abgestempelt und kam von Eduard. Zuerst befürchtete Hermann das Schlimmste. Doch wenn etwas passiert wäre, hätte doch Eduard sicher telegrafiert, statt zu schreiben?

Gott sei Dank hatte Eduard nichts Negatives zu berichten, eher das Gegenteil, hätte Ingeborg gesagt. Natürlich habe er nach eigenen Aussagen einiges durchgemacht – denn als es in Vesteraalen eine Zeit lang wenig Fisch gegeben hat, sei er nach Troms gesegelt, um dort sein Glück zu versuchen. Das sei aber verlorene Zeit gewesen, denn bei dem stürmischen Wetter dort wären die Fischschwärme erst recht spät angeschwommen gekommen. Also sei er bei Wind und Wetter wieder Richtung Süden gesegelt, habe dabei die Sturmsegel abfieren müssen, habe eine Zeit lang nur die Focksegel benutzen können, sei aber schließlich doch noch angekommen. So weit sei alles in Ordnung. Er habe fast volle Ladung, rechne fest damit, vierzehn Tage vor Mariä Verkündigung nach Salten fahren zu können, um den Fisch dort zu trocknen.

Doch der fröhliche Eduard, der früher allerlei Unfug angestellt hatte, als er mit Hermann an Bord des Kutters ›Die Brüder‹ gesegelt war, zeigte in diesem Brief ein neues Gesicht. »Wir sind hier einige wenige, die wir seit längerer Zeit eine böse Veränderung beobachten: Die armen Fischer werden von den Fischaufkäufern mit Schnaps beschenkt, wenn sie zurück in den Hafen kommen, durchgefroren und hungrig wie sie sind, nach der Fischerei der letzten Nacht. Dies bringt nicht nur Unglück über sie und ihre Familien, sondern führt auch dazu, dass einige Aufkäufer glauben, für den Fisch weniger bezahlen zu brauchen.«

Eduard und fünf andere Schiffer – drei von ihnen aus der Aareidgegend – seien eines Abends auf seinem Kutter zusammengekommen und hätten sich darüber unterhalten, was man tun könne, um die Missstände zu beseitigen. Sie hätten sich darauf geeinigt, zu versuchen, den traurigen Zustand wieder gutzumachen, denn überall, wo in den größeren Fischersiedlungen Fanggemeinschaften, Boote mit Netzen und einige hundert Schiffe der Aufkäufer zusammenkämen, fließe der Schnaps in rauen Mengen. »Du weißt ja, dass einige tausend Männer in Zelten und undichten Fischerhütten wohnen, und es gibt für den Fischer viele Versuchungen, wenn er etwas Geld zwischen die Finger bekommt …«

Dann erzählte Eduard, dass er, obwohl er früher über Glauben und Gottesfurcht am liebsten gegrinst hätte, nun immer stärker die moralische Verantwortung für diese Menschen gespürt habe. »Wir fünf senden jetzt eine Aufforderung nach Bergen und bitten um Hilfe, die Verhältnisse unserer Mitmenschen hier zu bessern …« Beim ersten Treffen seien, als Zeichen des guten Willens, einige Kronen zusammengekommen und in einem Fass gesammelt worden, schrieb Eduard am Ende des langen, seltsamen Briefes.

Mit der Zeit kamen noch mehr Briefe an, darunter einer von dem jungen Bugge am Aareidfjord. Hermanns Hand zitterte leicht, als er ihn öffnete, und das merkwürdige Gefühl, das ihn bei Eduards Brief überkommen hatte, war plötzlich verschwunden. Auf einmal war er wieder zwischen den Bergen und den Felsen daheim, denn Gerhard Bugge schrieb, dass er und der neue Polizeibeamte sich getroffen hätten, um sich über das Neue, das Hermann vorhabe, zu unterhalten. Sie würden gern mit dabei sein, würden sich gern zu gleichen Teilen am Unternehmen beteiligen, wenn es Hermann recht wäre. Ein Sachkundiger, der mit den Steinbrüchen draußen auf den Inseln zu tun habe, sei auch dabei gewesen, sei nach Aareid gekommen, um sich über alles dort zu erkundigen. Wenn keine Grubengesellschaft die Rechte haben wolle, könnten sie vielleicht selbst anfangen, meinte der junge, mutige Bugge.

Hermann saß in der Kajüte und vergaß fast alles um sich herum. Er war froh, dass Markus an Land gegangen war, um etwas zu erledigen.

Auch in dieser Nacht schlief er wenig, doch nur, weil er aufgeregt und von diesem Neuen wie besessen war. Als der Sonntag kam, schrieb er nach dem Vorlesen aus der Bibel Briefe, zuerst an Bugge und dann an den Polizeibeamten, wobei er ihnen jeweils einen Anteil zusagte, ›ob Verlust oder Gewinn‹. Er schrieb auch, dass er, wenn er nach Hause käme, nach Stavanger fahren wolle, um mit der Grubengesellschaft dort zu verhandeln.

Das Seltsame war, dass er einige Dinge klarer sah, nachdem er dieses Zeichen von daheim bekommen hatte. Ohne zu zögern, schrieb er auch einen Brief an Henrikka Vatna. Es waren nur wenige Worte, und sie versprachen nichts. Als er den Brief zusammenfaltete und versiegelte, wusste er, dass diesmal niemand hinter ihm gestanden hatte, um zu sagen, was er tun solle. Es waren seine eigenen Worte. Er bedankte sich für ihren Brief und schlug vor, dass sie sich unterhalten könnten, wenn er im Frühjahr oder im Frühsommer nach Hause käme.

Sie trafen sich mit Eduard auf dem Trockenplatz in Salten zu einer Zeit, als daheim in der Spanbucht der Schnee bereits verschwunden war und die Bauern mit dem Miststreuen schon angefangen hatten. Auch hier im Norden hatte das milde Wetter den Schnee unten am Fjord weggeschmolzen, und nach einer kurzen Erholungspause schafften sie nach und nach den ganzen Fisch an Land, um mit dem Trocknen anzufangen.

Eduard war nicht mehr der Alte, er war irgendwie ein neuer Eduard, den Hermann zuerst einmal kennen lernen musste. Natürlich unterhielten sie sich über den Fischfang, und Hermann kam mit zu ihm an Bord. Der Kutter ›Die Brüder‹ schien nach dem Winter etwas mitgenommen, doch der Schaden war nicht weiter schlimm, sodass sie noch eine Fahrt in den Norden würden wagen können, um eine neue Ladung zu holen, nachdem sie Segel und Tauwerk notdürftig repariert hätten. Deshalb blieb Eduard mit dem Kutter ein paar Wochen dort liegen, wo sie trocknen wollten, und in dieser Zeit unterhielt er sich öfter mit Hermann. Markus bekam den Auftrag, sich um die Ladung zu kümmern und durch die Dörfer zu ziehen, um Frauen und Mädchen für das Trocknen anzuheuern.

Er war der alte Eduard und doch wiederum nicht, und Hermann wusste nicht, was er davon halten sollte. Er hatte das Gefühl, als wäre etwas Unsichtbares zwischen sie getreten. Der scherzhafte Eduard, der nicht davor zurückgeschreckt hatte, jemandem einen Streich zu spielen, war wie umgewandelt. Er überlegte sich genau, was er sagte, und redete eindringlich darüber, wie wichtig es sei, sich auf dieser Welt richtig zu verhalten. Er, der er früher kaum auf seine Kleidung geachtet hatte – manchmal hatte er sogar wie ein Lump ausgesehen –, nahm es jetzt besonders ernst damit und rasierte sich sogar mitten in der Woche.

Als sie eines Abends hinten in der geräumigen Kajüte auf der ›Hildershafen‹ saßen, bot ihm Hermann nach der harten Arbeit einen Schnaps an. Eduard aber schob das Glas weg.

»Ich habe mir selbst und dem Herrgott hoch und heilig versprochen, keinen Schnaps mehr anzurühren.«

Hermann drängte ihn nicht, schüttete den Schnaps wieder in den Kanister zurück.

»Ich werde hier im Norden auch nie mehr den Weibern nachlaufen.«

»Hast du das denn getan, Eduard?«

Eduard stützte den Kopf in die Hände, schien immer kleiner zu werden.

»Du sollst nicht ehebrechen, so steht es in der Bibel, und wer einem Weib nachschaut und sie begehrt, betreibt Unzucht. Ich kann nicht leugnen, dass ich die Versuchung gespürt habe.«

Hermann musste lächeln.

»Da bist du gewiss nicht der Einzige.«

Eduard antwortete nicht darauf, anscheinend waren ihm diese Worte kein Trost gewesen.

»Haben nicht die Alten schon gesagt, dass die Gedanken frei sind, Eduard?«

Eduard faltete die Hände in seinem Schoß, so, als wollte er sich mit dieser Geste vom Teufel und all seinem üblen Werk befreien.

»Es ist noch schlimmer als das. Kannst du dich an damals in Svolvaer erinnern, als ich nicht an Bord kam, sodass du nach mir suchen musstest? Es war eine der ersten Fahrten mit der ›Die Brüder‹.«

»Eduard, ich bin nicht dein Beichtvater.«

Doch Eduard schien gleichzeitig etwas verloren und etwas gefunden zu haben. In seinem Inneren hatten sich Türen geöffnet, von denen er geglaubt hatte, sie wären für immer verschlossen. Er sagte leise: »An dem Abend wurde ich Anna daheim untreu …«

»Du Nichtsnutz! So etwas hätte ich nie von dir erwartet!«

Eduard duckte sich unter diesen Worten, es war wie in der guten alten Zeit, als Hermann Schiffer gewesen war und er selbst nur Einsalzer.

»Hast du es Anna gesagt?«

Eduard zuckte zusammen.

»Ich habe es meinem Herrgott gebeichtet.«

»Und du glaubst, das ist genug? Oh nein, mein Lieber, wenn du es mit deinem neuen Glauben ernst meinst, musst du ihr das bitteschön erzählen, sobald du nach Hause kommst.«

Jetzt fühlte sich Eduard erst recht in die Enge getrieben, er erhob sich halb vom Stuhl:

»Und wenn sie mich verlässt, Hermann? Ich kann ohne sie nicht leben!«

Hermann antwortete nicht, wartete ab.

»Ja, du hast sicher Recht. Wir sollen unsere Sünden vor Gott und den Menschen bekennen. Wenn ich sie verliere, dann soll es um der Ehrlichkeit willen und im Namen Gottes geschehen.«

Da konnte sich Hermann nicht länger zurückhalten, er klopfte dem anderen auf die Schulter:

»Du bist ein seltsamer Kerl, Eduard. Du und ich haben sowohl an Land als auch auf dem Wasser einiges gemeinsam durchgestanden. Nein, ich glaube, du solltest lieber nichts sagen, wenn du nach Hause kommst. Es genügt, wenn du selbst einsiehst, dass du damals einen Fehler begangen hast.«

»Es war nicht nur einmal, es ist ein weiteres Mal passiert.«

Das war zu viel für Hermann, und er schlug mit der flachen Hand auf den Tisch: »Nein, zum Teufel noch mal, jetzt möchte ich nichts mehr von deinen Sünden hören!«

Doch Eduard war nun nicht mehr aufzuhalten.

»Das zweite Mal ging es nicht mehr um ein Weibsbild, Hermann, sondern um ein Netz. Kannst du dich noch an damals erinnern, in – ach, egal, wo es war –, ich kam mit einigen verfilzten Netzen an, die ich im Wasser gefunden hatte? Das war nicht die Wahrheit. Ich hatte sie gestohlen. Aus einem Bootsschuppen. Es war Diebstahl, nichts anderes!«

Danach wurde es ihm leichter. Eduard sah aus, als hätte sich ein Eiterpfropf aus einer entzündeten Wunde gelöst. Sie unterhielten sich eine Weile über Fischfang und -preise, die Nachrichten aus Bergen waren noch gut, doch Hermann hatte Angst, dass der erfolgreiche Fischfang die Preise drücken würde, wenn sie zu spät nach Südnorwegen zurückkehren würden.

Dann starrte ihn Eduard auf einmal an, etwas von dem alten Schelm kam wieder zum Vorschein: »Und wie ist es bei dir, Hermann, gibt es nichts, was dich in Versuchung führen könnte?«

Es dauerte ein Weile, bevor Hermann antwortete. Er war Eduard aus den Waldweiden in Vatna keine Rechenschaft schuldig, aber wie sie hier so saßen, von Mann zu Mann, war es völlig unmöglich, es mit einem Scherz abzutun.

»Oh, in meinem Inneren brodelt es auch manchmal, Eduard.«

»Du bist mir ein alter Fuchs!«

Das erinnerte an den alten Eduard, doch dann hielt er plötzlich inne, als hätte der Herrgott selbst ihn ermahnt, dass sich unflätiges Gerede nicht gehöre.

Sie segelten ungefähr gleichzeitig Richtung Norden, Hermann fuhr mit der ›Hildershafen‹ nach Nusfjord, während ›Die Brüder‹ nach Vesteraalen zurücksegelte.

Als sie in Nusfjord mit dem Beladen des Schiffes beschäftigt waren, kam für Hermann ein Brief von daheim an. Er war von Elisabeth. Sie beschwerte sich, weil Markus nicht nach Hause schreibe, sie habe seit Wochen nichts mehr von ihm gehört. Dieser Nichtsnutz, dachte Hermann. In Salten würde er sich Markus sofort vorknöpfen! Er schrieb Elisabeth, dass alles in Ordnung sei – der Brief von

Markus sei wahrscheinlich verschwunden, so etwas passiere öfter. Markus gehe es aber gut, und er habe sich dem Alkohol fern gehalten.

Kurz vor Ostern hatte die ›Hildershafen‹ wieder volle Ladung. Sie hätten noch mehr laden können, doch Hermann wurde langsam unruhig – von der Bergensfirma gab es nicht nur gute Nachrichten, wenn es um die Preise dieses Frühjahrs ging. Der Fischfang war besonders gut gewesen, vielleicht hatten Hermann und auch die anderen am Anfang sogar zu viel für den Fisch bezahlt, nur um rechtzeitig volle Ladung zu bekommen.

Als er nach Salten zurückkam, kamen andere Sorgen als die Fischpreise auf ihn zu. Die Ladung war zwar halb trocken, und Markus hatte dieselben Frauen angeheuert, die auch sonst für sie gearbeitet hatten. Sie kannten sich aus und wussten, wie sie mit Wind und Wetter umzugehen hatten. Doch mit Markus, der die Verantwortung tragen sollte, sah es schlimm aus. Am ersten Tag war er nirgendwo aufzufinden, Hermann bekam heraus, dass er in die Stadt gefahren war, das habe er schon öfter gemacht.

Noch ein Tag verging, ohne dass Markus sich zeigte. Hermann heuerte starke Männer an, die den Fisch im Meer säubern und zurechtmachen sollten, dann nahm er das Beiboot und ruderte allein in die Stadt. Er war so böse, dass er nicht einmal merkte, wie er beim Rudern schwitzte. In seinem Inneren wuchs eine seltsame Kraft heran, er nahm kaum den sonnigen, aber kühlen Frühlingstag war. Das Frühjahr war zwar die Zeit, in der alles zum neuen Leben erwachte, doch an diesem Tag wüteten andere Gefühle in seinem Inneren. Markus, dieser Verräter, dieser Tunichtgut!

Hermann fand seinen Schwager, wie er es erwartet hatte, im Bierkeller, wo schon viele vor Markus gelandet waren. Er war nicht gerade betrunken, man sah ihm aber die

Tage und Nächte an, die er dort verbracht hatte, Gesicht und Kleidung legten Zeugnis davon ab. Hermann zog einen Stuhl in die Ecke, wo der andere saß, sagte aber am Anfang nur wenig. Markus wackelte mit dem Finger, die nicht ausgesprochenen Worte lasteten schwer zwischen ihnen.

Schließlich stieß Markus hervor:

»Zum Teufel noch mal – kannst du nicht das sagen, was du zu sagen hast, und damit fertig werden!«

Hermann wartete kurz ab, bevor er antwortete. Dann schaute er seinen Schwager scharf an:

»Wenn wir jetzt an Bord gewesen wären, dann hätte ich dich wahrscheinlich zusammen mit dem gesalzenen Fisch ins Wasser geworfen!«

Markus blickte nach unten, es war etwas Verlorenes über ihn gekommen.

»Du darfst nicht mit mir reden wie mit einem Hund.«

Hermann schlug auf den Tisch, sodass alle, die im Raum waren, sich umdrehten.

»Du bist nicht mehr wert!«

Markus wollte hochfahren, ließ es aber doch sein.

»Ich habe mich um den Trockenfisch gekümmert, damit du es weißt.«

»Ich mache mir um den Trockenfisch keine Sorgen, ich mache mir Sorgen um dich.«

Markus sagte nichts mehr. Der große, starke Kerl versuchte seine zitternden Hände zu verstecken.

Hermann erzählte von den vielen, die es geschafft hätten, mit dem Trinken aufzuhören. Einige, die er sogar selbst kenne, hätten es wirklich geschafft. Markus dürfe nicht vergessen, dass er zu Hause Frau und Kinder habe …

Der andere zuckte zusammen: »Ich bin kein Eduard, du wirst mich mit der Bibel und mit frommen Worten nicht bekehren können!«

»Du solltest über Eduard nicht herablassend reden,

Markus. Für viele wäre es besser, sich an Gottes Wort zu halten. Du warst Schiffer, ein vertrauenswürdiger Mensch, jetzt sitzt du wie ein armes Würmchen hier im Bierkeller.«

»Das geht dich nichts an!« Diesmal schlug Markus auf den Tisch.

»Und ob es mich etwas angeht«, erwiderte Hermann. »Du hast Familie zu Hause auf der Insel, willst du, dass die Fürsorge für sie aufkommen muss?«

Markus schien wieder stark zu werden, denn er hatte noch etwas in Reserve:

»Ich habe vor, nach Amerika auszuwandern, jetzt weißt du es!«

Hermann lachte laut auf.

»Ja, du bist mir der Richtige, um dort, in diesem riesigen Land, zurechtzukommen.«

Markus beachtete seine Worte nicht. »Hier kann man es nicht aushalten, immer nur Arbeit und Schufterei für nichts und wieder nichts!«

»Hast du Geld für die Fahrkarte?«

»Ich habe einen Onkel in Wisconsin.«

»Er hat sicher genug mit seinen eigenen Problemen zu tun«, meinte Hermann, doch bei sich überlegte er: Vielleicht würde Markus in dem neuen Land wieder Fuß fassen können?

»Und was hast du mit Elisabeth und den Kindern vor?«

»Sie können nachkommen – später.«

Eine Weile wurde nichts mehr gesprochen. Draußen ging der Tag zur Neige, Nebel legte sich über Landspitzen und Häfen.

Markus kam mit ihm zur Trockenstelle, sie ruderten, jeder in seinem Boot – es war beinahe wie ein Wettrudern. Als sie an der Schiffsseite anlegten und an Bord wollten, sagte Hermann: »Du kannst einen Viertelanteil an der ›Hildershafen‹ kaufen, wenn du möchtest. Im Frühjahr geht Eduard an Land, er wird mir bei diesem neuen Vorhaben in den Waldweiden zur Hand gehen. Du könntest wieder Schiffer werden …?«

Dieses Mal hatte sich Hermann jedoch verrechnet. Markus spuckte ins Meer, zog die Ruder ein und griff nach dem Tau zum Festmachen.

»Du brauchst nicht den Herrgott zu spielen, Hermann. Du weißt nicht, wovon du redest, denn du hast immer nur den anderen geholfen. Selbst hast du keine Hilfe benötigt. Das könnte dir eines Tages teuer zu stehen kommen. Ich reise nach Amerika, sobald ich alles geregelt habe.«

Ob er es Elisabeth gesagt habe? Zuerst wurde Markus etwas verlegen, dann meinte er aufschneiderisch, dass die Weiber gehorchen müssten, ohne gefragt zu werden.

So weit Hermann es beurteilen konnte, rührte Markus an den darauf folgenden Tagen keinen Tropfen Schnaps an und benahm sich fast wie in alten Zeiten: Er scherzte mit den Frauen und den jungen Mädchen, kommandierte wie ein General, als ob ein Unwetter den gesalzenen Fisch bedrohe. Er verhielt sich, als hätte er einen Sieg errungen, ob über sich selbst oder andere, das war schwer zu sagen.

Während sie in diesen Frühlingswochen im Norden lagen, um die Ladung Fisch zu trocknen, ereignete sich wieder so einiges. Allerdings waren es keine besonderen Vorkommnisse, die Hermann aufregten, sondern Meldungen, die dafür sorgten, dass er sowohl Markus als auch einiges andere, was ihm Sorgen gemacht hatte, fast vergaß.

Die Zeitungen schrieben über die Fischpreise, und diese versprachen nichts Gutes für jemanden, der die Trockenfelsen voller Kabeljau hatte, der noch in Bargeld umgesetzt werden musste. Natürlich durfte er nicht alles glauben, was die Zeitungen schrieben, und deshalb saß Hermann abends in der Kajüte und versuchte beim Lesen so viel wie möglich Unwahres abzuziehen. Er las über die Preise in Bergen und anderswo auf der Welt, und er musste immer wieder nachrechnen, ob er in diesem Jahr mit Gewinn oder mit Verlust davonkommen würde. Er hatte die Zahlen vor sich liegen und fühlte sich nicht besonders wohl in seiner Haut, denn gerade jetzt könnte er jeden Schilling gut gebrauchen. Zwar würden sowohl er als auch der Helgeshof einen Verlust tragen können, doch in diesem Fall würde er einige seiner vielen Pläne aufgeben müssen.

Auf der Titelseite der Zeitung stand mit großen Buchstaben geschrieben: ›Der Klippfischmarkt in Europa ist gesättigt.‹ Die Zeitung berichtete darüber, wie der Export von Klippfisch während der 70er-Jahre immer weiter zugenommen habe, bis die Größenordnung des Trockenfischexportes erreicht worden sei. »Der Markt ist jetzt gesättigt, und die Preise stürzen ab.«

Hermann starrte die Worte unentwegt an, als hätte er das Ganze nicht verstanden. Noch am nächsten Tag musste er in die Stadt fahren, um zu telegrafieren. Es konnte doch unmöglich so schlimm sein, wie diese verrückten Zeitungen vorhersagten.

Trotzdem spürte er die innere Unruhe. Mit dem Kabeljau selbst war zwar alles in Ordnung – außer dass er in zu großen Mengen nach Lofoten und Vesteraalen herbeiströmte. Doch in der ersten Zeit, nachdem er nach Henningsvaer gekommen war, hatte es zu wenig Fisch gegeben, sodass er wahrscheinlich zu großzügig gewesen war, als er mit den Fischern abgerechnet hatte. Er und die anderen Schiffer waren davon überzeugt gewesen, dass die Preise sich halten würden, da die großen Märkte in Spanien und Portugal dazugekommen waren.

In der Antwort, die Hermann von seinem Fischaufkäufer in Bergen bekam, war kein nennenswerter Trost zu finden. Noch sei der Preis annehmbar, die Preisfrage würde sich aber erst dann so richtig stellen, wenn die vielen Schiffe mit voller Ladung aus Nordnorwegen zurückkehrten!

Abends kamen sie alle auf einem der Schiffe zusammen und diskutierten darüber. Allein aus Aareid lagen nicht weniger als zehn Schiffe hier vor Anker, die anderen waren aus verschiedenen Richtungen gekommen. Alle hatten sie die gleichen Sorgen. »Für dich ist es doch gar nicht so schlimm«, sagten einige zu Hermann. Auch er könne nicht aus einem Fass ohne Boden schöpfen, antwortete er darauf. Er wusste aber, dass sie die Wahrheit sagten: Es bedurfte keines sonderlich hohen Preissturzes, bevor die Zahlen in der Buchhaltung der anderen in die falsche Richtung zeigten.

Die Zeiten waren schlecht, das war nicht zu übersehen. Zudem kam noch ein Brief an, nicht von Gerhard Bugge, sondern von diesem neuen, eifrigen Polizeibeamten: Natürlich stünden sie noch zu ihrem Versprechen, ihn beim Bergbau zu unterstützen, allerdings mit einer kleineren Summe, als zuerst vorgesehen war.

Er würde es ihnen und ihrem Geiz schon zeigen, dachte Hermann und wappnete sich. Er war Manns genug, in Gabriels Waldweiden alleine anzufangen. Erst später fiel ihm auf, dass er in seinem Größenwahn mit dem Reichtum in Vatna gerechnet hatte, anscheinend gab es in seinem Inneren etwas, über das er nicht Herr war!

Von daheim kamen keine Briefe, außer einem ganz kurzen von Ingeborg, seiner Mutter. Es war die Schrift eines Mädchens, und er überlegte schon, ob es vielleicht Lea sein könnte, dann verwarf er den Gedanken wieder. Die Magd konnte wahrscheinlich gerade einmal ihren Namen schreiben.

Dennoch war es aber Leas Schrift. Die Mutter hatte sie bitten müssen, weil ihre Augen so schlecht waren, doch sie wollte unbedingt Hermann daran erinnern, dass er sich an den Allmächtigen halten müsse. Außerdem solle er mit ihrem Schwiegersohn ein Machtwort sprechen – Markus habe seit Mariä Lichtmess keine einzige Silbe nach Hause geschrieben. Ansonsten gehe es ihr gut, dem kleinen Jakob auch, obwohl der arme Kerl mehr denn je die Hand einer Mutter gebrauchen könnte …

Ingeborg wusste nur zu gut, wie sie ihn anpacken musste, egal, wo er sich auf dieser Welt auch befinden würde. Aber, dass Lea …! Er starrte auf die großen, deutlichen Buchstaben und musste sich richtig wundern, wahrscheinlich hatte sie einen ganzen Sonntag dafür gebraucht.

Andere Briefe kamen nicht. Er erwartete ja auch keine, andere brauchten nicht zu erfahren, dass er auf etwas hoffte, was er nicht einmal selbst in Worte fassen konnte.

Es war schon Sommer, als sie den trockenen Fisch endlich laden konnten, um in Richtung Süden zu segeln. Bei schönem Wetter und mit Rückenwind setzten die meisten Segel und wählten die Schiffsroute außerhalb des Schärengürtels. Sie rechneten damit, Bergen gleichzeitig zu erreichen. Das sagten sie jedenfalls, aber Hermann kannte sie, diese durchtriebenen Kerle: Jetzt würden sie wie die Verrückten Richtung Süden wettsegeln, egal, ob Sturm war oder nicht. Er würde aber diesmal nicht mit von der Partie sein, das würden sie dann schon sehen. Nur Markus wusste, dass er die Ladung nach Kristiansund verkauft hatte. Dort waren die Preise noch akzeptabel. Dabei konnte er einige wertvolle Wochen gewinnen und bekam noch dazu eine Ladung Holz mit nach Bergen. Hier hatte er diesmal keine Schulden, denn vor der Fahrt hatte er kein Geld aufnehmen müssen, und der Kutter gehörte ihm. Er spürte aber eine seltsame Spannung, nachdem er die ganzen Zahlen durchgerechnet hatte: Es war doch alles gut gegangen. »Du schwimmst oben, auch wenn andere sinken«, meinte Markus. Und er fühlte sich so unwahrscheinlich stark, als er in den langen Juninächten Richtung Süden am Ruder stand, während das nackte Land draußen am Meer ihm wie so oft zuvor entgegenkam. In diesen Nächten hatte er das Meer und die ganze Welt für sich. Und in gleichmäßigem Rhythmus schwappte es gegen die Schiffsseite: Gabriels Waldweiden, sagten die Wellen. Nein, sie sagten noch mehr, sie erzählten von allem, was er noch plante – und das war nicht gerade wenig.

Sie trafen sich an Bord des Kutters ›Die Brüder‹ am Tag, nachdem Hermann in Bergen angekommen war. Wie verabredet war Eduard die Ladung losgeworden, doch Hermann sah sofort, dass der andere nicht zufrieden war, als er sich jetzt vor dem Kutterbesitzer verantworten musste. Natürlich besaß auch Eduard einen Anteil an der ›Die Brüder‹ – einen Viertelanteil, um es genau zu sagen –, doch schließlich trug Hermann die Verantwortung.

»Ich habe es nicht geschafft«, murmelte Eduard. »Ich habe mich mit diesem Döscher eine ganze Weile herumgeschlagen, die Preise wurden aber davon nicht besser. Es kommt mir beinahe so vor, als wäre alles aus den Fugen geraten. Es gibt Klippfisch für die halbe Welt, sagt Döscher!«

Eduard legte die Bilanz auf den Tisch, Hermann blätterte und blätterte.

»Auch du bist am Anfang zu großzügig gewesen mit den Fischern, denke ich.«

»Ich habe nicht geglaubt, dass der Fischfang so gut werden würde«, seufzte Eduard. »Sie konnten es aber gut gebrauchen, die Ärmsten.«

»Hier haben wir einen Verlust von über zweitausend Kronen«, stellte Hermann fest. »Das ist viel Geld.«

Eduard sah unglücklich aus.

»Du kannst meinen Anteil haben«, schlug er vor.

Hermann antwortete nicht sofort. Für Eduard war das anscheinend ein schlechtes Zeichen, denn er rutschte unruhig hin und her auf seiner Bank, mit der einen Hand berührte er kurz das Bild seiner geliebten Anna oben auf dem Regal. Jetzt würde Eduard ihr auf Gedeih und Verderb ausgeliefert sein, sicher würde er ihr von seinem neuen Glauben erzählen, vielleicht auch von seinen schon halb vergessenen, sündigen Wegen. Hermann spürte Neid in sich aufkommen. Er selbst hatte daheim ein großes Haus mit zwei Wohnzimmern, eine alte, kranke Mutter, einen mutterlosen Sohn und fremde Leute, die sich um alles kümmerten. Eduard hatte nur ein undichtes Häuschen in den Waldweiden oberhalb von Vatna, ein halbes Dutzend Kinder und überall Schulden. Aber er hatte Anna, hatte ihre Arme und ihren Schoß, hatte sie ganz für sich. Zu Hause wartete seine eigene kleine Welt auf ihn, er war reich.

Hermann schob die Bilanz zur Seite.

»Red keinen Blödsinn, Eduard. Du wirst schon das bekommen, was dir zusteht, deine Heuer und das, was sonst noch verabredet war. Aber auch du hättest in Kristiansund die Ladung löschen können. Ich habe seit Jahren mit deinem Fischaufkäufer zu tun, ich hätte nicht geglaubt, dass er so geizig ist. Ich werde morgen versuchen, mit ihm zu reden.«

Sie unterhielten sich über die Fahrt nach Südnorwegen und über die anderen Schiffe: Auf einem der Aareidschiffe hätten sie einen Einsalzer verloren, er sei bei starken Windböen nachts vor Westkap über Bord gefallen.

»Ich habe Glück gehabt«, stellte Hermann fest. »Ich habe weder Menschen noch Schiffe dort oben verloren.«

»Dafür musst du Gott dankbar sein«, sagte Eduard. Und er erzählte, ohne dass Hermann nachfragen musste, dass er in die Stadt wolle, um mit den Leuten, die sich um die Seeleute kümmerten, zu reden: Sie müssten eine Gemeinschaft von Gläubigen für diese armseligen Geschöpfe gründen, darüber seien sich diejenigen, mit denen er oben in Vesteraalen Kontakt bekommen habe, einig. Es sei eine Schande, wie einige der Fischer hausen und leben müssten.

Eduard, der verrückter als sie alle gewesen war, saß jetzt da, redete gottesfürchtig über seine Mitmenschen, machte sich Sorgen um ihr körperliches und seelisches Wohlergehen. Er selbst hätte viel großzügiger als Eduard sein können, doch er hatte nichts getan. Natürlich hatte er die Fischer ganz gut bezahlt, aber mit den Schnäpsen war er eher geizig gewesen – an jedem kalten Morgen nur einen pro Mann und zwei für den Anführer!

Hermann wünschte Eduard viel Erfolg. Aus seiner Westentasche fischte er ein blankes Geldstück heraus, das sollte Eduard für die gute Sache spenden.

»Du hast Glück, Eduard, die Welt hat dich nicht mehr in ihren Fängen. Ich selbst denke mehr an Geld und Gold als gut ist!«

Es war als Scherz gedacht, doch Eduard hatte mit dem Allmächtigen ein ungeschriebenes Abkommen getroffen, und das hatte mit menschlichen Berechnungen nichts zu tun:

»Du darfst nicht um das Goldene Kalb herumtanzen, Hermann!«

Hermann lachte über die ernsten Worte:

»Du wirst mir beim Tanzen helfen, Eduard. Du hast versprochen, Steiger in meinem Bergwerk zu werden!«

Eduard schüttelte den Kopf.

»Hast du wirklich vor, in Gabriels Waldweiden anzufangen?«

»Warum nicht? Ich könnte mir auch vorstellen, auf der Flachalm zu schürfen. Das Gebirge dort sieht viel versprechend aus!«

Die Welt hatte Eduard wieder: »Man sagt, dass man im Gebirge draußen auf den Inseln noch mehr Gold gefunden hat?«

Hermann nickte. »Und wenn wir kein Gold finden, werden wir andere Mineralien finden, Eduard.«

»Es wird nicht einfach werden, das Erz von der Flachalm bis zum Wasser hinunterzubefördern«, meinte Eduard und verriet damit, dass auch er nachgedacht hatte.

»Das ist nicht das Schlimmste – die Schürfrechte, Eduard, die Schürfrechte! Henrikka Vatna sagt, sie habe Inge das Land versprochen. Das ist vielleicht auch die Wahrheit, und bevor ich in den Norden fuhr, habe ich versucht, mit dem Querkopf, mit dem sie verheiratet ist, zu reden, es war aber unmöglich, ein vernünftiges Wort mit ihm zu wechseln.«

Eduard schaute ihn gutmütig an:

»Sie ist jetzt selbst hier – in der Stadt.«

Hermann richtete sich auf.

»Bist du da sicher?«

Ja, Eduard sei sich dessen ganz sicher, er sei am Tag zuvor über den Fischmarkt gegangen, wo sie Fische verkauft habe, während ihr Mann sich zu den Männern unten am Kai gesellt habe.

Hermann bekam das nicht mehr aus dem Kopf, die Worte verfolgten ihn den ganzen Abend, waren wie eine Heimsuchung. Nachdem er Döscher aufgesucht hatte – wobei er kein besonderes Glück hatte –, machte er eine Runde auf dem Markt. Er nahm sich viel Zeit, redete mit denjenigen, die er kannte, doch die ganze Zeit wanderten seine Augen suchend durch das Gewimmel.

Dann entdeckte er sie, an diesem kühlen Junitag mit Regen vom Meer stand sie da und ließ die Beschimpfungen und unbedachten Worte der Stadtfrauen über sich ergehen, wog den Fisch ab und tat ihr Bestes. Sie war wie die anderen Marktfrauen gekleidet, in einen langen Rock und eine kurze Jacke, die so eng war, dass nichts von ihrer Figur verborgen blieb: Ihr Bauch wölbte sich, mein Gott, sie war ja schwanger! Es ging ihn zwar nichts an, doch er spürte den Stich in seinem Inneren. Doch egal, was sie anhatte, und wenn sie Lumpen getragen hätte – das Gesicht konnte ihr niemand wegnehmen!

Als sich die Gelegenheit bot, rief er sie beim Namen, und sie drehte sich jäh zu ihm um. Sie ließ das Gewicht auf das Holzbrett fallen und strich schnell einige Strähnen zurück, die unter dem Kopftuch hervorspitzten.

»Du bist es«, sagte sie nur. Ihre Augen schweiften schnell zum Kai hinunter, wo wahrscheinlich irgendwo ihr Mann, dieser Starrkopf, steckte.

Gewiss konnte sie in seinem Gesicht lesen, was er fühlte und dachte, sie wäre aber nicht Inge gewesen, wenn sie nicht versucht hätte, dies zu verheimlichen.

Sie erkundigte sich nach denen daheim, nach seiner Mutter und nach den Leuten in Vatna. Hermann antwortete so knapp wie möglich. Ob er von einer Fahrt zurückkäme?

»Und jetzt fährst du nach Hause, um nach Gold zu schürfen?«, fragte sie unerwartet.

Hermann versuchte zu lachen.

»Gold ist nicht zu verachten, oder?«

Dort standen sie also, mitten im Getümmel und Geschwätz, und er spürte, wie wenig er vergessen hatte. Sie gehörte nun zwar einem anderen Menschen an, doch der Gedanke daran half nur wenig, weil es wie Sturzwellen in seinem Inneren über ihn hereinbrach. Gleichzeitig hatte er das Gefühl, nach langen Nächten am Ruder einen sicheren Hafen erreicht zu haben, so viel bedeutete ihm diese Begegnung.

Inge sagte: »Und jetzt möchtest du auf der Flachalm schürfen?«

Diese Worte machten Hermann nicht froh. Seine Augen blieben am Köhler unten auf ihrem Holzbrett haften, es war ein prächtiger Fisch, den sicher dieser Nichtsnutz von einem Mann aus dem Meer geholt hatte!

»Indre hat erzählt, dass du mit ihm darüber gesprochen hast.«

Auf einmal war seine Gier danach, auf ihrem geheiligten Boden Gold zu schürfen, Tausende von Meilen entfernt.

»Du hast Anspruch auf das Land«, murmelte er.

»Ich? Was soll ich besitzen? Mein Vater hatte genauso wenig Anspruch auf die Flachalm wie andere Häusler auf ihr Land.«

»Vielleicht kommst du wieder nach Hause …?«

Sie zuckte zusammen.

»So etwas darfst du nicht sagen, Hermann.«

»Nein, nein. Vielleicht hat Henrikka das auch nur so gesagt, die Sache mit der Flachalm. Ansonsten hat sie mir die Schürfrechte für die Waldweiden in Vatna überschrieben.

Doch unterhalb der Flachalm ist das Gebirge besonders viel versprechend!«

Inge wurde rot. Es kamen Leute, die Fisch kaufen wollten, und sie antwortete schnell: »Auch wenn ich die Schürfrechte gehabt hätte, glaube ich nicht, dass ich sie dir gegeben hätte, Hermann. So etwas Schlimmes hätte ich dir nicht angetan!«

Der Tanz um das Goldene Kalb, das waren Eduards Worte gewesen. Inge war anscheinend derselben Meinung. Was war bloß mit ihnen los? Er wollte doch nur alles daheim auf Vordermann bringen, oder etwa nicht?

Ein Mann kam mit unsicheren Schritten vom Kai herauf. Hermann ging, doch als er sich ein Stück entfernt hatte, blieb er stehen und blickte durch das Gewimmel zurück. Schließlich entdeckte er sie, sie stand mit ihrem schweren Körper über den Fisch gebeugt. Er blieb kurz stehen, wusste selbst nicht, warum. Endlich ging er weiter, kehrte wieder an Bord zurück. Er hatte aber das Gefühl, als würde sie ihn begleiten, sie kam ihm irgendwie immer näher, je weiter er sich von ihr entfernte.

IX

Kaum zu glauben, was um einen herum alles so passierte! Die Auswanderung nach Amerika hatte nicht nur die Häuslerkaten, sondern auch die Wohnstuben der größeren Höfe geleert. Allerdings wurden viele Kinder geboren, Fremde kamen und übernahmen die alten Stammhöfe, doch es war irgendwie alles nicht mehr, wie es sein sollte. Die Fahrten nach Nordnorwegen brachten immer noch so viel Unruhe mit sich wie früher – einige verdienten dabei, andere machten Schulden, und es ging mit ihnen bergab. Sogar beim Bauern auf dem Helgeshof, der das Glück bisher sozusagen gepachtet hatte, war es deutlich zu spüren. Einer seiner Kutter hatte die Ladung dieses Mal mit Verlust verkaufen müssen, das hatte der junge Waldbauer am letzten Sonntag auf dem Kirchplatz berichten können.

Es war Lea, die diese Gerüchte nach Hause trug, und Hermann musste ihrem Geschwätz zuhören, ob er wollte oder nicht. So ohne weiteres konnte er es nicht vergessen, und natürlich hatte er auch einiges verloren, allerdings nicht mehr, als er verkraften konnte. Es war ja auch seine eigene Schuld gewesen: Er hätte dafür sorgen müssen, dass Eduard seine Ladung in Kristiansund löschte, hätte keine Rücksicht auf Döscher oder die anderen Schiffer aus Aareid nehmen müssen, die nach alter Sitte nach Bergen segelten, als gäbe es auf dieser Welt keinen anderen Ort, wo man Fisch verkaufen könnte!

Ansonsten war die ganze Welt irgendwie aus den Fugen geraten. Zusätzlich zu den schlechten Fischpreisen gab es in Kristiania Unruhe. Diejenigen, die regieren und entscheiden sollten, konnten sich nicht einigen, spielten ein Spiel, das sich für erwachsene Männer nicht gehörte. Und der König war anscheinend auch nicht besser, soweit es Hermann beurteilen konnte, wenn er dem Glauben schenken durfte, was die Zeitung aus Bergen, die er seit einiger Zeit abonnierte, schrieb. Maler-Gunnar hatte mit der Poststelle aufgehört, hatte unter allem sozusagen einen Schlussstrich gezogen, aber das, was die mächtigen Männer entschieden, das interessierte ihn immer noch. An den Wochenenden kam er meistens angerudert und wollte sich die Zeitung ausleihen. Dann unterhielten sie sich, er und Hermann, sie regierten für eine Weile selbst die Welt und vergaßen, dass es die kleinen Dinge im Alltag und die Geschehnisse um sie herum waren, die die Grundlage für das, was die Menschen als wichtig erachteten, waren.

Ansonsten hatte Gunnars Sorge wegen seiner unsterblichen Seele einen anderen Weg eingeschlagen, nachdem

Eduard und einige andere der Nordnorwegenfahrer den Unverstand dieser Welt erkannt hatten und jetzt Gottes Wort und Sakramente suchten. Maler-Gunnar hatte seinen Glauben nur im Stillen gepflegt, jetzt hatte er sein Licht, das er bisher unter den Scheffel gestellt hatte, hervorgeholt, ließ es auf seiner irdischen Wanderung offen leuchten und suchte die geistige Gemeinschaft seiner neuen Brüder. Onkel Gunnar hatte eine schwere Zeit hinter sich, doch in diesem Herbst sah es wahrhaftig so aus, als wären Leiden und Unglück wie von unsichtbarer Hand von ihm genommen worden. Er hatte das meiste von dem, was an die Zeiten seiner Malerei erinnerte, aus seiner Werkstatt entfernt: Farben und Bretter, ganz einfach alles, was ihn früher erfreut und das eheliche Zusammenleben mit Veronika erträglicher gemacht hatte, als es sonst gewesen wäre. Nur den Erlöser selbst hatte er verschont, das verschmähte Altarbild stand in einer Ecke, kehrte allem und jedem den Rücken zu. In schweren Stunden – das hatte Gunnar Hermann wissen lassen – hatte er den Dornengeschmückten hervorgeholt, hatte sozusagen von Mann zu Mann mit ihm gesprochen. Deswegen – auch wenn Gunnar keine farbigen Ränder mehr unter seinen Nägeln hatte – kamen andere Farben zum Vorschein, in seinem Gesicht, in seinen Augen und in seiner Stimme, wenn er Gott zu Ehren ein Loblied anstimmte.

Maler-Gunnar war es auch, der versuchte, seinen Neffen zur Vernunft zu bringen: Er dürfe nicht mit seinem Vorhaben in Gabriels Waldweiden anfangen, dürfe keine Felsen sprengen, um Gold vom Stein zu trennen. Nur *einer* dürfe so etwas machen, nur *Er* dürfe am Letzten Tag die Wahrheit von der Lüge trennen. Der Onkel konnte auch nicht begreifen, warum Hermann nur des Mammons wegen bis nach Stavanger fahren wollte. Deswegen fühlte sich Hermann manchmal schuldig, wenn er auf dem Laberg stand und dem weißbärtigen Alten nachschaute, wie er aus der Bucht nach Hause ruderte. Ab und zu dachte Hermann dabei: Wenn du die Gedanken, die ich mit mir herumtrage, kennen würdest, würdest du mich nicht einmal mehr mit der Zange anfassen!

Solche Gedanken ließen ihn Gott sei Dank aber schnell wieder los, und auch Eduard dachte in dieser Sache anders. Er erwähnte den Mammon nicht mehr, vielleicht war er in seinem Inneren von diesem neuen Fieber doch noch angesteckt worden, obwohl er gemeinsam mit Gunnar und den anderen einen Verein gegründet hatte, um den armen Fischern zu helfen. Eduard hatte sich auch, wie versprochen, selbstlos und ganz ohne Vorbehalte für die Arbeit in den Waldweiden eingesetzt. Doch Hermann stellte bald fest, dass er den Kuttern auf der Bucht lange, sehnsüchtige Blicke nachwarf, wenn sie abends von der Plackerei in den Waldweiden zurückkehrten.

Es war eine seltsame Zeit: Hermann hatte zwar das Gefühl, sie in den Griff bekommen zu haben, doch urplötzlich stellten seine Gedanken wieder alles auf den Kopf, und er musste einsehen, dass das Leben nicht nur aus Arbeit, Essen und Schlaf bestand. Vielleicht war es der kleine Jakob, der ihm wie ein Stachel im Fleisch saß. Natürlich gab es in dem kleinen, blonden Hesjalandjungen, den Gundi ihm geschenkt hatte, nichts Böses. Nein, es war sein Gewissen, das damit drohte, jede noch so glückliche Stunde für Hermann zu zerstören. Jedes Mal, wenn er Jakob verlassen musste, konnte er in dessen Augen eine Frage lesen. Der Junge stellte Fragen, ohne selbst zu wissen, wonach er fragte. Er hatte zwar die alte Ingeborg, die sich um ihn kümmerte, und auch die raue, warmherzige Lea. Hinzu kam, dass seit kurzem auch Silke, diese wunderbare Frau, die in ihrem ganzen Leben niemandem etwas Schlechtes angetan hatte, eine wichtige Bezugsperson für ihn geworden war. Hermann befürwortete dies und dann auch wieder nicht. Wenn sein Vater ihm keine Antwort geben konnte, erfand Jakob selbst eine Antwort. Wenn Hermann aber jetzt einen Menschen suchen würde – denn in der Bibel stand geschrieben, dass es für einen Mann nicht gut sei, alleine zu leben –, dann würde er es nicht Jakobs wegen tun, das wusste er, sondern wegen sich selbst und seiner körperlichen Bedürfnisse, als Resultat dessen, was sich in seinem Inneren aufgestaut hatte. Es könnte gut gehen oder auch nicht. Wenn eine Frau in ein Haus kam, wo schon eine andere geherrscht hatte, so könnte sie mit Kälte oder Wärme darauf reagieren. Das hatte er schon oft gehört. Einige wollten alles an sich reißen, während andere behutsam auftraten, so, als würden sie über die Türschwelle einer Kirche schreiten.

Sie begleitete ihn in seinen Gedanken über die Waldweiden, obwohl er sie erst einmal ganz kurz gesehen hatte. Wenn er abends wieder nach Hause ging, konnte er den Rauch von der Wohnstube in Vatna hochsteigen sehen, besonders jetzt, da das Laub von den Bäumen abgefallen war. Manchmal zog dabei ein Luftzug aus südlicher Richtung auf und spielte mit dem Qualm aus dem Schornstein. Es lag etwas Verführerisches in diesem Rauch. Hermann war zwar nicht mehr ganz jung, doch seine Gedanken waren die eines Achtzehnjährigen!

Im August, am Laurentiustag, hatte er Henrikka in der Kirche gesehen, sie hatten aber kaum Gelegenheit gehabt, miteinander zu reden. Sie hatte nur gesagt, dass Marita ab St.-Michaels-Tag die neue Mädchenschule besuchen würde. Das war wohl wieder einer ihrer besonderen Einfälle: ein Mädchen aus relativ armen Verhältnissen und die Schule besuchen! Hermann hatte zwar nichts gegen Wissen, doch Schulbildung war für ihn gleichbedeutend mit unnützem Zeitvertreib.

Nein, er hatte nicht vor, nach Vatna zu gehen, wahrhaftig nicht, das gelobte er in seinem Inneren. Was hatte er auch dort zu suchen?

Ende September war er mit dem Dampfer in Bergen gewesen, dort hatte er mit den Bergwerkvertretern reden wollen. Aus ihnen wurde er aber nicht schlau, vielleicht sahen sie wie so viele andere einen Verrückten in ihm. Einer von ihnen hatte schließlich versprochen, sich alles anzuschauen.

Diesmal war er jedoch nicht auf den Markt gegangen, wusste selbst nicht, wovor er Angst hatte.

An einem schönen Herbsttag mit viel Sonne waren Eduard und er in den Waldweiden. Sie machten gerade Pause, um eine Kleinigkeit zu essen, als Eduards Hund plötzlich anschlug. Zwei Männer kamen zwischen den Wasserpfützen herangestiegen, vornehm angezogen wie Männer aus der Stadt, sie passten irgendwie nicht zu dem Heidekraut und den Felsenhügeln hier in Gabriels Waldweiden.

Es waren der junge Polizeibeamte und Gerhard Bugge. Hermann fand nach und nach heraus, dass sie nur seinetwegen in die Spanbucht gekommen waren, und Lea hatte sie in die Waldweiden geschickt. Da sie sich an einem normalen Werktag auf die Suche nach ihm machten, war die Sache wohl besonders wichtig!

Eduard musste sich damit abfinden, an diesem Tag alleine in den Waldweiden weiterzuarbeiten. Hermann führte die Männer nach Hause, und er spürte sogar einen gewissen Stolz, als sie sich dem Hof näherten und die Leute, die draußen ihrer Arbeit nachgingen, sehen konnten, wer seine Begleiter waren. Denn die Erinnerung daran, dass vor langer Zeit der alte Bugge mit seinem Knecht gekommen war, Papiere in einem kleinen Kästchen dabei gehabt hatte und alles wiederhaben wollte, was der Bauer auf dem Helgeshof ihm schuldete, war noch immer im Gedächtnis der Nachbarn. Ein anderes Mal war der alte Polizeibeamte hier gewesen und hatte alles Mögliche aufgeschrieben. Jetzt waren die beiden wieder ohne Einladung gekommen, diese Nichtsnutze, und das, was sie nicht sagten, verriet am meisten.

Sie wurden in die neue Wohnstube gebeten, bekamen zu essen und zu trinken. Ingeborg war die Alte geblieben, obwohl sie wusste, dass Hermann mit den Männern alleine reden wollte. Sie hing an ihnen wie eine Klette, humpelte in der Wohnstube herum, denn diese Männer kamen für ihre Begriffe von weit her. Sie wussten viel, und Ingeborg war neugierig geworden, seit sie selbst kaum noch den Hof verließ. Jeder von ihnen antwortete auf seine Weise: Bugge mit Respekt, wie es sich älteren Leuten gegenüber gehörte, lächelte ihr zu wie im Kramerladen, während der junge Polizeibeamte ganz ungezwungen darauflosredete und manchmal ganz unsinnige Antworten gab. Ingeborg machte mit, auf einmal wurde gelacht und gescherzt, und das Lachen ließ sie für eine Weile das ernsthafte Vorhaben der Männer vergessen.

Als sie schließlich in ihre Kammer ging, kehrte Ruhe ein. Die anderen Frauen verhielten sich leise, wenn sie in der Wohnstube etwas zu erledigen hatten, sogar Lea trat rücksichtsvoll auf.

Endlich rückte der junge Polizeibeamte mit der Sprache heraus: Hermann dürfe sich keine Gedanken machen über den Brief, den er in Nordnorwegen von ihnen erhalten habe, darüber, dass sie ihre Anteile einschränken würden. Davon könne überhaupt keine Rede sein! In dieser Sache müssten sie zusammenstehen und die Verantwortung teilen. Der junge Bugge schaute auf seine weißen Hände hinab und war derselben Meinung: Das Goldschürfen könnte ihnen allen Geld bringen.

Hermann schaute sich die beiden genau an, etwas kam ihm verdächtig vor. Sie hatten, so berichteten sie, außerdem erfahren, dass man in den Bergwerken draußen auf den Inseln noch mehr von diesen ›edlen Mineralien‹, wie sie sich ausdrückten, gefunden hatte.

Der Polizeibeamte erzählte, dass er selbst dort draußen gewesen sei und sich das Bergwerk, nein, die Bergwerke, angesehen habe, es gäbe jetzt ganz viele von ihnen. Mittlerweile würde auch ein ganzes Heer von Arbeitern beschäftigt – Schürfer, Wäscher und wie man sie alle noch bezeichnete. Er habe sogar mit den leitenden Angestellten gesprochen; sie seien zuversichtlich, obwohl das Erz nicht so viel Gold beinhalte wie zuerst angenommen, zudem liege es auch tiefer.

Das Ganze sei ein richtiger Ameisenhaufen geworden! Häuser wurden gebaut, Gebäude mit Bögen und Sälen, sogar ein Hotel mit einem Restaurant sollte zwischen den Felsenhügeln errichtet werden. Der Beamte sei natürlich nicht nur deswegen auf den Inseln gewesen, er habe einen Kerl abholen müssen, der einen der fremden Arbeiter verprügelt hatte.

»Wir wissen nicht, wie tief die Gänge in Gabriels Waldweiden sind«, meinte Hermann, nachdem der andere fertig war.

Das kümmerte sein Gegenüber jedoch nicht. Die Gesteinsart hier sei dieselbe wie auf den Inseln, davon waren sie überzeugt.

So wurde Hermann mit dem Evangelium, das er vormals selbst verkündet hatte, konfrontiert. Er sagte nichts mehr dagegen, holte nur die kleine Truhe, die er sich hatte machen lassen – jenem Kästchen ähnlich, das ihm Ingmar gezeigt hatte, als er ihm die ›Hildershafen‹ abkaufte. Sie war voll mit Gesteinsproben, vielleicht nicht so prächtig wie diejenigen, die Ingmar gesammelt hatte, doch immerhin so vortrefflich, dass Bugge und der Beamte lange sitzen blieben, um die grauen, teilweise glitzernden Steine, den Quarz mit seinen Silberstreifen und weitere Arten von Kies zu untersuchen. Hermann war fasziniert vom Ausdruck ihrer Gesichter, von der Art und Weise, wie sie die Gesteinsproben festhielten – der eigentliche Beweis, dass sie an die Zukunft und das Abenteuer glaubten. Dies würde sogar die Fahrten nach Nordnorwegen in den Schatten stellen, glaubte Bugge, wohingegen der Polizeibeamte auf dem Boden der Tatsachen blieb: Ertragreicher Bergbau müsse nicht unbedingt lange anhalten, die Mineralien könnten recht schnell zur Neige gehen, das sei schon öfter passiert. Er habe es sich erzählen lassen und auch darüber gelesen, dass einst einer der Dänenkönige, Christian IV., wegen Goldschürfens alle Leute völlig verrückt gemacht habe, es sei eine wahre Schande gewesen.

Verrückt seien die Leute auch jetzt, meinte Hermann und zeigte ihnen einige Unterschriften, die er bekommen hatte. Dann holte auch der Beamte mehrere Papiere aus seinem Kästchen. »Dies kommt alles vom Binnendistrikt«, sagte er, »doch es gibt einen Mann, den ich noch nicht herumgekriegt habe, und das ist der Bauer von Indre-Vatna.«

Da musste Hermann lachen, und er erzählte, wie er den Kerl ertappt habe am heiligen Sonntag!

Das Ende vom Lied war, dass sie sich anboten, Hermann nach Stavanger zu begleiten, um mit den zuständigen Leuten zu reden. Als Hermann in Nordnorwegen gewesen war, war ein Vertreter der Grubengesellschaft in Aareid gewesen, und der Polizeibeamte glaubte, sie dürften auf einen Vertrag hoffen. »Wenn sie aber nicht mitmachen wollen, fangen wir trotzdem an«, meinte Bugge. Hermann nickte. Danach wurde über Geld gesprochen, und Hermann war froh, dass die Mutter nicht mehr in der Wohnstube war, sodass sie nicht hören konnte, was sie vorhatten. Hier setzte er wahrhaftig Hof und Kutter, die Zukunft aller aufs Spiel, und das, obwohl die letzte Fahrt nach Nordnorwegen ihn nicht besonders reich gemacht hatte: Gewinn für die ›Hildershafen‹, Verlust für ›Die Brüder‹, das glich sich beinahe aus. Er hatte aber noch etwas auf der Gemeindebank angelegt, hinzu kam das, was er für Jakob vorgesehen hatte. Der Hof gehörte ihm, das Wohnhaus war neu, und es gab noch etwas Wald an den alten Berghängen. All das ging ihm blitzschnell durch den Kopf, während Bugge und der Polizeibeamte immer neue Zahlen vorlegten – sie wirkten nicht gerade ängstlich dabei.

Das ganze Gerede von Geld und Geldwerten gab ihnen anscheinend das Gefühl, als regierten sie die Welt, dachte Hermann. Der Polizeibeamte kam auf die Gemeinde zu sprechen: Es wäre doch von Nutzen, wenn Hermann zum Vorstand gehören würde? In der Gemeinde vernachlässige man zurzeit so vieles, warum müsse unbedingt ein Gastwirt Vorsitzender der Gemeindeverwaltung sein, wenn die Bauern ihre eigenen Leute hätten? So sei es aber in Aareid immer gewesen, seit das Gesetz der Gemeindeverwaltung in Kraft getreten ist: Die Leute suchten sich als Vertrauenspersonen die Fremden aus, die Pfarrer, die zugezogenen Kaufleute, die Bessergestellten!

Das klang wie Musik in seinen Ohren, das konnte Hermann nicht leugnen. Und dann diese Wege, die nie gebaut wurden, fuhr der andere fort, und die alte Aareidkirche, die seit langem so aussehe, als würde sie jeden Augenblick zusammenfallen! Im südlichen Gemeindebezirk hätten sie schon längst eine neue Kirche errichtet, genauso wie an vielen anderen Orten, wenn die einfachen Bürger etwas zu sagen hatten.

Als die Männer gegen Abend gegangen waren, wurde es still im Haus. Der Polizeibeamte und sein Fährmann gingen zum Gabrielshof, um die neue Scheune dort zu schätzen, anschließend segelten sie noch bei Tageslicht die Bucht hinaus.

Hermann ging zwischen Stall und Scheune hin und her, hob geistesabwesend Dinge auf, die er gleich darauf wieder fallen ließ. Er half Lea mit dem Vieh, das war normalerweise die Aufgabe der Magd. Er und der Knecht kümmerten sich um die Schafherde, die vor kurzem aus dem Gebirge geholt worden war. Hermann ging selbst in die Laufställe, wo es nach Schaf und nasser Wolle roch, seine Gedanken waren aber ganz woanders. Sie hatten dieses Jahr kaum

Schafe verloren, weder Lämmer noch ausgewachsene Tiere, und Lea kannte sogar ihre Namen. Sie schnupperten an ihrer Hand und wurden dabei zutraulich, es war ein wahres Wunder, wie gut sie mit Tieren umgehen konnte. Sie kümmerte sich um die Lämmer, sprach mit einer derart liebevollen Stimme zu ihnen, dass sie mit dem Schwänzchen wackelten und sich näher heranwagten. »Schneeflocke«, sagte sie mit einschmeichelnder Stimme und hielt dem Lämmchen eine Hand voll Mehl hin. Hermann ging wieder hinaus, stand am Verschlag und folgte Lea mit den Augen.

Er wusste nicht, warum, aber als sie am Abend alleine in der Wohnstube saßen, nachdem die Magd ins Bett gegangen war, zog Lea sich nicht wie sonst zurück. Sie blieb mit ihrer Strickarbeit sitzen, als hätte sie noch etwas vor, und Hermann beschäftigte sich mit seinem Schreibkram, schaute Dokumente und Protokolle durch, blätterte in einem neuen Buch, das er sich angeschafft hatte, *Gesetze im Alltag*, denn es könnte von Nutzen sein für einen Mann, der sich nicht nur mit dem Materiellen beschäftigen wollte.

Dann sagte Lea, ohne von ihrer Strickarbeit aufzuschauen: »Kannst du dich auf diesen Bugge und auf den Polizeibeamten wirklich verlassen?«

Hermann tat, als hätte er nichts gehört. Warum wollte sie sich in seine Angelegenheiten einmischen? Dafür wurde sie schließlich nicht bezahlt!

Lea ließ sich aber nicht beirren, sie wiederholte die Frage und fügte noch hinzu: »Solche Leute sind nicht immer ehrlich.«

»Was meinst du damit?«, fragte Hermann böse.

Lea ließ die Strickarbeit in den Schoß sinken. »Na ja, eigentlich geht es mich nichts an«, seufzte sie hinterlistig.

Jetzt hatte sie ihn aber neugierig gemacht, jetzt wollte er auch wissen, warum sie so herumdrückte!

»Ich tratsche nicht gern, meine Mutter sagte immer, dass so etwas nichts Gutes mit sich bringe. Du weißt aber, dass ich überall herumgekommen bin, ich habe sowohl bei Beamten als auch bei Kaufleuten gedient.«

»Was hat das mit dieser Sache zu tun?«

Sie erinnere sich noch gut daran, wie der neue Polizeibeamte über den Helgeshof und Hermann hergezogen sei. »Ein Emporkömmling«, habe der Beamte gesagt, »einer, der nach oben will, ein Bauernpapst.« Bugge habe solche Worte nicht benutzt, habe nur gesagt: »Wenn mein Vater nicht die Hand über die Leute in der Spanbucht gehalten hätte, weiß ich nicht, wie es ausgegangen wäre«, oder so ähnlich, er habe natürlich die Hochsprache benutzt ...

»Du bist mir ein richtiges Klatschweib«, murmelte Hermann, meinte es aber nicht so ernst. Lea schien auch nicht beleidigt zu sein, war wohl Schlimmeres gewohnt. Stattdessen meinte sie: »Kümmere dich nicht um sie, Hermann. Ich glaube, du hast Recht, wenn du in den Gabrielsweiden anfängst. Ja, davon bin ich überzeugt. Wie würde es aussehen, wenn alle nur ihr Geld zusammenhielten, ohne es ausgeben zu wollen?«

Das waren kluge Worte, die sie sicher irgendwo aufgeschnappt hatte. Als sie gegangen war und er alleine zurückblieb, musste er beinahe lachen. Es war etwas Seltsames an ihr, sie wirkte auf ihn gleichzeitig kalt und warm. Wenn sie fortginge, würde er sie vermissen.

Daran musste er auch am nächsten Tag denken, sie brachte ihm sein Essen in die Waldweiden, und Jakob war dabei. Während der Junge zwischen den Heidekrauthügeln herumrannte und mit Eduards Hund seinen Spaß hatte, saß sie auf einem Stein neben ihm und schaute zu, wie er aß. Sie versuchte nicht, ihn zu verführen, aus dem Alter war sie heraus, stattdessen erkundigte sie sich neugierig nach dem geplanten Schürfen, den Sprengungen und danach, wie er es anstellen wolle, den Kies zum Fjord hinunter zu befördern. Er konnte nicht alles beantworten, wollte es auch nicht. Lea war ja nur eine einfache Angestellte. Er ließ sie aber wissen, dass er vorhabe, die Grubengesellschaft alles planen zu lassen, Eduard und er wollten nur herausfinden, wie die Gänge im Berg verliefen. Darüber müsse er Bescheid wissen, bevor er nach Stavanger fahren würde, um mit den Fachleuten zu reden.

Plötzlich sagte sie: »Wenn ich auf dem Helgeshof aufhöre, könnte ich vielleicht im Bergwerk arbeiten?«

Es war kein Scherz gewesen, sie meinte es wirklich so!

»Dann hätten die Leute im Dorf endlich was zu reden«, gab Hermann zurück.

Wenn er dabei an ihren Ruf denke, antwortete Lea, so hätten Mägde wie sie sowieso nicht viel zu verlieren. Sie habe aber noch starke Arme, könne ein Heringsfass heben, sie würde es ihm schon zeigen!

Doch er wollte nicht, dass sie ihm irgendetwas zeigte. Aber die Tatsache, dass es einen Menschen gab, der an das glaubte, was er sich vorgenommen hatte, war für ihn ungewohnt, und er schaute ihr lange nach, als sie wieder nach Hause ging, in der Armbeuge das Essenskörbchen, während Jakob um sie herumrannte.

Er dachte dabei auch an etwas anderes: Lea hatte angedeutet, dass sie vielleicht nach Amerika fahren würde. Das war im Frühjahr gewesen, als sie einen Brief bekommen hatte. Später hatte er nichts mehr davon gehört. Doch gerade an diesem Tag saß Elisabeth in der Wohnstube, als er nach Hause kam, sie und die Mutter sahen aus, als hätte man ihnen eine Trauerbotschaft übermittelt.

Natürlich drehte sich alles wieder einmal um Markus. Er könne den Gedanken an Amerika nicht mehr aus dem Kopf bekommen, und erst vor kurzem habe ihm wieder sein Onkel geschrieben und das abenteuerliche Ackerland geschildert, das man in Wisconsin übertragen bekommen würde.

Elisabeth wirkte so verloren und hilflos, obwohl gerade sie früher die Fröhlichkeit in Person gewesen war. Diesmal hatte sie keine Kinder dabei, und Hermann stellte fest, dass seine kleine Schwester sehr mitgenommen aussah.

Hermann sagte nichts gegen Markus, es gab ohnehin nichts mehr zu sagen. Stattdessen fragte er, wie es mit der Fahrkarte aussehe.

Elisabeth war es peinlich, sie brachte nur mit Mühe heraus, dass sie gerade deswegen gekommen sei. Markus habe sie geschickt. Sie wisse, dass sie keinerlei Ansprüche stellen könne, aber vielleicht würde Hermann ihr doch noch einen Teil ihres Erbes geben können, damit Markus Reisegeld habe.

Hermann zögerte kurz. Elisabeths bittende Augen waren nicht zu übersehen. Trotz ihrer jungen Jahre hatte sie schon viel Kummer gehabt, hatte mit Markus draußen auf dieser Insel gewohnt, Markus, der nichts Richtiges zu Stande gebracht hatte, Markus, der einmal ihr Traum gewesen war. So war das Leben.

»Wenn er sich nur vernünftig anstellt, da drüben.«

Davon war Elisabeth jedoch überzeugt. »Er wird Land erhalten, die Kinder und ich sollen nachkommen.« Sie sagte es ohne Freude, wollte dies aber nicht zeigen.

Schließlich meinte Ingeborg: »Markus soll das Geld haben. Wenn wir es uns erlauben können, das Geld sozusagen auf den Steinhaufen zu werfen, können wir auch denjenigen helfen, die uns am nächsten stehen.«

Hermann spürte einen Unwillen in sich aufsteigen, nicht gegen Markus, sondern gegen dieses fremde Land, das die Leute wie ein Magnet anzog. Er selbst hatte sich sogar ein Buch über Amerika ausgeliehen, hatte es viele Male gelesen. Die Menschen wollten nicht mehr das hören, was der alte Bischof geschrieben hatte: ›Bleib in deinem Land und ernähre dich redlich!‹ Stattdessen kamen Briefe von der anderen Seite des Meeres an, Briefe, die damit angeben konnten, wie vortrefflich alles drüben in den Staaten sei, Briefe, die das unendlich weite Land und den Geldfluss beschrieben, als wäre dort das Himmelreich auf Erden! Einige jedoch waren wieder nach Hause gekommen, wie Onkel Sven damals, und betonten immer wieder, wie eng es ihnen in Aareid und den anderen Siedlungen vorkomme. Inzwischen aber wanderten die Leute in Scharen aus. Markus soll bloß fahren, dachte er. Vielleicht würde er drüben lernen, sich ordentlich zu benehmen. Das erwähnte er gegenüber Elisabeth natürlich nicht, sagte nur, dass sie Markus grüßen und ihm ausrichten solle, er müsse an einem der nächsten Sonntage in die Spanbucht kommen, damit Hermann erfahre, wie viel Geld er benötige. Als Elisabeth ging, drückte sie seine Hand, und in diesem Augenblick waren sie sich näher als seit langem. Ingeborg blieb lange sitzen, sagte kaum noch etwas. Sie musste wahrscheinlich daran denken, dass Markus bald fahren würde, und dann dauerte es nicht lange, bis Elisabeth und die Kinder auch über das Meer reisten. Über das Meer – das war gleichbedeutend mit dem Tod, denn hier auf dieser Welt würde sie allein schon auf Grund ihres Alters ihre Lieben nicht mehr wiedersehen.

Der Abend wurde ganz anders, als er es sich vorgestellt hatte. Alles fing ganz unschuldig an: Nachdem er ins Bett gegangen war, wurde Jakob immer unruhiger. Er lag zusammen mit Hermann in der östlichen Dachkammer, hatte Ohrenschmerzen, und er fühlte sich elend. Hermann klopfte an der inneren Dachkammer, wo Lea schlief, weckte sie auf und fragte nach Rat. Und Lea wusste Rat. Sie stand auf, ging in die Küche und erwärmte Speiseöl, das sie dem Jungen ins Ohr träufelte. Anschließend nahm sie ihn zu sich ins Bett, ohne Hermann zu fragen, und deckte ihn gut zu. Hermann legte sich wieder in sein eigenes Bett, doch er spürte eine Unruhe in sich, die er sich selbst nicht erklären konnte. Im Halbdunkeln der inneren Kammer waren ihm Abend und Nacht auf einmal wie verzaubert vorgekommen. Irgendwie hatte Lea mit ihrem schweren Körper und den groben Händen diese Nacht neu erschaffen. Er wusste nicht, wie ihm geschah. Er hatte viele Frauen in seinem Haus gehabt – sie waren jedoch nachts und am Tag gleich uninteressant für ihn gewesen.

Nach einer Weile ging er zu ihr, schob die Bettdecke zur Seite und hob den schlafenden Jungen hoch. Durch Zufall berührte er sie mit der Hand, und er spürte eine Wärme, die er lange vermisst hatte. Nachdem er Jakob in sein eigenes Bett gelegt und warm eingepackt hatte, zögerte er nur noch kurz, dann öffnete er wieder die Tür zur inneren Kammer.

Sie schlief nicht. Es sah fast so aus, als hätte sie ihn erwartet. Sie lag wach, die Hände gefaltet. Ihr Gesicht und das Haar konnte er nicht sehen. Es war mitten in der Nacht und stockfinster draußen.

Er setzte sich langsam auf die Bettkante, schlüpfte dann plötzlich unter die Decke und legte sich neben sie. Lea rückte etwas, um ihm Platz zu machen, sie seufzte in die Nacht hinaus. »Ich wusste, dass du kommen würdest, aber du hättest es nicht tun sollen, Hermann.«

Sie war nicht mehr ganz jung, älter als er, war seit Jahren in den Dörfern umhergezogen, hatte alles, was in ihren Kräften stand, geleistet. *Eine* Sache habe sie aber nie verschenkt, sagte sie, obwohl schon einige es gewollt hätten. Sie lag da und flüsterte seltsame Worte in die Finsternis der Nacht, sie, die normalerweise nur über Arbeit, Plackerei und über die Sorge um das tägliche Brot redete. Hermann lag neben ihr, lauschte ihren Worten, und je länger sie sprach, umso mehr spürte er wieder den Zauber, der von ihm Besitz ergreifen wollte.

Er hatte das Gefühl, als wäre er kurz davor, alles über Bord zu werfen, auch den guten Menschen in seinem Inneren, der andere zurückgehalten hatte, wenn sie sündige Wege gehen wollten.

Er sagte nichts, ließ nur die Hände für sich reden. Einmal in seiner Jugend war er bei einer anderen Frau gewesen – in einer Nacht voller Unruhe und heißer Worte. Hier wehte ein ganz anderer Wind, und wenn er verschwunden sein würde, würde er für immer wegbleiben.

Lea war einsam auf dieser Welt, hatte niemanden, der sich beim Herrgott dort oben ihrer Sache annehmen könnte. »Nein, Hermann«, sagte sie, es lag aber mehr Freude als Ablehnung in ihrer Stimme. Er dachte nun weder an Sünde noch an Schuld, nahm nur das Feuer wahr, das schon lange in ihm geglüht hatte. Er, der er die Welt erretten sollte, der vorangehen wollte, lag jetzt bei einer Magd, die um nichts bat und keine Forderungen stellte. Morgen würde sie in der kleinen Scheune sitzen mit einem Schaf in ihrem Schoß, das geschoren werden musste. Er selbst würde sich morgen auf die Fahrt nach Stavanger vorbereiten. Dazwischen lag die Erlösung, als hätte jemand sie zusammengeführt. Er wollte nicht weiter nachdenken, diese Nacht würde nirgendwo auf dem Papier erscheinen …

»Einmal wollte der Polizeibeamte mich haben«, sagte sie. »Ich habe ihn aber fortgejagt. Ich hätte auch dich fortjagen sollen, Hermann, ich kann aber nicht, obwohl ich weiß, dass du es morgen nicht einmal zugeben würdest.«

Er legte die Hand auf ihren Mund, wollte nichts hören. Ihre Worte machten ihn beinahe maßlos und gewaltsam, er war nur noch ein Mann und wollte auch nichts anderes sein. Sie war ohne Schuld, das würde sie bis ans Ende ihrer Tage bleiben. Er selbst war wie Jens im Wald, war einer der Verirrten, das waren seine Gedanken, als er ihr nahe kam.

Sie versuchte nicht zu entkommen, war die ganze Zeit voll bei der Sache, obwohl es lange dauerte. Später lagen sie nebeneinander, er befand sich in einem Bett, das nicht seines war. Nach und nach verlor die Nacht ihren Zauber, und diejenige, die neben ihm lag, wurde wieder zu Lea.

Eine Lawine hatte sich in seinem Inneren gelöst, sie könnte sich noch einmal lösen, er wusste es nicht. Er lag nur da und wunderte sich: Wenn jemand ihm das vorher gesagt hätte, hätte er laut gelacht. Jetzt aber war ihm das Lachen vergangen.

»Ich möchte trotzdem in den Waldweiden arbeiten, Hermann. Ich erwarte nichts. Ich denke schon seit langem nur noch an dich, Gott ist mein Zeuge. Ich bin doch nur ein schwaches Weib.«

Obwohl er mit sich selbst genug zu tun hatte, wollte er sie trösten: »Du wirst trotzdem weiß gekleidet im Himmel stehen, Lea.«

»Weiß gekleidet?«, flüsterte sie leise. »Ja, wer weiß ...«

Es kam ihm so vor, als würde sie lachen, und das gefiel ihm nicht. Es war hell geworden, er sah die groben Hände, das große Gesicht, und plötzlich hatte er das Gefühl, als wäre die Wärme, die sie ihm gegeben hatte, Ekel erregend. Ohne ein Wort stand er auf, zog seine Kleider an und ging wieder in seine eigene Kammer zurück.

X

In Stavanger wurden sie freundlich empfangen.

Hermann hatte seinen Kutter mit Brennholz, das er in verschiedenen Dörfern der Umgebung aufgekauft hatte, beladen, mit nach Hause wollte er Kartoffeln und Rüben nehmen, denn in den Dörfern um Aareid herum waren im letzten Herbst die meisten Kartoffeln faul. Auf diese Weise würde sich die Fahrt lohnen und sogar etwas abwerfen, da er diesen Herbst keine weitere Fahrt nach Nordnorwegen geplant hatte.

Sie trafen sich mit den Männern, die das Sagen hatten, und es war deutlich, dass die Gesellschaft nicht mehr so erpicht darauf war, Kapital in den gebirgigen Hügeln Westnorwegens zu investieren. Die meisten Felsen dort seien mineralarm, erfuhren die drei aus Aareid, die den Engländern viel versprechende Schürffunde anbieten wollten. Niemand von den dreien wollte allerdings denen glauben, die der Meinung waren, Fachkenntnisse zu besitzen, und es dauerte ziemlich lange, bis alles unter Dach und Fach war. Das geschah erst, als Hermann und der Polizeibeamte die Mutscheine mit den Schürfrechten vorlegten, die alle bezeugten, an wie vielen Stellen schon geschürft worden war. Die Proben, die Hermann dabeihatte, wurden kaum beachtet. Es stellte sich aber doch heraus, dass die Fachleute mehr über die Gesteinsarten in Aareid wussten, als sie zuerst zugeben wollten. Sie hatten Karten an der Wand, die erfreuliche Dinge verrieten.

Als schließlich ein Dokument aufgesetzt werden sollte, wäre das Ganze im letzten Moment beinahe noch schief gelaufen. Der Direktor bestand darauf, dass alle Gehöfte mit eingeschlossen werden müssten, und Hermann musste zugeben, dass es Höfe gab, die nicht mitmachen wollten. Doch mit ihnen könne die Gesellschaft vielleicht selbst ein Abkommen treffen, fügte er hinzu.

Das schien kein Problem zu sein. Schlimmer wurde es, als der Polizeibeamte andeutete, dass sowohl er selbst als auch Bugge und Hermann bei dem neuen Bergwerksbetrieb Mitbesitzer werden wollten.

Zuerst stießen sie auf ein schroffes Nein. Das Geschäftsgebaren dieser drei Einheimischen sei wahrhaftig recht ungewöhnlich! Der weißbärtige Engländer schaute seinen Bevollmächtigten Hilfe suchend an, das bewirkte aber nicht viel, denn dieser war Norweger und schien unter den Augen John Carrs eher zu schrumpfen.

Hermann und seine Begleiter beratschlagten kurz und waren alle drei derselben Meinung: »Dann fangen wir eben selbst mit dem Bergbau an.«

Das war kein angenehmer Gedanke, und alle drei fühlten sich eher unwohl dabei. Als sie später durch die engen Gassen gingen und eine Gaststätte suchten, wo sie Essen kaufen konnten, waren sie nicht besonders optimistisch, weder Bugge noch der Polizeibeamte. Auch Hermann wusste, dass es nicht gerade einfach werden würde, ohne konkrete Ergebnisse nach Aareid zurückzukehren, denn jetzt erwarteten die Menschen dort das große Abenteuer. Gleichzeitig aber wuchs in ihm eine Abneigung dagegen, so kurz vor dem Ziel aufzugeben. Es ging um viel mehr als nur um Geld und Gewinn, hier musste er durch. Er hatte schon so einiges erlebt, das hier würde er wohl auch noch schaffen.

Das teilte er ihnen auch mit, doch er war sich nicht sicher, ob sie ihn richtig verstanden hatten, denn er hatte die Feststellung gemacht: Daheim in Aareid waren sie mächtige Männer, Bugge und der Polizeibeamte, hier gab es aber einflussreiche Kerle, die nicht davor zurückschreckten, ihnen Paroli zu bieten.

Als sie etwas später wieder in das große Büro zurückkehrten, waren die Männer der Gesellschaft anscheinend vorbereitet. John Carr, der Mächtigste unter ihnen, hatte Helfer herbeigeschafft, unter anderem war auch der Ingenieur anwesend, der in Aareid und Umgebung herumgereist war, um den Gebirgsgrund zu erkunden. Die Mutscheine, die sie mitgebracht hatten, lagen auf dem großen Tisch ausgebreitet. Der Polizeibeamte wollte das Wort ergreifen, doch Carr hielt ihn zurück. Sie seien die Mutscheine durchgegangen, sagte er, und zu dem Ergebnis gekommen, dass die Gesellschaft viele dieser Schürfrechte nicht benötige. Sie würden gern anfangen, aber nur an den Stellen, wo der Quarz viel versprechend sei. Sie dürften sich nicht verzetteln, indem sie gleichzeitig überall anfingen, davon hätten sie draußen auf den Inseln genug gesehen, wo die Gesellschaft seit einigen Jahren tätig war.

Das hatten die drei Besucher bisher nicht bedacht. Natürlich könnten einige Schürfgruben warten, doch wer weiß schon, wo es sich am meisten lohnen würde, wenn man nicht zuvor den Berg öffnete?

John Carr suchte in den Dokumenten, bis er das Richtige gefunden hatte: »Hier ist eine Stelle!«

»Die kenne ich«, meinte Hermann. »Gabriels Waldweiden.«

»Ich möchte mit jedem der dortigen Besitzer einen Vertrag abschließen«, meinte Carr.

Hermann blätterte in den Papieren auf dem Tisch. »Hier sind alle Grundbesitzer in der Spanbucht. Und da sind die aus Vatna. Hier gibt es die besten Schürfgruben.«

Der Polizeibeamte und Bugge nickten.

Der Ingenieur ergriff das Wort: Man dürfe nicht jedem, der schürfen wolle, nachlaufen, denn zurzeit glaubten sie alle, in ihrem Gebirge eine blitzende Ader zu haben. »Als ich in Aareid herumgefahren bin, habe ich in den gebirgigen Hügeln viele Spuren von den Hammerschlägen dieser goldhungrigen Sucher gefunden!«

»Gabriels Waldweiden?« Der Engländer zog den Namen in die Länge. So könnten sie das Bergwerk doch unmöglich nennen?

»Grube Hildershafen!«, schlug der Ingenieur vor.

Die drei, die von weither gekommen waren, um ihre Funde zu retten, schauten sich an. Was bedeutete schon ein Name? Grube Hildershafen – das hörte sich nicht einmal so schlecht an.

»Dann müssen wir zuerst einmal einen Vertrag aufsetzen!«, meinte der Ingenieur. Er und Carr berieten sich eine Weile auf Englisch. Als die Papiere vorbereitet waren, fragte Hermann: »Und was wird jetzt aus unserem Anteil?«

Noch einmal unterhielten sich Carr und der Ingenieur – diesmal ziemlich lange –, dann kam ihnen der Ingenieur lächelnd entgegen: Ob sie wüssten, was es bedeute, Geld in Bergwerke zu investieren? Die Norwegische Bergbau- und Grubengesellschaft habe in den ersten Jahren große Verluste verkraften müssen.

Doch Hermann war nicht den langen Weg angereist, nur

um hören zu müssen, dass er nicht über sein eigenes Geld entscheiden dürfe. Ohne seine beiden Begleiter anzuschauen, sagte er laut: »Es muss aber Voraussetzung bleiben, dass wir ein Viertel beisteuern – egal, ob Gewinn oder Verlust uns erwartet.«

Carr fuchtelte mit den Händen herum, murmelte etwas auf Englisch.

»Gut!«, beschloss er schließlich und wies seine Büroangestellten an, wie sie den Vertrag formulieren müssten.

Am Ende stand schwarz auf weiß zu lesen, dass sie alle drei Teilhaber der »Norwegischen Bergbau- und Grubengesellschaft« werden würden, wenn die Grube Hildershafen eine Tatsache werden sollte.

Am selben Abend, nachdem sowohl die Kartoffeln als auch andere landwirtschaftliche Erzeugnisse aus der Umgebung verladen waren, saßen sie alle drei in der Kajüte des Kutters. Eduard machte alles zur Abfahrt bereit. Er und sein jugendlicher Helfer kümmerten sich um die seemännischen Aufgaben, ohne dabei die neu ernannten Grubenbesitzer in der Kajüte zu beachten.

Ein frischer Südwind kam in Richtung Meer auf, und Eduard setzte Segel, soweit er es verantworten konnte.

Der Lensmann ging noch einmal alle Dokumente durch, als wollte er sich darüber vergewissern, dass alles rechtens sei. Die etwas krakelige und undeutliche Schrift John Carrs sprang ihnen nahezu entgegen – doch die großzügig gewährte Unterschrift gab ihnen eine Art von Sicherheit.

Sie saßen vor ihren Schnapsgläsern, gingen die Papiere durch und sprachen anfangs nur wenig. Etwas von dem, worauf sie seit einiger Zeit schon warteten, war ins Rollen gekommen. Im Frühjahr, wenn die Untersuchungen der Bergarten und der Gesteinsproben gemacht wären, würden die ersten Stollen gesprengt werden. Am Anfang könnten sie mit Tagesabbau rechnen, hatte der Ingenieur gesagt.

Später würde sich herausstellen, welche Qualität das Erz habe. Sie bräuchten Steinbrecher und Riesenbottiche, Seilwinden und vieles mehr.

Hermann sah alles vor seinem inneren Auge: Wege und Kaianlagen unten am Berg!

Dann sagte der Lensmann plötzlich: »Sie wollten nicht verraten, wie groß das Risiko werden könnte – für uns, meine ich.«

»Nein«, antwortete der junge Bugge, »sie redeten nur von so genannten Kalkulationen.«

»Einige tausend Kronen werden es schon werden – unser gemeinsamer Anteil«, meinte Hermann, »und dieser soll auf uns drei verteilt werden!«

Diese Tatsache schmälerte ihren Sieg irgendwie.

»Es können Jahre vergehen, bis sie das verdammte Gold finden«, meinte der Polizeibeamte.

»Es gibt genügend Kies«, erwiderte Hermann. »Dafür bezahlen die Engländer gut.«

Sie gingen noch einmal die Papiere durch, lasen sie so gründlich, als wären es Bibeltexte. Wenn sie genügend exportieren könnten, würde sich die Sache schon lohnen. Die Kommission in Stavanger hatte sich dazu verpflichtet, ›für jede Tonne Erz, die gewonnen und ausgeschifft wird, 80 Öre zu bezahlen‹. Wenn jährlich weniger als zweitausend Tonnen gewonnen werden würden, würde die Gesellschaft eine Mindestgebühr von 800 Kronen erheben. Zudem sicherte der Vertrag der Gesellschaft Schürfrechte für 99 Jahre zu.

Das war zwar eine entsetzlich lange Zeit, doch darüber machten sie sich keine weiteren Gedanken.

Sie waren schon in Boknafjord, als Hermann ging, um Eduard abzulösen. »Leg dich ein bisschen hin«, meinte er. »Ja«, sagte Eduard, der immer eine Bemerkung parat hatte, »du kannst wahrscheinlich sowieso nicht schlafen!«

Hermann stand am Ruder, umgeben von dem unruhigen Fjord und einem bewölkten Herbsthimmel. Die Gedanken ließen ihm keine Ruhe: die Nacht in der Mädchenkammer, zwei fragende Kinderaugen. Dazu kam das, was ihn vorwärts trieb, immer etwas Neuem entgegen. Vielleicht war er dazu verurteilt, immer weiterhetzen zu müssen, immer größere Probleme lösen zu wollen. Vielleicht musste er so sein, musste immer weitersegeln, nach einer kurzen Verschnaufpause in irgendeinem Hafen. Und die Stürme in seinem Inneren – steuerte er sie oder steuerten sie ihn?

»Oh Eduard, wenn du damals, als ich dein Beichtvater sein musste, gewusst hättest, dass ich viel mehr als du zu verantworten habe. Ich hielt mich zwar in den Häfen dort oben im Norden zurück, doch nicht in meinem eigenen Haus. Du weißt auch noch nicht, dass ich vorhabe, nach Vatna zu gehen, dass ich aus dem, was Gundi mir beibrachte, nichts gelernt habe. Du verstehst nicht, warum das Goldschürfen mich derart fesselt. Du hast von dem Tanz um das Goldene Kalb gesprochen, Eduard, du hast aber das nicht erwähnt, was mich zu diesem Tanz angetrieben hat – denn du bist dazu verurteilt, dein Leben lang ein Häusler zu bleiben.«

XI

An einem Tag im Spätherbst stand Markus in der Tür zum Bootsschuppen unten am Hafen, wo Hermann und der Knecht damit beschäftigt waren, Fischfanggeräte zu reparieren, während Jakob spielte und überall herumtollte.

Markus schien ganz vernünftig, hatte anscheinend auch nichts getrunken. Nachdem sie sich über das Alltägliche ausgetauscht hatten und darüber, wie es allen ging, kam Markus auf das zu sprechen, warum er eigentlich gekommen war: Elisabeth habe angedeutet, dass Hermann ihm beim Kauf der Fahrkarte eventuell helfen wolle.

Trotz des kalten Herbstwindes gingen sie vor die Tür. Markus hatte so wenig an, dass er zitterte und fror. Hermann zeigte auf die ›Hildershafen‹ draußen in der Bucht und sagte, dass Markus noch Zeit habe, sich neu zu entscheiden. Vielleicht würde er selbst diesen Winter zu Hause bleiben, er habe einiges vor. Ob Markus Lust habe, den Kutter zu führen?

Markus schaute seinem Schwager kurz in die Augen: »Tief in deinem Inneren hast du Angst davor, dass ich dein Schiff zerstören könnte. Das sagst du nur wegen Elisabeth, nicht meinetwegen.«

Hermann wurde verlegen. »Ich habe auch andere Arbeiten für dich. Das Eishaus soll gebaut werden, du könntest dort mit anpacken. Du könntest auch Steiger werden, wenn der Bergbau in den Waldweiden anfängt.«

Markus zog eine Grimasse, hatte wohl keine Lust, darauf zu antworten, denn er hatte sich ganz und gar an Amerika verkauft, wie so viele andere in letzter Zeit.

Sie gingen gemeinsam zum Wohnhaus hinauf, und in der warmen Stube musste Markus zuerst einmal der Schwiegermutter und Lea all seine Neuigkeiten berichten. Ingeborg wollte gern Elisabeth und die Kinder besuchen, ob Markus sie für einen Tag vielleicht holen könnte? Das ließe sich schon einrichten, meinte Markus, seine Stimme hörte sich aber etwas zögerlich an.

»Sie ist doch gesund, oder?«, wollte Ingeborg wissen.

Markus stockte nur kurz. Ja, das schon, sie habe es sich aber in den Kopf gesetzt, nicht nach Amerika fahren zu wollen, um alles in der Welt nicht.

Sie schauten sich gegenseitig an, alle dachten an Elisabeth. »Und wenn du es lassen würdest?«, versuchte es Ingeborg.

Markus schüttelte den Kopf. »Da gibt es nichts mehr zu besprechen. Sie muss selbst entscheiden. Ich glaube aber, dass sie mitfährt, wenn die Zeit kommt.«

Hermann fühlte sich nicht besonders wohl dabei. In dieser Sache hatte er kein Mitspracherecht. Sicher würde es für seine kleine Schwester nicht einfach werden auf der anderen Seite des Meeres, denn sie hing sehr an zu Hause.

Er holte das Geld, den Betrag, den Markus erwähnt hatte. Es kam zwar etwas ungelegen, denn in Kürze würde er selbst Bargeld brauchen. Das tat aber nichts zur Sache, denn Elisabeth hatte um Geld gebeten, sie benötigte Hilfe, damit Markus wieder auf die Beine kommen könnte.

Ingeborg nahm ihren Stock, ging schwerfällig in ihre Kammer und kam mit einigen Geldscheinen zurück: Das hier wolle sie Elisabeth geben, sie habe es selbst zusammengespart. Die Tochter würde das Geld sicher gut gebrauchen können – vier kleine Kinder bräuchten Kleidung und noch vieles mehr. Sie wisse nicht so genau, wie viel es sei, denn die guten, alten Taler seien ausgetauscht worden, und sie komme mit dem neuen Geld überhaupt nicht mehr zurecht!

Nachdem Markus mit Essen und Trinken gut versorgt worden war, begleitete Hermann seinen Schwager wieder zum Hafen hinunter. »Wenn du gefahren bist, werde ich Elisabeth und die Kinder im Auge behalten, Markus!« Hermann reichte ihm die Hand. Markus nahm sie, drückte fest zu. »Ich danke dir«, sagte er. »Und am meisten danke ich dir, weil du mir keine Moralpredigten hältst. Das kann ich jetzt nicht gebrauchen.«

Das war für Markus fast so etwas wie ein Zugeständnis. Er stieg ins Boot und ruderte aus dem Hafen hinaus – ruderte sozusagen aus ihrer Welt hinaus.

An diesem Abend saß Hermann lange über seinen Papieren. Schon mehrere Male waren Führungskräfte der Bergwerksgesellschaft da gewesen, alle Papiere hatten beim Amtsrichter die nötigen Stempel erhalten. Die Welt war zwar die alte geblieben, trotzdem hatte er das Gefühl, als lebten die Menschen hier in einer Art Spannung, als warteten sie auf etwas Großes. Ungefähr so mussten Israels Kinder sich gefühlt haben, als sie sich dem Gelobten Land näherten. Das waren Eduards Worte gewesen, und sie legten Zeugnis von dem alten und dem neuen Eduard ab, der jetzt angefangen hatte, im Alten Testament zu lesen. Damals hatten sie ja auch um das Goldene Kalb herum getanzt, während sie darauf warteten, ins Gelobte Land gehen zu dürfen. Auch Hermann spürte, wie die Spannung von ihm Besitz ergriff, und das äußerte sich auf mancherlei Art und Weise. Manchmal hatte er das Gefühl, der wichtigste Mann auf der ganzen Welt zu sein, ab und zu aber erwachte in ihm das armselige Gefühl, mit dem er sich zu der Zeit, als der Helgeshof zahlungsunfähig gewesen war und er überall Geld schuldig war, hatte herumschlagen müssen.

Die gestempelten Papiere, die für Hildershafen die Zukunft sichern sollten, waren aber nur eine Seite dieser Sache. An dem Tag, als er in den Dörfern der Umgebung seine Kuttermannschaft angeheuert hatte, erwartete ihn zu Hause ein Brief – ein Brief mit großem Siegel und vielen Stempeln, auf der Vorderseite war der Name des Absenders mit großen Buchstaben gedruckt: Norwegische Bergbau- und Grubengesellschaft. Ingeborg überreichte ihm das Schreiben, als er am Abend müde und hungrig nach Hause kam, sie benahm sich, als übergäbe sie ihm ein Gerichtsurteil. Sie sagte zwar nichts, ließ ihn aber nicht aus den Augen, als er neben den Regalen mit den Geschäftsbüchern in der Ecke stand und das Siegel erbrach.

Es waren die Pläne für das neue Bergwerk. ›Grube Hildershafen‹ war mit riesigen Buchstaben auf dem Dokument, das die neue Zeit einläutete, geschrieben worden. Eine Welle der Freude durchströmte Hermann, als hätte er nach einem langen Kampf endlich das Ziel erreicht. Seine Freude wurde aber schnell geringer, denn weiter unten stand einiges über die Finanzierung: Dort war die Summe, die es kosten würde, das ganze Spektakel in Gang zu setzen, aufgeführt – Kosten für Schuppen und Kreiselbrecher, Riesenwannen und Rinnen, Kaianlage und Weg. Die Worte flimmerten vor seinen Augen, denn die Gesamtsumme war für einen einfachen Mann aus der Spanbucht astronomisch hoch. Im ersten Jahr würde der Anteil der drei Teilhaber zwanzigtausend Kronen betragen, die Summe würde aber noch größer werden …

Hermann rechnete im Kopf schnell nach: Ungefähr siebentausend Kronen für jeden von ihnen, und das war nur der Anfang. Er hörte, dass die Mutter etwas sagte, als sie zwischen Ofen und Tisch hin und her humpelte: Das Essen sei fertig. Die Antwort, die er ihr gab, war anscheinend völlig verkehrt, denn sie blieb mit dem Schürhaken in der Hand stehen: »Vielleicht wirst du wieder vernünftig, wenn dieser Wahnsinn einmal vorbei ist.«

Lea kam aus dem Stall, und sie setzten sich zum Abendessen hin, Jakob saß neben dem Vater und versuchte, ihm alles nachzumachen. Die Tatsache, dass die Post neuerdings einmal in der Woche nach Hildershafen kam, beschäftigte ihn, denn damit kamen Zeitungen ins Haus, die er durchblättern durfte, nachdem die Erwachsenen sie gelesen hatten. Allerdings war es nur der Vater, der die Zeitung las, die Großmutter und Lea beachteten sie kaum. Das Lesen dieser Zeitungen war ihrer Meinung nach ein Vertrödeln der Zeit, außerdem schrieben sie fast ausschließlich über das Schlechte, das die Menschen begingen, sodass man selbst schon etwas Böses angestellt haben musste, um das Geschriebene überhaupt verstehen zu können!

Abends, nachdem die Lampe angezündet worden war, las Hermann der Mutter und Lea manchmal etwas aus der Zeitung vor, während sich die Frauen am Spinnrad, mit ihrer Strickarbeit oder mit anderen Handarbeiten beschäftigten. Es waren meistens kurze Berichte über Brände oder andere Unfälle, gelegentlich aber auch über erfreulichere Dinge, wie zum Beispiel etwas aus dem fernen Amerika.

Für Ingeborg erschien alles in einem größeren Zusammenhang, passend zu dem, was die Heilige Schrift über die sündigen Wege der Menschen in dieser Welt prophezeit hatte. Der kleine Jakob hörte dabei genau zu, außerdem übte er sich schon darin, die Buchstaben zu lernen. Jedes Mal, wenn die Wanderschule auf dem Hof war, durfte er in der neuen Wohnstube sitzen und zuhören, obwohl er oft weinte, wenn der Schulmeister den großen Jungen eine Ohrfeige verpasste. Doch die Lust am Lernen war schon fest in ihm verwurzelt, das hatte sogar Lea festgestellt, denn sobald er seine Tränen an ihrem Schürzenzipfel abgetrocknet hatte, wollte er wieder in die Stube, um noch mehr zu lernen.

Doch alles las Hermann den Frauen nicht vor, und zwar das nicht, was in Kristiania passierte. Er hatte es versucht, aber die Mutter hatte dabei mit den Wollkämmen derart laut herumhantiert, als ginge es um ihr Leben, denn die Politik interessierte sie überhaupt nicht: Sollten doch die Liberalen und der gemäßigte linke Flügel sich mit den Rechten darum streiten, wer die Schicksale der Menschen entscheiden dürfe. Noch hatten solche Kräfte die Aareidgemeinde nicht erreicht. Hermann hatte sich mit dem Polizeibeamten darüber unterhalten, denn er war derjenige, der sich in der Politik am besten auskannte. Sie hatten darüber gesprochen, eine Diskussionsrunde aufzubauen, doch der Beamte wollte lieber einen Verein gründen, der sich mit dem Grundgesetz beschäftigte. Das wiederum interessierte Hermann nicht. Seit seiner frühen Jugend hatte er sich nur auf die Fahrten nach Nordnorwegen konzentriert, war nicht auf dem Laufenden, wenn es um Regierung und Politik ging. Es genügte ihm, wenn die Fisch- und Heringspreise einigermaßen stabil blieben. Allerdings hatte er mitbekommen, dass in Aareid noch die alten Mächte regierten. Die Menschen hier waren einfache Leute, die sich aber manchmal wie ungehorsame Kinder im Weinberg des Herrn benahmen. Gleichzeitig schwelte in ihrem Inneren all das, womit der Herrgott sie am ersten Morgen ausgestattet hatte, und zwar Wille und Verstand, vielleicht könnte man es in diesem Zusammenhang auch Geschäftssinn nennen. Warum gab es diese tiefe Kluft zwischen Geist und Körper? Darüber musste Hermann sich immer wieder wundern. Doch er dachte dabei nicht nur an Eduard und die anderen Gläubigen, sondern viel mehr an sich selbst und seine vielen Vorhaben.

Auch Hermann war ein einfacher Mensch, deswegen hatte er oft Probleme damit, den Dingen auf den Grund zu gehen. In den durchwachten Nächten, in denen er darüber nachdachte, was er alles in die Wege geleitet hatte, kamen vermessene Gedanken in ihm auf. Inge, sie war für immer irgendwo in seinem Inneren verankert, machte sein Leben glücklich und traurig zugleich, da war auch sein kurzes Zusammenleben mit Gundi. Und schließlich musste er an den Vorfall mit Lea denken, an die Nacht, in der der Mann in ihm alle Bedenken über Bord geworfen hatte und zu ihr gegangen war. Wenn er an den Abenden über seinen Dokumenten brütete und so tat, als wäre er nur mit ihnen und mit Jakob beschäftigt, schielte er manchmal zu der Magd hinüber, die ihren festen Platz auf dem Helgeshof gefunden hatte: Sie war groß und unförmig, hatte eine breite Nase und einen Mund, der in dem großen Gesicht mehr Raum einnahm, als er hätte tun dürfen. Er war zu ihr gegangen, doch ohne irgendwelche tieferen Gefühle. Er musste mit Bedauern feststellen, dass das Verlangen des Fleisches ihn sein ganzes Erwachsenleben lang begleitet hatte, und so würde es sicher bleiben, bis seine Flamme einmal endgültig erlöschen würde.

In der Woche vor Weihnachten versammelten sich die Nachbarn auf dem Waldhof, um Leichenwache zu halten, Angela selbst war fortgegangen. Sie war in letzter Zeit bettlägerig gewesen, und Hermann hatte sie mehrere Male besucht. Es war aber, als hätte diese Welt sie schon losgelassen, sie redete nur vom Jenseits und von Jens, der ihr in der Kleidung eines Bräutigams auf der anderen Seite begegnen würde. Es lag eine solche Kraft und ein Ernst in ihren Worten, dass es Hermann beinahe so vorkam, als hätte er Jens gesehen, von der Sünde geläutert.

Normalerweise kam die Jugend, um Wache zu halten, und Hermann war längst kein Jugendlicher mehr. Er war aber allein stehend, gehörte deswegen noch irgendwie zu ihnen. Die jungen Leute hatten ihn auf dem Deck seines Schiffes und bei der Arbeit auf dem Hof kennen gelernt, und jetzt, nachdem der Bergbau dazugekommen war, schauten sie womöglich noch mehr als bisher zu ihm auf.

In der ersten Nacht wurde nicht getanzt, obwohl ein alter Mensch aufgebahrt dalag. In den darauf folgenden Nächten wurde es munterer: Einer hatte seine Fiedel dabei, ein anderer die Maultrommel, und die Kammer wurde zum Tanz ausgeräumt. Die junge Frau auf dem Hof kam mit Getränken, alles war, wie es sein sollte – der Tod gehörte zum Leben.

Sie trafen sich in einer Kammertür, rempelten sich an. Die Fransen an Maritas geblümtem Tuch blieben an einem seiner Jackenknöpfe hängen, sodass sie innehalten und versuchen musste, die Fäden zu lösen. Sie errötete nicht wie andere junge Mädchen und schaffte es ziemlich schnell, sie mit geschickten Fingern voneinander zu trennen. Dabei schaute er sie sich genau an. Sie war eine starke Frau, ein junger Mann hätte vielleicht Angst bekommen, doch Hermann hatte schon viele Gesichter gesehen, und der Gedanke kam ihm, dass es vielleicht nicht einfach werden würde, mit ihr auszukommen. Er konnte nichts dafür, es waren eben die typischen Gedanken eines Mannes. Schließlich begleitete er sie in die Wohnstube, von wo aus sie den Sarg gerade eben in die kleine Scheune getragen hatten.

In der Wohnstube war sonst niemand. Marita nahm ein

Kleidungsstück, das auf einer Truhe lag, wollte wieder gehen. Ob sie in Eile sei, fragte Hermann. Da lachte sie und sagte, dass sie wieder in die Kammer wolle. Schließlich setzte sie sich doch, schob die Lampe auf dem Tisch etwas zur Seite, und Hermann wusste nicht, ob sie ihn zum Narren hielt oder ob es ihr wirklich gefiel, dass er sie gebeten hatte zu bleiben. Es lag ein Meer von Jahren zwischen ihnen, sie war sicher nicht viel älter als achtzehn.

Marita eröffnete das Gespräch, indem sie wissen wollte, ob er bald in den Norden fahren würde. Das erweckte in ihm den Gedanken an einen Brief, der aus Vatna gekommen war, ein Brief wegen eines Handels. Er antwortete ihr, dass er sich noch nicht sicher sei, ob er diesen Winter den Kutter führen wolle, vielleicht würde er auch zu Hause bleiben. Er wolle unbedingt seine Pläne mit Gabriels Waldweiden verwirklichen. Und dann erwähnte er etwas, worüber er sich selbst noch immer wunderte:

»Damals, als Gundi noch lebte, wollte sie nicht, dass ich fahre. Ich bin aber doch gefahren. Jetzt drängt mich niemand, und da es um das Goldschürfen geht und darum, dem schnöden Mammon nachzujagen, macht es mir nichts aus, zu Hause zu bleiben!«

Sie sagte nicht, das seien typische Männergedanken, fragte stattdessen, ob er schon einen tüchtigen Schiffer gefunden habe.

Hermann war erstaunt, denn nicht einmal Ingeborg hatte danach gefragt.

»Mein Vater war Schiffer«, erklärte sie. »Er ertrank bei Westkap.«

»Und jetzt sollst du Vatna und die ganze Herrlichkeit dort retten«, begann Hermann.

Sie antwortete nicht sofort, fingerte nur an den Fransen herum, die über ihrer Brust herabhingen.

»Wie du weißt, kam mein Vater aus Vatna. Es wäre schlimm, wenn alles in fremde Hände gelangen würde.«

Er besah sie sich genau. Sie war ein ungewöhnlicher Mensch – es lag Kraft in jeder ihrer Bewegungen. Außerdem hatte sie ehrliche Augen. Sie wichen ihm nicht aus, und das Geheimnisvolle, das er sonst so oft bei jungen Frauen gesehen hatte, war nicht da. Es lag eine Ruhe in ihnen, die ihm gut tat. Er saß da und baute einen Tempel um sie herum – bis sie ihn mit ihren Worten wieder einriss:

»Ich weiß von dem Brief, den Henrikka dir schrieb, als du im Norden warst. Du brauchst dir keine Gedanken zu machen. Meine Tante ist manchmal etwas verrückt.«

Er fühlte sich, als hätte sie ihm auf den Mund geschlagen.

»Henrikka hat es doch nur gut gemeint.«

Sie antwortete nicht darauf. Nach einer längeren Pause fragte sie, ob er wirklich glaube, dass aus der Sache in den Waldweiden etwas werden könnte? Sie scherzte nicht, hatte es ganz ernst gemeint.

Hermann antwortete, dass er davon überzeugt sei. »Warum sollen wir nicht unsere bergigen Hügel und Felsen nutzen, das tun doch andere auch?«

Marita war zwar jung an Jahren, sie trug aber die tausendjährige Erfahrung der Frauen in sich. Sie hätte in der Kammer sein müssen, hätte tanzen sollen, stattdessen blieb sie mit einem älteren Nordnorwegenschiffer in der Wohnstube sitzen, mit einem Abenteurer, der gerade im Begriff war, den Helgeshof zu verspielen!

»Es wird erzählt, dass ihr drei, du und der Polizeibeamte und der Kaufmann, viel Geld investieren müsst, um bei diesem Wahnsinn mitmachen zu dürfen.« Sie saß ruhig da, als wäre es etwas Alltägliches, Reichtum aufs Spiel zu setzen. Wahrscheinlich war es Henrikka, die ihr das Ganze zugetragen hatte.

»Wer nichts wagt, gewinnt auch nichts, das weißt du doch.« Hermann warf ihr einen kurzen Blick von der Seite her zu. »Aber deswegen wollte Henrikka uns nicht verkuppeln, nicht des Geldes wegen.«

Marita schaute ihn im Licht der Lampe an.

»Sie hat wohl eher an die Zucht gedacht!«, fügte er hinzu.

Sie erhob sich jäh, und Hermann spürte ihre brennende Handfläche auf seiner Wange. Auf einmal war etwas mit ihr geschehen:

»So darfst du nicht reden! Ihr Männer schafft euch Frauen an, nur weil ihr Söhne haben wollt!« Sie rannte zur Tür, ließ ihn nicht zu Worte kommen. Plötzlich aber blieb sie stehen, murmelte vor sich hin: »So ist es nicht – so darf es nicht sein, nicht so berechnend und kalt.«

Er ging wieder zu ihr, wollte sie umarmen, und für einen Augenblick ließ sie es geschehen. Dann riss sie sich los und rannte zur Kammer und zu den anderen. Hermann selbst ging aus der Wohnstube in den kalten Abend hinaus, der Schnee knirschte unter seinen Schuhen, über ihm wölbte sich die nackte blaue Endlosigkeit. Er dachte nicht an den Herrgott, der über Himmel und Erde regierte und außerdem auch noch über diese seltsamen Menschen, die er auf die Welt losgelassen hatte. Er dachte an sie, an die junge Frau, die ihn wie eine Sturmflut plötzlich und unerwartet heimgesucht hatte. Er fluchte nicht, trällerte auch nicht vor sich hin, ging nur durch die Waldweiden und über die Brücke unten am vereisten Fluss. Zu Hause war es dunkel und still, nur auf dem Unterhof brannte noch ein schwaches Licht, als liege jemand wach.

In der südlichen Kammer drehte sich eine Frau im Bett um, es wurde leise geflüstert, als würde sie beten oder ihre Gedanken laut aussprechen. Es war Lea, die in die Nacht hinausseufzte. Er nahm es zur Kenntnis, so wie er das Knarren des Fußbodens wahrnahm. Behutsam schob er den Jungen zur Wand, damit er sich neben ihn legen konnte. Jakob fühlte sich so warm an, eine kleine Fußsohle trat Hermann in den Unterschenkel. Er betete für dieses Kind, das so ganz und gar ihm angehörte, betete für seine Jugend und seine Mannesjahre – nicht um Seelenfrieden und

Glück, sondern um Kraft für seine Reise als Mann durch eine Welt voller Versuchungen. Jakob lohnte es ihm reichlich, legte im Schlaf eine Hand auf die Brust des Vaters, und sie wurden eins.

Die Tage kamen und vergingen auch wieder. Am Tag vor Heiligabend wurde Angela Wald beerdigt, wurde bei dichtem Schneetreiben nach Aareid gebracht. Die Frauen bangten fast etwas um ihre Gesundheit, da sie warten mussten, bis die Männer in der gefrorenen Erde ein Grab ausgeschaufelt hatten. Es folgten die Weihnachtstage und die Zeit zwischen den Jahren, und an einem dieser stillen Tage, an denen die Arbeit ruhte, fuhr Hermann nach Aareid. Er hatte viel zu erledigen, unter anderem wollte er bei Maler-Gunnar und seiner Frau vorbeischauen. Ingeborg hatte ihn daran erinnert, denn je älter sie wurde, umso wichtiger war ihr die Verwandtschaft.

Bei Gunnar und seiner Veronika schien auf den ersten Blick alles in Ordnung. Allerdings bemerkte Hermann, dass die Tante in letzter Zeit alt und vergesslich geworden war, es war sowohl zum Lachen als auch zum Weinen. Manchmal war sie der Meinung, Gunnar sei nicht ihr Mann, sondern ein Fremder, der ihr nicht nahe kommen dürfe. Das schien den Onkel nicht besonders zu bedrücken, schlimmer war, dass er Veronika nicht mehr alleine lassen durfte. Sie achtete nicht auf das Feuer, was an ihren Händen und an ihrem Haar deutlich zu sehen war. Misstrauisch war sie auch geworden: Sie glaubte allen Ernstes, dass fremde Weiber hinter ihrem Gunnar, diesem graubärtigen, alten Mann, her waren. Hermann musste schmunzeln: Obwohl sie ihren Mann manchmal nicht mehr erkannte, war sie gleichzeitig der Meinung, er würde sündige Wege gehen. Doch wie immer ertrug Gunnar das alles mit Geduld, er hatte seinen gemalten Herrgott, den er noch öfter als bisher aufsuchte. Hermann wollte in die Werkstatt, um alte Erinnerungen aufzufrischen, doch Gunnar ließ es nicht zu. Dort sei nichts mehr zu sehen – außer dem Bild des Erlösers. »Du kannst ihn aber nicht so sehen, wie ich ihn sehe«, sagte Gunnar und deutete dabei zum ersten Mal die Weltlichkeit an, mit der Hermann so sehr beschäftigt war.

»Du fragst nach ihm, wenn du ihn brauchst, sonst aber nicht«, meinte Gunnar. »Das schon«, antwortete Hermann und wollte zeigen, dass auch er sich in der Bibel auskannte. »Es steht doch geschrieben: ›Ruft mich in der Stunde der Not‹, oder?« Doch Gunnar hielt nichts von seinen Kenntnissen. »Du solltest lieber auf Eduard und seine Gleichgesinnten hören, Hermann.«

In Gunnars Augen war jetzt alles Sünde, er war sich dessen aber nicht bewusst. Er sah auch nicht, wie schlimm es in seiner Wohnstube aussah, was Sauberkeit und Ordnung anging. Hermann versprach, für einen Tag Lea herzuschicken, damit sie das Haus putzen und sich um die Wäsche kümmern könne, vielleicht würde sie auch noch eine Kleinigkeit kochen.

Das schien Gunnar nur recht zu sein, und er verabschiedete sich von Hermann mit einem gütigen Lächeln. »Du solltest wieder malen«, meinte Hermann. »Die Leute brauchen noch bemalte Truhen und Kästchen.« Gunnars Augen leuchteten kurz auf, dann schüttelte er den Kopf. »Nein, jetzt müssen sie sich selbst um das Malen kümmern.«

Unten an den Buggehäusern traf Hermann Eduard, der gerade das Ruderboot an der Anlegestelle befestigte. Er benahm sich aber so seltsam, dass Hermann stutzte. Natürlich wünschte er fröhliche Weihnachten und freute sich anscheinend auch über die Begegnung, es war aber nicht der alte Eduard. Er wollte wissen, ob Hermann mit der ›Hildershafen‹ nach Nordnorwegen fahren würde. »Ich habe so viel am Hals«, antwortete Hermann und erzählte Eduard, dass er vorhabe, Bugge und den Polizeibeamten aufzusuchen. »Genau wie ich werden sie Teilhaber an dem Bergwerk sein. Aber das hast du wohl schon gehört?«

»Die Leute reden von nichts anderem«, sagte Eduard, »als stünde der Weltuntergang bevor.«

Das sind harte Worte, dachte Hermann. Dann fragte er, wie es bei Eduard daheim aussehe.

Ein Schatten fiel auf das Gesicht des unbeschwerten Eduards. Oh, er könne nicht klagen.

»Hast du Geld?«, wollte Hermann wissen.

Er habe sich noch über Wasser halten können, war Eduards Antwort. »Komm mit mir«, sagte Hermann kurz und bündig. Sie gingen zum Laden, dort wanderte Hermann zwischen den Regalen herum und suchte für Eduard und seine Familie das heraus, was sie Weihnachten hatten entbehren müssen. Er benahm sich wie ein kleiner König und legte die Sachen auf die Theke vor den Verkäufer.

»Das hier ist für dich und Anna, Eduard, und das hier für die Kinder!«

Zuerst sagte Eduard »Nein, nein«, dann nahm er aber alles an. Anschließend spendierte Hermann ihm eine Tasse brühwarmen Bohnenkaffee und Gebäck – sie saßen alleine in der Nebenstube, ein Einfall der jungen Frau Bugge: Die Leute sollten Gelegenheit haben, sich ein heißes Getränk oder ein warmes Essen zu gönnen, wenn sie von weit her angerudert kamen, um ihre Einkäufe zu machen. Es war zwar ein Brauch aus der Stadt, aber schon früher hatte es in der Aareidbucht einen Gasthof gegeben, damals, als der erste Kaufmann aus Bergen hierhergezogen war und mit dem Geschäft angefangen hatte.

Beim Kaffeetrinken wurde Hermann allerdings klar, dass bei Eduard zu Hause nicht alles in Ordnung war. Er fragte nach Anna, und Eduard stellte seine Tasse hin, sein Gesicht nahm einen merkwürdigen Ausdruck an. »Ist etwas nicht in Ordnung?«, fragte Hermann.

Eduard wurde auf einmal ganz klein. Anna habe sich in den letzten Wochen über Magenschmerzen geklagt, sie könne kaum noch etwas bei sich behalten.

Hermann fragte noch einmal nach, wollte nicht aufhören, bevor er erfahren hatte, wie alles wirklich war. Er bereute, dass er keine Zeit gefunden hatte, Eduard und seine Familie zu besuchen.

Eduard sagte: »Du weißt, wie es ist, die Frau zu verlieren.«

»Du darfst nicht das Schlimmste annehmen. Außerdem weißt du ja, dass zwischen Gundi und mir nicht alles so war, wie es hätte sein sollen. Bei dir und Anna ist es anders, ihr habt immer zusammengehalten, wart immer eins, wie es in der Bibel steht.«

Eduard nickte, bekam glänzende Augen und schaute zur Seite. Das sei wahrscheinlich das Schlimmste!

»Du brauchst dir um uns Häusler keine Sorgen zu machen.« Eduard sagte es ohne Hintergedanken. »Hier auf dieser Welt muss es kleine und große Leute geben. Im Jenseits wird alles anders, dort werden wir alle gleich sein.« Er könne aber nicht so recht daran glauben, dass das Schicksal es so gewollt habe – dass er sie jetzt verlieren solle. Sechs Kinder, der Älteste würde erst im Frühjahr konfirmiert werden.

In Eduards kleines Paradies war eine Schlange eingedrungen – die glücklichen Zeiten drohten zu versiegen.

»Würde sie es schaffen, zum Arzt mitzukommen?«, wollte Hermann wissen.

Das glaubte Eduard nicht, nicht mitten im Winter und im offenen Boot …

»Ich kann den Kutter nehmen, wir sind doch schon oft zusammen gesegelt.«

»Nein«, sagte Eduard, »nein.«

»Dann werde ich den Doktor holen. Anna braucht fachkundige Hilfe!«

»Du bist ein guter Mensch, Hermann. Ich glaube aber, dass Anna jetzt einen anderen Arzt braucht.«

Er begleitete Eduard zum Boot und half ihm, die vielen Waren zu tragen. Eduard ruderte die Bucht hinaus. Vielleicht würde er es schaffen, daheim zu sein, bevor es ganz dunkel wurde.

Am Abend blieb Hermann lange beim Polizeibeamten. Als Gerhard Bugge seinen Laden geschlossen hatte, kam er auch zum Hof des Beamten. Dort brüteten sie alle drei über dem Brief, den jeder von ihnen von der Gesellschaft in Stavanger bekommen hatte.

Der Polizeibeamte hegte große Zweifel, wenn es um ihr Wagnis ging, wie er das gemeinsame Unterfangen nannte. Es seien überall schlechte Zeiten, meinte er. Die Leute flüchteten nach Amerika, als sei der Teufel hinter ihnen her, andere hätten viel Geld aufgenommen, um Höfe zu kaufen, und hätten jetzt große Schulden. Bugge war derselben Meinung: Er habe viel anschreiben müssen, und es seien nicht die Häusler, die am meisten anschreiben ließen, sondern die Grundbesitzer. Und wenn sie mal Geld zwischen die Finger bekämen, würden sie mit dem Dampfer nach Bergen fahren und das Geld für Kinkerlitzchen ausgeben.

Hermann hörte ihnen eine Weile zu. Er hatte an den Weihnachtstagen alles nachgerechnet, und die Sache stand nicht gerade gut: Er würde von seinem Sparbuch auf der Bauernbank alles abheben müssen, außerdem würde er sowohl den Kutter als auch den Hof teilweise verpfänden müssen. Das sagte er ihnen zwar nicht, doch er fühlte sich nicht ganz wohl in seiner Haut, als er sich das Wehklagen der beiden, die mit von der Partie waren, anhören musste. Er wusste nur eines mit Sicherheit: Diesmal würde er nicht kneifen, und wenn er das Wagnis alleine tragen müsste. Das sagte er ihnen auch, schaute ihnen dabei in die Augen, bis sie seinem Blick auswichen. »Dann könnt ihr euer Geld behalten und dabei zusehen, wie die Schiffe mit den Kiesladungen nach England segeln, nachdem an den Tag gekommen ist, was die Felsen in Gabriels Waldweiden in sich bergen!«

Der Polizeibeamte schenkte ihnen Schnaps ein, bestellte

Brot und Pökelfleisch dazu. Nach und nach wurden sie mutiger, und als Hermann ging, um bei Maler-Gunnar zu übernachten, begleiteten sie ihn hinaus, blieben eine Weile auf dem flachen Stein vor dem Eingang stehen und redeten mit lauten Stimmen, als gäbe es keine Zweifel mehr, was den Bergbau betraf.

XII

In den ersten Januarwochen war es so stürmisch, dass die Leute sich nicht daran erinnern konnten, jemals schon solche Stürme erlebt zu haben. Manchmal brodelte der ganze Hafen, die See war nur noch eine einzige schäumende Gischt. Sie mussten sich Tag und Nacht um die Kutter kümmern, und bisher war es auch gut gegangen. An eine Fahrt in den Norden zu denken, das war sinnlos. In allen Buchten und Fjorden lagen Kutter vor Anker – allein im Aareidfjord konnte man zwanzig bis dreißig Schiffsrümpfe zählen. Der Hafen dort war nicht besonders groß, und eines Nachts stießen zwei Schiffe gegen die Felsen, und ihre Reling wurde zertrümmert.

Um Heilig Dreikönig herum war Eduard zu Hermann gekommen und hatte ihn darum gebeten, nicht in den Waldweiden arbeiten zu müssen. Nicht, weil er den Einfall mit dem Gold missbilligte, sondern weil Eduard einfach keine Landratte war.

Hermann hatte in Erfahrung gebracht, dass die Fischschwärme im Norden in diesem Jahr erst spät herbeischwimmen würden. Der erste Januarmond war noch nicht voll, und er spürte die Unruhe in sich, sie war schlimmer als Läuse, eine wahre Plage. Da war er zu dem Entschluss gekommen, dass er selbst die ›Hildershafen‹ führen würde, dann könnte Eduard sich um ›Die Brüder‹ kümmern. Doch nachdem Anna krank geworden war, hatte Eduard die Fahrt nach Nordnorwegen nicht mehr erwähnt, sodass es für Hermann nicht unerwartet kam, als Eduard eines Tages in der Tür des Bootsschuppens stand und sagte, dass er es nicht übernehmen könne, den Kutter zu führen.

An diesem Nachmittag verließ Hermann den Kutter und alles andere, bat den Knecht, den Hafen und die Schiffe genau im Auge zu behalten, und ging bei starken Windböen und dichtem Schneetreiben den Waldweg in Richtung von Eduards kleinem Häuschen.

Was er dort vorfand, wirkte nicht gerade gemütlich. Anna lag im Bett, wollte aber aufstehen und Essen machen, als sie sah, wer gekommen war. Sie konnte Hermann nicht genug für das, was er an Weihnachten Eduard mit nach Hause gegeben hatte, danken.

Die starke Anna, die in dem baufälligen Häuschen alles zusammengehalten hatte, war nur noch ein Schatten von dem, was sie einmal gewesen war. Man konnte es auch den Kindern ansehen: Die Kleinen kauerten in der Ecke, wo der Ofen stand, die Großen versuchten so gut wie möglich die Arbeit der Erwachsenen zu erledigen.

Sie hatten zwar mit dem Arzt gesprochen, er konnte aber nichts tun. Ihre Tage waren gezählt. Anna sagte es mit ruhiger, müder Stimme. Es waren Worte, die Hermann in so manchen kleinen Wohnstuben im Laufe der Jahre schon oft gehört hatte. Vielleicht lag eine Art Wahrheit in ihnen, doch hier und jetzt, als er sich dieses noch verhältnismäßig junge Gesicht ansah, erwachte in ihm ein Aufbegehren gegen diese blinde Unterwürfigkeit.

Das Dach war an einigen Stellen undicht, und Hermann ging in den Holzschuppen zu Eduard, um mit ihm darüber zu reden. »Geh zu Henrikka, grüß sie von mir und lass dir Bretter geben, dann werde ich dir helfen, dein Dach zu reparieren!«

Eduard zog mit dem ältesten Sohn los. Natürlich bekamen sie Bretter, und das kostenlos! Hermann war schon auf dem Dach gewesen, um den Schnee wegzukehren, hatte die Steinplatten zur Seite geschoben. Da seit Jahren niemand nachgeschaut hatte, waren sie vom Frost zerbrochen, das Moos lag in dicken Schichten auf ihnen. Gegen Süden hin war das Dach an mehreren Stellen völlig zerstört, sodass die Reparatur im beißenden Wind für die Männer keine angenehme Arbeit war. Wenn er erst einmal angefangen hatte, stellte sich Eduard geschickt an, ihm fehlten aber Energie und Ausdauer. Hermann hatte sich oft darüber gewundert, denn auf dem Deck eines Schiffes war Eduard voller Unternehmungsgeist.

Anders, sein Sohn, hatte mehr Mumm in den Knochen: Er zeigte eine Geschicklichkeit, die er sich wahrscheinlich selbst beigebracht hatte. Er war es auch, der den größten Teil des Brennholzes nach Hause gezogen hatte, erzählte seine Mutter später. Sie sagte nichts Schlechtes über ihren Mann, erwähnte nur, dass es für Eduard schlimm werden würde, alleine zu leben.

»Lass Anders als Koch auf der ›Hildershafen‹ mit mir fahren«, sagte Hermann. Eduard jedoch war unsicher. Anders war noch nicht konfirmiert, und der neue Pfarrer war diesbezüglich sehr streng, er bestand darauf, dass die Jugendlichen ihr Taufgelübde erneuerten, bevor sie hinaus in die Welt zogen.

»Ich werde mit ihm reden, der Junge muss unter die Leute.«

Sie standen im Holzschuppen und suchten Schutz gegen den Wind, waren mit dem Dach fertig. Anscheinend freute sich Eduard für Anders. »Ich kann aber nicht fahren. Glaubst du, dass es lange dauern wird, bevor ...?« Mehr sagte er nicht, schaute Hermann nur vertrauensselig an.

Hermann wusste es auch nicht. Man könne nur hoffen, dass sie nicht allzu lange leiden müsse, meinte er.

»Ich habe so sehr für sie gebetet«, sagte dieser neue Eduard.

»Du hättest dabei auch das Dach und die undichten Fenster abdichten können, Eduard.«

»Ich weiß nicht, was mit mir los ist«, gestand Eduard. »Anna hat sich stets um alles gekümmert. Sie hat mich immer angetrieben, jetzt ist sie wohl zu müde dafür.«

Von dem verrückten Eduard war nicht mehr viel übrig.

»Du musst dich zusammennehmen«, meinte Hermann. »Ich kann nicht glauben, dass es Gottes Wille ist, dass ihr nun alles stehen und liegen lassen sollt, weil er euch von euren Sünden hat bekehrt. Kopf hoch, Eduard, wir können davon ausgehen, dass Anna zu einem besseren Zuhause ziehen darf – aber du hast noch die Kinder, danke Gott dafür!«

Er wusste nicht, ob seine Worte angekommen waren, doch ging es Eduard anscheinend besser, als sie gemeinsam in die warme Stube zurückkehrten.

Während sie draußen beschäftigt gewesen waren, war noch jemand gekommen: Marita saß bei Anna auf der Bettkante. Die beiden Frauen unterhielten sich leise mit sanften Worten, was eine Veränderung in der Wohnstube mit sich brachte. Marita hatte Essen aus Vatna dabei, Käse, Gebäck und andere Leckereien, alles Sachen, die die Kinder nicht oft bekamen – und das, obwohl gerade Weihnachten gewesen war. Marita schüttelte Annas Bettdecke auf, dann kochte sie ihr eine warme Brühe, die der Kranken sehr gut tat.

Hermann folgte jedem ihrer Schritte mit den Augen, das Mädchen war so unwahrscheinlich geschickt! Sie redeten kaum miteinander, nur einzelne Worte fielen. Doch Hermann richtete es so ein, dass sie auf dem Nachhauseweg gemeinsam durch die Waldweiden gingen. Er hätte zwar einen anderen und schnelleren Weg nehmen können, hatte aber nichts gegen einen Umweg nach Vatna hinunter.

Der Rückweg gestaltete sich anders, als er es sich vorgestellt hatte. Aber was hatte er sich eigentlich vorgestellt? Bald würde er nach Nordnorwegen fahren, würde monatelang von daheim fortbleiben. Es wurde ihm klar, dass er und Marita sich über einiges unterhalten mussten. Sie war noch jung, sie konnte noch warten – die Mädchen heutzutage heirateten ja auch nicht mehr so blutjung. Doch konnte er warten? Hatte er nicht bereits gewartet und gewartet, hatte kaum etwas anderes getan? Der kleine Jakob wartete, Ingeborg wartete – ja, die ganze Spanbucht wartete auf eine junge Frau auf dem Helgeshof. Außerdem machten ihm wieder diese sündigen Männergedanken zu schaffen. Er wusste, dass zwischen zwei jungen Menschen, die sich für ein langes gemeinsames Leben gesucht und gefunden hatten, Funken sprühen mussten. Er wusste auch, dass er nie zur Ruhe kommen würde, wenn es um die Gefühle für den besonderen Menschen ging, mit dem er sein Leben teilen wollte. Jetzt aber ging er neben ihr, trug einen leeren Korb und nahm nicht einmal ihre Hand! Doch er hatte sich geschworen, dass nie mehr jemand auf dieselbe Art und Weise wie Gundi auf den Hof ziehen sollte. Marita war ein wunderbares Mädchen, bewegte sich so leicht wie eine Bachstelze und hatte anscheinend gute Hände. Die arme Anna hatte richtig glücklich ausgesehen, solange Marita sich um sie gekümmert hatte.

Als sie so weit gekommen waren, dass der Hof vor ihnen lag, fragte Marita: »Warum hast du Henrikka dazu überredet, den Mutschein mit den Schürfrechten zu unterschreiben?«

Mit ihrer Frage hatte sie Hermann in die nackte, kalte Winterwirklichkeit zurückgeholt.

»Davon verstehst du nichts«, sagte er barsch.

Marita beachtete sein Gerede nicht.

»Ich möchte ihn zurückhaben.«

»Er ist ins Grundbuch eingetragen«, Hermann versuchte sie anzulächeln.

Sie drehte sich zu ihm um, und jetzt glühten ihre Augen.

»So ein Unsinn, Henrikka dazu zu überreden, für 99 Jahre auf ihre Rechte zu verzichten!«

Das sei so üblich, meinte Hermann. Der Bergwerksbetrieb würde aber normalerweise früher enden. »Wenn im Felsen nichts mehr gefunden wird, dann ist eben Schluss.«

Marita schüttelte den Kopf: »Und dann lasst ihr überall nur hässliche Löcher zurück.«

Daran hatte er nicht gedacht, und das sagte er auch.

»Es wird lange Zeit dauern, bis solche Steinhaufen wieder zuwachsen.«

Sie war klüger, als er gedacht hatte, es erschreckte ihn beinahe. So jung wie sie war, hätte sie schüchtern neben ihm stehen sollen, hätte andere Dinge im Kopf haben müssen.

Es war schon Abend, in der Wohnstube in Vatna war die Lampe angezündet.

»Ich halte übrigens nichts von dem Blödsinn, den Henrikka vorhat«, rief sie plötzlich. »Du brauchst mich nicht zu begleiten, und du brauchst auch nicht zu schreiben, wenn du fährst!«

Hermann griff nach ihrer Hand, sie riss sich aber sofort wieder los.

»Auf diese Art und Weise heirate ich nicht! Ich lasse mich nicht wie ein Vieh verschachern!«

Abrupt rannte sie auf die Häuser zu. Hermann zögerte nur kurz, dann lief er ihr nach. Ihre Worte hatten in ihm eine plötzliche Wut, etwas Wildes, das er bisher nie gespürt hatte, wachgerufen. Unten am Steilhang, wo die Ackergrenze sich unter dem Schnee wölbte, passte sie nicht auf, fiel hin und war deshalb schnell eingeholt. Er half ihr auf und ließ sie nicht los, egal wie wild sie in seinen Armen zappelte. Er war stark, hatte sich noch nie so stark gefühlt und so viel ungebändigte Kraft besessen. Das sagte er ihr, als er sie gleichzeitig an sich zog. Sie war bereits voller Schnee, weil sie so heftig um sich schlug.

»Ich bringe dich um«, schrie sie, hatte Schnee in der Hand und wollte ihn damit einreiben. Der Schnee war aber nur eine schwache Verteidigung gegen die ungestüme Freude, die drohte, ihn zu überwältigen. Was er bisher nicht gewusst hatte, wurde ihm auf einmal sonnenklar.

Vielleicht war aber auch etwas mit ihr passiert, denn auf einmal wurde sie in seiner Umarmung ruhiger. Und als er sie noch dichter an sich zog, ihre Haare zur Seite schob und ihren Mund suchte, wehrte sie sich zwar noch immer, aber nicht mehr wie ein Mensch in Lebensgefahr.

»Ich bringe dich um«, sagte sie noch einmal, diesmal gegen die Ärmel seiner Jacke, die vom Schnee ganz nass waren.

»Versuch's doch«, meinte er, während er immer wieder ihren Mund küsste. Um sie herum tobten Wind und Wetter, in seinem Inneren aber tobte ein ganz anderer Sturm. Mein Gott, wie glücklich er war! Der Helgeshof und Gabriels Waldweiden, die Kutter und sein ganzes betriebsames Leben – in diesem Augenblick war ihm alles egal, war nichts gegen die Tatsache, dass er einen lebendigen Menschen in seinen Armen hielt. Es geschah etwas mit seinem Körper, aber nicht nur das. Er hatte das Gefühl, als wäre der Herrgott selbst auf die Erde gekommen, um Körper und Geist zweier erdgebundener Menschen zu vereinen. In dieser Stunde glaubte er nicht nur an Ingeborgs und Eduards Gott, sondern auch an die Sünde und an die Gnade und an das Wort Gottes, dass zwei Menschen eins werden sollen.

Sie hatte ihre Arme freibekommen, und jetzt schlug sie fest zu. Sie sagte nicht mehr, dass sie ihn umbringen wolle, riss sich aber los, rannte noch einmal vor ihm weg und verschwand um die Hausecke.

Hermann blieb draußen im Unwetter stehen, als wäre er nicht ganz bei sich. Dann berührte er seine Wange an der Stelle, wo sie ihn geschlagen hatte. Er fühlte sich auf einmal wie im Rausch, alles war so neu und merkwürdig.

Etwas später ging er zum Eingang, hämmerte an die Außentür und fragte die Magd, wo Marita sei. Henrikka bat ihn herein. Anscheinend war sie schon über alles informiert, so waren die Frauen eben. Er saß in der großen Wohnstube in

Vatna mit Schnee auf der Hose und mit nassem Bart. Henrikka kümmerte sich so gut sie konnte um ihn, hängte seine Jacke neben den Ofen und wollte trockene Socken für ihn finden. Dann fragte sie ihn nach der armen Anna, die ihrer großen Kinderschar bald entrissen werden sollte. Damit entwickelte sich der Abend irgendwie anders. Henrikka redete vom Tod, wie er nun einmal war, als das Ende des Lebens und der Übergang zum ewigen Paradies. Seltsam war es, die weltliche Henrikka so reden zu hören, eine Frau, die sich um den Nachwuchs Sorgen machte, weil auf Vatna auch in Zukunft geerntet werden musste.

Hermann fragte nach Marita.

»Sie ist in der Dachkammer«, teilte sie ihm mit, stellte keine Fragen. Stattdessen nahm sie ihre Strickarbeit, fragte beiläufig nach seinen Plänen mit Gabriels Waldweiden und danach, ob etwas aus dem Goldschürfen in den Waldweiden auf ihrem eigenen Hof werden würde.

»Das muss noch warten«, antwortete Hermann. Wenn sie in Gabriels Waldweiden erfolgreich sein sollten, könnten sie sich damit beschäftigen, auch anderswo anzufangen, fügte er hinzu.

»Es wird erzählt, dass Björn von Indre-Vatna selbst nach Gold suchen möchte, stimmt das?«

Das glaubte Hermann nicht, das sei sicher nur leeres Geschwätz.

»Das Ganze wird aber eine Menge Geld kosten, oder?« Henrikka drückte sich vorsichtig aus, was ihr überhaupt nicht ähnlich sah. Hermann antwortete genauso zurückhaltend und meinte, sein Geld würde dahinschmelzen wie Butter in der heißen Pfanne.

Sie schaute ihn eine Weile an, sah in dem Augenblick ihrem Vater sehr ähnlich.

»Ach, Hermann«, sagte sie, sonst nichts. Erst als er gehen wollte, entfuhr es ihr: »Ich sehe, dass du es nicht bereust.«

Hermann stellte sich dumm. Was wolle sie damit sagen?

»Dass du hierher nach Vatna gekommen bist.«

Da musste er lachen: »Ich staune, was alles in dir wohnt, Henrikka!«

Mehr sprachen sie nicht. Doch diejenige, die sich nicht mehr blicken ließ, war immer gegenwärtig gewesen, das spürte er, als er ging.

Als er sich am nächsten Tag gedanklich damit beschäftigte, was ihm am vorhergehenden Abend widerfahren war, fand er die Mutter neben seiner Kleidertruhe vor. Um sie herum lagen Hemden, Wollkleidung und Socken, die sie für seine Fahrt gewaschen und geflickt hatte. Sie sah aber müder aus als sonst, sodass Hermann fragen musste, ob etwas passiert sei.

Als drohten die Sorgen damit, sie zu überwältigen, antwortete sie:

»Sag, Hermann, was ist zwischen dir und Lea?«

»Zwischen mir und Lea?«, wiederholte er verwirrt, der schöne Tag war auf einmal dahin.

»Ach, du brauchst vor mir nicht den Unschuldsengel zu spielen!«, fuhr sie ihn an, doch es lag mehr Weinen als Wut in ihrer Stimme.

Zuerst dachte er, dass Lea alles ausgeplaudert hätte, aber ganz so schlimm war es nicht. Allerdings hatte die Mutter ihm wohl etwas angesehen, denn sie schüttelte den Kopf wie in großer Trauer.

»Oh nein, oh nein, dass du dich nicht von ihr fern halten konntest!«

Er war kein kleiner Schiffsjunge mehr, der sich rechtfertigen musste, das sollte sie ja nicht glauben. Ingeborg aber sah nur das eine, sie sah die Wahrheit, ihr konnte er nichts vormachen.

»Was ist mit Lea?«, wollte er wissen, musste dem Ganzen ein Ende setzen.

»Oh, sie ist heute Morgen weinend angekommen, hat gesagt, dass sie von hier wegziehen möchte. Sie gab zwar zu, dass sie versprochen hatte, bis zum Umzugstag im Sommer hier zu bleiben, hat mich aber gebeten, sie gegen weniger Lohn gehen zu lassen.«

Hermann sah die arme Frau vor sich, obwohl er jetzt überhaupt nicht mehr durchblickte. Lea war ihrer Arbeit wie immer nachgegangen, er hatte ihr seit der Nacht, in der er sich zu ihr verirrt hatte, nichts Besonderes angemerkt!

Hermann suchte überall, öffnete alle Türen drinnen und draußen, Lea war aber nirgendwo zu finden. Dann erzählte ihm Jakob, dass sie zum Apfelhügel gegangen sei. Dort fand er sie auch.

»Was ist in dich gefahren?«, fragte er, als er sie in der Wohnstube mit Gudruns jüngstem Kind auf dem Schoß antraf. Ihre großen Lippen begannen zu beben, und die Augen füllten sich mit Tränen. Sie wagte es kaum, ihn anzuschauen.

»Ich glaube, es ist besser, wenn ich den Helgeshof verlasse.«

Hermann sah Gudrun an, sie nahm die Kinder mit und ging hinaus.

»Ist es wegen der Sache, die zwischen uns vorgefallen ist, Lea?«

Sie nickte. Dieser große Mensch, die Frau, die im Leben so viele Kämpfe ausgestanden hatte, war weich wie eine Weidenrute geworden und wusste sich nicht mehr zu helfen.

»Ich dachte nicht, dass es dir so viel bedeuten würde. An dem Abend war ich so verrückt wie Jens Wald, mehr war da nicht – das hast du doch gewusst, oder?«

In diesem Moment schien sich etwas in ihr zu lösen.

»Das Schlimmste ist, dass ich wach gelegen und darauf gewartet habe, dass du wiederkommen würdest, obwohl ich doch schon lange zuvor die Hoffnung aufgegeben hatte, dass jemand in mein Bett kommen würde!«

Sie schwieg eine Weile.

»Arme Lea. Ich hätte nie kommen dürfen, ich habe mich gegen dich versündigt. Es ist diese Teufelslust in uns Männern. In meinen Gedanken warst du mir jedoch so fern wie die Sonne dem Mond!«

»Jetzt ist es aber noch schlimmer für mich geworden, Hermann.«

Mit abgewandtem Gesicht suchte sie nach seiner Hand. Er ließ sie dort auf der Tischplatte seine Finger umfassen, obwohl es ihm zuwider war.

»Eines Abends habe ich diese Gemeinschaft aufgesucht, Eduards Gemeinschaft, dort hat ein Mann Gottes Wort verkündet. Ich hatte das Gefühl, als wüsste er alles über mich, besser als der Herrgott selbst. Er hat aber auch von Gnade und Vergebung gesprochen, Hermann. Glaubst du, dass der Herrgott mir verzeihen kann, dass ich dich zu mir kommen ließ? Ich hatte ja sonst nie etwas mit einem Mann!«

Er zog seine Hand zurück.

»Ich habe es doch auch an dem Abend gesagt«, antwortete er mit belegter Stimme, »du wirst trotz dieser Sache weiß gekleidet an der Himmelspforte stehen!«

Zuerst glaubte sie, dass er sie zum Narren hielt. »Und wenn ich trotzdem verloren bin …?«

Er wand sich, fand keine Antwort.

»›Ihr werdet nicht erlöst werden‹, so steht es in der Bibel, Hermann.«

»Nein, nein, Lea. Zeig dem Herrgott nur deine Hände. Mit ihnen hast du dein Leben lang Gutes getan!«

Sie schaute tatsächlich auf ihre Hände, dann hielt sie sie sich vors Gesicht.

»Oh nein, ich habe nur ans Geld gedacht, als ich mich abrackerte, wollte so viel wie möglich verdienen. Ich habe wahrhaftig nicht viel vorzuweisen.«

Sie war die ehrlichste Sünderin, die ihm je begegnet war, deswegen strich er ihr über das dichte Haar.

»Komm jetzt mit nach Hause zu Ingeborg und Jakob, Lea. Was passiert ist, ist passiert, wir können es nicht mehr ändern.«

Sie gingen die Hügel hinab, sagten nichts mehr. Es war aber alles noch da, legte Zeugnis davon ab, dass der Mensch seinen Taten nicht entkommen kann. Das zerstörte etwas von der neuen Freude, die er am Abend zuvor mit nach Hause gebracht hatte.

XIII

Ungefähr zwei Wochen, nachdem auf den Äckern das Korn ausgesät worden war, warf Hermann mit der ›Hildershafen‹ Anker im Hafen. Eine Woche später kam ›Die Brüder‹, von einem Schiffer aus Aareid geführt. An diesem Tag stand Eduard unten an den Anlegestellen. Der Winter im Norden hatte seinen geliebten Kutter schlimm zugerichtet.

Für Hermanns zwei Kutter war die Fahrt erfolgreich gewesen, und diesmal hatte er es auch bitter nötig. Bevor er in den Norden gefahren war, hatte Hermann der Bergwerksgesellschaft das gegeben, was ihr zustand. Die Ausrüstung für die beiden Schiffe war auch nicht gerade billig gewesen, denn die Preise stiegen stetig. Er wollte aber nicht zugeben, dass er sich, was das Geld anging, übernommen hatte, und die Mannschaft bekam das, was er ihr zugesagt hatte, und noch etwas mehr dazu. Die Männer waren zufrieden, als sie sich mit Handschlag bedankten und nach einer langen Fahrt zu ihren Familien heimkehrten.

Bei Eduard daheim hatte Anna, die um Mariä Verkündigung gestorben war, eine große Lücke hinterlassen. Das hatte Eduard noch näher an seinen Herrgott herangeführt. Es war aber auch etwas anderes mit ihm geschehen: Er hatte mehr Mumm bekommen, fuhr als Tagelöhner überall herum, sein Haus war an der Wetterseite neu verkleidet worden, die Fensterrahmen waren nicht mehr mit Lumpen zugestopft, sondern hatten neue Fensterscheiben bekommen. Henrikka hatte ihn natürlich unterstützen müssen, sie zog nicht ihre Hand von ihrem Häusler ab, was sie allerdings auch nicht bedauern musste. Eduard schickte seine halbwüchsigen Kinder so oft es ging nach Vatna, um Brennholz zu machen und Wasser zu tragen.

Hermann jedoch ging nicht nach Vatna, obwohl seine Sehnsucht größer war, als er sich selbst eingestehen wollte. Der Winter war vergangen, ohne dass er ein einziges Wort von ihr gehört hatte, obwohl er geschrieben hatte. Er wusste, dass Marita um die Osterzeit von der Mädchenschule nach Hause gekommen war. Jetzt lief sie wahrscheinlich hochmütig und stolz mit ihrem neuen Abschluss herum. Nein, eigentlich glaubte er das nicht. Auch wenn sie der gelehrteste Mensch auf dieser Welt gewesen wäre, glaubte er nicht, dass sie sich deswegen verändern würde.

Die Mutter hatte anscheinend erfahren, dass er ein Auge auf Marita geworfen hatte, denn Ingeborg war diesmal wie ein anderer Mensch, als er mit seinem Sack und mit der Kleidertruhe in der Tür stand. Normalerweise beschwerte sie sich wegen der vielen Arbeit, die sie bei seiner Rückkehr hatte – jede Menge Wäsche und Sorge wegen des Ungeziefers –, aber bei dieser Heimkehr war sie wie Frauen eben sein sollten, wenn ein Nordnorwegenfahrer von langer Fahrt zurückkehrte. Sie hatte wahrscheinlich den Klatsch gehört, obwohl das, was die Leute weitererzählten, meistens so sehr aufgebauscht wurde, wie die Läuse im Pelz sich vermehrten.

Natürlich lag sie ihm in den Ohren wegen der Sache, die in Gabriels Waldweiden vor sich ging – sie hätten gesprengt und derart Krach gemacht, dass ein christlicher Mensch nicht einmal in Ruhe seinen Mittagsschlaf halten könne! Es sah aber nicht so aus, als wüsste sie, wie es um seine Geldangelegenheiten bestellt war – und das war auch gut so!

An den ersten Tagen nach seiner Heimkehr ging er überall herum, sah sich Äcker und Wiesen an, kümmerte sich darum, dass nicht erledigte Arbeiten ausgeführt wurden. Die neue Wohnstube leuchtete von weit her, sie hatten viel Platz. Gundi hatte durch ihre Nörgeleien die Arbeit an der Wohnstube angetrieben, sie selbst hatte aber keine Freude daran gehabt. Jakob begleitete treu seinen Vater, und Hermann musste sowohl bei Gabriels Sigrid als auch bei Karls Silke vorbeischauen. Für Jakob waren sie beide Engel – er hatte nicht gelernt, die Menschen einzuschätzen – noch nicht.

Doch an dem Abend, als Hermann in die Waldweiden ging, um sich alles, was dort inzwischen passiert war, genau anzuschauen, blieb Jakob daheim. Es war spät geworden, und obwohl die Sonne noch nicht untergegangen war, wurde es für den kleinen Kerl Zeit, ins Bett zu gehen. Natürlich war Hermann auch schon am ersten Abend nach seiner Rückkehr in den Waldweiden gewesen. Vieles war schon vorangetrieben worden – jetzt freute er sich aber auf den Tag, an dem die Grube Hildershafen offiziell eröffnet werden würde.

Als er durch das Gatter ging, kam ein Ruderboot die Bucht herein, er kümmerte sich aber nicht weiter darum. Jemand wollte vielleicht zum Apfelhügel, dachte er zerstreut.

Als er etwas später zwischen den kleinen Felskuppen heraufkrabbelte, entdeckte er sie. Sie stand auf einem Felsvorsprung und schaute sich um, ließ dann ihren Blick hinunter zum Fjord und weiter zum Meer hinaus schweifen. Sie war ein schöner Anblick, als sie so dastand, das Haar offen trug und ein Kleid anhatte, nicht Rock und Mieder wie andere Frauen. Eine Freude kam in ihm auf, er fühlte sich gleichzeitig glücklich und traurig: Warum kam sie gerade hierher?

In diesem Moment wandte sie den Kopf und entdeckte ihn. Einen Augenblick sah es aus, als wollte sie weglaufen, doch dann kam sie ihm entgegen.

»Ich habe nicht gewusst, dass jemand hier ist«, sagte sie. Sie sei auf dem Apfelhügel gewesen mit Wolle, die Gudrun für Henrikka spinnen wolle. Es hörte sich an, als müsste sie sich verteidigen, weil sie in sein Reich, in das Allerheiligste, eingedrungen war.

»Du brauchst mir nichts zu beichten«, sagte Hermann kurz. »Ich freue mich, wenn du nicht gleich davonläufst, sobald du mich siehst!«

Er ließ sich auf einem Felsen nieder, und sie setzte sich ein wenig entfernt von ihm, nachdem sie das Kleid gesittet über die Beine geschlagen hatte. Sie war fast wie eine Fremde, ein bisschen wie ein Fräulein aus der Stadt, denn ihr Kleid war oben am Hals gekräuselt und hatte an den Achseln ganz zierliche Fältchen. Es hatte wahrscheinlich eine Ewigkeit gedauert, so etwas zu nähen.

Er sagte ihr: »Du siehst so fein aus, dass man es kaum noch wagt, in deine Nähe zu kommen.« Wie die meisten Frauen hörte sie anscheinend gern Komplimente, denn sie belohnte ihn mit einem viel sagenden Lächeln.

»Ich bekam keine Antwort auf die Briefe, die ich nach Vatna schickte.«

Da legte sie den Kopf zurück und lachte.

»Ich habe sie erst erhalten, als ich um die Osterzeit von der Schule nach Hause kam. Und man sagt, dass es den Männern gut tut, zu warten.«

»Wer sagt denn so etwas? Du solltest einmal wochenlang mit lauter Männern an Bord eines Schiffes verbringen müssen, mit Hering und Kabeljau und Fischabfällen und harter Arbeit – und dann auch noch Heimweh haben!«

»Ach, wenn ihr es ernst meint, wovon ihr redet, dann

hält es wohl auch an, bis ihr den Fuß wieder an Land gesetzt habt, oder?«

Hermann schaute sie lange schweigend an. Auch Marita schwieg, hatte die Hände im Schoß gefaltet. Die Welt um sie herum war voller Leben. Das Zwitschern der Vögel, Laub, durch das eine leichte Brise wehte, Wasser, das unaufhörlich unten am Felsen plätscherte.

Er hatte monatelang gewartet, jetzt wollte er eine Antwort haben: Was halte sie von dem, was er in seinem Brief geschrieben habe?

Sie schaute ihn kurz an: »Musst du nicht zuerst Henrikka fragen?«

»Henrikka hat mit dieser Sache nichts zu tun!« Es hörte sich fast wie ein Schwur an.

»Bist du dir da so sicher?«

Da wurde Hermann böse.

»Ich denke nicht an Vatna. Ich habe selbst genug!«

Sie stand auf, klopfte ihr Kleid aus.

»Eigentlich kenne ich dich gar nicht.«

Hermann trat näher.

»Danach ist noch nie gefragt worden, Marita. Das ändert sich mit den Jahren!«

Auf einmal wurde sie ernst: »Eine Sache habe ich mir angewöhnt, nachdem mein Vater starb, und zwar, selbst zu entscheiden. Wenn ich zu dir nach Hause ziehe, muss ich wissen, was ich tue.«

So hatte noch kein Mensch mit ihm gesprochen.

Den ganzen Abend schlenderten sie in Gabriels Waldweiden herum. Die Sonne ging unter, und ein goldenes Band legte sich über die Inseln und das Meer. Die Vögel schwiegen, flogen ab und zu erschreckt aus dem Gebüsch auf, schwatzten und schimpften über diese beiden, die ihre Ruhe störten. Doch sie bemerkten es nicht. Hermann redete viel von der Zukunft, Marita ging zuversichtlich und selbstsicher neben ihm, fragte und fragte, und das aus einem anderen Grund als Neugier, alles hatte einen Sinn. Er hatte das Gefühl, als wäre sie schon lange vor ihrer Geburt zwischen den kleinen Felskuppen und den steilen Hügeln hier herumgelaufen, um ihr künftiges Leben vorzubereiten. Sie blieb ihm ein Rätsel, doch er schöpfte Hoffnung. Irgendwie bekamen all seine Pläne, die von vielen als verrückt bezeichnet worden waren, durch sie einen Sinn.

Und zwischen all den vernünftigen Worten entstand für sie beide eine gemeinsame Zukunft. Hermann hatte einiges durchgemacht, Schönes und auch Schlimmes, trotzdem empfand er dieselben großen Gefühle wie beim ersten Mal – es war wie ein Wunder. Und auch die Frauen, die ihn in der Vergangenheit ein Stück des Weges begleitet hatten, Inge und Gundi, waren beide irgendwie dabei. Die eine gehörte jetzt einem anderen an, er würde sie nie bekommen, die andere war jenseits alles Menschlichen. Was in der Frau wohnte, die ab jetzt an seiner Seite sein würde, das wusste er noch nicht. Nur eines wusste er genau: Es war nicht der Geschäftssinn, der ihn jetzt steuerte, sondern etwas ganz anderes. Das machte ihn so glücklich, dass er beinahe Angst bekam.

Als sie wieder am Hafen ankamen, lag ihr Ruderboot auf dem Trockenen, denn es war Ebbe. »Lass es da, bis die Flut kommt«, meinte Hermann, als sie gemeinsam die Hügel hinaufgingen.

Beim Wohnhaus angelangt, stellten sie fest, dass die Leute auf dem Helgeshof noch nicht zur Ruhe gegangen waren, nur Jakob war ins Bett geschickt worden. »Hier ist diejenige, auf die du gewartet hast!«, begrüßte Hermann seine Mutter. Ingeborg ließ ihre Strickarbeit in den Schoß fallen, schlug vor Begeisterung die Hände zusammen. Anders war es mit Lea, sie saß da, als wünschte sie, der Boden würde sich unter ihr auftun. Was hatte sich das Weib bloß eingebildet? Hermann wurde langsam wütend, doch dann bat die Mutter Lea, Kaffee zu machen, obwohl es dafür nicht die richtige Zeit war. Die Magd sprang auf und begann, drüben am Herd herumzuhantieren. Sie war aber immerhin so anständig, Marita die Hand zu geben und ein paar Worte mit ihr zu wechseln. Als das Essen auf dem Tisch stand und die anderen sich hingesetzt hatten, meinte Lea, dass sie jetzt lieber ins Bett gehen wolle, es sei schon spät. Niemand hatte etwas dagegen. Ingeborg sprach über die Verwandtschaft und ihre schlechte Gesundheit, war glücklich wegen der guten Nachricht, die sie gerade erfahren hatte, und froh darüber, sich mit einem anderen Menschen nicht nur über ihre kleinen Nöte unterhalten zu können, sondern auch über vieles andere, was junge Leute oft nicht beachteten.

Marita aber hörte ihr zu, tauschte sich so angeregt mit Ingeborg aus, dass Hermann kaum noch zu Wort kam.

Sie ging nicht mit ihm in die Kammer, sie trennten sich sittsam in den Waldweiden oberhalb von Vatna, dort, wo der Bach sich teilte. Ihr Ruderboot würde der Knecht am nächsten Tag bringen.

So stand Hermann in der Frühlingsnacht da, fühlte sich fast ein wenig betrogen, denn er hatte das Gefühl, als hätte seine Zeit erst in dieser Nacht angefangen. Ein neues Leben war aus dem Chaos auferstanden, und in dieses Leben gehörte *sie*.

XIV

Obwohl es Samstag und eigentlich ein normaler Arbeitstag war, strömten in Gabriels Waldweiden die Menschen in Scharen herbei – es war wie bei der Versammlung zum großen Pfingsttreffen. An diesem Julitag kamen sie bei schönem Wetter mit ihren Ruder- und Segelbooten von überall her, es waren sogar Leute dabei, die von weit herangereist kamen, stellte Hermann fest.

Ja, es war ein denkwürdiger Tag, und es hatte unerwartet gutes Wetter, nach dem vielen Regen. Eduard hatte ihm geholfen, ein Rednerpult auf dem Wall oberhalb des neu gesprengten Carr-Stollens aufzustellen. Es sah zwischen den Berghügeln recht außergewöhnlich aus, aber das Ganze war ja auch ungewöhnlich.

Nur aus diesem Grunde war am frühen Morgen ein Schiff mit den Führungskräften der Gesellschaft aus Stavanger angekommen, und die Kinder hatten sich unten auf dem Laberg versammelt, während die vornehmen Herren an Land gingen. Carr hatte in seiner Begleitung den schwergewichtigen Kerl, der als Leiter der Grube vorgesehen war. Hermann hatte ihn damals, als er nach Stavanger gesegelt war, kennen gelernt. Die Leute vom Bergwerk, die schon den ganzen Frühsommer in den Waldweiden gearbeitet hatten, empfingen sie, an erster Stelle der englische Ingenieur. Er hatte eine Stimme, die den Leuten Angst machen konnte, hatte aber die Sache in Schwung gehalten. Hermann hatte das Ganze sozusagen vom Startschuss an bis zu diesem Einweihungstag verfolgt, und die kahlen Erdhügel zum Fjord hinunter waren kaum wiederzuerkennen. Er hatte viel Zeit hier verbracht, hatte aber auch viel dabei gelernt.

Als er jetzt zusammen mit Carr und dem neuen Direktor die Hügel herunterkam und die vielen Leute sah, tobte in seinem Inneren ein Sturm. Er hatte befürchtet, dass niemand kommen würde, und hatte deswegen von einer festlichen Eröffnung abgeraten. Nicht zuletzt wegen der vielen Sticheleien, die er sich hatte anhören müssen! Etwas besser wurde es, nachdem die Leute Arbeit bekommen hatten – über fünfzig Männer waren in den letzten Wochen hier beschäftigt gewesen –, und es würden noch mehr werden.

Als er die Hauptleiter der Gesellschaft herumführte, damit diese sich Steinbrüche, Stollen und Gänge anschauen konnten, ließ Hermann die Augen über die vielen Menschen, die in Grüppchen an den Berghügeln herumstanden, schweifen, sah viele Gesichter, die er kannte, doch *sie* war nicht da, und das wunderte ihn. Aber Henrikka war gekommen, hatte sogar den Knecht dabei. Doch wo war Marita? Sie hatte Bescheid gewusst, und sie wusste auch, dass es nicht nur sein Tag war!

Eduard hielt sich bei den anderen Arbeitern auf, sie hatten sich auf den Felskuppen oberhalb des gesprengten Stollens niedergelassen. Das Ganze gefiel Eduard nicht, das konnte man an den Runzeln auf seiner Stirn erkennen. Hermann machte sich aber nichts daraus. Sollte Eduard doch über das Bergwerk denken, was er wolle, er würde es schon sehen, er genauso wie die anderen Zweifler.

Später, als sich alles etwas beruhigt hatte, hielt Carr eine kleine Ansprache. Eigentlich war sie an die Arbeiter gerichtet, handelte von Steinbrüchen und auch davon, wie man Kies und Mineralien auf verschiedenste Art und Weise nutzen könne. Dann richtete er sich an die vielen anderen, die sich eingefunden hatten – ob aus Neugier oder wegen der Tatsache, dass dieses Vorhaben den Ortschaften zu Gute kommen würde –, und berichtete über den Bergbau der Gesellschaft in den Fjorden weiter westlich. Er redete vom Gebirge und was es in sich bergen könnte, sodass Hermann noch einmal diese seltsame Woge in seinem Inneren spürte. Das hier hatte er selbst den Leuten erzählt, doch dieser Carr wusste genau, wie er die Einheimischen ansprechen musste, um sie für sich zu gewinnen, sodass sie alle so andächtig zuhörten, als hätte der Pfarrer selbst ihnen die Sache erklärt. Carr hielt zwar die Rede auf Englisch, doch der Ingenieur, dieser Hawlett, übersetzte die ganze Zeit, wobei seine Worte zwischen den Felsen widerhallten.

Bevor sie zum Helgeshof gingen, um eine Mahlzeit zu sich zu nehmen, sprach Henrikka Hermann an: »Heute hast du Schützenhilfe bekommen«, meinte sie. »Möge Gott dir weiterhin bei deinem Vorhaben beistehen, gerade so wie heute.«

Auch Ingmar aus Ljoneset war den weiten Weg gekommen, denn hier wollte er dabei sein. Es sei ein Wunder, was man hier schon alles zu Stande gebracht hatte, sagte er. Endlich konnte er sich mit Männern unterhalten, die alles über Stein und Quarz und all das, wofür sein Herz schlug, wussten.

Später ging Hermann mit den Leitern der Grubengesellschaft durch die Waldweiden, es war fast unglaublich, wie viele Pläne sie hatten. Er hatte zwar die ganze Zeit von Steinbrüchen, Stollen und Gängen geträumt, vom Tagesabbau und von allem, was sonst noch dazu gehörte, hatte gedacht, dass er einigermaßen Bescheid wusste. Jetzt aber erfuhr er das, was er noch nicht gewusst hatte: Über zukünftige Gebäude und Häuser, Arbeitsschuppen und Rinnen zum Fjord hinunter, vielleicht auch Wohnhäuser für die Steiger, wenn die Grube sich den Berechnungen entsprechend entwickeln würde.

»Den Berechnungen entsprechend?«, fragte Hermann, sie standen auf den unteren Felsen und unterhielten sich darüber, wo die große Kaianlage hinkommen sollte.

Sie schauten ihn an, diese Männer mit ihrem großen Wissen. Guten Quarz zu finden, das sei nur der Anfang, das Gebirge würde aber nie verraten, was es in sich berge, bevor man hineingeschaut hätte. Es könnte Gold oder auch nur Granit sein – das könne man nie wissen. Bergbau sei oft ein Glücksspiel, aber das hier in den Waldweiden sehe viel versprechender aus als an vielen anderen Orten, wo sie geschürft hätten, das musste der englische Grubenchef zugeben.

Nachdem er die wichtigen Herren ins Haus gebeten hatte, gab es in der Wohnstube ein kleines Festessen. Auf dem Helgeshof waren die Leute schon immer ein und aus gegangen, daran konnte Hermann sich noch gut erinnern, Pfarrer und Küster, Schiffer und andere ehrenwerte Leute.

Er konnte aber nicht das Gefühl loswerden, dass dieser Tag etwas Besonderes war. Das sah man auch Ingeborg an. Sie hatte Gudrun zum Kochen angestellt, wagte nicht, sich in dieser Sache auf Lea zu verlassen. Sie selbst war auch nicht so neugierig wie sonst, das kam aber wahrscheinlich eher daher, dass diese Fremden nicht so ganz verstanden, was sie sagte.

Schließlich wurde es Zeit für die Abrechnung. Hermanns Hände zitterten nicht, als er die Dokumente, die seinen Anteil an der Grube Hildershafen bezeugten, entgegennahm. Sie erklärten ihm, dass dieses neue Bergwerk eine eigenständige Gesellschaft sei. Sie würden jetzt nach Aareid fahren, um die anderen Dokumente, die Bugge und dem Polizeibeamten gehörten, unterschreiben zu lassen. Drei Viertel der Anteile gehörten der Norwegischen Bergbau- und Grubengesellschaft.

Hermanns Hände zitterten auch nicht, als er zur Schatulle ging, um die Brieftasche zu holen. Die Tausender wogen aber schwerer in seiner Hand, als es Geld normalerweise tat. Was das Finanzielle betraf, so war er jetzt ziemlich abgebrannt, aber noch nie hatte er das Gefühl gehabt, sein Geld so gut angelegt zu haben.

Die Mutter war hinausgegangen, als sie mit der Abrechnung angefangen hatten. Sie konnte es irgendwie nicht über sich bringen, bei dem, was sie vorhatten, Zeuge zu sein. Sie sagte aber nichts, auch nicht, nachdem die vornehmen Herren wieder zu ihrem Schiff gegangen waren. Das beunruhigte Hermann ein wenig. Es sah ihr nicht ähnlich. Vielleicht war es Marita, verbunden mit der Tatsache, dass sie auf den Hof ziehen würde, die dieses Verhalten herbeigeführt hatte.

Er stand auf dem Laberg und winkte ihnen nach. Noch schlenderten einzelne Leute in den Waldweiden herum, die meisten waren aber nach Hause gefahren.

So würde es jetzt für lange Zeit bleiben: Menschen würden hierher kommen, Hildershafen würde ein Zentrum werden.

Das Gebirge würde ihn sicher nicht im Stich lassen, und es würde über die Jahre seine Geheimnisse preisgeben.

XV

Diesen Sommer baute Johannes in der Bucht das Eishaus fertig. Es war ein langes Gebäude aus grauem Gestein, und nur Johannes beherrschte die Kunst, die großen Steine so zu legen, dass sie nicht verrutschten. Die Mauern waren ganz gerade, man hätte überall die Lotschnur hinhängen können. Der Knecht, der im letzten Jahr auf dem Helgeshof gedient hatte, hatte ihm dabei geholfen, und nachdem die Kutter zurückgekommen waren, hatte Eduards Sohn Anders sich einige Kronen damit verdient, Steine zu fahren. Es war eine Plackerei gewesen, und außerdem musste Anders noch den Konfirmandenunterricht besuchen, sodass er nicht immer Zeit hatte. Doch der Mensch lebt nicht nur vom Brot allein, um es mit Eduards Worten zu sagen.

Allerdings wäre es beinahe schlimm ausgegangen: Anders fiel ein Stein auf den Fuß, und er fiel die ganze Heuernte über aus, was Eduard sehr geärgert hatte, denn auf den verschiedenen Höfen benötigten sie immer zusätzliche Hilfe, wenn Heu eingefahren wurde. Ansonsten schien Eduard allein stehend bleiben zu wollen. Vielleicht würde er sich eine Frau suchen, wenn die Zeit die schlimmsten Wunden geheilt hätte. Welche Frau aber würde in eine Häuslerkate mit halbwüchsigen Kindern ziehen? Hermann hatte seine Zweifel, obwohl er schon Unglaubliches gesehen hatte, wenn Frauen Angst hatten, keinen Mann mehr abzubekommen.

Im Herbst wurde Sägemehl aus Aareid in die Spanbucht

transportiert und im Eishaus gelagert. Bisher gab es nirgendwo entlang der Strände ein Eishaus, deswegen riss an den Wochenenden der Strom von Menschen gar nicht mehr ab. Alle lobten das Haus und Johannes' Künste, niemand sprach Hermann auf den Handel mit dem Eis an. Er würde es ihnen schon zeigen, wenn die Schiffe kämen, dachte er. Hermann ließ auch eine Kaianlage bauen, ein wahres Wunder. Sogar Ingeborg kam eines Tages angehumpelt, mit einem Stock in der einen Hand und mit Jakob als Stütze auf der anderen Seite. Es schien, als wären die beiden gleichaltrig, denn sie dachten dasselbe, sprachen über dasselbe und hatten beide gleich viel Zeit. Als der Kai gebaut wurde, war Jakob die ganze Zeit unten am Fjord herumgerannt, sodass er das meiste von dem wusste, was Ingeborg erfahren wollte. An diesem sonnigen Tag setzte sie sich schließlich auf einen Stein, schaute sich das Resultat an und wiederholte immer wieder dieselbe alte Leier: Das Ende der Welt würde bald kommen. Das aber schien Jakob nicht sonderlich zu beeindrucken.

Die Leute von der Bergwerksgesellschaft kamen und gingen, Ingenieure und Steiger oder welche Berufsbezeichnungen sie auch immer hatten. In Gabriels Waldweiden wurden Schuppen und Häuser gebaut, der Kai erstreckte sich immer weiter über den Fjord hinaus, während Gesteinsbohrer, von starken Händen geführt, sich immer weiter ins Gebirge hineinfraßen. Es wurde gesprengt, die Häuser erzitterten und die Fensterscheiben klirrten, sodass Ingeborg fast ununterbrochen »Gott schütze uns!« ausrief, während der Knall in der ganzen Spanbucht widerhallte. Entlang der Küste war der Fjord unterhalb der Waldweiden ganz trübe geworden. Wenn es regnete, entstanden überall neue Bachläufe, die dem Gelände Wunden schlugen. Der spärliche Birken- und Erlenwald, der früher dort gestanden hatte, wurde weggesprengt oder von den Gesteinsmassen zerstört. Abel versuchte abends das zu retten, was noch zu retten war, aber die Zerstörung schritt unwahrscheinlich schnell voran. Die Vertreter der Gesellschaft verlangten, dass die Männer wie Tiere schufteten, und das taten sie auch. Sie kamen haufenweise von den Höfen entlang des Fjordes und wollten Arbeit, die sie hier auch bekamen. Sogar aus der südlichen Gemeinde zogen diejenigen herbei, die keinen Kutter hatten, mit dem sie sich trösten konnten, sowohl junge als auch ältere Männer. Für die neuen Arbeiter wurden schnell noch ein paar Hütten gebaut, die aber kalt wie Holzschuppen waren. Ingeborg sagte Hermann, dass sie das an die Zeit erinnere, als vor vielen Jahren der Heringsfang hier in Südnorwegen auf dem Höhepunkt gewesen sei. Nachdem Schuppen und Hütten voll waren, suchten viele Unterkunft auf den umliegenden Höfen. Auf dem Apfelhügel beherbergten sie eine ganze Menge Leute. Es war so eng, dass Gudrun über die schlafenden Männer steigen musste, um morgens Essen machen zu können.

Hermann war überall. Er war kein Grubenarbeiter, das würde er auch nie werden, hatte aber das Gefühl, den Betrieb kontrollieren zu müssen. Obwohl er auf dem Hof sowohl Magd als auch Knecht hatte, wurde zu Hause dadurch leider einiges vernachlässigt. Noch dazu kamen die Abende auf Vatna. Sie waren fast zur Gewohnheit geworden, wahrscheinlich weil er seine sündige Lust stillen musste, so hätten es sicher diejenigen ausgedrückt, die Körper und Geist trennen wollten. Das Seltsame aber war, dass er nicht so nach Vatna ging, wie er damals auf die Flachalm gegangen war. Er hatte sich selbst schon gefragt, ob es die ersten Anzeichen des Alters sein könnten. Oder vielleicht lag es auch an Marita, die ihm etwas gab, wozu er erst jetzt erwachsen genug und bereit war, es zu empfangen.

Natürlich hatten sie über die Hochzeit gesprochen. Sie wollten groß feiern, mit allen Verwandten, mit viel Essen und Trinken, mit Zeremonienmeister und Mundschenk und dem alten Trommler von der Nachbarsiedlung! Und auch Henrikka war so eifrig bei der Sache, so, als wäre sie diejenige, die ins Brautbett steigen würde. Hermann wunderte sich immer mehr über diese Frau. Sie hatte Marita zu sich nach Hause geholt, sie auf die Schule geschickt, sie offiziell als ihre Erbin eingesetzt, nur um anschließend das Mädchen wieder wegzuschicken und sie ihm als Bäuerin für den Helgeshof anzubieten!

Als Marita eines Abends in der Küche beschäftigt war, veranlasste ein aufkeimender Verdacht Hermann, Henrikka danach zu fragen, was sie mit Vatna vorhabe.

Zum ersten Mal wurde sie unsicher, schaute nicht von ihrer Strickarbeit hoch. Ihre Finger und die Stricknadeln bewegten sich unentwegt, stellte Hermann fest. »Ach, Vatna, was soll denn damit sein?«

»Was ist mit der Zukunft?«, bohrte Hermann weiter.

Da hob sie den Kopf: »Du kannst Fragen stellen! Du solltest Acht geben, dass du dich mit der ganzen Aufregung drüben am Hafen nicht übernimmst.«

Hermann begann zu lachen.

»Ich werde wohl Manns genug sein, für mich selbst aufzukommen.«

»Man sagt, dass du dich finanziell ziemlich verausgabt hast, seitdem du Teilhaber dieser Grube geworden bist.«

»Ach, diese Grube!«, meinte Hermann nur. »Hier steht die Welt auf dem Kopf, Hunderte von Männern haben Arbeit gefunden, Frachtschiffe haben Ladungen bekommen, bald wird in der Spanbucht unterhalb der Waldweiden sogar der Dampfer anlegen. Jemand hat beim Gemeinderat den Antrag gestellt, nördlich des Apfelhügels ein Geschäft eröffnen zu dürfen, vielleicht wird man hier einen Gasthof oder sogar ein Hotel bauen!«

Als Henrikka das Wort Hotel hörte, ließ sie ihre Handarbeit in den Schoß sinken:

»Jetzt hältst du mich zum Narren!«

Nein, wahrhaftig nicht, einer der Ingenieure hätte so etwas angedeutet. Dadurch würden die jungen Mädchen Arbeit finden, bräuchten nicht als Mägde von Hof zu Hof ziehen. Die Jungen könnten Kutscher oder Fährleute werden, fügte er hinzu. Doch Henrikka kniff die Lippen zusammen, als würde sie Eduards Gemeinschaft angehören: Ein Hotelbetrieb bringe nur Sünde und Ausschweifung mit sich, das hätten sie damals gesehen, als der alte Bugge den Gasthof unten am Aareidfjord eröffnete. Dort hätten sich Trinker und schamlose Weiber herumgetrieben.

Auf einmal musste Hermann an den Tag denken, als er auf der Flachalm alleine nach Gold geschürft hatte, alles schien so einfach zu sein: Damals hatte er nur das Gebirge und das Sprengen des Gesteins im Kopf gehabt, hatte nur an Reichtum gedacht. Jetzt war aber so viel dazugekommen, viel mehr, als er sich jemals erträumt hatte.

Darüber aber wollte er jetzt nicht mit Henrikka sprechen, das war Männersache. Stattdessen stieß er hervor: »Die Flachalm ist eine Goldgrube, Henrikka. Wenn in Gabriels Waldweiden die Mineralien versiegen sollten, könnten wir vielleicht dort weitermachen?«

Henrikka schaute ihn mütterlich an. »Du weißt, was ich versprochen habe, Hermann. Ich habe an die arme Inge gedacht.«

Als er diesen Namen hörte, verspürte er einen Stich tief in seinem Inneren: »In dem Mutschein, den du mir über die Schürfrechte auf Vatna gegeben hast, steht nichts darüber, dass … dass die Flachalm nicht eingeschlossen ist!«

Sie zuckte zusammen. »Du willst doch nicht …?«

Nein, das habe er damit nicht sagen wollen, vorerst hätten sie ja genug.

»Ich habe gehört, dass es Inges Mann schlecht geht. Vielleicht ist es auch nur ein Gerücht. Einer der Männer auf Tufta hat sich angeblich mit ihr unterhalten, als er vor kurzem auf dem Fischmarkt in Bergen war.«

In diesem Moment kam Marita aus der Küche, und es wurde nicht weiter darüber gesprochen. Die Worte aber hatten sich in Hermann eingebrannt. Gotte behüte – was war bloß mit ihm los? Hier regte er sich derart wegen eines Gerüchtes auf, er, ein Mann, der bald heiraten würde!

Als er aber an diesem Herbstabend durch die Waldweiden nach Hause ging, sah er Inges Gesicht vor sich, ein Gesicht ohne Alter, außerhalb jeder Zeit …

Sie heirateten vier Tage nach Weihnachten, von alters her war es Sitte gewesen, zwischen den Jahren zu heiraten. Marita standen die Brautkrone und das Brautsilber außergewöhnlich gut. Noch nie hätten sie in der Aareidkirche eine schönere Braut gesehen, sagten die Leute, das sagten sie aber immer. Gleichzeitig nahmen sie Abschied von der alten Kirche, die abgerissen werden sollte, um Platz für eine neue, große, weiße Kirche zu machen, so wie Hermann sie im Fjordinneren gesehen hatte.

Ingmar Sjones war auch zur Hochzeit gekommen, obwohl die Verwandtschaft nicht sehr eng war. Doch Ingmar hatte sich sozusagen aufgedrängt, war im Herbst mehrere Male in der Spanbucht gewesen – wollte unbedingt sehen, wie der Bergbau voranging. Gegen Abend am zweiten Tag der Hochzeitsfeier, als die Jugend in Gabriels Scheune tanzte, kam er und wollte mit Hermann sprechen. Da sei etwas, was Hermann unbedingt erfahren müsse.

Ingmar war ein Fuchs, Hermann traute ihm nicht ganz. Als er aber begann, vom Polizeibeamten und von Bugge zu reden, spitzte Hermann die Ohren. Ingmar habe gehört, dass die beiden sich von den Rechten getrennt hätten, die sie an der Gesellschaft, oder besser gesagt an der Grube Hildershafen, erworben hätten. Ingmar betonte den Namen der Grube ganz besonders.

Hermann wollte ihm zuerst nicht glauben, vielleicht war Ingmar das Bier zu Kopf gestiegen. Ingmar konnte aber beschwören, dass es die Wahrheit sei. Marita kam hinzu, trug schon das Frauenhäubchen auf ihrem prächtigen Haar, wollte wissen, was für einen Unsinn Ingmar da herumerzähle. Ingmar wiederholte noch einmal das Gehörte.

»Mach dir nichts daraus«, wandte sich Marita daraufhin an Hermann. »Lass die beiden Kerle machen, was sie wollen.«

Damit hatte sie sicher Recht. Er musste aber immer noch daran denken, als er schon ins Bett gegangen war, grübelte mehr, als für einen frisch verheirateten Mann gut war.

Einige Tage nach Weihnachten fuhr Hermann nach Aareid, denn er musste sich wieder nach einer Mannschaft für seinen Kutter umsehen. Dies war in letzter Zeit schwieriger geworden, da jetzt viele Männer in der Grube Arbeit gefunden hatten.

Dabei begegnete ihm der Polizeibeamte, und Hermann war mittlerweile richtig böse auf diesen treulosen Kerl, in dem er sich so sehr getäuscht hatte.

»Du hättest es mir sagen müssen«, schrie Hermann los, sobald sie in der Wohnstube waren. Der Beamte blieb ruhig, bis sich Hermanns Aufregung etwas gelegt hatte. »Es war zu viel Geld und zu riskant für mich«, sagte er, als wolle er Hermann ein Geheimnis anvertrauen. »Dasselbe gilt für diesen Krämer unten am Aareidfjord. Bei dir ist das ja anders – von Zeit zu Zeit heiratest du jemand mit Geld!«

Hermann ärgerte sich erst gar nicht über diese Beleidigung, denn mit den beiden zusammen würde er sowieso keinen Blumentopf gewinnen, so hätte es Ingeborg sicher ausgedrückt. Er kehrte wieder zu seinem Boot zurück und segelte nach Hause, fühlte sich aber nicht ganz wohl in seiner Haut. Sie würden schon bald sehen, wer das meiste Geld verdienen würde, er oder sie! Es war wie eine Erleichterung, als er die Landspitze vor dem Hafen umrundete und die Dächer in den Waldweiden sah, die Steinhaufen und das ganze Durcheinander.

Er könne gern nach Nordnorwegen fahren, dagegen habe sie nichts. Das waren Maritas Worte. Sie war keine zerbrechliche Frau, die ihn anflehte, zu Hause zu bleiben.

Schlimmer war es, dass es ihm schwer fiel, sie zu verlassen. Nicht, dass er Angst hatte, sie allein zu lassen, obwohl sie gut gebaut und hübsch war. Aber in diesen Wochen, in denen sie nur ganz und gar ihm gehört hatte, war in ihm etwas gewachsen, was er bisher nicht gekannt hatte: Eine derart starke Sehnsucht nach einem anderen Menschen, dass es sogar wehtat, wenn sie nicht bei ihm war.

Als er sich Mitte Januar auf die Segelfahrt Richtung Norden vorbereitete, passierte einiges, womit er nicht gerechnet hatte. Eines Abends, als sie nebeneinander im großen Bett in der Dachkammer lagen, sagte sie etwas, was sie anscheinend schon seit einiger Zeit mit sich herumgetragen hatte:

»Bist du dir ganz sicher, dass ich hier in der Spanbucht bleiben möchte? Dass ich nicht lieber auf Vatna wohnen möchte?«

Sie lebten zusammen, wie es sich für Eheleute gehörte, er verstand sie nicht.

Schließlich lachte er verlegen, legte seine warme Hand auf ihren Bauch, so als wolle er all das umarmen, was ihm gehörte.

»Auf Vatna? Bist du verrückt?«

»Du darfst nicht lachen, Hermann. Du bist nicht wie die anderen Männer, glaubst nicht, dass du eine Frau besitzst, nachdem du mit ihr vor dem Altar gestanden und im Bett gewesen bist.«

Er hätte ihren Vorstellungen gern entsprochen, doch in Wirklichkeit war es anders, und er versuchte sie auf den Boden der Tatsachen zurückzubringen:

»Du hast aber für Vatna keine Übertragungsurkunde!«

»Die werde ich auch nicht bekommen, und das weißt du. Der Hof könnte aber trotzdem meiner werden.«

Er dachte nach, Zweifel entstanden in ihm.

»Ich weiß, was Henrikka vorhatte, als sie mir schrieb und uns verkuppeln wollte. Aber darüber sollten wir uns jetzt keine Gedanken machen.«

Sie antwortete nicht, stattdessen legte sie ihre Hand auf die seine, die noch immer auf ihrem Bauch lag.

»Ich war der Meinung, du fühlst dich hier wohl, Marita?«

Natürlich fühle sie sich wohl, gab sie ihm ehrlich zur Antwort.

»Du«, sagte er kurz darauf, »ich bin froh, dass Vatna dir nicht gehört hat, als du hierher gezogen bist. Ich weiß, was es bedeutet, wenn eine Frau mit Vermögen zu ihrem Mann nach Hause zieht.«

Er konnte diese Abendstunde nicht vergessen, obwohl sie sie beide nicht mehr erwähnten. In der ersten Zeit danach behielt er sie im Auge, doch Marita ging mit sicheren Schritten zwischen Stall und Stube, kümmerte sich um ihre Arbeit. Aber an dem Tag, als er mit dem Knecht auf Vatna war, um einige Truhen zu holen, die Marita haben wollte, wurde er noch einmal damit konfrontiert, denn Henrikka kam und bot ihm die Übertragungsurkunde für Vatna an.

»Ich habe doch nur Marita, sie ist ein prächtiges Mädchen«, meinte Henrikka.

Hermann schaute sich den winterlich geschmückten Hof durch das Fenster an, Äcker und Wiesen lagen jetzt unter dem Schnee verborgen, alle Häuser waren in gutem Zustand, das Sägewerk und die Werft unten an der Bucht gehörten dazu. Natürlich war er dem nicht abgeneigt, die Versuchung war groß.

»Ich habe meinen eigenen Hof, Henrikka.«

»Das hast du, Hermann, das weiß ich. Der Tag könnte aber kommen, an dem du Vatna gut gebrauchen könntest.«

Ihre Stimme hörte sich enttäuscht an, sie sagte aber nichts mehr dazu. Natürlich dürfe er auf dem See Eis schneiden. Ob er sein Eishaus füllen wolle?

Am Anfang sah es aus, als würde der Herrgott selbst seine Hand über sein neues Vorhaben halten: Diese ersten Januarwochen waren die kältesten seit langem, die Leute hatten kein Wasser und mussten es von weit her holen. Doch für Hermann und die Leute, die er auf dem Vatnasee bei sich hatte, war das kalte Wetter ein Segen. Sie schnitten das Eis und holten es mit Schlitten ab, schütteten Sägemehl darauf und machten alles so, wie Hermann es gelernt hatte. Auf der Eisfläche hinterließen sie Warnzeichen, damit niemand in nächster Zeit in die offene Rinne fahren würde, bis das Eis wieder sicher wäre. Das Eishaus wurde zugeschlossen und abgedichtet, lag unter den Berghängen und beherbergte sein großes Geheimnis. Die Zuschauer bei diesem ungewöhnlichen Vorhaben wunderten sich: Dass man aus Eis Geld machen konnte? Von alters her waren die Seen im Winter zugefroren gewesen – und jetzt behauptete dieser Abenteurer aus der Spanbucht, dass er das Eis verkaufen könne – und zwar nach England!

Ein paar Tage später aber war es passiert, und es war nichts Gutes: Björn von Indre-Vatna wollte Rundholz aus seinem Wald oben in den alten Waldschneisen abtransportieren, doch gegen Abend verirrte sich sein Pferd, geriet in die offene Eisrinne und ertrank samt Pferdegeschirr und allem, was dazu gehörte.

Am nächsten Tag kam Björn in die Spanbucht und äußerte sich nicht gerade freundlich. Hermann hörte ihm eine Weile schweigend zu. Eine halbe Stunde lang überschüttete ihn Björn mit heftigen Vorwürfen, ohne zweimal dasselbe Schimpfwort zu benutzen. Als er endlich schwieg, konnte man beinahe glauben, vom Bergbau und vom Eishaus würde kaum noch etwas übrig bleiben. Außerdem würde Björn bei der Polizei und beim Amtmann Anzeige erstatten.

Als Björn sein Gift verspritzt hatte, fragte Hermann:

»Wie viel möchtest du für den Gaul?«

Björn fauchte nur: »Gaul! In der ganzen Gemeinde gab es

keine bessere Stute. Jedes Jahr hat sie ein Fohlen geboren, nach einem zuverlässigeren Pferd muss man lange suchen!«

Wenn Björn seine Frau verloren hätte, wäre es wohl kaum ärger gewesen. Es war aber auch so schlimm genug, und es wurde Hermann klar, dass er um die Rinne herum besser absperren musste, bevor noch mehr passierte. Er bot Björn fünfzig Kronen an und dachte, dass die Sache damit aus der Welt geschafft wäre. Da kannte er Björn aber schlecht, denn dieser lachte Hermann ins Gesicht, stand vor ihm wie ein Holzklotz.

»Du musst mit diesem Teufelszeug aufhören!«, schrie er und zeigte Hermann die geballte Faust.

»Teufelszeug?«

»Ja, genau das. Dieses Eishaus! Du hast kein Recht auf den Vatnasee! Wenn du nicht aufhörst, werde ich dich ruinieren.«

Auf einmal verstand Hermann, dass fünfzig Kronen nichts nützten, hier würde gar nichts nützen. Hermanns Frau stammte aus Vatna, und damit gehörte er zum engeren Kreis, wenn es um den Streit zwischen den beiden Vatnahöfen ging.

Björn hielt Wort, suchte sowohl den Polizeibeamten als auch den Amtmann auf. Der Beamte wollte die Sache klären, meinte, das Ganze sei doch kaum der Rede wert. »Du wirst doch wohl auch sonst irgendwo Eis finden?«, fragte er Hermann.

Doch das bezweifelte Hermann. Es war günstig, das Eis vom Vatnasee zu holen, ansonsten müssten sie in die Waldweiden, zu den kleinen Waldseen dort.

»Und wenn die Sache mit deinem Eisexport nicht klappen sollte?«

Das würde sich erst noch herausstellen müssen, erwiderte Hermann. Im Frühjahr erwarte er einen Schoner aus England.

Ein paar Tage bevor er abreisen wollte, musste Hermann

zum Schiedsgericht nach Aareid. Dort saß Björn und zeigte sich so bitter und verbissen, dass man kaum noch mit ihm reden konnte. Die Sitzung bewirkte auch nur wenig, obwohl der Polizeibeamte, der immer jedem nach dem Mund redete, seine Pflicht tat, indem er versuchte, Frieden und Versöhnung zu stiften. Björn aber strebte eine Gerichtsverhandlung an, er würde es Hermann schon zeigen.

»Du bist wohl nicht ganz bei Sinnen«, sagte ihm Hermann, als sie auseinandergingen. »Dein Geld so zu vergeuden!«

Als er nach Hause fuhr, schaute er bei Henrikka auf Vatna vorbei, bekam Einsicht in die alten Papiere über die Wasserrechte. Das Eis war nicht ausdrücklich erwähnt, es war aber festgehalten, dass diejenigen, die südlich des Sees Wald besaßen, über den See fahren durften, solange die wirtschaftliche Nutzfläche nicht beschädigt würde.

»Nimm dich vor Björn in Acht«, sagte Henrikka, als sie ihn zur Tür begleitete.

»Du glaubst auch nicht an das Geschäft mit dem Eis, oder?«, fragte er sie.

»Du hast sowieso genug um die Ohren. Das Ganze wird dir eines Tages über den Kopf wachsen.«

Kurz darauf wurde erzählt, dass Björn in die Stadt gefahren sei, und als Hermann auf den Lofoten war, bekam er einen Brief von einem Rechtsanwalt. Er hatte keine Angst, doch der Brief trug nicht gerade dazu bei, die Unruhe in ihm zu mindern.

Diesmal hatte er zu Hause so viel zurücklassen müssen, und noch schlimmer war es, dass der Kabeljau spät kam. Er folgte dem Rat, den er einmal von Jens Wald bekommen hatte: Er segelte zu einem Vorhafen und ging dort vor Anker, obwohl dieser Hafen dem Wetter besonders ausgesetzt war. Doch dort war er fast der einzige Aufkäufer und konnte sozusagen die Preise selbst bestimmen.

Bei der Abreise war Marita besonders zärtlich zu ihm

gewesen. Sie weinte aber nicht, war die stärkste Frau, die er jemals kennen gelernt hatte. Mit der Mutter war es schlimmer gewesen: Jeden Winter glaubte sie, dass sie ihn nie mehr wiedersehen würde.

Er fühlte sich nun manchmal so erschöpft. Es war ein hartes Stück Arbeit gewesen, diesmal die bekannte Route zu segeln. Diese Fahrt würde er sicher nicht so schnell vergessen. Zuerst hatte ein Schlepper sie an einem Mittwoch nach Askenes gebracht. Am Donnerstag waren sie bei südwestlichem Wind an Utvaer vorbeigesegelt. Sie segelten außerhalb des Schärengürtels bis Hustadvika, dann weiter die Vogelroute entlang. Am Freitagabend erreichten sie Rörvik, am Samstag Stött. Auf dem Westfjord kam schwerer Sturm auf, sodass sie erst am Sonntagmorgen Lödingen erreichten. Die Dampfer waren auch nicht schneller. Die ganze Zeit gab es Schneeschauer, und der Bootsmann, den er diesmal dabeihatte, war nicht gerade der Tüchtigste. Er musste an Markus denken, diesen Schuft, der nicht daheim bleiben wollte und nach Amerika gefahren war. Elisabeth hatte im Herbst einen Brief bekommen, und wenn Hermann es richtig verstanden hatte, ging es dem Kerl gut. Das alleine war schon viel wert.

Um seinen zweiten Kutter machte er sich auch Sorgen. ›Die Brüder‹ wurde von einem Mann aus Aareid geführt, der den Ruf hatte, ein guter Schiffer zu sein. Man brauchte jedoch Vernunft und Umsicht für Ladung, Mannschaft und Schiff, wenn die Fahrt kein Verlustgeschäft werden sollte. Vielleicht wäre es klüger, ›Die Brüder‹ zu verkaufen, es waren ja doch einige Jahre vergangen, seitdem er den Kutter von den Vasstalsbrüdern erstanden hatte.

Mit der Ladung wuchs aber auch Hermanns Zuversicht, und wenn bei gutem Wetter die Lofotwand in der Sonne leuchtete und keine schlimmen Nachrichten von daheim kamen, dachte er nicht mehr daran, sich von einem seiner Kutter zu trennen. Bald würde Jakob übernehmen können.

Er selbst hatte mit seinen vielen anderen Vorhaben daheim genug zu tun – mit der Zeit belastete ihn das immer mehr. Doch jetzt hatte er an seiner Seite eine Frau, die ihm helfen würde. Marita jammerte nicht so wie Gundi, bestand nicht darauf, dass er daheim bleiben müsse, und wenn sie Zeit hatte, ging sie sogar selbst in die Waldweiden, war genauso gespannt wie er auf das Wunder. Natürlich graute ihr etwas vor den vielen Männern, die mittlerweile dort waren. Daraus aber entstand Geld, denn viele Bauern verdienten beim Verkauf von Milch etwas dazu oder sie nahmen Arbeiter auf, die bei ihnen zur Miete wohnten. Außerdem hatten die Männer Arbeit, obwohl es anstrengender war, Steine loszuhämmern, als zu Hause auf den Höfen nach dem eigenen Tempo zu arbeiten.

Ende Februar kam ein Brief von Marita. Sie schrieb nicht zum ersten Mal, diesmal wollte sie ihm aber etwas Besonderes mitteilen:

Sie erzählte, dass sie jetzt mit Sicherheit schwanger sei, Beschwerden habe sie aber kaum. So einfach drückte sie aus, dass ein kleiner Mensch entstehen würde, und Hermann spürte, wie sie ihn auf vielerlei Art und Weise mit ihren Worten wachrüttelte. Als er in der Kajüte saß und ihren Brief las, war er ihr auf einmal so nahe. Marita, seine junge Braut, wäre nicht sie selbst gewesen, wenn sie beim Schreiben Dänisch benutzt hätte. Sie hatte die Schule besucht, hatte dort eine tüchtige Frau als Lehrerin gehabt, die ihr ihre eigene Schriftsprache beigebracht hatte. Für Hermann wirkte das Ganze zwar etwas steif, war aber doch so vertraut: »Du solltest wissen, dass ich recht oft in die Waldweiden gehe. Es ist wie ein Wunder, wie die Männer tagtäglich ihre Arbeit schaffen. Sie leihen sich jetzt die Pferde vom Helgeshof und auch von den anderen Höfen aus – verfrachten die Steine zu den Riesenwannen.« Dann schrieb sie ein wenig über Eduard: Er sei gekommen und habe gefragt,ob Hermann ihn von der Aufsicht in den Waldweiden befreien könnte, damit er dem alten

Johannes helfen könne, die Mauern für die neue Kirche aufzustellen. Sie schrieb auch von seiner Mutter und von Henrikka, den Hof Vatna erwähnte sie aber nicht. Stattdessen schrieb sie, Gott möge mit ihm sein und ihm trotz der schweren Arbeit die nötige Ruhe geben. Sie freue sich unwahrscheinlich darauf, dass er Ostern nach Hause komme.

Diese Worte waren für ihn wie ein Streicheln über die Wange. Er musste daran denken, dass viele Frauen, die zu Hause blieben, Kinder erzogen und Höfe bewirtschafteten, sich sozusagen selbst verleugneten. Sie waren nur für ihre Männer da. Er schämte sich, weil er so dachte, es lag aber viel Wahrheit darin. Bei Marita war es anders, über sie wusste er nichts. Genauso gespannt wie er auf alles Zuhause war, genauso gespannt war er auf sie und auch darauf, welche Kraft in ihr steckte, nicht nur, wenn es um ihre Liebe ging, sondern auch, wenn er an ihre künftigen Reaktionen dachte, sollten in der Ehegemeinschaft Stürme aufkommen. Würden ihre Kraft und ihre Güte von Dauer sein? An sich selbst stellte er nicht derartige Fragen. Er kämpfte seinen Kampf, der ihm viel abverlangte und es erforderte, dass er der Stärkere war. Das war eben so, doch sie würde dabei nicht den Kürzeren ziehen.

Unter ihrem Namen hatte sie einige Zeilen hinzugefügt: »Ich habe mit Tante auf Vatna gesprochen, und sie wird es so einrichten können, dass du auf der Flachalm mit dem Goldschürfen anfangen kannst. Vielleicht könntest du sogar mit diesem Kerl von Indre-Vatna zusammenarbeiten?«

Hermann musste dabei lachen. So konnte nur Marita schreiben. Anschließend, nachdem er alles durchdacht hatte, lachte er aber nicht mehr. Was wollte sie eigentlich? Wollte sie Inge ausschließen? Nein, nein, nein, sagte er vor sich hin. Das würde sich nicht auszahlen.

Trotz allem überlegte er aber, ob Björn vielleicht doch bei diesem Plan mitmachen würde. Das Ganze könnte ein Zweig der Grube Hildershafen werden.

Auf einmal spürte er den milden Wind in den Birken auf der Flachalm, hörte den gedämpften Klang eines Glöckchens am Abend. Ein Schaf blökte. Leichte Schritte waren auf dem Kies zu vernehmen.

Nein, nein, nein, das lag doch alles schon viel zu lange zurück.

XVI

Eduard sagte es ihm. Sobald Hermann nach Hause gekommen war, stand er in der Tür des Bootsschuppens, fühlte sich anscheinend mitschuldig.

Es ging um das Eishaus. Eduard erzählte, dass mit der ersten Ladung alles gut gegangen sei, das Eis war von guter Qualität gewesen und das Schiff so gebaut, dass das Eis nicht schmelzen konnte. Das Ganze habe großes Aufsehen erregt. Danach aber sei es passiert: Sie hatten alles so versorgt, wie vorgesehen, hatten das Haus, die Gucklöcher und sonst alles abgedichtet. Am nächsten Tag sei Eduard wieder hingegangen: Die Gucklöcher hätten offen gestanden, zudem sei das Wetter warm und sommerlich gewesen!

»Weißt du mehr?«, wollte Hermann wissen.

Nein, er und Anders hätten am Abend zuvor alles kontrolliert gehabt, doch am nächsten Morgen seien die Gucklöcher offen gewesen, und in der nassen Erde vor den Türen hätten sie Spuren gesehen.

»Und das Eis, Eduard, das Eis?«

Ihm sei nicht viel passiert, nur etwas brüchiger sei es geworden.

Ob Eduard sich vorstellen könne, wer so etwas gemacht habe?

Eduard dachte eine Weile nach. Am Abend danach habe er Anders zur Kluft neben dem Eishaus geschickt, und der

Junge habe fast die ganze Nacht dort gesessen, doch nichts Ungewöhnliches gesehen.

Sobald sich die Gelegenheit bot, ging Hermann mit Eduard zum Eishaus. Es war noch etwas Eis vorhanden, und es hatte sich besser gehalten, als Hermann sich vorgestellt hatte. »Daraus könnte Export im großen Stil werden, Eduard! Da wir jetzt die Möglichkeit haben, Milchkannen zu kühlen, könnte vielleicht in Aareid eine Molkerei gebaut werden!«

Eduard schaute seinen Wohltäter, der von allem Weltlichen so gefesselt war, an. Übrigens schien auch Eduard, der Mann Gottes, der versucht hatte, die Welt auf Abstand zu halten, diesmal besonders unruhig, und als Hermann wissen wollte, wie es mit dem Bergbau in den Waldweiden vorangehe, war Eduard nicht besonders mitteilsam. Es laufe bestens, sagte er, aber es seien ja auch genügend Arbeiter da. Sie kämen von der gesamten Aareidgemeinde, von den Inseln und von anderen Fjordgemeinden, es erinnere an die Blütezeit des Fischfangs hier in der Gegend. Und der Ingenieur, der die Verantwortung trug, habe fast jeden Tag neue Leute eingestellt. Eduard konnte sich nicht vorstellen, wie das noch enden werde.

»Du magst das Ganze nicht, Eduard?«

»Nein«, sagte Eduard und schaute auf seine Holzschuhe hinunter. »Nur Sünde und Ausschweifung begleiten diese Grubenarbeiter. Am letzten Samstag wurde sogar einer von ihnen nach Hause getragen, er wohnt auf dem Apfelhügel, und sie mussten neben ihm Wache halten, weil jemand ihn im Suff verprügelt hatte und er vor Schmerzen stöhnte.«

»Haben sie denn etwas Besonderes gefunden?« Hermann konnte es kaum noch abwarten, bis er selbst hinkam.

»Sie haben einiges gefunden, das meiste ist aber Kies.«

Das wusste Hermann bereits. »Nichts anderes, Eduard?«

Eduard schien zu wachsen, weil er derjenige war, der über alles Bescheid wusste.

»Es ist die Rede von Schwefelkies und Kupferkies und etwas, was Bleiglanz genannt wird. Und dann ist da etwas mit einem komischen Namen, Tellur, glaube ich.«

Aber Gold, dieses Zauberwort, erwähnte Eduard nicht. Gold, das Menschen zugleich reich und verrückt machen konnte.

Doch schließlich erzählte Eduard, dass man im Schieferquarz des so genannten Carr-Stollens, in einem der Grubengänge, der gegen Nordosten lag, Gold gefunden habe. »Ich weiß nicht, wie viel, die Leute von der Gesellschaft sind so verschwiegen.«

Hermann spürte, wie glücklich er wurde. Hatte er es nicht die ganze Zeit gewusst!

»Sie wollen eine eigene Dynamitfabrik bauen, ich hörte, wie es der Ingenieur einem der Steiger erzählte.«

Hermanns Freude ließ etwas nach. »Das haben sie mir aber noch nicht gesagt.«

Es sei wohl auch noch nicht so weit, meinte Eduard. »Es ist sicher riskant, oder?«

Als sie alle am Abend in der Wohnstube zusammensaßen und sich über die Neuigkeiten unterhielten, erwähnte Hermann es Marita gegenüber nicht. Diesmal war alles umgekehrt: Eigentlich hätte er am meisten erzählen müssen, denn er hatte eine lange Fahrt hinter sich. Sie war aber diejenige, die erzählte: Über die Apfelbäume, die sie sich bei dem umherziehenden Bauern beschafft hatte, über Jakob und die Schule. Sie schien so glücklich. Noch sah man ihr die Schwangerschaft nicht an, das hatte er sofort festgestellt, als sie sich unten am Laberg begegnet waren.

»Du musst dir unsere Apfelbäume anschauen«, rief sie, »sie sprießen schon!« Sie hatte den Knecht beauftragt, am Hügel oberhalb des Hauses Löcher für Stachelbeersträucher und andere Herrlichkeiten zu graben – dort gab es viel Sonne und fruchtbare Erde.

So etwas hätte Gundi nie getan. Warum dachte er immer

an die anderen Frauen in seinem Leben, wenn er sich mit Marita unterhielt? Er nahm ihre Hand, hinderte sie daran, mit ihrer Strickarbeit weiterzumachen, zeigte mehr Gefühl, als es sich für einen Mann gehörte. Sie schien so zuversichtlich, dass er es nicht übers Herz brachte, ihr von seiner Unruhe und seinen Sorgen zu erzählen.

Dann aber sagte Marita: »Mach dir bloß keine Gedanken, doch ich muss dir sagen, dass diese Leute von der Gesellschaft vorhaben, eine Dynamitfabrik zu bauen.«

Alles war wie umgedreht, *sie* hätte Angst haben müssen!

»Das weiß ich, Marita, Eduard hat es erwähnt. Mir gefällt das nicht. Als sie so etwas draußen auf den Inseln verwirklichen wollten, ist es schief gegangen.«

»Kurz bevor du nach Hause kamst, wollten sie mit mir darüber sprechen, der Ingenieur und noch einer, den er bei sich hatte. Ich sagte, dass sie warten müssten, bis du nach Hause kommst.«

»Und was meinst du dazu, Marita?«

Eigentlich merkwürdig, dass er sie überhaupt fragte, denn normalerweise wurden Frauen nicht zu Rate gezogen. Marita aber antwortete ganz vernünftig. Wenn es nötig sei, müssten sie es eben tun. Sie war jung und furchtlos. »Wollen wir darauf vertrauen, dass nicht noch mehr passiert als das, was vom Schicksal ohnehin schon vorgesehen ist.« Und sie sagte noch mehr, kannte die Namen der vielen Stollen in den Waldweiden, wusste auswendig, wie viel Kies verschifft worden war. Schließlich kam sie mit einem Gefäß und zeigte ihm, was sie während seiner Abwesenheit zusammengespart hatte, Geld, das sie mit Eiern und Milch, an Miete und mit Kleiderreparaturen verdient hatte. »Es gehört alles dir!«, sagte sie »Du kannst es gut gebrauchen, denn das, was du vorhast, kostet unglaublich viel Geld!«

»Nein«, meinte Hermann, »darüber sollst du selbst bestimmen. Solange ich dich habe, bin ich mehr als zufrieden.«

Als seine Mutter mit ihren vielen Fragen fertig war und

sie und Jakob ins Bett gegangen waren, schob er Maritas Hände von der Handarbeit weg. Sie sagten beide nichts, Marita lächelte nur, weil er es auf einmal so eilig hatte, bürstete die Reste der Nähfäden von ihrem Schoß und begleitete ihn, so wie er es wollte. Sie waren so lange voneinander getrennt gewesen, jetzt aber hatte er das Gefühl, als wäre diese Trennung gut gewesen, weil sie in ihnen beiden etwas Wertvolles erschaffen hatte.

»Du musst leise sein«, bat sie ihn, nachdem sie ins Bett gestiegen waren, und er flüsterte ihr ein »Ja, ja!« ins Ohr. In seinem Inneren stürmte es schlimmer als auf dem Westfjord. Es tobte auch in ihr, das spürte er, und das machte den Abend und die Nacht zu einem kostbaren Geschenk, das sie erst jetzt in Empfang nehmen durften.

Danach waren die Tage voller Arbeit und Hetze. Immer und überall ereignete sich um ihn herum etwas und nicht immer das, was er gewollt hatte. Da war der Hof, der in diesen Maitagen alle Arbeitskraft forderte, die Äcker und die Wiesen, alles musste er in die Hände derer legen, die bei ihm ihr Brot verdienten: die Magd und der Knecht, Abel und andere fleißige Helfer. Auch Gudrun kam, obwohl sie jetzt recht schwerfällig war, denn Abel nahm keine Rücksicht. Sie erwartete schon das siebte Kind. Hinzu kam, dass Gudrun noch recht jung war und deshalb wahrscheinlich noch viele Jahre gebärfähig war.

Eduard kam und verkündete, dass er mit der Grubenarbeit aufhören wolle, nicht wegen der Arbeit an sich, obwohl das Befördern der Steine ziemlich anstrengend war. Er wollte beim Bau der Kirche mithelfen.

»Du musst das selbst entscheiden«, erwiderte Hermann, und für Eduard war das gleichbedeutend mit einem Nein. Jedes Mal, wenn Eduard so etwas sagte, hatte Hermann das Gefühl, als hätte er noch mehr auf dem Herzen, als wolle er mit seinem Wohltäter ein ernstes Wort reden – vielleicht über den Schatz in seinem Herzen. Es kam aber nie dazu, denn Eduard fand irgendwie keine Gelegenheit, über seinen Glauben ein Zeugnis abzulegen. Natürlich konnte Eduard Arbeit suchen, wo er wollte, er hatte aber Hermann nun einmal versprochen, in den Waldweiden zu bleiben, um bei Bedarf den Mittelsmann zu spielen. Außerdem hatte Eduard die Aufsicht an den Riesenwannen übernommen und verdiente dabei nicht schlecht. Er fühlte sich aber unter den vielen fremden Männern, die herbeigeströmt kamen, recht unwohl, einige waren aus anderen Gruben hierher gekommen, andere kamen aus Neugier oder wegen des Goldfiebers. Wenn etwas schief ging, wurde geschimpft und geflucht, und das, was Eduard auf seinen Fahrten nach den Lofoten gesehen und erlebt hatte, waren nur Bagatellen, verglichen mit diesen rohen Kerlen. Hermann konnte sich ganz genau vorstellen, wie schwer es Eduard fiel. In der Häuslerkate konnte man aber das Geld gut gebrauchen, denn Geld war nun einmal Geld, egal, wo es herkam. Außerdem brauchte jemand wie Hermann, der die Welt mitregieren wollte, verlässliche Helfer, denn es gab so unwahrscheinlich viel zu tun.

Das musste er auch an dem Junitag erfahren, als viele Männer auf der großen Steinplatte vor seiner Haustür standen und mit ihm reden wollten, als wäre er ein Polizeibeamter oder ein anderer wichtiger Mann. Er wollte wissen, was sie auf dem Herzen hatten, und bekam als Antwort die Frage, ob er ihnen helfen könne, denn sie wollten ihr eigenes Bergwerk gründen.

Entlang des Fjordes und an den Bergrücken in der Nähe von Aareid gab es genügend Schürfgruben, das wusste Hermann. Die Mutscheine mit den Schürfrechten hatten sie schon, der Küster hatte sie am letzten Sonntag während des Gottesdienstes im Schweiße seines Angesichts alle vorlesen müssen. Ob sie mit den Grundbesitzern schon gesprochen hätten, fragte Hermann. Einige von ihnen seien selbst Grundbesitzer, war die Antwort, und ansonsten sei es ihr gutes Recht, sich den Grundbesitz anderer Leute auf diese Art und Weise anzueignen. Wenn die Grundbesitzer mitmachen wollten, stehe ihnen ein Zehntel der Einnahmen zu.

Hermann erkannte seine eigenen Worte, hatte er doch selbst den Samen gesät, der sich zu etwas Großem ausgewachsen und in ihnen allen die Begierde nach Kupfer, Silber und noch wertvolleren Mineralien geweckt hatte.

Alle wollten sie Teilhaber werden, jeder von ihnen trug sich für viele Anteile ein. Sie unterhielten sich lauthals über Sprengarbeiten, Gesteinsarten und Eisenerz, über Stollen, Abbauverfahren und Bergbau am Tage und unter der Erde. Sie redeten, als wären sie erfahrene Bergleute, als hätte der Heilige Geist sie erleuchtet und sie weitsichtig gemacht.

Schließlich wurde ein Papier aufgesetzt, denn Hermann hatte schon Dokumente und wusste, wie alles formuliert werden musste. Dann wurden einige Männer ausgewählt, die das Ganze in die Hand nehmen sollten. Ob er selbst nicht mitmachen wolle, fragten sie, standen irgendwie hilflos da.

Hermann war sich nicht sicher, wollte aber auch nicht Nein sagen. »Ihr wisst doch, dass ich schon so viel am Hals habe!« Ja, das wüssten sie. Er kenne aber den Polizeibeamten und den Amtmann, außerdem könne er sie beim Schürfen und in vielen Angelegenheiten, die für sie Neuland waren, beraten!

Schließlich sagte er zu, aber nicht, bevor Marita, die die ganze Zeit in der Wohnstube zu tun gehabt hatte, ihm zu bedenken gab: »Du weißt doch, dass sie sich auf dich verlassen.« Das wirkte Wunder, er sagte Ja und versprach, sobald wie möglich nach Aareid zu kommen.

»Habt ihr Geräte und alles, was noch dazu benötigt wird?«

Sie waren nicht besonders gut ausgestattet, hofften aber, dass sich alles einrenken würde, wenn sie Kapital bekämen.

Hammer und Meißel besaßen sie alle, das war für sie anscheinend die wichtigste Ausrüstung.

Er glaubte an sie, an alles, was sie sich vorgenommen hatten, und das sagte er ihnen. Es hörte sich fast wie eine Predigt an, als er ihnen erklärte, was das Gebirge an Mineralien, Kies und anderen Schätzen in sich bergen könnte. Sie müssten aber darauf vorbereitet sein, dass sie nicht schnell reich würden und dass das Schürfen keine angenehme Arbeit sei!

Sie bedankten sich überschwänglich, fuhren nach Hause mit ihren Papieren und Mutscheinen und mit dem neuen Dokument, welches belegte, dass sie nun Mitbesitzer der Vereinigten Grubengesellschaft Lindeheide waren. Den Namen hatten sie lange diskutiert, schließlich einigten sie sich auf die Heide, dort lagen die meisten Schürfgruben. Später könnten sie Stollen und Gänge nach Personen benennen, nach dem König oder dem Amtmann oder dem Ort, an dem sie Quarz finden würden – hier gäbe es viele Möglichkeiten, meinte Hermann.

Im Laufe des Sommers geschah noch einiges mehr. Hermann war in Aareid gewesen, hatte Maler-Gunnar besucht und dessen häusliche Probleme gesehen. Anschließend hatte er beim Polizeibeamten vorbeigeschaut. Dort erfuhr er von einer Sache, die der Beamte in einer Bergener Zeitung gelesen und ausgeschnitten hatte. »Schau her, Hermann, jetzt hast du Konkurrenz bekommen!«

Dort stand geschrieben, dass in der Aareidgemeinde noch eine Grubengesellschaft gegründet worden sei: Die Langlien-Grube mit Sitz auf Indre-Vatna, der Besitzer kein Geringerer als Björn selbst.

Hermann blieb eine Weile sitzen, starrte den Bericht an, dann lachte er laut auf: »Jetzt glaubt er, dass er mich überlistet hat, doch diesmal hat er sich wahrscheinlich selbst hereingelegt.«

Der Beamte fragte, was er damit sagen wolle.

Hermann zögerte kurz. »Ich kenne das Gebirge dort. Der Quarzgang verläuft schräg zur Grenze nach Vatna hin, unterhalb der Flachalm. Björn kommt nicht weit, bis er an die Grenze zum Nachbarn stößt.«

»Was hast du vor? Hat er dich nicht auch wegen des Eisschneidens angezeigt?« Es hörte sich an, als würde der Beamte sich amüsieren.

Hermann hätte antworten können, dass er gerade jetzt vorhabe, unterhalb der Flachalm zu schürfen, das tat er aber nicht, wollte den anderen in Unwissenheit lassen. Er traute diesem Polizeibeamten nicht mehr.

Auf dem Heimweg machte er auf Vatna Halt. Mittlerweile fühlte er sich hier fast wie zu Hause, obwohl ihm nicht einmal ein Nagel in der Wand gehörte. Er wurde von Henrikka freundlich empfangen, bekam Essen und auch noch einen Schnaps, denn Henrikka hatte immer Branntwein im Haus, auch wenn sie nicht besonders großzügig damit umging. Sie kam ihm etwas schwermütig vor, sah erschöpft aus. Er glaubte nicht, dass der Gedanke an den Hof sie belastete, wahrscheinlich hatte sie andere Sorgen.

Als er die Flachalm erwähnte, fühlte sie sich sichtlich unwohl.

»Du weißt, was ich gesagt habe. Ich habe Inge versprochen, dass sie diese abgelegene Stelle haben kann, wenn sie will.«

Was war mit ihm passiert, dass er beim Erwähnen ihres Namens nichts mehr empfand?

»Ich habe von dir einen Mutschein für die Waldweiden auf Vatna bekommen, Henrikka. Da steht nichts darüber geschrieben, dass die Flachalm davon ausgenommen ist.«

Ja, das wisse sie. »Ich dachte aber …«

Henrikka schaute ihn so seltsam an, die großen Augen, die irgendwie das ganze Gesicht ausmachten, ließen ihn nicht los.

In letzter Zeit aber hatte er sich verändert. Er war nicht rücksichtslos und hart geworden, wie es für viele Männer typisch war. Denn er hatte Marita bekommen und damit das Gefühl, durch sie in den Besitz der ganzen Welt gekommen zu sein. Er hatte längst nicht mehr das Verlangen, das neunte Gebot brechen zu müssen – ›des Nächsten Weib‹, wie es geschrieben stand, interessierte ihn nicht mehr.

»Ich werde selbst mit Inge sprechen, ich muss sowieso nach Bergen.«

Henrikka aber sagte mit einer Stimme, die Frauen manchmal annahmen, wenn sie von ihren Geschlechtsgenossinnen sprachen:

»Es geht ihr nicht besonders gut, es wird erzählt, dass der Fischer, mit dem sie verheiratet ist, nicht mehr lange zu leben hat.«

Er sah sie vor sich, von Kindern umgeben, wahrscheinlich trug sie schon wieder eines unter ihrem Herzen. Eigentlich hätte es sein Kind sein müssen, einmal, vor Jahren, hatte er das gehofft.

Dann versuchte er, diese wirren Gedanken abzuschütteln. Es war nicht einfach, mit ihnen konfrontiert zu werden.

Henrikka aber war eine Frau und besaß damit eine Waffe, die stärker war als Minenstahl und Sprenggeräte:

»Ich könnte dir ganz Vatna überschreiben, und das sofort!«

Ihre großen Augen glühten, ließen ihn nicht los.

Hermann musste lachen, denn es kam alles so unerwartet. Doch er hielt inne, als er sah, dass Henrikka es ernst gemeint hatte.

»Du bist aber sehr großzügig«, meinte er, spürte die Gier in seinem Inneren.

»Die Voraussetzung ist, dass du mit deiner ganzen Familie nach Vatna ziehst!«

Sie sagte dies in bitterem Ernst.

»Jetzt bist du aber völlig verrückt geworden, Henrikka! Umziehen!«

Sie starrte auf ihren ringlosen Finger.

»Einmal wirst du einsehen, dass ich Recht habe, Hermann. Was sind die steilen, steinigen Hügel in der Spanbucht verglichen mit Vatna? Flache Wiesen, die einfach zu mähen sind, sonnige Äcker, die man früher einsäen und abernten kann als sonst irgendwo entlang des ganzen Fjordes!«

Das hatte sie wohl lange mit sich herumgetragen, das hinterhältige Biest! Ihre Stimme zitterte, dies alles saß tief.

Hermann ruderte mit den Händen herum. Er war so zuversichtlich gekommen, hatte sich wie zu Hause gefühlt, und jetzt war sie dabei, seine ganze Welt auf den Kopf zu stellen!

»Das meinst du doch nicht ernst. Du weißt, was ich daheim alles angefangen habe. Und Mutter – möchtest du die alte Frau unter die Erde bringen?«

Henrikka zischte ihn an: »Menschen, die auf das Altenteil gehören, müssen sich mit ihrem Schicksal abfinden, so ist es schon immer gewesen.«

Sie erinnerte ihn an Simon, ihren Vater, als sie drüben am Fenster stand, der Tisch zwischen ihr und ihm.

»Vermisst du Marita?«, fragte er, wollte freundlich sein.

»Marita!« Sie versuchte zu lachen, sicher nicht wegen des Gefühles, Marita zu vermissen. »Du kennst Marita nicht. Zum Teufel noch mal, das tust du nicht. Jetzt muss ich sogar fluchen.« Henrikka ging auf ihn zu, groß und aufrecht, ihr ganzes Gesicht war wie umgewandelt, er wusste nicht, wie er das, was er sah, deuten sollte.

»Einmal hast du um meine Hand angehalten, Hermann. Nein, du kannst dich nicht mehr daran erinnern, du willst dich nicht daran erinnern, denn stattdessen bist du nach Hesjaland gefahren. Du brauchtest einen Menschen, so sind nun mal die Männer. Doch ich habe die Stunde oben in der Dachkammer im Holzschuppen deines Großvaters nie vergessen können. Du hast mir damals etwas gegeben und gleichzeitig wieder weggenommen – ich weiß nicht, was schlimmer war.«

Er stand starr da, kam sich ganz und gar hilflos vor, obwohl er sich bei der Ankunft auf dem Hof so groß gefühlt hatte. Es würde nichts nützen, diesen ehrlichen Menschen zu beschwören, deswegen fragte er nur leise: »Bin *ich* es, den du auf deinem Hof haben möchtest, ist es so zu verstehen?«

Sie stand dicht neben ihm, doch sie berührten sich nicht. Sie nickte kaum wahrnehmbar, wischte sich schnell über die Augen, obwohl sie ganz trocken aussahen.

»Es ist eine Sünde und eine Schande, ich weiß es. Mir ist beigebracht worden, dass alte, vergessene Mädchen sich nicht anbiedern dürfen. Es wird aber die Zeit kommen, ja, sie ist schon da, da wirft man alles, was einem eingebläut worden ist, über Bord, Hermann. Du hast keine Ahnung, wie gern ich an dem Abend vor langer Zeit Ja gesagt hätte. Ich habe dich aber fortgestoßen, weil mein Verstand mir sagte, dass ich dir nichts bieten könnte – weder einen Schoß noch anderweitiges Glück. Ja, schau mich nur an, schau ein ältliches Weib an, das sich jeden Fetzen vom Leibe gerissen hat!«

Er spürte, dass ihm heiß wurde. Warum war es so viel schwieriger, die Stürme an Land zu umschiffen, als mit den wilden Stürmen auf dem Meer fertig zu werden?

Bevor er an diesem Abend die Wohnstube in Vatna verlassen konnte, kam es aber noch schlimmer. Er stand an der Tür, hatte schon die Hand auf die Türklinke gelegt, als Henrikka sagte:

»Weiß Marita von der Sache mit Lea, der Magd?«

Hermann blieb abrupt stehen, starrte sie an, als hätte er ein Gespenst gesehen. Dann lachte er kalt:

»Jetzt hörst du dich an, als wüsstest du nicht, was du sagst!«

Sie wartete ab, ihr Lächeln war unglaublich!

»Wer hat dir das zugetragen? Lea?«

»Ich sehe, dass du nicht unschuldig bist, Hermann. Nein, es war nicht die arme Lea, es war Gudrun.«

Er hätte die ganze Meute auf dem Apfelhügel umbringen können, jetzt und sofort.

Er trat näher, war wütend geworden, weil das, was sie angedeutet hatte, der Wahrheit entsprach und weil es ihn so unerwartet traf.

»Ist es das, womit ihr euch beschäftigt, wenn ihr zusammenkommt, wer mit wem schläft? Dann möchte ich dir nur eines sagen, Henrikka: Das haben die Menschen getan, seitdem der Herrgott sie auf die Erde gesetzt hat, es war sicherlich das Erste, was sie getan haben! Und wenn du glaubst, ich sei ein Mönch, dann irrst du dich, ich fühle mich manchmal wie ein wilder Hengst!«

Anscheinend glaubte sie, er wolle sie schlagen, denn sie besann sich und versuchte, sich die Ohren zuzuhalten. Es war aber nur gespielt, sie nahm jedes Wort in sich auf.

Dann musste er lachen.

»Ich wollte dich nicht erschrecken, Henrikka. Wie konntest du nur glauben, dass ich anders bin als die anderen Männer? Auf dem hohen Meer habe ich zwar oft gebetet, doch ich habe auch viel anderes, von dem du keine Ahnung hast, mit mir herumgetragen. Hast du niemals böse Gedanken gehabt?«

Sie hatte sich hingesetzt, ihr Gesicht glühte mehr denn je. »Hermann«, war alles, was sie sagen konnte.

Er kam näher, fühlte sich auf einmal stark.

»Es macht mir nichts aus, dass du es weißt, Henrikka. Man darf den Menschen auch einmal seine negativen Eigenschaften offenbaren, nicht wahr? Immer sind wir darauf bedacht, unsere beste Seite zu zeigen. Ich war ein Dummkopf, als ich mich in der Nacht damals mit Lea hinlegte, natürlich war ich das – sie ist nicht gerade eine Schönheit, und älter als ich ist sie auch! Trotzdem glaube ich, dass Lea einmal in den Himmel kommen wird, ja, das glaube ich wirklich, denn ich bin der Meinung, der Herrgott wird eher auf ihre verarbeiteten Hände schauen, die von ihren vielen liebevollen Taten zeugen, als danach zu fragen, ob sie ihren Schoß für einen liebeshungrigen Witwer geöffnet hat!«

»Du bist ein seltsamer Mensch, Hermann, du hast so viele Geheimnisse. Jetzt weiß ich etwas von dir und du etwas von mir. Das macht das Ganze aber nicht schlimmer, das spüre ich.«

Sie begleitete ihn zum überdachten Eingang hinaus, schaute sich um und stellte fest, dass keiner ihrer Angestellten in der Nähe war. Dann sagte sie, als er auf den flachen Stein vor der Haustür hinaustrat: »Eigentlich bin ich froh wegen der Sache mit Lea ...«

Er fragte nicht, was sie damit sagen wolle, verließ den Hof und ging zum Fjord hinunter. Die Gedanken schwirrten ihm durch den Kopf: Was wusste Marita? Was dachten die Frauen im Allgemeinen über solche Dinge? Dann schob er es von sich, so wie er das Boot aufs Wasser hinausschob. Auf einmal war ihm bewusst geworden, dass alles, was man auf dieser Welt anstellte, einen einmal einholen würde. ›Nichts bleibt verborgen, was nicht einmal offenbart werden soll‹, so stand es in der Heiligen Schrift – auf einige wirkte dies wie ein Peitschenhieb, andere empfanden dabei Schadenfreude.

Wegen dieses Goldschürfens geschah noch mehr, mehr als er gewollt hatte. Eines Nachmittags kam eine verweinte Elisabeth angerudert. Auf dem Helgeshof hatten sie alle Hände voll zu tun, um das trockene Heu ins Haus zu retten, denn im Südosten lagen über dem Altenberghügel schwere blauschwarze Wolken, sodass es jederzeit zu regnen beginnen konnte. Elisabeth und die Jungen suchten Rechen und halfen mit, die Schwester schien für kurze Zeit glücklich, weil sie auf den hügeligen Wiesen ihrer Kindheit Beschäftigung und Ablenkung gefunden hatte.

Nachdem der größte Teil des trockenen Heus unter Dach und Fach war und sie vor dem herunterprasselnden Regen in der Scheune Zuflucht suchten, schlug Elisabeth einen anderen Ton an:

»Du wirst es nicht glauben, doch sie wollen anfangen, draußen in der Bucht zu schürfen – direkt oberhalb unseres Wohnhauses!« Elisabeth schaute ihren Bruder an, als wäre er der Erlöser von allem Übel.

Hermann fragte sie so lange aus, bis er genaue Auskunft bekommen hatte. Am Sonntag nach Mittsommer hätten zwei Kerle von der Landzunge auf dem Kirchplatz zwei Mutscheine vorlesen lassen. Danach seien sie beim Amtmann gewesen. Eines Morgens danach seien sie mit Hammer und Meißel angerückt, wollten loslegen, wo Elisabeth den kleinen Ziegenstall, ihren Gemüsegarten und einige Apfelbäume hatte.

»Und der Grundbesitzer?«, wollte Hermann wissen.

Elisabeth habe ihn zwar aufgesucht, habe auch mit ihm gesprochen, doch *ihm* hätten die beiden Kerle sogar goldene Löffel versprochen, wenn sie nur schürfen durften.

»Und wie du weißt, war es schon von Anfang an so abgemacht, dass Markus und ich nur für eine gewisse Zeit in der Bucht bleiben sollten …«

Hermann begleitete sie wieder nach Hause, nahm sein großes Ruderboot, während die Jungen ihr eigenes zurückruderten. Nach vielen Jahren saß er mit Elisabeth wieder einmal in einem Boot, spürte aber keine Nähe, denn sie hatten beide ihre eigenen Sorgen. Auch an ihr konnte er feststellen, wie schnell eine junge Frau von einer Heirat – obwohl sie diese selbst angestrebt hatte – gezeichnet wurde, und er musste seine Schwester bedauern.

Sie redete von »diesem Wahnsinn in den Waldweiden«, und ihre Augen blieben lange an den Geröllhügeln und den gesprengten Felsen haften.

Hermann erzählte ihr ruhig und bedächtig von der Arbeit, wie die Steine zerkleinert und mit dem Steinbrecher zermalmt werden mussten. Kleinere Jungen seien angestellt worden, um die Riesenwannen mit Steinen zu füllen. Es mache viel Lärm, doch diese Arbeit sei nötig. »Und was passiert mit dem, was nach dem Auswaschen ins Meer gekippt wird?«, fragte sie. »Stell dir vor, wenn in der Schlacke Gold wäre!«

Das glaubte Hermann nicht, und wenn, dann wäre es nicht der Rede wert. Sie hätten bisher nur wenig Gold gefunden, das habe der Ingenieur erzählt. »Der Kies ist aber so viel wie Gold wert«, fügte er hinzu.

»Man sagt, dass man dicsem Hawlett nicht trauen kann?« Elisabeth schaute ihren Bruder fragend an.

»Er ist Engländer, die Leute verstehen ihn nicht immer. Er redet aber sehr unüberlegt daher, das ist wohl wahr.«

»Die Leute erzählen, dass er und der Direktor nicht miteinander auskommen. Er soll ein Frauenheld sein, dieser Ingenieur – er soll hinter der feinen Frau Direktor her sein …?«

Hermann wollte die Sache nicht ausdiskutieren, es wurde immer so viel getratscht.

»Wenn man in die Tiefe geht, kommt einiges an den Tag, Elisabeth, und nicht alles, was glänzt, ist Gold!«

Am Abend suchte Hermann den Grundbesitzer auf, das half aber nicht viel. Er hatte sich mit den Goldschürfern auf zehn Prozent vom Gewinn geeinigt und wollte nicht nachgeben. Die Häuslerkate in der Bucht sei sowieso baufällig, meinte er.

»Von diesem Goldschürfen wird nicht mehr übrig bleiben als das Schwarze unter deinen Fingernägeln!«, sagte Hermann und ließ ihn stehen. Bevor er hierher gekommen war, hatte er sich auf dem kleinen Gehöft seiner Schwester umgesehen, hatte hier und da mit dem Hammer geklopft. Alles nur unwahrscheinlich harter Granit, kein einziger weißer Quarzstreifen war zu sehen, auch nicht unter dem Moos.

Als sie etwas später beim Abendessen saßen und das zu

sich nahmen, was Elisabeth aufgetischt hatte, stellte er fest, dass sie immer unglücklicher aussah.

»Markus und dieses verflixte Amerika!«, rief sie, war den Tränen nahe. Er habe geschrieben, dass er so viel verdient habe, dass er sich ein *home-stead* suchen würde – Elisabeth benutzte das Wort, das sie in Markus' Brief gelesen hatte. Er habe vor, eine Hütte aus Rundholz zu bauen, eine Rinderzucht anzufangen und das Geld für die Fahrkarten für sie und die Jungen zu schicken.

Ihre Hand, die den Löffel mit Brei festhielt, zitterte, sie schaute von Hermann zu den Jungen.

»Was sagt ihr denn dazu, Jungs?«, fragte Hermann.

Die Mutter antwortete für sie: »Sie glauben, dort ist das Himmelreich. Die Ärmsten wissen es nicht besser. Ich will aber nicht fahren! Nein!«, stieß sie zornig hervor, und die Kinder sahen ihre Mutter erschrocken an.

Hermann wusste nicht weiter.

»Du weißt, du kannst nicht Nein sagen, das darf eine Frau nicht. Dort haben die Jungen vielleicht eine sichere Zukunft, einige werden sogar reich. Und Markus ist doch vernünftig geworden, oder?«

»Ja, so scheint es jedenfalls – nach den Briefen zu urteilen. Ich will aber nicht, Hermann. Könntest du nicht an Markus schreiben? Ihm sagen, dass er nach Hause kommen soll, wenn er so viel Geld verdient hat, damit wir irgendwo am Fjord einen kleinen Hof kaufen können.«

»Warum willst du nicht fahren?«

Sie schaute ihn mit ängstlichen Augen an: »Ich glaube nicht, dass ich dort drüben lange leben könnte. Alles soll ganz anders sein ... Große, endlose Weiten, ohne Gebirge und Meer und ... und ...« Weiter kam sie nicht.

Er legte eine Hand auf ihre Schulter.

»Ich glaube, du wirst dich dort wohl fühlen, Elisabeth, dort wirst du auch Markus bei dir haben. Du hast ihn doch so sehr geliebt?«

Sie nickte. »Danach ist aber alles anders gekommen, das weißt du doch. Irgendwie kommt es mir jetzt so vor, als wäre da gar nichts mehr.«

»Das kann aber wiederkommen«, meinte Hermann.

»Du hast gut reden, Hermann.«

»Wir haben alle unsere Last zu tragen, Elisabeth. Man sieht es uns nicht immer an. Ich kann aber Markus schreiben und ihm das alles erklären, das mache ich gern.«

Eigentlich war er wegen einer anderen Sache in die Bucht gekommen, jetzt aber hatte er einen neuen Auftrag bekommen.

Er hatte das Gefühl, in einer ungewöhnlichen Welt zu leben, er kannte jedoch keine andere, wollte auch keine andere kennen lernen. Es lag eine Spannung in ihm und um ihn herum. Die Spannung war überall zu spüren – auch in der dämmerigen Sommernacht, die ihm begegnete, als er nach Hause ruderte. Hier kannte er jede Bucht und jede Landspitze, hier steuerte der Wind das Meer und die Menschen – manchmal mit einer milden, kühlen Brise, manchmal mit verrückten, jähzornigen Windstößen.

XVII

Im Herbst stellte sich der Familienzuwachs ein. Es wurde auch Zeit, denn Jakob war fast zehn Jahre alt, redete nur noch vom Bergbau und von künftigen Fahrten nach Nordnorwegen, genauso wie die Erwachsenen.

Die Geburt fand am St.-Michaels-Tag Ende September statt, genau der richtige Abstand zur Hochzeit, das hatten diejenigen, für die solche Dinge von Bedeutung waren, schon ausgerechnet. Und es kam nicht nur ein Kind zur Welt, sondern zwei, beide gesunde Mädchen. Nach und nach kamen alle Frauen von Hildershafen und Umgebung, sogar die Frau von Björn aus Indre-Vatna kam mit einem Holzgefäß voller Brei an. Henrikka brachte ein Geldgeschenk, stand mit nassen Augen neben den Wiegen – eine hatten sie sich auf dem Gabrielshof ausleihen müssen –, war der Meinung, weit in die Zukunft sehen zu können.

An den ersten Tagen nach der Geburt lag Marita glücklich, aber erschöpft im großen Bett. Als sie wieder aufgestanden war, merkte Hermann, dass sie mit neuem Elan an ihre Arbeit ging. Natürlich hatte sie sich um Jakob gekümmert, doch diese beiden waren ihr eigenes Fleisch und Blut, und Hermann fühlte sich dabei glücklich und zufrieden. Die kleinen Mädchen waren äußerst lebhaft, und Marita hatte gelernt, wie man mit zwei so kleinen Geschöpfen umgehen musste. Sie benutzte dabei neumodische Methoden, und Ingeborg murrte darüber des Öfteren mit zahnlosem Mund. Marita habe so viele Sitten aus der Stadt angenommen, beschwerte sie sich. Die Kleinen müssten sich müde weinen, sollten nicht wegen jeder Kleinigkeit aus der Wiege geholt werden. Ingeborg musste manchmal schwer schlucken, denn sie hatte sich so darauf gefreut, mit ihrer Strickarbeit neben der Wiege zu sitzen und diese mit dem gesunden Bein zu bewegen. Immer wieder humpelte sie beleidigt in ihre Kammer, bis sie sich wieder beruhigt hatte und zurückkam, um die beiden schlafenden kleinen Engel zu bewundern.

Hermann musste feststellen, dass die Mutter mit der jungen Frau, die auf den Hof gezogen war, nicht immer ganz glücklich war. Auf den anderen Höfen war es aber nicht anders. Am Anfang hatten sich Ingeborg und Marita prächtig verstanden, doch in letzter Zeit hatte sich die Mutter immer wieder bei ihm beklagt, und sie mochte es überhaupt nicht, dass ihre neue Schwiegertochter so weltlich war. Nach außen hin schien zwar alles in Ordnung zu sein, doch Ingeborg vertraute Hermann an, dass sie als gläubiger Mensch sich wegen Marita Gedanken mache.

»Nicht alle können ihrem Herrgott so nahe sein wie ihr aus Folkaberget«, gab Hermann ihr zu bedenken. Diese Antwort gefiel Ingeborg überhaupt nicht, denn niemand durfte ihre Familie kritisieren. Noch schlimmer wurde es, als sie am ersten Gottesdienstsonntag nach der Geburt nicht zur Kirche fuhren, um die Kleinen taufen zu lassen. »Du als Vater hättest jedenfalls dafür sorgen müssen, sie vor dem Bösen dieser Welt zu retten!«, sagte ihm Ingeborg.

Als die Kleinen schließlich getauft wurden, war Ingeborg der Meinung, sie sollten nach Hermanns Großvätern Helgina und Janiana genannt werden. Hermann war aber anderer Meinung, denn er hatte für Großvater Jan aus Folkaberget nie viel übrig gehabt. Natürlich wollte auch Marita mitreden, wollte sie nach Simon Vatna und seiner Frau benennen, das seien doch beides ehrenwerte Leute gewesen, oder?

Das sagte sie Hermann eines Abends, nachdem sie ins Bett gegangen waren, und Hermann überlegte es sich eine Weile. Natürlich war Simon ein ehrenwerter Mensch gewesen, seine Frau hatte Hermann nie kennen gelernt. Doch eigentlich hatte er ein bisschen mit dem Gedanken gespielt, die beiden Kleinen nach sich selbst und Marita zu nennen. Das hätte aber Zeit, sie seien jung und könnten noch viele Kinder bekommen, meinte Marita. Ob es nun die Bettwärme war, die den Ausschlag gab, oder auch etwas anderes – es geschah, wie Marita es gewollt hatte, und damit wurden die Mädchen Janna und Sanna genannt, beides einfache, schöne Namen, wie es Ingeborg ausdrückte, als sie aus der Kirche zurückkamen.

Darauf folgten Tage, an denen nicht alles ganz glatt lief, wie Hermann zu seinem Leidwesen bemerkte.

An einem besonders stürmischen Tag, an dem der Birkenwald auf der Landspitze von den Windstößen ins Waagerechte gezwungen wurde, stand der Ingenieur auf dem flachen Stein vor der Eingangstür auf dem Helgeshof und schüttelte die Nässe von seinem Regenmantel ab. Hermann fühlte sich unwohl, als Jakob hereinkam und erzählte, wer gekommen sei, denn jedes Mal, wenn dieser Mister Hawlett sich gezeigt hatte, war etwas geschehen.

Hawlett schien keine Eile zu haben, musste sich die beiden ›girls‹ anschauen, wie er sie nannte, und schenkte Marita ein Geldstück für die beiden. Hermann wäre es lieber gewesen, er hätte es nicht getan, er musste aber höflich bleiben. Der Engländer schien viel Zeit zu haben, hielt Marita vom Spinnen ab, bekam sie sogar dazu, sich mit ihm auf Englisch, das sie sich selbst notdürftig beigebracht hatte, zu unterhalten.

Das, was er wollte, war schnell gesagt: Ob Hermann eines Abends nach der Arbeit zum Direktor kommen könne? Es gehe um die Grube Hildershafen.

Hermann gefiel das nicht, denn es bedeutete nichts Gutes, wenn der Direktor Hawlett deshalb zu ihm schickte. Der Ingenieur aber plauderte ganz ungezwungen, sprach von den guten Quarzvorkommen, die sie im Carr-Stollen gefunden hätten, etwas Gold sei auch dabei gewesen.

Gold? Eine seltsame Stimmung kam in der Wohnstube auf, Marita hob einen Moment ihren Blick und begegnete seinen Augen. Wahrscheinlich keine größeren Vorkommen, meinte Hermann in dem Versuch, mit beiden Beinen auf dem Boden zu bleiben.

Der Engländer wanderte in der Wohnstube umher, schaute sich die Truhen mit Bauernmalerei und die alten Schränke an, bewunderte dieses und jenes. »Man kann nie wissen«, meinte er. »Vielleicht finden sie sogar einen richtigen Goldklumpen? Dann würden die Leute erst recht verrückt werden!«

»Sie sind sowieso schon verrückt genug«, brummte Hermann.

Marita stellte den Wasserkessel auf, wollte dem Herrn Kaffee anbieten, doch zu dieser Tageszeit trank Mister

Hawlett nur Tee. »Ah, never mind!«, sagte er, als er bemerkte, wie überrascht Marita war. Natürlich würde er auch eine Tasse Kaffee nehmen! Da blieb Hermann nichts anderes übrig, als sich mit dem Herrn an den zu Tisch setzen und belangloses Zeug zu reden – und ehe er sich versah, saß er am Tisch und folgte den Bewegungen seiner eigenen Frau, so als wäre er eifersüchtig. Zwar hatte Marita rote Wangen bekommen, tischte Kuchen und Gebäck auf und redete mehr, als sie es normalerweise tat, wenn Männer vorbeikamen, trotzdem schämte er sich für sein Misstrauen. Es kam Hermann in den Sinn, dass sie sich erst vor kurzem über diesen Hawlett und die feine Frau des Direktors unterhalten hatten. Im Verborgenen schaute er sich das Gesicht des anderen an – Hermann hatte ihn nie gemocht. Kein Wunder, dass sich die Männer in den Waldweiden unter dessen Leitung unwohl fühlten.

Schon am nächsten Abend suchte Hermann den Direktor in seinem Haus in den Waldweiden auf.

Eigentlich hätte er sich mit Ehrfurcht zwischen all dem Neuen in den Waldweiden bewegen müssen, aus dem Nichts war hier eine eigene kleine Siedlung entstanden. Zum Fjord hinunter gab es viele Steinbrüche mit großen Steinhaufen, die Wege verliefen kreuz und quer, ein breiter Weg führte zum Fjord mit den Kaianlagen hinab. An diesem Abend wurde dort unten ein Schiff mit Kies beladen, es gab Geschrei und Gejohle, Seilwinden quietschten. Unten in den Mulden lagen die Riesenwannen, hatten sich dem Gelände irgendwie angepasst. Überall, wo er hinschaute, war etwas verändert. Schwarze Löcher im Gebirge, Tagebau und Schürfgruben. Er hätte überglücklich sein müssen.

Er empfand aber nichts dabei, war nur neugierig darauf, was der Direktor von ihm wollte. Sicher nichts Gutes. Sowohl für den Direktor als für die Ingenieure waren Häuser gebaut worden, außerdem hatten sie schon damit angefangen, unter den Felsvorsprüngen Steigerwohnungen zu errichten. Er müsste diese Geldverschwendung mit ihnen besprechen, das hier hatte er nicht gewollt.

Als er so weit gekommen war, dass er das prächtige Wohnhaus sehen konnte, bemerkte er auch das Wirtshaus, das drüben an den Erdwällen gerade gebaut wurde. Das wird sicher ein Sündenbabel werden, dachte Hermann.

Als er aber in der Haustür des Direktors stand, war seine Unruhe wie weggeblasen. Er war einer von ihnen. Er hatte ganz Aareid hinter sich – die Grube Hildershafen, das war er.

Der Ingenieur sagte nicht viel, der Direktor führte das Wort. Zwar konnte er nur ganz gebrochen Norwegisch sprechen, manchmal musste ihm Hawlett helfen, doch das, was er sagte, war deutlich genug. Hermann wurden eine Menge Papiere, Tabellen und Karten über die Stollen gezeigt. Gabriels Waldweiden lagen ausgebreitet vor ihm auf dem Tisch, eingekreist und in Stücke mit Namen und Nummern aufgeteilt. Die Tabellen sagten Hermann nichts. Er konnte Seekarten, in denen Schären, Fischgründe und Häfen eingezeichnet waren, lesen, mit diesen Karten hier kannte er sich jedoch nicht aus. Deswegen legte er die Papiere zur Seite und hörte den beiden zu, die daran beteiligt gewesen waren, seinen großen Traum zu verwirklichen.

Sie redeten von dem großen Stollen: Sie seien jetzt fast zwanzig Meter in die Tiefe vorgedrungen, und es sei dabei deutlich geworden, dass die Quarzvorkommen schräg nach unten verliefen. Sie könnten es gerade noch verantworten, weiterzumachen. Der Quarz aber sei reich an Mineralien, deswegen wollten sie noch abwarten. Es gäbe dort sowohl Silber als auch Gold, was Hermann ja selbst habe feststellen können. Eine Wasserader habe ihnen viele Probleme bereitet.

»Und die Arbeiter?«, wollte Hermann wissen.

Der Direktor zuckte die Achseln.

»Die Einheimischen sind in Ordnung«, meinte Hawlett, »aber diese Fremden, die von anderen Gruben hierher gekommen sind, sind nicht gerade Unschuldslämmer. Wir müssen sie jeden Abend genau durchsuchen!«

»Glaubt ihr, dass sie stehlen?«, fragte Hermann erstaunt.

Der Direktor holte etwas aus einer Truhe heraus, es waren Goldklumpen.

»Dies ist reines Berggold. Einen Klumpen hatte ein Kerl im Mund versteckt, den zweiten haben wir im Hintern eines anderen gefunden.«

Es war traurig und komisch zugleich, doch Gold war Gold, egal, wo es herkam. Es blitzte in der Hand des großen Mannes und war wie die Antwort auf alle Visionen, die Hermann mit sich herumgetragen hatte.

»Es gibt doch sicherlich noch mehr?« Hermann schaute von einem zum anderen.

Da räusperte sich der Direktor, legte die Schätze weg und setzte sich schwerfällig wieder hin.

»Wir brauchen mehr Kapital!«

Hermann erschrak heftig bei diesen Worten, sagte aber nichts, wartete ab.

Die Gesellschaft in Stavanger habe sich die Buchführung der Anfangszeit angeschaut und sei nicht gerade zufrieden gewesen. Carr selbst habe gesagt, dass sie mehr Bargeld bräuchten, sie müssten mehr Stollen ausbrechen. Vielleicht würden sie auch im Gebirge östlich des Apfelhügels anfangen, das Gebirge dort sei sehr viel versprechend.

Hermann sah den breiten Gebirgsrücken oberhalb der Wohnstube auf dem Apfelhügel vor sich. Würden bald keine unangetasteten Steine mehr übrig bleiben?

»Könnt ihr nicht zuerst dort weitermachen, wo ihr schon angefangen habt?«, fragte Hermann betroffen.

Der Direktor nahm sich viel Zeit. Seine Frau kam herein, sie sah zerbrechlich aus wie eine Puppe, stellte Hermann fest. Hawlett warf ihr Blicke zu, ließ nebenbei einige Bemerkungen fallen, sie lachte, und ihr Blick verfing sich in seinem. Ihr Ehemann ließ sich nichts anmerken, begann wieder von den Steinbrüchen in den Waldweiden zu reden, war jetzt völlig ernst: Hermann wisse doch, dass die Gesellschaft in Stavanger – die Norwegische Bergbau- und Grubengesellschaft – an mehreren Orten Bergbau betreibe. Die Herren dort wollten Geld sehen, hätten keine Zeit, ewig abzuwarten. Wenn der Betrieb hier in Hildershafen nicht mehr abwerfen würde, müssten sie entweder erweitern oder … Mehr sagte er nicht.

An der Wand tickte eine Uhr laut und vernehmlich. Ansonsten war alles still. Der Direktor zündete sich eine neue Zigarre an, schaute zu Hermann hin, blätterte in den Papieren, räusperte sich wieder.

»Und der Kies?« Hermann wunderte sich über sich selbst, warum hatte er nichts dagegen gesagt? »Hier gibt es doch Hunderte von Tonnen Kies! Und dann noch die Mineralien!«

Der Direktor schüttelte den Kopf.

»You don't understand!«, antwortete er barsch. Dann begann er, von Bergbau und Förderung, von Gewinn und Verlust zu sprechen. Hermann aber spürte, wie der Zorn in seinem Inneren immer größer wurde.

»Habt ihr von vornherein nur vorgehabt, hierher zu kommen und unsere Wiesen zu zerstören – um dann wieder abzuziehen?«

Das kümmerte den Mann, der aus einem fremden Land gekommen war, nur wenig. »So ist der Bergbau nun mal. Man weiß nie, ob man gewinnt oder verliert, wenn man in das Gestein dringt.«

»Ich bin davon überzeugt, dass es dort sowohl Silber als auch andere Mineralien gibt, wenn ihr nur tief genug schürft!« Das waren kühne Worte, denn er wusste nicht mehr als sie. Er wollte aber nichts mehr von ihrem Missmut hören!

»Wenn wir erweitern«, der Direktor zog an seiner Zigarre, »brauchen wir viel Geld. Du weißt, was das bedeutet?«

Nein, das wisse Hermann nicht.

Dann müssten sie sich eben deutlicher ausdrücken: Ob Hermann zehntausend Kronen herbeischaffen könne – am besten bis Januar?

Sein Zorn war genauso schnell verflogen wie er gekommen war. Stattdessen spürte er die alte Angst in seiner Brust: Die Angst um die Kutter, das Wohnhaus, den Helgeshof, er kannte das alles schon.

Er wollte aber nicht verlieren, sie sollten nie erleben, dass er aufgab. Sie müssten hier in den Waldweiden bleiben, auch wenn er ...!

»Ich werde es versuchen«, sagte er, so ruhig wie er es vermochte, und schaute den beiden der Reihe nach in die Augen.

Als er an diesem Abend nach Hause kam, sagte er Marita nichts, er aß und ging wie immer ins Bett. Was sie gewollt hätten? Natürlich sei alles wegen des Bergbaus gewesen, er sei doch Teilhaber!

An den darauf folgenden Tagen hatte er alle Hände voll zu tun. Er musste sich um die Kutter und um vieles andere kümmern, er war aber manchmal so zerstreut, dass er nicht einmal hörte, was ihm gesagt wurde. Als er eines Abends nach Hause kam, roch es in der Wohnstube nach Zigarre, und Marita ging zwischen dem Tisch und den Wiegen fröhlich hin und her.

Er reagierte mit schlechter Laune, stellte jedoch keine Fragen. Marita sagte es ihm später selbst, nannte Hawletts Namen und erzählte, was er gewollt habe, es sei nichts Wichtiges gewesen. An diesem Abend spürte er, wie eine eiserne Hand sich um seine Brust schloss. Sie lagen nebeneinander, es war aber irgendwie nicht wie früher. Zum ersten Mal in seinem Leben hatte er Angst bekommen, das zu verlieren, was seinem Herzen am nächsten stand. So etwas hatte er noch nie erlebt. Er war zwar schon einmal verheiratet gewesen, mit Gundi, er hatte aber ihretwegen nie eine solche Angst verspürt. Jetzt lag Marita neben ihm, mit einer Hand auf der Wiege, hatte ihr Haar für die Nacht gelöst und legte deutlicher denn je Zeugnis davon ab, dass sie ihm mehr als alles andere bedeutete. Sie war in sein Leben gekommen, hatte es schöner gemacht, und diese Unruhe, die er jetzt spürte, würde ihm niemand nehmen können. Er war ein Dummkopf, wenn er solche Gedanken hegte, nur weil dieser Fremde gekommen war, um sich in der Helgesstube auf Englisch zu unterhalten, doch manchmal bekam man vom Herzen den Befehl, ein Dummkopf zu sein.

Aber er verriet ihr noch immer nichts darüber, dass er dieses verflixte Geld innerhalb weniger Monate herbeischaffen müsse, er wollte seine Last alleine tragen. Sie konnte zwar sehen, dass ihn etwas belastete, führte aber weiterhin ihren Haushalt wie ein Kapitän sein Schiff, um sie herum gab es Kindergeschrei und Trubel, sodass er und Jakob manchmal das Gefühl hatten, im Weg zu sein.

Das zweite Mal konnte er aber nicht schweigen. Es war schon Spätherbst geworden, und die Gesellschaft wollte noch dieses elende Dynamithaus am Berghang bauen – nur ein paar Steinwürfe vom Apfelhügel und den Anlegestellen dort entfernt. Der Ingenieur war schon wieder auf dem Helgeshof gewesen, und er hatte nicht nur seinen Zigarrengeruch hinterlassen, sondern auch ein Papier darüber, dass alle Eigentümer um die Bucht herum mit dem Bau einer Dynamitfabrik einverstanden wären, es fehlten nur noch die Unterschriften. Die meisten wussten wohl nicht so genau, was das neue Vorhaben eigentlich bedeutete, waren nur der Meinung, dass es ein sinnloses Unternehmen sei. Hermann nahm das Papier und ging damit zu seinen Nachbarn. Die Unterschriften bekam er, sie kritzelten ihre Namen darunter, während sie sich über diese Engländer beschwerten, denen man niemals hätte erlauben dürfen, in den Waldweiden anzufangen …

Danach ging er nach Hause zu Marita, und als er den Hang hinaufstieg, spürte er einen Zorn, der wahrscheinlich weder christlich noch gerecht war. Aber warum blühte sie jedes Mal auf, wenn dieser Kerl vorbeigeschaut hatte? Gehörte sich das für eine verheiratete Frau?

Natürlich steckte nichts dahinter, das konnte er sofort in ihren Augen lesen, als er begann, über die Sache zu sprechen. Sie lachte nicht über ihn und seine Eifersucht, blieb nur mit einem Kleidungsstück der Kinder in den Händen sitzen und wartete ab, während er seinen Zorn deutlich zum Ausdruck brachte. Dann schaute sie auf, legte eine Hand auf sein Knie. »Nein, nein«, mehr sagte sie nicht.

Sie verteidigte sich nicht, wandte nichts dagegen ein, ihre Augen waren aber plötzlich voller Tränen.

»Warum hast du mir das nicht früher gesagt?«

Das wusste er nicht, plötzlich wusste er überhaupt nichts mehr.

»Natürlich habe ich mich mit Hawlett unterhalten, es hat sogar Spaß gemacht, so konnte ich meine Sprachkenntnisse ausprobieren. Er hat sich aber nie unsittlich benommen, obwohl ich gehört habe, dass man ihm nicht trauen kann.«

Er spürte gleichzeitig Scham und Freude, und als sie am späten Abend nebeneinander im Bett lagen und das ganze Haus schlief, unterhielten sie sich, als hätten sie sich gerade erst kennen gelernt, als wäre alles ganz neu für sie.

»Ich freue mich aber über deine Reaktion, Hermann.« Nicht nur ihr Mund, sondern auch ihre Hand konnten das bezeugen. »So hättest du nicht geredet, wenn du nicht der Meinung gewesen wärst, ich gehöre nur dir. Du weißt ja, ich hatte eine Zeit lang Angst davor, dass es für dich nur ein Handel war, als du mit mir anbändeln wolltest.«

Sie sagte mehr als er, sie hatte auch Worte für das, was

zwischen zwei Menschen meist nicht ausgesprochen werden konnte, auch wenn es manchmal ausgesprochen werden musste. Es wurde zwar keine zweite Hochzeitsnacht, sie waren von der Arbeit des Tages müde und erschöpft, doch diese Nacht gab ihnen etwas ganz Neues, etwas, was die kommenden Tage zu mehr als alltäglichen Werktagen machte.

Das war auch nötig gewesen. Die Zeit war wie ein Rad, das niemals zur Ruhe kam, sie war mehr als Ebbe und Flut. So wie jetzt diese Sache mit dem Bergbau. Eines Tages, als er und der Knecht damit beschäftigt waren, in der kleinen Scheune die Spreu vom Weizen zu trennen, kam Marita zu ihm: Warum hatte er ihr nichts gesagt? Sie standen an einem feuchten Novembertag am Steilhang und unterhielten sich über das, was er ihr verschwiegen hatte.

»Du kannst mir sowieso nicht helfen«, meinte er.

»Aber warum sprichst du nicht mit mir über das, was wir gemeinsam angefangen haben?«, wollte sie wissen.

Zuerst sagten beide nicht viel. Sie standen mitten auf dem Helgeshof, und ein Stück weiter unten lag der Gabrielshof mit einem grauen Wohnhaus und einer neu errichteten Scheune. Sigrid hatte sich einen Grubenarbeiter vom Fjordgebiet angelacht.

»Ich weiß, was zu tun ist«, sagte Marita plötzlich, wedelte mit dem Eimer herum, den sie in der Hand hielt.

Er wusste, was sie sagen wollte.

»Nein, diesmal bitte nichts aus Vatna!«

Da musste Marita lächeln: »Weißt du immer, was ich denke?« Damit ließ sie ihn einfach stehen.

Später, nachdem der Abend gekommen war und sie alleine in der Wohnstube waren, legte sie ihre Handarbeit zur Seite und setzte sich zu ihm, als er sich mit den Protokollen und seinen Papieren beschäftigte.

»Was heckst du jetzt wieder aus?«, fragte Hermann schmunzelnd.

Sie aber blieb todernst.

»Kannst du dich an den Tag erinnern, als du nach Hause kamst und von Björn aus Indre-Vatna, der die Langlien-Grube gegründet hatte, erzählt hast?«

Hermann musste lachen.

»Du meinst doch wohl nicht, dass ich mit dem Mann, der mich wegen des Eises auf dem Vatnasee verklagen will, eine Partnerschaft eingehen soll?«

»Ja, gerade das meine ich. Jedenfalls solltest du es dir überlegen, Hermann.«

Sie war anscheinend der Meinung, sich etwas besonders Schlaues ausgedacht zu haben, doch damit würde sie nicht weit kommen.

»Mit seiner Grube ist nichts los. Sein Erzgang verläuft in südöstliche Richtung – auf die Flachalm zu!«

Marita antwortete nicht, konnte es sich leisten, abzuwarten.

»Und Inge hat Anspruch auf die Flachalm – jedenfalls behauptet Henrikka das.«

Marita ließ aber nicht locker, hatte einen Glauben, der Berge versetzen konnte.

»Wenn ich an deiner Stelle wäre, würde ich gleich morgen nach Indre-Vatna fahren.«

Jetzt war es Hermann, der schwieg. Das, was sie sagte, gefiel ihm nicht.

»Und dann schreibst du auch dieser Inge, wie du sagst, ein paar Worte. Du kennst sie doch? Schreib ihr und frag sie, ob du in den Felsen dort schürfen darfst. Natürlich musst du nicht bitten und betteln, es gibt viele, die ohne zu fragen ihre Schürfrechte auf dem Kirchplatz öffentlich verlesen lassen. Wir wollen aber wegen Tante Henrikka nicht so vorgehen, weil ihr Versprechen ihr anscheinend sehr wichtig ist.«

Er sagte ein paar Mal Nein. »Wir werden nicht schnell reicher, wenn wir dort schürfen – und was dann?«

In diesem Augenblick drang Weinen aus einer der Wiegen. Es war Janna. Marita nahm das Kind, versuchte es zu beruhigen. Dann sagte sie: »Wir müssen nicht alles heute Abend entscheiden, oder?«

Am nächsten Tag schrieb er den Brief. Es war lange her, seitdem er Inge geschrieben hatte, und die Worte waren diesmal anders. Es gab eine unantastbare Grenze zwischen ihnen, und er durfte nicht in die Nähe dieser Grenze kommen. So kurz wie möglich erklärte er, worum es ging, und fragte, ob sie der Grube Langlien erlauben würde, im Gebirge unterhalb der Flachalm zu schürfen. Er erwähnte Henrikka und ihr Versprechen und schrieb, dass er es wichtig finde, Inge um Erlaubnis zu bitten, obwohl der Mutschein auf dem Kirchplatz schon längst vorgetragen worden sei.

Dieses Mal spürte er keine Unruhe. Anscheinend war ein Wind aufgekommen, hatte sein Inneres durchgeblasen und dabei etwas mit sich genommen.

Jetzt musste er noch nach Indre-Vatna gehen, doch davor graute ihm. Bald würde wieder der Winter kommen, und er hatte vor, im Eishaus neues Eis zu lagern. Außerdem hatte er einen Brief vom Rechtsanwalt erhalten, und dieser zeigte deutlich, wie viel Böses Björn jetzt im Sinn hatte. Marita verstand nur zu gut, wie er sich dabei fühlte, sie beließ es aber dabei. Sie erledigte ihre Arbeit wie immer, sagte der Magd, was zu tun sei, beruhigte Ingeborg, wenn diese sich wieder einmal aufgeregt hatte, und nahm sich viel Zeit für ihre beiden kleinen Töchter. Sie wusste, wie es um sein Vorhaben bestellt war, denn niemand kannte sich so gut aus wie Marita.

Vielleicht hatte auch sie geträumt, vielleicht noch mehr als er, hatte gehofft, dass in den Waldweiden etwas Großes entstehen würde, und vielleicht hatte sie den Traum noch nicht aufgegeben. Ihm selbst schienen seine Visionen immer kleiner zu werden, obwohl er noch immer davon überzeugt war, dass das Gestein Vielversprechendes in sich berge.

Mitten im Steilhang blieb Hermann stehen: Dass man sich auf diese Engländer nicht verlassen konnte! Sie waren hierher gekommen, hatten alles bestimmen wollen – und jetzt sprachen sie davon, dass sie wieder gehen wollten! Er hörte das Getöse der Stampftröge, die anscheinend Leerlauf hatten. Sie machten einen Krach, als würde die Welt untergehen. Jetzt hatten sich die verdammten jungen Kerle wahrscheinlich wieder wegen irgendeiner Kleinigkeit in die Wolle bekommen, vergaßen die Tröge, die leer weiterliefen. Dann folgte eine Detonation, und eine Wolke aus Stein und Erde spritzte zum Himmel empor. Er spürte einen Stich in seinem Inneren: Als Kind hatte er dort an den Heidekrauthügeln die Schafe gehütet, war barfuß gelaufen, hatte als Wegzehrung Gebäck dabeigehabt. Und was würden die Engländer hinterlassen, wenn sie jetzt abziehen würden? Verfaultes Holz und nackte Mauern, ausgesprengtes Gebirge und riesige Löcher voller Wasser, in denen Menschen und Vieh ertrinken könnten.

Das Schlimmste waren aber die Leute im Dorf: Sie hatten wegen all dem, das er – sozusagen allein – verwirklicht hatte, zu ihm aufgeschaut. Wenn alles schief gehen sollte, würde er vor ihnen bloßgestellt sein. Die Spanbucht und alles dort würde sie in alle Ewigkeit nur an Geldverlust und Misserfolg erinnern. Hermann fror, vernahm nicht einmal, dass der Knecht ihn ansprach: Hätten sie nicht vorgehabt, zum Bootsschuppen zu gehen, um die Netze zu kontrollieren?

Am selben Abend kam Eduard vorbei, kam direkt von der Arbeit mit wunden Händen und mit Splittern in Haar und Bart, die er durch das Sprengen abbekommen hatte. Er benahm sich, als gäbe es für seinen Besuch keinen besonderen Grund, Hermann ließ sich aber nicht täuschen. Eduards Augen verrieten immer die Wahrheit – das war schon früher so gewesen, bevor er ein Kind Gottes geworden war.

Ob sie von der Sache mit dem Ingenieur schon gehört hätten? Von diesem Hawlett? Eine seltsame Geschichte, obwohl das alles nicht ganz unerwartet gekommen wäre.

Marita brach ihre Spinnarbeit ab, wollte zuhören, und die neugierige Ingeborg bemerkte: Es sei nichts anderes zu erwarten gewesen, so unsittlich wie die Leute sich heutzutage benähmen.

Eduard erzählte, dass der Ingenieur einen Arbeiter geschlagen habe. So etwas sei schon einmal passiert, doch dieses Mal wäre der Kerl lebensbedrohlich verletzt worden. Noch ärger sei die Sache mit der Frau des Direktors, jemand habe sie bei ihren sündigen Taten ertappt, wie Eduard sich ausdrückte.

Der Polizeibeamte sei geholt worden, und was dann alles geschehen sei, wisse Eduard nicht so genau, doch es ging das Gerücht um, dass die Frau abgereist und der Ingenieur nach Stavanger gebracht worden sei. Das Letztere habe Eduard sogar mit eigenen Augen gesehen. Und niemand sei deswegen besonders traurig.

Alle hörten gespannt zu, warteten auf noch mehr.

»Ihm sollte man auch nicht nachtrauern«, meinte Hermann schließlich.

Eduard hatte aber noch mehr auf dem Herzen, als nur von sündigen Taten zu berichten. »Ich habe die Aufsicht in den Waldweiden gekündigt«, sagte er, als er und Hermann schon vor der Tür standen. »Ich kann die Gemeinheiten, die ich dort sehe und höre, nicht länger ertragen.«

»Du hast das Geld aber gut gebrauchen können«, wandte Hermann ein.

Eduard sah etwas unsicher aus, ihm lag anscheinend noch mehr auf der Seele. Er sagte jedoch nichts mehr, schaute schnell hinüber zu Gabriels Waldweiden, als würde er dort ein neues Sodom und Gomorrha erblicken.

»Mir gefällt das Ganze nicht«, sagte Hermann geradeheraus. »Sie sitzen nicht fest genug im Sattel, diese Leute von der Gesellschaft. Wenn sie nur fündig würden, dann würden sie sich auch mehr anstrengen!«

»Fündig werden ...?«, murmelte Eduard.

»Ja, wenn sie Gold finden würden, dann würden sie sicher richtig loslegen, Eduard.«

Eduard schaute zu Boden. »Ich glaube nicht, dass das für uns ein Segen wäre«, sagte er leise.

Man konnte sich mit Eduard einfach nicht über die Gier dieser Welt unterhalten, und Hermann hatte anscheinend vergessen, wie ungern Eduard über den Bergbau sprach – wahrscheinlich war er immer gegen das Vorhaben in Gabriels Waldweiden gewesen.

»Wie du weißt, haben sie am Anfang etwas Gold gefunden, Eduard. Es war aber zu wenig. Ein paar Gramm pro Tonne! Ich bin davon überzeugt, dass dort Reichtümer sind, wenn sie nur tief genug schürfen. Ich habe es dem Direktor schon gesagt ...«

»Der Direktor hat jetzt sicher genug mit sich selbst zu tun, oder?«

»Das stimmt sicherlich, Eduard. Ist dieser Ingenieur auch im Dienst untreu gewesen?«

Eduards Augen flackerten. »Sie sagen, dass er Funde gemacht und die Arbeiter dazu überredet hat, das Ganze zu verschweigen. Jedenfalls sind am selben Tag wie Hawlett auch zwei Arbeiter verschwunden.«

Mehr war aus Eduard nicht herauszubekommen, es war, als hätte er ein Schloss vor dem Mund.

»Was wirst du jetzt tun?«, wollte Hermann wissen.

Er habe vor, Johannes in der Bucht mit den Kirchenmauern in Aareid zu helfen. Eduards Stimme hatte wieder einen sicheren Tonfall angenommen.

»Das ist harte Arbeit.«

Eduard nickte, zupfte sich einige Steinsplitter aus seinem Bart. Dann wünschte er eine gute Nacht und ging über die Felder und Weiden nach Hause.

Es hätte nicht schlimmer beginnen können. Hermann war den normalen Weg gegangen – durch die Waldweiden unterhalb der alten Waldschneisen hin zur Flachalm. Von dort aus war er das enge Tal Richtung Indre-Vatna hinuntergewandert. Er trug weder Hammer noch sonst irgendein Werkzeug bei sich. Gegen Abend begann es leicht zu regnen, und jetzt im November kam der Abend früh. Als er über den Steinzaun stieg und Björns Besitz betrat, sah Hermann, wie sich der graue Nebel über den Fjord legte.

Alles hatte sich verändert, seitdem er das letzte Mal zusammen mit Ingmar vom Inneren des Fjordes hier gewesen war. Hier war gearbeitet worden! Hermann musste im abnehmenden Tageslicht gut aufpassen, denn kreuz und quer lagen Bretter und Stöcke herum, am Ende des Geröllfeldes war ein großer Graben in den Berg gesprengt worden, und der weiße Quarzgang wirkte wie Schlamm im dunklen Gebirge. Vom Graben aus war eine Rinne gezogen werden. Überall lag Werkzeug verstreut, so, als wäre jemand in großer Eile weggegangen.

Jetzt im Herbst verlief der Fluss weiter unten groß und breit – wahrscheinlich benutzte ihn Björn, um den Quarz zum Fjord zu befördern. Das hier war also die Grube Langlien!

Hermann ging zum Steinbruch und sah sofort, dass alles so war, wie er es sich vorgestellt hatte: Der Quarzgang verlief in südwestliche Richtung – direkt auf die Flachalm zu. Obwohl es schon so dunkel geworden war, dass er die Farben im Gebirge kaum auseinander halten konnte, musste er sich den Bruch genauer ansehen und riss ein Stück gesprengten Quarzes los. Er spürte, wie diese seltsame Spannung, die das Atmen erschwerte, in seinem Inneren heranwuchs. Es glitzerte im Quarz!

In diesem Moment war seine ganze Wut über die Gabrielsweiden verflogen, denn er hatte sich nicht geirrt! Das war sein Gebirge, wie er es kannte. Vielleicht würde die

Grube Langlien das werden, wovon er geträumt hatte. Vielleicht war dieser lang gestreckte Bergrücken wertvoller als alle anderen Schürfgruben in Aareid zusammen!

Doch gerade in diesem Augenblick ertönte ein lautes Grummeln, wie von einem gereizten Stier. Der Ton durchschnitt die Stille und die Dunkelheit. Hermann erschrak so heftig, dass er den Steinsplitter, den er in der Hand hielt, fallen ließ.

Unten auf der kleinen Ebene stand etwas Dunkles und beklagte sich lautstark, rief mit heiserer Stimme, dass dieser Nichtsnutz von der Spanbucht in seiner Schürfgrube nichts zu suchen habe.

Hermann kletterte aus der Grube. Da stand Björn vor ihm, eine Waffe über dem Kopf erhoben, ein Stock, den er an sich gerissen hatte. Hermann zögerte, bat aber dann, sich zurückzuhalten, damit sie sich wie vernünftige Leute unterhalten könnten.

Björn ließ die Waffe sinken, seine Stimme war jedoch noch immer laut. Er würde es Kerlen wie Hermann schon abgewöhnen, sich abends auf dem Besitz anderer Leute herumzutreiben!

»Ich möchte mit dir reden, Björn«, Hermann versuchte normal zu sprechen. Doch der Mann von Indre-Vatna fauchte nur zurück. Sie würden sich ja ohnehin bald vor Gericht unterhalten!

Hermann setzte sich auf einen Baumstumpf, hatte keine Angst vor der Wut des anderen, dazu war er zu erfahren.

»Du brauchst dein Geld für den Bergbau, statt es für einen Anwalt zu vergeuden, Björn!«

Björn schimpfte und murrte vor sich hin, Hermanns Worte schienen ihm aber zu denken zu geben.

»Ja, du scheinst viel vom Schürfen zu verstehen, so reich wie du an der Sache in den Waldweiden geworden bist!«

Das hört sich ja ganz vernünftig an, dachte Hermann erleichtert. Es wurde immer dunkler, und es begann wieder zu regnen, sodass man es draußen kaum noch aushalten konnte. Doch Björn blieb stehen, ihn kümmerten weder Dunkelheit noch Nässe.

Hermann hörte sich selbst reden, es ging um Schürfen und um den Steinbruch, um Quarzgänge und Berggestein, um Kies, Schwefel, Silber und noch mehr. Er merkte, dass Björn ihm zuhörte, denn er fauchte nicht mehr zurück wie ein wild gewordenes Tier.

»Dieser Gang, den du gefunden hast, Björn, ist reicher als alles andere in Aareid, glaub mir. Du siehst aber, dass er schräg verläuft und auf dem Eigentum von Vatna endet. Wäre es da nicht besser, wenn wir, du und ich, zusammenarbeiten würden? Dann könnten wir Stampftröge und Seilwinden bauen. Wir könnten …«

»Der Teufel soll dich holen, halt dein Maul!«, rief Björn erzürnt in den Abend hinaus.

Da erhob sich Hermann vom Baumstumpf, trat ganz nah an ihn heran.

»Das meinst du doch nicht ernst? Ihr rackert euch ab, du und deine Söhne, und wie weit seid ihr gekommen? Das Gestein muss zerkleinert und ausgewaschen und der Kies zum Fjord transportiert werden.«

Björn antwortete nicht, ging ein paar Schritte zurück. Hermann folgte ihm. »Überleg doch! Dann könnten wir Bergbau betreiben. Dann könnten wir tief in den Berg hineindringen! Herausfinden, was es dort alles gibt!«

Die letzten Worte schrie er fast, so, als wäre Björn schwerhörig.

Björn hob den Arm, als wollte er zuschlagen …

»Weiche von mir, Satan!«

Da musste Hermann lachen.

»Du bist klug, Björn, du hast genau gewusst, wo das beste Gebirge zu finden ist. Du hast mit niemandem geteilt. Du wirst sehen, dass die Grube Langlien die Beste von allen wird.«

Björn drehte sich um, wollte gehen. Eine Weile glaubte Hermann, dass alles nichts geholfen hätte.

Dann drehte Björn sich auf einmal wieder um, rief durch die Dunkelheit und den Regen:

»Zum Teufel noch mal, steh nicht sinnlos hier herum. Komm mit nach Hause.«

Hermann antwortete, das habe er doch gerade vorgehabt.

Doch auf dem Weg zwischen den Föhren, während ihm die Regentropfen ins Gesicht rieselten, hörte er Björn murmeln: »Glaub aber ja nicht, dass du mich hinters Licht führen kannst!«

In der geräumigen Wohnstube mit Betten an den Wänden war der Vatnabauer wie umgewandelt, wechselte seine Gestalt wie im Märchen. Seinen Kindern sah man die Verwandtschaft zu ihm an. Die Söhne waren groß gewachsen, ihre Mutter wirkte sanft. Hermann hatte nicht vergessen, dass sie ohne Wissen ihres Mannes Marita nach der Geburt der Zwillinge besucht hatte. Er gab ihr und ihren Söhnen einen festen Händedruck, obwohl er es dem Vater ansehen konnte, dass er es für reichlich überflüssig hielt. Es wurde aufgetischt, und sie unterhielten sich über Wind und Wetter, über die letzten Neuigkeiten im Dorf und über die Ernte, auf ihren Handel kamen sie aber vorerst nicht zu sprechen. Dann rief Björn seine drei Söhne zu sich, wie eine Gefolgschaft saßen sie um ihren Vater herum.

Es war schon spät und Zeit, ins Bett zu gehen, doch Björn blieb sitzen. Nachdem Hermann seine Gedanken und Pläne erklärt hatte, überkam ihn das Gefühl, als würde in der Wohnstube eine mildere Stimmung herrschen, und obwohl Gottes Wort nicht verkündet worden war, waren die Menschen einander doch näher gekommen. Björn war es vor allem wichtig, sich mit ihm über das Eis auf dem Vatnasee zu unterhalten, es war deutlich, dass er sich immer noch über den Verlust seines Pferdes ärgerte und auch darüber, die alten Wasserrechte mit anderen teilen zu müssen.

»Du könntest Mitbesitzer des Eishauses werden«, schlug Hermann vor, doch davon wollte Björn nichts wissen, er hielt nichts von solchen Einfällen.

Hermann erwähnte den Brief vom Rechtsanwalt, Björn aber winkte ab. Wenn sie eine Partnerschaft eingehen wollten, dürften sie sich nicht mit solchen Kleinigkeiten abgeben.

Björn suchte ein Schriftstück heraus, ein pompöses Dokument, das besagte, dass die Grube Langlien ganz und gar Björn gehöre. Hermann durfte sich das Dokument anschauen, dann legte Björn es wieder in die Schublade zurück, die er anschließend abschloss.

Ja, der Abend wurde mehr als ungewöhnlich. Hier saß er, Hermann, in Björns Wohnstube, und sie unterhielten sich, als wären sie schon seit langem die besten Freunde. Und obwohl Hermann der Meinung war, von Zeit zu Zeit tief verwurzeltes Misstrauen in den Augen des anderen lesen zu können, zeigte sich Björn an diesem Abend doch von einer ganz neuen Seite, er wirkte sowohl menschlich als auch vernünftig. Schließlich kam Björn auf die Kosten zu sprechen und räumte ihnen dabei eine fast zu große Bedeutung ein, stellte Hermann fest.

Natürlich könnten sie Teilhaber werden. Hermann müsse das beschaffen, was für den Bergbau notwendig sei, die Kosten würden sie sich teilen. Sie bräuchten keine zusätzlichen Arbeiter, er und seine Söhne könnten es mit einer ganzen Kompanie aufnehmen.

Die Nacht kam, und die Jungen gingen nach und nach ins Bett. Nur die Frau blieb sitzen, wollte unbedingt die Strümpfe, die sie gerade strickte, fertig bekommen. Als ihr Mann kurz draußen war, meinte sie: »Björn ist im Grunde ein guter Mensch. Es ist schön, dass ihr zusammenarbeiten wollt.« Das Silber und das Gold erwähnte sie nicht, es war, als ginge sie das nichts an. Als Hermann mitten in der Nacht durch die Waldweiden nach Hause wanderte, stellte er mit Verwunderung fest: Diese Frauen, die treu und arbeitsam neben ihren Männern einhergingen, sorgten manchmal sogar dafür, dass die Männer sich angeführt vorkamen.

Denn sie waren es eigentlich, die die Männer und ihre Welt regierten.

XVIII

Bevor er im Winter nach Nordnorwegen segelte, war Hermann in Bergen und kaufte alles ein, was er für die Arbeit im Geröll von Indre-Vatna benötigte. Einen Teil davon konnte er der Gesellschaft in den Waldweiden für billiges Geld abkaufen, Sachen, die sie nicht mehr brauchten, da sie jetzt viel größer geworden waren. Der Direktor hatte Hermann verwundert angeschaut, als er gekommen war, um ihm etwas abzukaufen, doch er hatte nicht gelacht, als er von dem Stollen und seinen Plänen erfahren hatte. Natürlich wurde jetzt an vielen Orten geschürft, es waren aber meistens nur kleine Schürfgruben, die irgendwie nicht zählten.

»Möchtest du deine Rechte vielleicht verkaufen?«, fragte er plötzlich.

Hermann war überrascht gewesen. Wenn er verkaufen könnte, würde er sich viel wohler fühlen. Doch gleichzeitig hätte er etwas verloren, was viel wertvoller als Geld war. Nein, hatte er nur gemeint und hinzugefügt, dass sie das neue Kapital zur festgelegten Zeit bekommen würden.

»Wenn wir erweitern, ist es Voraussetzung, dass wir eine Dynamitfabrik errichten, sodass wir uns selbst mit Sprengstoff versorgen können«, das sagten sowohl der Direktor als auch Hawletts Nachfolger.

Diese Worte hatte Hermann nicht vergessen können. Gerüchte waren im Umlauf, die Leute redeten schon seit langem über diese Dynamitfabrik. Sie wollten nichts davon wissen, obwohl sie schon unterschrieben hatten. Erst vor kurzem hatte er versucht, auf die Leute in Hildershafen und auf diejenigen, deren Besitz von Süden her an die Waldweiden grenzte, beschwichtigend einzuwirken, sie hatten aber schroff abgelehnt. Sie wollten in ihrer unmittelbaren Nähe keinen Risikofaktor – zumal sie mit der Grube noch keine Reichtümer verdient hätten. Sie würden es sogar noch fertig bringen, neue Unterschriften dagegen zu sammeln, er würde schon sehen!

Zum ersten Mal waren sie gegen ihn, bisher waren alle so fügsam gewesen. Sie hatten Arbeit bekommen, sowohl sie als auch ihre Söhne, sie hatten ihre Waren verkaufen können, brauchten nicht Butter, Eier und Kartoffeln zum Kaufmann oder nach Bergen zu bringen. Natürlich wurde diese Grubenarbeit von Liederlichkeiten begleitet, so war es immer. Grubenarbeiter waren nun einmal Grubenarbeiter, egal, wo sie herkamen. Dieses Wirtshaus hatte die Sache nicht besser gemacht, aber wo war die Welt so, wie man sie haben wollte? Am schlimmsten war es, dass auch einige der Einheimischen den Weg dorthin fanden, Menschen, die sich normalerweise mit dem Alkohol zurückhielten. Dinge passierten, die die Dorfbewohner nicht wahrhaben wollten, was dazu führte, dass viele das gute Geld vergaßen, das mit dem Bergbau gekommen war. Sogar der zuverlässige Abel war an einem Samstagabend besoffen nach Hause gekommen, hatte sich wie ein Verrückter benommen und hätte sicher noch die ganze Wohnstube auf dem Apfelhügel auf den Kopf gestellt, wenn nicht Gudrun und die Kinder fortgelaufen wären. Als er wieder einigermaßen nüchtern war und auf den Helgeshof kam, um Gudrun und die Kinder, die dort übernachtet hatten, abzuholen, hatte Hermann ein Machtwort sprechen müssen. Abel hatte seine Sünden bereut und versprochen, nie mehr einen Tropfen Alkohol anzurühren. Hermann hatte ihm Prügel und noch mehr angedroht, und der reuige Abel hatte zu allem Ja und Amen gesagt. »Du hast ihn zu hart angefasst«, meinte Marita, »er hält sehr viel von dir.« Das war auch die Wahrheit, und wenn Hermann von ihm verlangt hätte, sich von Gudrun fern zu halten, hätte Abel ihm das sicher auch noch versprochen, obwohl er es nie hätte halten können.

Im Winter durfte Jakob in den Waldweiden arbeiten. Schon länger hatte er deswegen herumgenörgelt, denn die Jungen vom Apfelhügel und vom Gabrielshof waren schon lange dabei, hatten Steine getragen und die Zerkleinerer damit gefüttert. Marita war am meisten dagegen, nicht nur, weil sie seine Hilfe gut gebrauchen konnte, sondern auch, weil sie der Meinung war, er sei noch zu jung dafür. Davon aber wollte Jakob nichts wissen, und schließlich sagte Hermann Ja unter der Bedingung, dass Jakob die Schule nicht vernachlässigen und nebenbei lernen würde. Am liebsten hätte Hermann Jakob nach Nordnorwegen mitgenommen, Jakob hätte auch große Lust dazu gehabt. Sie mussten aber beide schließlich doch einsehen, dass ein Zwölfjähriger nicht als Koch taugte.

Marita und Hermann hatten sich immer wieder über den Bergbau in den Waldweiden unterhalten. Marita hatte nicht mehr erwähnt, dass sie nach Vatna fahren könnte, um sich mit der Tante darüber zu unterhalten. Stattdessen hatte Hermann vorgeschlagen, einen der Kutter zu verkaufen. Es war ein Problem geworden, für den Winter eine Mannschaft zusammenzubekommen, da jetzt so viele in den Gruben Arbeit gefunden hatten.

Als Hermann am letzten Sonntag vor der Fahrt zur Kirche fuhr, kam auf dem Kirchplatz ein junger Mann auf ihn zu und machte ihm für ›Die Brüder‹ ein Angebot. Er war ein mutiger, junger Mensch, der gern seinen eigenen Kutter besitzen wollte, und die Summe, die er Hermann bot, war nicht zu verachten. Hermann hätte die sechstausend Kronen gut gebrauchen können, und er überlegte sich die Sache genau, sagte aber schließlich doch Nein. Auf dem Nachhauseweg saß er zusammen mit Marita und den anderen im Kirchenboot und entschied, dass er es darauf ankommen lassen wolle.

Zum ersten Mal waren Marita und er nicht einer Meinung. »Du hättest Ja sagen müssen«, meinte sie, als sie nach dem Mittagessen alleine in der Wohnstube saßen.

Hermann wunderte sich. »Ich dachte, dass es dir gefällt, mit einem Mann verheiratet zu sein, der zwei Kutter besitzt, noch dazu Anteile an einer Grubengesellschaft hat?«

Sie ging jedoch nicht weiter auf seinen Scherz ein. »Ich habe Angst um dich, Hermann«, sagte sie, war auf einmal ganz ernst. »Du denkst fast nur noch daran, alles um dich herum zu beherrschen, mit allem, was du nur an dich reißen kannst, zu schalten und zu walten.«

Hermann wollte auf das, was er in letzter Zeit mit sich herumgetragen hatte, nicht näher eingehen.

»Du wolltest doch, dass ich so bin, oder etwa nicht?«

Sie antwortete nicht sofort. Ihre großen Augen, die ihn so an Henrikka erinnerten, blickten in die Ferne.

»Vielleicht bist du mehr Mann, als ich gewollt habe«, sagte sie schließlich.

»Denkst du daran, dass wir Zwillinge bekommen haben?« Er versuchte wieder zu scherzen, es gefiel ihm nicht, dass sie so ernst war.

Marita ließ sich aber nicht ablenken. »Ihr Männer denkt doch immer nur an das Eine. Es ist eine natürliche Sache, Kinder in die Welt zu setzen, Hauptsache sie sind gesund. Nein, ich denke an die Unruhe, die von uns Besitz ergriffen hat.«

Er spürte einen Stich in seinem Herzen, denn sie hatte es doch selbst so gewollt. Wer hatte sich mehr als sie mit Gabriels Waldweiden beschäftigt? Und das sagte er ihr auch.

Da legte sie eine Hand in die seine, das war eine ihrer Angewohnheiten, die ihm besonders gefiel.

»Wenn du beleidigt bist, reden wir nicht mehr davon.«

Er widersprach heftig, versuchte ihr klar zu machen, dass er kurz vor einer Fahrt nach Nordnorwegen immer sehr viele Sorgen habe.

»Das hier ist aber unsere beste Zeit, Hermann. Es ist einfach, die Tage so hinter sich zu bringen, dass man sich am liebsten über nichts mehr Gedanken machen möchte. So sollte es aber nicht sein, oder?«

Auf einmal musste er zurückdenken, an seinen Traum vom Land der Erwachsenen, das nur ihm gehören würde. Es sollte alles so schön werden, er wollte selbst alles entscheiden, ohne dunkle Erinnerungen. Auch ein anderes Bild drängte sich ihm auf: Ein Mädchen hatte einmal gesagt, dass er nicht zu viel Mann werden dürfe.

Hier, neben Marita, hatte er den Eindruck, als hätte er nur nach dem Gebot gelebt, ein ganzer Mann zu sein. Sie dagegen sprach davon, Mensch zu sein. Sie hatte es zwar nicht geradeheraus gesagt, es schwang aber trotzdem in ihren Worten mit. Er bekam das Gefühl, sich verteidigen zu müssen, denn er hatte doch nur seine eigene Welt lenken wollen, hatte mit seinen Händen und mit seiner Vernunft etwas erschaffen wollen. Marita war aber die Ruhe in Person, zudem musste er feststellen, dass sie nach der Geburt der Kinder etwas kräftiger geworden war. Sie hatte mehr Wissen als viele andere. Vielleicht hatte sie den gleichen Wunsch wie er, wollte etwas Außergewöhnliches erreichen, nicht nur Kleidung flicken, Kinder hüten und füttern. Er hatte sie nie danach gefragt. Er hatte sie nur sich nahe haben wollen, wenn er sie brauchte.

Einmal, wenn diese Hetze vorbei wäre, dann würden sie gemeinsam in eine neue Zeit hineingehen. Der Gedanke daran überdeckte etwas in seinem Inneren. War es Scham oder Schuld?

»Ich habe mir deine Bilanzen angeschaut«, sagte sie plötzlich und holte ihn in die Wirklichkeit zurück. »Du hast seit mehreren Jahren mit der ›Die Brüder‹ nur Verluste eingefahren. Du hast mit deinen neuen Schiffern kein Glück gehabt.«

Er wollte gerade aufstehen, um etwas zu tun, doch diese Konfrontation veranlasste ihn dazu, sitzen zu bleiben.

»Was verstehst du von meinen Bilanzen?«

Sie wurde ein bisschen ärgerlich.

»In dem Winter, als ich die Schule besuchte, habe ich einiges gelernt. Und eins möchte ich dir sagen: Wenn du den Kutter jetzt nicht verkaufst, wirst du es später bereuen. Du hast doch gesehen, wie im letzten Jahr die Fischpreise im Norden waren?«

Natürlich liebte er sie, doch noch nie hatte sich jemand erlaubt, ihm etwas über die Geschäfte mit dem Fisch beizubringen!

»Ich werde den Kutter nicht verkaufen, damit du es weißt!«

Marita wartete ab, dann gab sie ihm zu bedenken:

»Und du solltest damit aufhören, mit den vornehmen Leuten mithalten zu wollen.«

»Wie meinst du das?«

Jetzt waren ihre Hände weit voneinander entfernt.

»Ich befürchte, dass wir es nicht schaffen werden, wenn du ihnen so viel Geld vorlegen musst. Ob Gold oder graues Gestein, diese Engländer geben ihr ganzes Geld für Werkzeug und Maschinen aus!«

Sie war aufgestanden, holte eines der Mädchen und legte es an die Brust.

»Du warst genauso erpicht auf das Vorhaben in den Waldweiden wie ich, das weiß ich noch gut!«

Sie strich sich die Haare aus dem Gesicht.

»Ja, das war ich. Es sind aber so viele Gerüchte im Umlauf. Hast du nicht gelesen, was letzte Woche über das Schürfen in der Zeitung stand? Die Leute spielen mit ihrem Geld.«

Hermann war aufgesprungen, er schäumte fast über vor Wut.

»Das schreiben die Zeitungen schon, seitdem das Schürffieber anfing!«

Marita ließ aber nicht locker, ging zur Schublade und nahm die Zeitung heraus. »Hier steht noch mehr, du hast es sicher auch gelesen. Einige dieser ausländischen Firmen haben bereits aufgegeben, sie haben nicht genug gefunden, um weitermachen zu können!«

Tief in seinem Inneren spürte er eine wachsende Unruhe.

»Es gibt auch ohne dich genug von denen, die zweifeln, Marita.«

Sie schaute ihn an, legte die Zeitung zur Seite. »Auch du gehörst wahrscheinlich dazu«, erwiderte sie kurz.

Nach diesem Gespräch blieb die Stimmung gereizt, obwohl er schon in ein paar Tagen abfahren würde.

Doch es kamen noch andere Sachen hinzu: Gerade zu der Zeit, als die Kutter Richtung Nordnorwegen steuerten, wurde der Schiffer, den er für ›Die Brüder‹ angeheuert hatte, krank. Er hatte Blutvergiftung in einem Arm bekommen, er kämpfte um sein Leben. Hermann stampfte wütend mit dem Fuß auf, war ratlos. Schließlich nahm er das Boot und ruderte nach Aareid. Dort suchte er Eduard und Johannes auf, die sich in der Kälte mit den Kirchenmauern abmühten. Es war harte Arbeit, Eduard tropfte dabei ununterbrochen die Nase.

»Würdest du die Verantwortung für ›Die Brüder‹ übernehmen?«, fragte ihn Hermann unumwunden.

Eduard hatte gerade ein Brecheisen unter die Stange gelegt, mit der er einen großen Stein hochhieven wollte, jetzt stützte er sich am Eisen ab:

»Ist das dein Ernst?«

Hermann erklärte, warum er ihn so dringend brauchte.

»Ich kann das Ganze hier nicht ohne weiteres stehen und liegen lassen, Hermann, das weißt du. Es bedeutet mir sehr viel, es geht doch um unser Gotteshaus.«

Gegen solche Argumente konnte Hermann nichts ausrichten. Da entdeckte er auf einmal Eduards Sohn Anders, der gerade mit einem Steinschlitten ankam.

»Dann möchte ich statt deiner Anders anheuern!«

In früheren Jahren hätte Eduard sich darüber gefreut, dass Anders Schiffer werden sollte. Jetzt aber freute er sich anscheinend überhaupt nicht.

»Oh nein, oh nein«, antwortete er, »Anders ist doch bisher nur als Ortskundiger mitgesegelt. Ein Schiffer muss noch viel mehr können!«

Hermann winkte verächtlich ab, wollte kein Nein akzeptieren. »Wie war es bei dir selbst, als du zum ersten Mal Schiffer warst? Du warst immer wieder nachlässig und unvernünftig – doch du bist der beste Schiffer geworden, den ich je angeheuert habe!«

Eduards Augen leuchteten, er spürte wohl auf einmal wieder die Lust, nach Nordnorwegen aufzubrechen. Niemand war so gern wie er in den Norden gefahren! Er nahm sich aber schnell wieder zusammen, sagte, dass Hermann mit Anders selbst reden müsse. Eigentlich könnten sie es sich nicht leisten, ihn hier als Arbeiter zu verlieren, aber …

Anders zog die Zügel an, brachte das Pferd in den Stall und ließ sich nicht zweimal bitten. Natürlich wollte er Schiffer werden! Er sah noch sehr jung aus, hatte aber schon etwas Bartwuchs. Seine blauen Augen blickten Hermann unter der Pelzmütze hervor an, als wäre er der Herrgott selbst und Anders das Volk Israel, das aus Ägypten errettet werden musste.

Schon am nächsten Tag, nachdem Hermann in Vatna gewesen war, um sich um das Eisschneiden zu kümmern, fand er Anders in der Spanbucht vor. Er war an Bord seines Kutters gewesen, hatte sich schon zurechtgefunden und redete nur noch von Segel und Ausrüstung und allem, was zu seiner neuen Verantwortung gehörte.

Als Hermann in Aareid gewesen war, war er auch auf der Bauernbank gewesen, hatte dort um ein größeres Darlehen gebeten. Hier aber war man nicht gerade erfreut über sein Anliegen. Der Bankangestellte beschwerte sich über Geldmangel und die schlechten Zeiten in Nordnorwegen, und obwohl er es nicht direkt sagte, gab er Hermann deutlich zu verstehen, wie wenig er davon hielt, dass er das Geld der Bank an den Bergbau in Gabriels Waldweiden verschwenden sollte.

Der Bankangestellte zögerte sehr. Der Hof sei doch schon verschuldet, auch einer der beiden Kutter. Wäre es nicht besser, wenn er aufhören würde zu spekulieren?

Hermann war nicht zur Bank gekommen, um gute Ratschläge entgegenzunehmen, und das sagte er auch. Schließlich willigte er ein, ihm ein Darlehen zu gewähren, obwohl der Bankangestellte der Meinung war, es sei diesmal zu viel Geld. Ob Hermann denn nicht bis zum Frühjahr warten könne?

Als Hermann jetzt daran denken musste, spürte er wieder die Wut in sich aufkommen. Heute war der letzte Tag vor der Fahrt nach Nordnorwegen, die Zeit war wie im Flug vergangen. Er musste sich dringend mit dem Direktor unterhalten, denn er hatte versprochen, ihm Geld für die neuen Aktien zu geben. An diesem letzten Tag, an dem alles noch schnell erledigt werden sollte, schien außerdem alles gegen ihn zu sein.

Zuerst kam die Mutter. Sie war nach Weihnachten etwas kränklich gewesen, er hatte sie manchmal bedauert, hatte sogar befürchtet, es könnte zu Ende gehen. Doch ausgerechnet heute war sie draußen, hatte sich in Stall und Scheune genau umgeschaut und der neuen Hausfrau auf den Zahn gefühlt. Zufrieden war sie nicht gerade, denn es gab so viel Neumodisches. Jetzt wollte Marita sogar die Milch an diese Molkerei liefern, die sie unbedingt alle hatten haben wollen. Ob Hermann nicht Manns genug wäre, dem ein Ende zu machen? Als er sie wissen ließ, dass er bei der Gründung der Molkerei mit dabei gewesen sei und dass er dort Eis abliefern wolle, klatschte sich Ingeborg auf die Oberschenkel.

»So wirst du also von deiner Frau regiert, Hermann!«

Sie standen an diesem Januartag in der Scheunentür, die ganze Nachbarschaft konnte sie hören. Das kümmerte sie aber nicht, stattdessen redete sie lang und breit darüber, was es heißen würde, einen Haushalt ohne Milch zu führen, sprach vom Buttermachen und der guten Buttermilch. Und wie würde die Milch werden, wenn sie in Eimern über lange Wege transportiert werden müsste?

Sie war alt geworden, hätte die Welt nehmen müssen, wie sie nun einmal war. Stattdessen rannte sie wie ein Unwetter zwischen Wohnstube, Vorratshaus und Scheune herum, und das würde sie wohl weiterhin tun, solange der Herrgott ihr Gesundheit schenkte.

Als er sie verließ, rief sie ihm einige Worte nach, die wiederum zeigten, dass Ingeborg noch gute Ohren hatte. Hermann war der Meinung, dass es Gudrun und Sigrid seien, die es ihr zugetragen hatten. »Ich habe gehört, dass dein Vorhaben in den Waldweiden wahrscheinlich schief geht. Jedenfalls wird die Spanbucht davon nicht reich werden.«

Mehr sagte sie nicht, doch es war schlimm genug. Sie war ihm zwar oft auf die Nerven gegangen, manchmal aber hatte sie alles klarer als die meisten Männer gesehen. Deswegen gefiel ihm ihre Prophezeiung nicht. Die Waldweiden und scheitern! Zum ersten Mal fragte er sich ernsthaft, ob er selbst wusste, was er angestellt hatte.

An diesem Abend, an ihrem letzten gemeinsamen Abend, der für sie beide wie ein Pfand für das, was sie zusammen aufgebaut hatten, sein sollte, egal, wie viele Meilen sie auch trennten, ereignete sich noch mehr. Denn dieser letzte Abend wurde zu einer einzigen großen Auseinandersetzung.

Sie hatten gerade gegessen, die Magd und Lea waren in die Dachkammer gegangen. Marita saß mit einer Flickarbeit da, die beiden Kleinen in ihren Wiegen störten sie nicht. Da fragte Marita, was er auf der Bank erreicht habe. Sie hatte ihm sicher angesehen, dass er nicht unbedingt zufrieden war.

Hermann erzählte ihr alles über die Starrköpfigkeit, die ihm entgegengebracht worden sei, nahm kein Blatt vor den Mund. Marita wartete ab, bis er alles losgeworden war.

»Ein Glück, dass sie so vernünftig waren«, sagte sie, als er schwieg.

Er hatte das Gefühl, als hätte sie ihm einen Eimer mit kaltem Wasser übergeschüttet. »Das meinst du doch nicht wirklich?«, fragte er schließlich.

Es war aber deutlich, dass sie es ernst gemeint hatte. Ihre Augen hatten den besonderen Glanz angenommen, den sie immer bekamen, wenn etwas los war. Sie wurde ihm auf einmal so fremd.

»Mir kannst du nichts vormachen, Hermann. Du hast Angst vor der Sache, in die du jetzt hineingeraten bist. Ich war früher mit dir einer Meinung, wenn aber alles schief läuft, ist es besser, umzukehren. Das solltest du wissen, denn du kennst dich mit Sturm und Unwetter aus. Wenn ein Sturm aufkommt, setzt man keine Segel.«

Das waren vernünftige Worte, in ruhigem Ton ausgesprochen, doch weckten sie in Hermann eine Wut, die ihm bisher unbekannt gewesen war.

»Ich verstehe mehr als du vom Gebirge in den Waldweiden!«

Marita setzte ihre Arbeit bedächtig fort, ihr Gesicht hatte aber etwas Farbe bekommen.

»Ich bin davon überzeugt, dass dieses Schürffieber ein Unglück für uns war, Hermann!«

Er schaute sie an, als sei sie eine Verräterin.

»Weißt du, was du bist? Du bist beleidigt, weil ich nicht mit dir nach Vatna ziehen wollte!«

Sie sah aus, als hätte er sie geschlagen.

»Das ist nicht wahr, und das weißt du. Ich habe mich hier bei dir und den Deinen eingelebt. Ich bin auch gern hier, obwohl ich mir nicht immer sicher bin, das Richtige getan zu haben. Aber das, was ich versprochen habe, werde ich halten, du kannst mir nichts vorwerfen!«

Nein, natürlich nicht, so habe er das nicht gemeint, doch müsse sie wohl auch zugeben, dass der Bergbau Arbeit und Leben in Hildershafen und in den benachbarten Siedlungen geschaffen habe. Noch sei alles offen, denn es gäbe sowohl Kies als auch Kupfer. Außerdem wüssten sie noch nicht, was sie weiterhin finden würden.

Obwohl er versuchte, das Ganze so vorteilhaft wie möglich darzustellen, pflichtete ihm Marita nicht bei. Es schien keinen Eindruck auf sie zu machen, als er den Kopf mit den Händen abstützte und von den neuen Aktienbriefen redete, die er vor der Fahrt nicht einlösen könne.

Dann sagte sie so nebenbei, als gehe es um einen Besuch in Aareid:

»Ich habe mich mit dem Direktor unterhalten.«

Er schaute sie an, als wäre sie ganz nicht bei Sinnen.

»Ja, das habe ich«, wiederholte sie. »Ich habe ihm gesagt, dass du bei diesem Neuen nicht mitmachen möchtest.«

»Das hier ist für lange Zeit unser letzter gemeinsamer Abend – und ausgerechnet da machst du dich über mich lustig.«

Sie mache sich nicht über ihn lustig, gab sie zurück. Sie habe schon lange daran gedacht, und als er in Aareid gewesen sei, um eine Mannschaft für die Kutter anzuheuern, sei sie in die Waldweiden gegangen, um sich mit dem Direktor zu unterhalten. »Ich bin davon überzeugt, dass es um unsere Zukunft geht – nicht nur um die unsere, sondern auch um die unserer Kinder und aller ihrer Nachkommen.«

Hermann ballte die Fäuste.

»Das wirst du bereuen!«

»Beruhige dich, Hermann!«

Er wollte sich aber jetzt nicht beruhigen. »Und was hat er dir geantwortet?« Er schrie so laut, dass sie ihn bitten musste, wegen der beiden Kleinen etwas leiser zu sein. »Was kümmert ihn denn schon ein dahergelaufenes Weibsstück!«

Marita blieb ruhig, und das regte ihn noch mehr auf.

»Er sagte, dass er es verstehen könne, ich solle dich grüßen und dir sagen, dass sie dir auch gern deinen Anteil wieder auszahlen würden.«

Für einen kurzen Augenblick sah er es vor sich: Eine Menge Geld, große Scheine, alles, was er in die Grube Hildershafen in den letzten Jahren investiert hatte! Im nächsten Augenblick sah er aber seine große Stunde in Stavanger vor sich, mit John Carr und den anderen Herren von der Gesellschaft, als seine Grube ihren Namen bekommen hatte und seine Berge nicht mehr nur kleine Felskuppen aus grauem Gestein waren, sondern Grubengänge mit verschiedenen Quarzarten!

»Du hast keine Ahnung, was du damit für mich zerstört hast!«

Sie legte nicht die Hand in die seine, sondern blieb unversöhnlich sitzen und flickte ein Kleidungsstück. Er wollte es ihr aus den Händen reißen, er wollte …

Da sagte sie mit zitternder Stimme, indem sie ihn direkt anschaute:

»Bin ich nicht deine Frau? Hast du geglaubt, dass ich wie eine Leibeigene mit dir zusammen leben möchte, so wie die anderen Bauersfrauen mit ihren Männern? Schau dir bloß das verängstigte Weib auf Indre-Vatna an. Sie wagt es kaum, ihren Mund zu öffnen, solange ihr Mann in der Nähe ist. Möchtest du, dass ich so bin?«

Marita warf das Kleidungsstück zur Seite, erhob sich jäh, Fäden und Nähnadeln tanzten.

»Und jetzt musst du mir eines beantworten, Hermann: Möchtest du, dass ich zu allem nur Ja und Amen sage? Wolltest du mich nur haben, um nach deinem langen Alleinsein mit mir intim zu sein? Weil du dir die Nestwärme nicht mehr bei einer Magd in einer kalten Dachkammer holen wolltest?«

Er sagte keinen Ton, saß nur voller Wut und Zorn auf der Bank.

Sie stand aufrecht da, war mehr Frau denn je.

»Ich könnte mich klein machen, mit allem einverstanden sein und dich so durch das Leben begleiten. Und wenn ich davon überzeugt wäre, dass wir alles gemeinsam tragen würden, hätte ich das auch getan. Wenn du aber nur daran denkst, dass du ein richtiger Mann sein möchtest, genauso wie die Alten, dann sehe ich nicht ruhig zu, wie alles so geschieht, wie du es haben möchtest. Deswegen habe ich mich mit dem Direktor unterhalten. Du weißt nicht, was für dich am besten ist. Du kannst zwar wie ein Verrückter Richtung Nordnorwegen segeln, Fisch kaufen und Geld verdienen, es gibt aber andere Sachen, von denen du nichts verstehst. Du bist vor allem kein guter Ehemann für die Frau, die zu dir gezogen ist. Sie ist aber die Hälfte von dir, nicht mehr und nicht weniger. Du kannst von mir aus schweigen bis zum Letzten Tag, und obwohl ich dich liebe, würde ich dich noch heute gehen lassen, wenn du nicht einsiehst, warum ich mit dem Direktor gesprochen habe. Wenn du jedoch der Mann bist, für den ich dich halte, gehst du schon morgen in die Waldweiden, um das Nötige schriftlich festzuhalten, dann können die anderen hier in Südnorwegen weiter schürfen, wenn sie es unbedingt wollen.«

Sie holte tief Atem und schwieg dann.

Er saß noch immer starr da, doch es war ihm, als hätte sich irgendwo in seinem Inneren eine Lawine gelöst.

Kurz darauf erhob er sich und verließ ohne ein Wort die Wohnstube.

In dieser Nacht schlief er an Bord der ›Hildershafen‹. Am nächsten Morgen kamen die anderen, und nachdem er sich davon überzeugt hatte, dass alles an Bord der ›Die Brüder‹ in bester Ordnung war, steuerten die beiden Kutter aus dem Sund hinaus. Auf dem Laberg und auf den Hügeln draußen auf der Landspitze standen Leute und winkten, aber Marita war nicht darunter.

XIX

Zum ersten Mal seit langem lagen die beiden Kutter aus der Spanbucht zusammen in Henningsvaer. Mitte Februar hatte der Kutter ›Die Brüder‹ schon halbe Ladung. Eduards Sohn Anders, in einer zugigen Häuslerkate groß geworden, mit saurer Milch und Hafergrütze als Nahrung, bewegte sich so sicher und zuversichtlich auf dem Deck des Kutters, als hätte er sein Leben lang nichts anderes gemacht. Ein tüchtiger Fischaufkäufer war er auch, war gut informiert über das, was die Zeitungen über den Fischfang und die Preise schrieben, und pflegte den Umgang mit den anderen Schiffern im Hafen. Der Mensch ist ein seltsames Geschöpf, dachte Hermann: Ein Mann aus rechtem Schrot und Korn würde immer einen Ausweg finden, und Anders musste seine eigenen Erfahrungen machen. Das Leben selbst war der beste Lehrmeister.

Mit dem Frühlingsanfang kam schlechtes Wetter auf, sodass sie anderthalb Wochen im Hafen bleiben mussten. An Bord wurde es ruhiger, und die Männer konnten sich mit Dingen beschäftigen, die normalerweise warten mussten, bis der frische Fisch versorgt war. Hermann hatte eine junge Mannschaft, die ihm nicht besonders nahe stand, angeheuert und konnte sich mit ihnen über nichts anderes als über die täglichen Sorgen unterhalten. Deswegen hatte sich einiges in ihm aufgestaut – er fühlte sich wie das Wasser in einem Hafen, in dem der Sturm alles verwüstet hatte. Wenn nur Markus hier gewesen wäre! Markus war aber in dem großen Amerika, um Geld für Elisabeth und die Kinder zusammenzusparen.

Natürlich hatte Hermann nach Hause geschrieben, doch der Einzige, der ihm geantwortet hatte, war Jakob. Er schrieb über dieses und jenes, erwähnte aber mit keiner Silbe die Waldweiden, obwohl er jeden Tag dort war und Steine für die Zerkleinerer herbeischaffte. Er schrieb nur darüber, wie viel er dort verdiene – fast so viel wie eine junge Magd, stellte Hermann überrascht fest. Doch sie, dieses Biest, schrieb nicht, rannte sicher überall herum und spielte sich als Chefin auf! Während der Wochen hier in Nordnorwegen hatte er viel Zeit zum Nachdenken gehabt. Die böse Auseinandersetzung, die zwischen ihnen lag, hatte ihn innerlich zerfleischt. Mehr als einmal hatte er Papier und Tinte geholt, hatte versucht zu schreiben, doch hatte er die Worte, die er ihr geben wollte, nicht finden können. Dieser Streit aber zerfraß ihn immer mehr. Manchmal hatte er das Gefühl, als würde seine Männerwelt zusammenbrechen. Natürlich war er beleidigt gewesen, doch auch das Gefühl des Gekränktseins ließ langsam nach. Stattdessen hatte er damit angefangen, sich selbst Fragen zu stellen. Er fragte nicht danach, ob Marita Recht habe, sondern danach, ob es falsch sei, dass der Mann das meiste auf dieser Welt entscheiden dürfe. Hinter ihm stand die lange Reihe seiner männlichen Vorfahren. Bisher hatte niemand ihr Recht angezweifelt, über ihr eigenes und auch über das Schicksal anderer entscheiden zu können. Als die Zeit dafür reif gewesen war, hatten sie sich Frauen gesucht, mit denen sie im Namen des Herrn gemeinsam durchs Leben gegangen waren. Sie hatten nach Wärme verlangt, hatten Kinder gefordert – am liebsten Söhne – sowie lebenslange Achtung. Es war wie ein Gesetz, das ihnen ins Blut übergegangen war.

Doch hier oben im Norden, weit weg von Hildershafen, mit einem fremden Gebirge vor Augen und mit einem anderen Dialekt im Ohr, hier hatte er unendlich viel Zeit zum Nachdenken. Und der Gedanke war wie das Meer, das über eine Schäre spülte – am ersten Tag war nichts zu sehen, nach tausend Jahren aber war das Wirken des Wassers deutlich zu erkennen. Manchmal hatte er das Gefühl, als wären diese tausend Jahre schon vergangen, denn die Gedanken hatten es bereits zu Stande gebracht, etwas Neues in seinem Inneren zu formen, und das machte ihn unruhig. Deswegen hatte er ihr nicht schreiben können, und deswegen hatte er auch nicht dem Direktor in den Waldweiden geschrieben.

Doch eines Tages kam ein Brief, der bereits durch viele Hände gegangen war. Er war auch in der Spanbucht gewesen, wo eine feste Hand ihn an »Herrn Schiffer Spanbucht, Kutter ›Hildershafen‹, Henningsvaer« umadressiert hatte. Marita hatte das Siegel nicht erbrochen, so weit war es schon zwischen ihnen gekommen.

Der Brief war von Inge. Es war kein langer Brief, nur einige Zeilen, der Briefbogen war in der Mitte sparsam durchgeschnitten, sodass ihre Unterschrift ganz unten stand.

Er dürfe unterhalb der Flachalm schürfen, schrieb sie. Es sei eine schöne Geste, dass Henrikka ihr den Pachthof überlassen wolle, »doch da ich jetzt Witwe geworden bin, habe ich vor, in die Vereinigten Staaten von Amerika auszuwandern ...«

Das war alles. An diesem Sonntag blieb er mit dem Brief in der Hand in der Kajüte sitzen. Natürlich waren ihre Worte nicht sehr persönlich gewesen, sie sagten aber viel über Inge aus. Sie war damals daheim geblieben, als die anderen nach Amerika fuhren, und sie hatte sich des aussätzigen Bruders angenommen.

An diesem Tag rechnete Hermann mit einem Kapitel seines jungen Lebens ab, das ihren Namen trug. Wie die Biene um die Blume summt, so war er in Inges Arme getrieben worden. Wie eine Ahle war der Gedanke an sie in sein Herz gedrungen, süß und schmerzlich zugleich. Jetzt spürte er, dass sich ihre Wege endgültig trennten. Wenn er sie heute wiedersehen würde, würde er nur noch eine leichte Brise spüren – nicht mehr den mächtigen Sturm, der in seinem Inneren so oft gewütet hatte, davon war er überzeugt.

Eigentlich war es Anders, der alles wieder auf den Kopf stellte. Mitte März, als es mit dem Fischfang etwas ruhiger wurde und die Laderäume schon ziemlich voll waren, unterhielten sie sich oft über die Trockenfischpreise. Hermann bekam die Zeitung aus Bergen nachgeschickt, obwohl die meisten Neuigkeiten nach der langen Fahrt an der Küste entlang bereits veraltet waren. Die Leute, die über die Preise schrieben, hatten nichts Positives zu berichten, doch das war schon immer so gewesen, meinte Hermann. Anders jedoch war aufgewühlt, er war noch jung und wollte unbedingt einen guten Gewinn erzielen. Eines Tages, nachdem er an Land gewesen war, um die Post abzuholen, kam er mit einer Zeitung an, die er Hermann hinlegte: Ob er das hier schon gelesen habe?

Nachdem Anders auf sein eigenes Schiff zurückgekehrt war, nahm Hermann die Zeitung zur Hand. Er las einen Bericht über den Bergbau in Südnorwegen, und der Schreiber hatte nichts Gutes zu vermelden: Die Kiespreise seien schlecht, der Export nach England habe stark abgenommen. Das hatte Hermann schon oft gelesen, darüber konnte er nur lachen. Dann aber wurden die Namen einiger Gruben aufgezählt, die stillgelegt worden waren. Draußen auf den Inseln hatten die englischen Gesellschaften an mehreren Orten schon aufgehört, oder sie hatten an die Ortsansässigen verkauft.

Auch die Grube Hildershafen wurde erwähnt: Der Betrieb sei von Anfang an schlecht geplant gewesen, die Führung teilweise unfähig, einer davon sei sogar wegen ›Unregelmäßigkeiten‹ und roher Gewalt gegen die Arbeiter angeklagt worden. Die Zeitung glaubte zu wissen, dass die Gesellschaft in Stavanger – die Norwegische Bergbau- und Grubengesellschaft – unsicher sei, ob sie durch den Bergbau in Hildershafen noch mehr Verluste hinnehmen könne, wenn die Grube nicht bald etwas abwerfen würde – sollte es überhaupt dazu kommen.

Am Abend, als Anders wieder an Bord seines Kutters war – er hatte sich den ganzen Tag über in Svolvaer aufgehalten –, ging Hermann mit der Zeitung in der Hand zu der ›Die Brüder‹ hinüber. »Weißt du mehr, Anders?«, fragte er, obwohl es eine Schande war, andere nach dem zu fragen, was man eigentlich selbst hätte wissen müssen.

Anders bekam einen roten Kopf. Der Bauer aus der Spanbucht kam für ihn gleich nach dem Herrgott, deswegen war er anfangs recht zurückhaltend und wortkarg. Es entfuhr ihm aber doch, dass daheim das Gerücht im Umlauf sei – der Vater habe ihm sogar darüber geschrieben –, dass Gabriels Waldweiden bei den Engländern auf der Abschlussliste stünden. Im letzten Stollen sei nur wenig Kies gewesen, und obwohl sie etwas Kupfer gefunden hätten, seien sie nicht zufrieden. Aber stilllegen, nein, das glaubte Anders nicht.

»Hast du sonst irgendwelche Neuigkeiten von daheim gehört?«, fragte Hermann weiter und unterdrückte allen Stolz.

Anders wusste genauestens Bescheid, kannte das Geschwätz der Leute.

»Marita ist krank gewesen«, erwähnte er schließlich, »aber das weißt du sicher schon.«

»Nein«, antwortete Hermann kurz.

Anders überlegte eine Weile.

»Die Leute sagen, dass sie der Gesellschaft gekündigt hat?«

Hermann schaute zu Boden.

»Sie hatte solche Angst, dass wir mit diesem Unternehmen auf die Nase fallen könnten«, antwortete er schließlich. Dann fügte er hinzu: »Sie war wahrscheinlich weitsichtiger als ich. Du weißt aber, wie es ist, Anders: Wir Männer kümmern uns normalerweise um das, was Männersache ist. Sie ist zum Direktor gegangen, ohne mich vorher zu fragen. Deswegen hatten wir eine größere Auseinandersetzung, bevor ich nach Nordnorwegen fuhr.«

Anders schaute seinen Reeder mit großen Augen an, war nicht daran gewöhnt, dass man ihm so viel anvertraute.

Anschließend redeten sie wieder vom Fischfang und vom Einsalzen: Hermann wollte wie immer nach Salten fahren, Anders war mehr für Leka, wo er im letzten Jahr hatte trocknen lassen.

Als Hermann wieder auf seinem eigenen Schiff war, rechnete er mit sich selbst ab. Im Anschluss daran setzte er sich hin, um Briefe zu schreiben. Zuerst wandte er sich an die Grube Hildershafen und kündigte seine Rechte, wie im Spätwinter durch seine Frau angekündigt, denn er habe an einer weiteren Zusammenarbeit mit der Gesellschaft kein Interesse mehr. Dem Direktor habe er bereits mitgeteilt, dass er vorhabe, in den Waldweiden in Vatna zu schürfen.

Daraufhin schrieb er an Marita. Es wurde kein langer Brief, er hatte Probleme, seine Gedanken in Worte zu fassen. Er erzählte aber, wem er gerade geschrieben habe und dass er der Meinung sei, das Richtige getan zu haben. Es fiel ihm nicht leicht, dies auf Papier festzuhalten. Noch schwerer fiel es ihm, seine Gefühle auszudrücken, doch schließlich musste er zugeben: Er habe gehört, dass sie krank gewesen sei, bald würde er aber nach Hause kommen, um mit ihr gemeinsam die Sorgen zu tragen!

Ein paar Wochen später, als er über Ostern in Salten war, um seine Ladung Fisch zu trocknen, kamen zwei Briefe an, einer von der Gesellschaft und einer von Marita. Sie sei wieder gesund und es gehe allen gut. Sie habe sich solche Sorgen um ihn gemacht, denn gerade diesen Winter hätten viele Kutter Schiffbruch erlitten. »Ich konnte einfach nicht schreiben, Hermann, du hast ja keine Ahnung, wie ich mich manchmal gefühlt habe. Ich habe doch schließlich niemanden außer dir!«

Auf einmal war alles andere, was sie geschrieben hatte,

völlig unwichtig, nur diese Worte, die einzig und allein für ihn bestimmt waren, zählten. Sie begleiteten ihn bei der täglichen, harten Arbeit.

Der zweite Brief fiel wie erwartet aus. Er bestätigte mit hochtrabenden Formulierungen, dass seine Beziehungen zu der Norwegischen Bergbau- und Grubengesellschaft aufgelöst seien und durch Amtmann und Polizei bestätigt werden würden. Sie würden später – nach seiner Rückkehr aus Nordnorwegen – abrechnen.

Keine beunruhigenden Worte, nur eine Unterschrift in großen, unleserlichen Schnörkeln – John Carr sollte es wohl heißen.

Es belastete ihn weniger, als er gedacht hatte. Doch es würde sicher merkwürdig sein, nach Hause zu kommen und in die Waldweiden zu schauen, wo er nun nichts mehr zu suchen hatte. Er hatte seinen Traum verkauft. Eines aber wusste er mit Sicherheit: Nach der Abzahlung seiner Schulden würde er einen Teil des Geldes von der Gesellschaft in das Schürfen unterhalb der Flachalm investieren. Dort gab es auf jeden Fall Kupfer, und vielleicht würde das Gebirge auch andere Geheimnisse preisgeben.

Im Herbst würde er mit Jakob zwei bis drei Wochen auf Heringsfang gehen. Im vergangenen Jahr waren nur wenige Fischschwärme herangeschwommen, einige Kutter aus Aareid, die in den Norden gefahren waren, hatten nur halbe Ladung bekommen, und die Heringe waren zudem sehr klein gewesen. Im kommenden Herbst würde der Fang sicher wieder ertragreicher werden, denn Hermann glaubte fest daran, dass auf ein schlechtes Jahr ein Gewinn bringendes folgen würde.

Als sie in Kristiansund lagen und die Ladung gelöscht hatten, unterhielt sich Hermann eines Abends mit Anders: »Möchtest du Teilhaber an der ›Die Brüder‹ werden?«, fragte er ihn.

Der junge Mann schien über den Vorschlag nicht besonders erfreut, obwohl seine erste Fahrt als Schiffer erfolgreich gewesen war.

»Ich glaube nicht an diese Fahrten nach Nordnorwegen«, sagte er und schob das Glas vor sich zur Seite.

Für Hermann hörte sich das seltsam an, denn diese Fahrten waren viele Jahre lang sein Leben gewesen. Für einen jungen Mann gab es nicht viele andere Möglichkeiten, Geld zu verdienen.

»Ich glaube, dass ich nach Amerika fahre«, murmelte Anders.

»Hast du Angehörige dort?«

»Nein, das ist eben das Problem«, antwortete Anders. »Vielleicht könnte Markus für mich bürgen?«

»Markus hat mit sich und seiner eigenen Familie schon genug zu tun«, erwiderte Hermann.

»Ich werde es schon irgendwie schaffen«, meinte Anders zuversichtlich. »Wenn ich Geld verdient habe, kann Vater nachkommen. Ja, und meine Geschwister auch, wenn sie wollen.«

Dann würde es auch bei Eduard daheim leer werden. Hermann hätte ihm noch einiges sagen können, es würde aber nichts nützen. Die jungen Leute verließen das Land, es war wie eine ansteckende Seuche. Der Wald, das Meer und die Höfe bedeuteten ihnen nichts mehr.

»Drüben kann man schnell nach oben kommen«, meinte Anders, als hätte er Hermanns Gedanken gelesen. »Dort muss man nicht ununterbrochen katzbuckeln, man ist schnell kein kleiner Häusler mehr!«

Als er das sagte, musste Hermann an Eduard denken. Anders war aber noch jung, er hatte noch das ganze Leben vor sich.

Als Hermann nach Hause kam, wartete kein Geldbrief auf ihn. Er tröstete sich damit, dass es sicherlich viel Zeit in Anspruch nehmen würde, einen Teilhaber auszulösen.

An den Talseiten entlang sah er den Frühsommer aufkommen, der Maitag leuchtete ihm entgegen, als er in den Hafen steuerte. Dort, wo er herkam, war noch Frühling gewesen.

Am ersten Abend nach seiner Rückkehr ging er nicht in die Waldweiden, und Marita meinte: »Du bist doch sonst immer hingegangen?« Er blieb dennoch zu Hause. Von den Hügeln oberhalb des Wohnhauses sah er, was er sehen wollte: Schuppen und Gebäude, Steinzerkleinerer, die zwischen zerschossenen Felsenvorsprüngen emporragten. Er sah die Arbeiter haufenweise ankommen und nach der Arbeit wieder abziehen. Er selbst begleitete Marita zu den Talseiten unterhalb der alten Waldschneisen, um Birkengestrüpp zu schneiden. Er fällte die kleineren Bäume und durchforstete die Waldschneisen, Marita und die Magd kamen mit Sicheln nach, schnitten Äste und machten Bündel daraus. Hermann hielt nicht viel von dieser Arbeit, die Laubbündel halfen aber, Heu zu sparen und die Mägen der hungrigen Tiere im Spätwinter zu füllen. Doch die vergangenen langen Wochen an Bord, ausschließlich in Gesellschaft anderer Männer, bewirkten, dass er diese Tage besonders schätzte. Er spürte, dass es ihm gut tat, den eigenen Körper wieder richtig zu bewegen, sich strecken zu können und bei der Arbeit zu schwitzen. Noch schöner war es, mit Marita und mit den Kindern auf dem Schoß unter den großen Ebereschen Pause zu machen. Sie sprachen nicht viel dabei, es waren ihre Hände, die bei zufälligen Berührungen miteinander kommunizierten.

Der Streit, der zwischen ihnen gewesen war, wurde kaum noch erwähnt. Darüber hatten sie am ersten Abend und in der ersten Nacht nach seiner Heimkehr ausführlich gesprochen. Sie würden es wohl nie ganz vergessen können, es konnte ihnen aber helfen, zu verhindern, dass sich Ähnliches wiederholte. Manchmal spürte er immer noch Bitterkeit, weil er aufgegeben hatte. Es hielt aber nie lange an, denn Marita sorgte dafür, dass er sich als Mann wunschlos glücklich fühlte. Unten in der Bucht lagen ihre beiden Kutter vor Anker – auch diesmal waren sie unversehrt nach Hause zurückgekehrt. Wenn er wieder Geld hätte, nach der Abrechnung mit der Gesellschaft, würde er ›Die Brüder‹ von Grund auf renovieren, er hatte vor, sich rechtzeitig einen guten Schreiner zu besorgen, um die notwendigen Reparaturen ausführen zu lassen. Es war nur schade, dass Anders nicht weitermachen wollte.

»Es gibt doch in der Nachbarschaft genügend andere Leute«, sagte Marita, als er es ihr erzählte, »und es werden neue nachkommen.« Dann berichtete sie, dass Elisabeth im Sommer fahren würde. Markus habe Geld geschickt. »Doch es graut ihr sehr davor, mit vier Jungen loszuziehen, das ist kein Kinderspiel.«

»Kurz bevor du zurückgekommen bist, war Henrikka hier«, erzählte Marita weiter. »Und soll ich dir sagen, was sie wollte? Sie hat gefragt, ob Jakob nach Vatna ziehen könnte, dann würde sie ihm eines Tages alles überschreiben.«

»Du darfst nicht vergessen, dass Jakob hier in der Spanbucht einmal sein Erbe antreten soll, Marita.«

Marita beruhigte die weinende Janna.

»Du hast doch auch zwei Töchter, die sicher eines Tages heiraten werden, oder? Außerdem können wir doch noch einen Sohn bekommen, so alt sind wir noch nicht!«

So scherzte sie mit ihm über ernste Dinge. Die Sache mit Jakob hatte aber noch keine Eile, beschloss er daraufhin, Henrikka würde noch lange in Vatna schalten und walten können, oder etwa nicht?

Dessen aber war sich Marita nicht so sicher. »Sie hat sich wegen ihrer Gesundheit beklagt, außerdem fehlt ihr der alte Schwung.«

»Weißt du, was wir machen sollten, Hermann? Wenn das Geld von der Gesellschaft endlich kommt, solltest du dir die Scheune vornehmen und auch noch einen neuen Stall bauen!

Im nächsten Jahr werden wir sicher auch auf dem Karlshof ernten können, denn mit Harald ist nicht mehr viel los, er humpelt nur noch so herum. Dann können wir mehr Kühe durchfüttern und mehr Milch verkaufen, außerdem hast du das Eishaus und alles, was damit zusammenhängt.«

»Dieses Jahr lief es eher schlecht mit dem Eis, das weißt du. Das Frühjahr war zu mild.«

»Das weiß ich, du brauchst mir über Buchführung nichts beizubringen, das habe ich dir schon mal gesagt. Doch auch wenn du weniger exportieren kannst, das Haus ist sowieso da, und das ist gut für die Molkerei.«

Sie lenkte ihre kleine Welt mit fester Hand. Sie könnte jeden Mann dazu bringen, den unfruchtbarsten Acker mit Erfolg zu bebauen, so war sie eben!

Er würde aber mit Henrikka sprechen, das hatte er sich fest vorgenommen. Wenn er Geld bekommen sollte, könnten sie vielleicht den ganzen Hof übernehmen. Sie bräuchten ja nicht dort zu wohnen – der Gedanke daran widerstrebte ihm –, man könnte einen Hof auch besitzen, ohne auf ihm zu wohnen.

Die Monate vergingen, der Juli kam, doch nichts von dem, was er erwartete, traf ein. Kurz bevor die Heuernte begann, konnten sie es in der Zeitung lesen: Die Gesellschaft in Hildershafen habe vor, die Grube dort stillzulegen.

Hermann ließ sofort alles stehen und liegen, nahm die Zeitung und suchte den Direktor in den Waldweiden auf. Der aber befand sich in Stavanger, das erfuhr Hermann von dem neuen Ingenieur, und der Kerl hatte etwas an sich, das ihn beunruhigte. »Er kommt doch sicher wieder?«, wollte Hermann wissen. Natürlich würde er wiederkommen, und außerdem könne er sich selbst davon überzeugen, dass alles in den Waldweiden wie bisher weiterlaufe.

In dieser Nacht schlief Hermann unruhig, und es folgten noch mehr solcher Nächte.

Schließlich verließ er die Heuernte mit allem Drum und Dran, ruderte nach Aareid und suchte den Polizeibeamten auf. Dort erfuhr er die ganze Wahrheit, obwohl der Beamte sich viel Zeit nahm, bevor er mit dem herausrückte, was Hermann am Herzen lag. Ob die Gesellschaft insolvent sei?

Ja, es sehe leider ganz danach aus. Der Beamte blätterte in seinen Papieren, schließlich sah er Hermann offen an:

»Du hättest rechtzeitig abspringen müssen!«

»Das habe ich doch getan«, meinte Hermann und erzählte, was passiert sei. Dass Marita den Anfang gemacht hatte, wollte er nicht zugeben, denn deswegen schämte er sich ein wenig. Er legte den Brief von John Carr auf den Tisch, der Polizeibeamte las ihn gründlich durch, es waren nicht viele Worte.

»Du hast aber für deine Aktienbriefe noch kein Geld bekommen?«

Hermann schüttelte den Kopf.

»Ich wollte mit ihnen reden, doch dieser Direktor ist nach Stavanger gefahren.«

»Es wird sicher lange dauern, bis er zurückkommt – wenn er überhaupt zurückkommt.«

Hermann fühlte sich ganz klein und hilflos.

»Das können sie doch nicht machen! Dieser Brief von Carr wurde im März geschrieben!«

Jetzt schüttelte der Beamte den Kopf.

»Was können diese hohen Herren nicht alles tun? Die Gesellschaft hat schon einiges einstecken müssen. Sie hatte mehrere Gruben, zwei von ihnen sind jetzt stillgelegt. Manchmal führen die Herren sogar leichtgläubige Einheimische, die die Schürfgruben kaufen, hinters Licht. Diese Gier nach Gold ist schon eine seltsame Sache, nicht wahr?«

Hermann sagte kein einziges Wort, sah nur auf den Brief von der Gesellschaft.

»Du kannst dich damit trösten, dass du in guter Gesellschaft bist, Hermann. Hier liegen Beschwerdebriefe von

Grundbesitzern und von den Leuten, die das Wirtshaus bauten, und von denen, die die Grube mit Eisen und anderen Sachen belieferten. Das ist nur der Anfang. Später, wenn die Konkursmasse oder das, was davon übrig bleibt, frei wird, wird man eine Lawine lostreten, du wirst schon sehen.«

Das jedoch war für Hermann nur ein geringer Trost.

»Meinst du, dass ich mein Geld verloren habe?«, Hermann versuchte, ruhig zu bleiben.

Der Polizeibeamte schaute lange aus dem Fenster. Dann drehte er sich zu Hermann um, und seine Stimme war voller Fürsorge: »Du darfst nicht zu viel erwarten, aber eine Kleinigkeit können wir vielleicht noch retten. Deine Forderungen werden sicher oberste Priorität haben.«

Hermann schaffte es nicht, bei Onkel Gunnar vorbeizuschauen, das musste bis später warten. Der Onkel würde sowieso nur über die Gier der Menschen nach Geld und Gut schimpfen. Doch als Hermann an den beiden, die sich in der Sommerhitze mit der Kirchenmauer abrackerten, vorbeiging, musste er stehen bleiben und einige belanglose Worte über das Wetter mit ihnen wechseln. Vielleicht sah Eduard ihm an, dass etwas nicht stimmte, er fragte aber nicht. Es wäre schön gewesen, sich jetzt bei Eduard auszusprechen, das spürte Hermann. Doch nicht einmal Eduard würde verstehen können, dass für ihn eine ganze Welt zusammengebrochen war.

Als er in die Bucht ruderte, kam ihm Marita schon unten auf dem Laberg entgegen. Hermann warf ihr die Fangleine zu: »Jetzt können wir bauen, wie wir lustig sind, Marita«, lachte er kalt. »Wir können die Scheune und den Kutter reparieren, ja, ganz Vatna kaufen, wenn du möchtest!«

Sie wurde grau im Gesicht.

»Was redest du denn da?«, sagte sie nur.

Dann erzählte er ihr alles, was er erfahren hatte: Über die Gesellschaft, die bankrott sei, und dass sie kein Geld bekommen würden – oder bestenfalls ein weniges aus der Konkursmasse!

Sie weinte nicht, sonst wäre sie auch nicht Marita gewesen. Sie band das Ruderboot fest und richtete sich auf: »Es wird schon irgendwie gehen, Hermann, wenn Gott uns weiterhin Gesundheit schenkt.«

Sie kehrten gemeinsam wieder zu ihrer Arbeit zurück, doch die Freude daran war ihnen abhanden gekommen. Für den Rest des Tages sprach Hermann nicht mehr viel, war kurz daheim, um die Sense zu schleifen, ging dann zu den Hügeln oberhalb der Bootsschuppen und mähte dort wie ein Verrückter.

Am späten Abend, nachdem die Kinder im Bett waren, kam Marita zu ihm und bat ihn, aufzuhören. Hermann säuberte die Sense und hängte sie unter die Traufe des Bootsschuppens, bevor sie gemeinsam die Hügel hinaufgingen. Am Schleifstein unterhalb des Küchenhauses blieben sie sitzen.

Zuerst fluchte er über die Gesellschaft, wurde alles los, was sich in letzter Zeit in ihm aufgestaut hatte. Das half aber nur wenig, und als Marita schließlich etwas sagte, wurde deutlich, dass sie weitsichtiger war als er. Sie dachte an die Zukunft und war zu dem Entschluss gekommen, sie müssten einen Kutter verkaufen.

Hermann blickte starr in den Abend hinaus, antwortete nicht sofort. Es kam ihm vor, als würde sich alles, was er erschaffen hatte, in Nichts auflösen. Was wusste Marita schon von damals, als er nach Vasstal gefahren war, um ›Die Brüder‹ zu kaufen – oder von den vielen Sorgen, bevor er den Kutter abbezahlt hatte? Sie hatte aber Recht, natürlich hatte sie Recht.

»Viel Geld werde ich nicht dafür bekommen«, meinte er schließlich.

»Wahrscheinlich aber genug, um die Bank und auch andere hinzuhalten«, gab sie zurück. »Du wirst sicher auch wieder beim Heringsfang und auf den Lofoten erfolgreich sein«, fügte sie hinzu. »Dann können wir trotz allem die Scheune reparieren.«

Vatna erwähnte sie nicht, und dafür war er ihr dankbar.

»Wir können niemandem einen Vorwurf machen, Hermann, das weißt du. Es ist immer ein Wagnis, in so etwas Geld zu investieren. Auch ich war der Meinung, alles sehe so viel versprechend aus.«

Doch er hatte ganz anders als sie gedacht, hatte große Pläne gehabt, als die Gesellschaft hierher gekommen war. Er hatte alles steuern wollen, hatte die ganze Umgebung auf den Kopf stellen wollen in dem Glauben, etwas Gutes zu tun. Sie aber suchte jetzt nach neuen Wegen. Sie ließ sich von niemandem unterkriegen. Sie war wie eine neue Ingeborg in der Spanbucht, doch gleichzeitig so ganz anders. Er hätte keine andere Frau auf der ganzen Welt haben wollen.

Das sagte er ihr auch, als sie endlich ins Haus gingen.

Im Herbst, als er und Jakob vom Heringsfang zurückkehrten, hörte der Bergbau in den Waldweiden allmählich auf. Alles stand noch da, wirkte wie eine Geisterstadt, es war merkwürdig, wie schnell sich alles veränderte, wenn die Menschen fortblieben und der Baulärm aufhörte. Hermann ging einmal hin, dann blieb er dem Ganzen fern. Einige beleidigende Worte musste er sich anhören, nicht nur von den Leuten aus Hildershafen, sondern auch von denen, die in diesem Neuen eine Zukunft gesehen hatten. Kaum jemand sprach von dem, was er, vielleicht mehr als andere, verloren hatte. Abel vom Apfelhügel hatte sein festes Gehalt, an das er sich mittlerweile gewöhnt hatte, verloren und kam zum Helgeshof, um zu fragen, ob sie Arbeit für ihn hätten. Hermann beauftragte ihn damit, oben bei den eingezäunten Wiesen neues Land zu roden, und Abel bekam seine halbwüchsigen Kinder dazu, die Steine wegzuschaffen. Sie arbeiteten für ihr Essen. »Ein wahrer Segen«, sagte Gudrun und freute sich darüber.

An dem Tag, an dem Elisabeth und ihre Kinder abreisen mussten, kam Hermann mit dem großen Kutter in die Stadt. Er wollte es Elisabeth ersparen, bei dieser letzten Reise nach Aareid fahren zu müssen, um dort auf den Dampfer zu warten.

Er traf sie und ihre Kinder in Hildershafen, sie waren durch die Waldweiden gelaufen, denn viel Gepäck hatten sie nicht.

Elisabeth weinte nicht, als sie sich von Marita und ihrer Mutter verabschiedete, sie hatte längst keine Tränen mehr. Ihre Augen aber blieben an den Hügeln haften, als an diesem Herbsttag die ›Hildershafen‹ mit schlaffen Segeln den Fjord hinaussteuerte.

Elisabeth sprach von der alten Zeit, so, als wollte sie so lange wie möglich das Vertraute festhalten. »In dieser Welt sehe ich euch nie wieder«, sagte sie schließlich traurig, sie saßen in der Kajüte, Abel steuerte. Sie sagte es, als hoffte sie auf ein Wiedersehen im Jenseits, wenn alles auf dieser mühevollen Erde zu Ende wäre. Sie war zwar nie besonders gläubig gewesen – so weit Hermann das beurteilen konnte –, doch vielleicht hatte sie in den schweren Zeiten Trost gefunden beim Gedanken an das glückselige Land, das auf sie alle wartete.

Er hatte sich unten am Kai von Elisabeth und ihrer Familie verabschiedet, hatte sie an Bord des Schoners, der sie nach England und später in die Neue Welt führen würde, begleitet. Dann stand er plötzlich direkt vor *ihr*, als wäre sie aus dem Nichts gekommen. Auch sie hatte eine ganze Kinderschar bei sich, die sie aber mit ruhiger Hand führte. Sie erzählte, dass nur das Kleinste ihr eigenes Kind sei, die Großen seien Indres Kinder. Sie standen mitten im Gedränge, mit kreischenden Seilwinden um sich herum und Menschen, die von allen Seiten schubsten. Man hörte Lachen und Weinen, doch Inge stand sicher und ruhig da, als hätte er sie auf dem Kirchplatz in Aareid getroffen. Sie schauten sich gegenseitig an, stellten wohl beide fest, dass die Jahre ihnen den größten Teil der Jugend geraubt hatten, dachte Hermann. Ihr Haar aber war dasselbe geblieben, nur etwas blasser und dünner, ihr Gesicht hatte Züge bekommen, die das Leben ihr eingegraben hatte. Ihre Augen und alles andere an ihr aber waren trotzdem noch wie früher. Sie fragte nach Elisabeth, nach seiner Familie, und er fragte, wo sie hinwolle. Nach Wisconsin, antwortete sie, einer ihrer Brüder habe eine Farm dort, aber noch keine Frau an seiner Seite.

Er fragte nicht, ob sie Lust auf dieses neue Leben habe, es war ihr sicher nicht besonders gut gegangen die vielen Jahre draußen auf den kleinen Inseln. »Leb wohl, Hermann«, sagte sie und gab ihm die Hand, so, als könnte sie, die nichts besaß, ihm Kraft geben.

Er blieb eine Weile auf dem Kai stehen, sah sie aber nicht mehr. Es war, als sei nichts Bedeutendes geschehen. Ihre Jugend gehörte in eine andere Zeit. Jetzt spürte er es deutlicher denn je zuvor.

Als der Schoner gegen Abend aus dem Hafen gesteuert wurde, wimmelte es von Leuten an der Reling. Er sah niemanden, den er kannte, erhob aber trotzdem die Hand. Ein Gruß an Inge und an Elisabeth, oder ein Gruß in die Fremde, die den beiden ein neues Leben bereiten würde.

XX

Am selben Tag, an dem Hermann den Brief wegen der Konkursmasse erhielt, kam ein Junge durch die Waldweiden gerannt und wollte mit ihm reden: Ob Hermann schnell nach Aareid kommen könne? Eduard sei schwer verletzt.

Im Brief stand nicht viel: Diejenigen, deren Ansprüche Priorität hatten, würden ein Achtel ihrer Forderungen ausbezahlt bekommen. Hermann rechnete schnell nach: Das wären nur einige wenige tausend Kronen. Sie lasen den Brief gemeinsam, er lag wie eine Trauerbotschaft auf dem Tisch zwischen ihnen. Schließlich schob Hermann den Brief zur Seite, blieb mit den Händen vor dem Gesicht sitzen – eine neue Angewohnheit von ihm.

Dann schlug Marita mit der Faust auf den Tisch, sodass die Teller tanzten.

»Beschweren wir uns nicht! Zum Teufel mit Gabriels Waldweiden!«

Mehr sagte sie nicht, doch anschließend ließ es sich in der Wohnstube irgendwie leichter atmen. Hermann nahm den Brief und legte ihn aufs Regal zu den anderen Papieren. Jetzt musste er sich um alles Weitere kümmern: Um die Fahrt nach Nordnorwegen, die Ausrüstung und noch vieles mehr: »Ich muss nach Aareid fahren, Jakob kann mitkommen. Ich muss mit Bugge abrechnen.«

Als er hinausging, fühlte er sich nicht gerade glücklich. Im Geheimen hatte er auf mehr Geld gehofft – und dann dieses. Übrig blieben eine Menge Steinhaufen und gesprengte Stollen, bald würden nur Mauern und zugewachsene Wege von seinem einstigen Traum Zeugnis ablegen.

Gerade in diesem Moment kam der Junge aus Aareid herbeigerannt und berichtete von Eduard, dem Unglücksraben.

Da der Fjord ziemlich unruhig war, nahmen Jakob und Hermann den Weg durch die Waldweiden. Hermann ging voran, erzählte dabei die eine oder andere Geschichte, nannte den Namen einer besonderen Stelle oder einer Kreuzung. Jakob hörte aufmerksam zu, doch als sie an der Flachalm vorbeikamen, wurde der Junge auf einmal ganz still. Hermann erklärte ihm alles über Kupfermalm und Quarzgänge, zeigte auf dieses und jenes und spürte die alte Glut in seinem Inneren. Da sagte Jakob plötzlich:

»Wäre es nicht besser, das Sprengen im Gebirge sein zu lassen?« So etwas hatte Jakob noch nie geäußert, war in allem den Erwachsenen gefolgt. Jetzt stand er da, gab erstmals seine eigene Meinung kund. Hermann ging weiter, Jakob kam nach. »Vielleicht hast du Recht, Jakob. Ich glaube aber an dieses Gebirge. Es wird diesmal nicht so kostspielig werden, und vielleicht gibt es hier ja nicht nur Kupfer?«

Jakob schaute seinen Vater an, sagte aber nichts mehr.

Sie standen auf einer Anhöhe und holten Atem, unter ihnen lagen die Vatnahügel, der Hof mit den grauen Häusern, die Schnee auf den Dächern hatten. Alles war ruhig und friedlich.

»Könntest du dir vorstellen, einmal hier zu wohnen?«, fragte Hermann.

Die Frage kam unerwartet für Jakob.

»Alle wollen nach Amerika ...«, erwiderte er zögernd.

Hermann spürte, wie eine kalte Hand sein Herz umfasste.

»Vatna ist der beste Hof weit und breit, Jakob. Du weißt noch nicht, was du wirklich willst.«

»Ich könnte zur See fahren – und dann wieder an Land gehen, wenn ich genug Geld verdient hätte, oder?«

Hermann fügte nichts mehr hinzu, ging nur weiter das Tal entlang. Ich bin doch nicht der einzige Mensch mit Träumen! Das musste er sich selbst gegenüber schließlich eingestehen. Was ging ihn Jakobs Zukunft an? Ein fester Wille war die beste Eigenschaft eines jungen Menschen, damit durfte man keinen Handel treiben.

Eduard war in eine Wohnstube unterhalb der Stelle, wo die neue Kirche gebaut werden sollte, getragen worden. Sie trafen Johannes, der an der neuen, geraden Kirchenmauer, die voller weißer, frisch gesprengter Steine war, unruhig hin und her ging. Er schüttelte nur den Kopf: Eduard sei ein großer, flacher Stein auf die Brust gefallen, er habe kaum noch geatmet, als die Leute herbeigeeilt waren. Ein Wunder, dass er überhaupt noch am Leben sei.

Nein, mit Eduard war nicht mehr viel los. Hermann musste an den fröhlichen, verrückten Eduard, der in seiner Jugend so viel Blödsinn angestellt und ihm stets treu wie Gold gedient hatte, denken. Jetzt lag er auf einer Bahre auf dem Fußboden in einer fremden Wohnstube, rang nach Luft und starrte zur Tür und auf die beiden, die hereinkamen.

»Da bist du ja«, seufzte er erleichtert, als ihm Hermann die Hand gab. »Ich hatte solche Angst, gehen zu müssen, ohne mich mit dir ausgesprochen zu haben.«

Das waren ungewöhnliche Worte, doch im Angesicht des Todes wurden viele Worte groß und bedeutsam.

»Du wirst dich sicher wieder erholen, Eduard, du wirst dich auch diesmal aus der Schlinge ziehen!« Hermann fragte, ob sie den Doktor geholt hätten, doch die Leute des Hauses glaubten nicht, dass das noch viel nützen würde, so übel zugerichtet wie der Mann sei. Der Pfarrer aber sei da gewesen, um ihn auf das Jenseits vorzubereiten. Trotzdem hätten sie den Eindruck, dass ihn noch etwas bedrücke.

Jakob wollte sich leise davonstehlen, aber Eduard meinte: »Nein, geh jetzt nicht hinaus. Du solltest ruhig einmal mit ansehen, wie ein Mann stirbt, irgendwann musst du dich sowieso daran gewöhnen.«

Jakob setzte sich vorsichtig auf das Ende einer Bank, und es war ihm mulmig zu Mute.

»Was wolltest du von mir, Eduard?«, Hermann öffnete dabei das Hemd des Sterbenden.

»Ich wollte dich nicht belasten, Hermann – du hast jetzt genug mit deinen eigenen Angelegenheiten zu tun. Es gibt aber etwas, was ich nicht vergessen kann. Und ich kann nicht aus dieser Welt scheiden, ohne mit dir darüber zu reden.«

»Mach dir keine Sorgen, Eduard. Zwischen uns ist doch alles in Ordnung, oder?«

Dann erzählte Eduard – mit Jakob als stummem Zeugen – über seine große Sünde vor Gott und Menschen: Er habe ein besseres Leben als viele andere führen wollen, habe aber eine so schwere Sünde begangen, dass er es kaum aussprechen könne.

Hermann wartete, ließ Eduard die Zeit, die er brauchte, um sprechen zu können.

»Es geht um das Gold, Hermann, das Gold!«

»Das Gold?«, Hermann verstand nicht, was er damit meinte.

»Es passierte, als sie im großen Stollen arbeiteten. Sie hatten gerade gesprengt und waren damit beschäftigt, aufzuräumen ... Sie hatten die Behälter beladen und wollten die Steine zur Oberfläche heraufziehen. Da sahen die Männer, dass es im Quarz glitzerte. Was für eine Aufregung! Du weißt ja, dass alle nur auf den großen Fund gewartet haben, Hermann. Gerade in dem Moment habe ich das Gold entdeckt, einen Klumpen in einem gesprengten Felsenstück. Die anderen waren aber so mit ihren kleinen Goldkörnchen beschäftigt, dass sie nichts von dem bemerkten, was ich gefunden hatte. Der Ingenieur war ganz aufgeregt, und auch der Direktor kam angerannt, als sie die Ladung ans Tageslicht befördert hatten. Ich sagte aber nichts davon, dass noch mehr zu finden sei, ich schwieg, Hermann. Ich habe dabei nicht an mich selbst gedacht, ich habe Angst davor gehabt, dass sie noch viel mehr finden würden. Dann wären die Leute sicher noch verrückter geworden, alles hätte nur in Sünde und Elend geendet – später ...«

»Was hast du damit gemacht, Eduard?«

Eduard beugte sich stöhnend.

»Ich ging abends wieder heimlich zurück und nahm den Goldklumpen mit nach Hause.«

»Warum bist du nicht zu mir damit gekommen – oder zum Ingenieur gegangen? Wurdest du nicht untersucht, so wie die anderen?«

»Der Ingenieur war an diesem Abend besoffen, und sie haben mir vertraut – ich sollte doch die anderen beaufsichtigen.«

Hermann schwieg. Verschiedene Gedanken gingen ihm durch den Kopf.

Eduard aber kämpfte weiter.

»Vielleicht hätten sie nicht so schnell aufgegeben, wenn ich ihnen vom Gold erzählt hätte, oder was meinst du?«

Jakob erhob sich und bückte sich über die Tragbahre.

»Wie groß war der Goldklumpen, Eduard?«

Eduard versuchte, ihn mit den Fingern nachzuzeichnen, schaffte es aber nicht, und seine Hand fiel wieder auf die Decke zurück.

»Mach dir jetzt nichts mehr daraus, Eduard. Vorbei ist vorbei. Die ganze Aufregung in den Waldweiden hat uns sowieso keinen Segen gebracht.«

Es fiel Hermann schwer, das zu sagen, er sah aber keinen anderen Ausweg.

Eduards Gesicht war mager und eingefallen. Nach Annas Tod hatte er nur den Herrgott gehabt, dem er sich anvertrauen konnte. Das Gold war ihm sicher eine schwere Last gewesen.

»Warum hast du es mir nicht früher gesagt, Eduard, statt dich selbst so zu quälen?«

Eduard stöhnte wieder vor Schmerzen.

»Ich – ich habe mir solche Sorgen um dich gemacht, Hermann, dass du deine Seele wegen deines Strebens nach Materiellem verlieren könntest. Ich …«

»Ach, Eduard. Jemand hat mich ja doch noch zur Vernunft bringen können – ich weiß nur nicht, wer. Jetzt bin ich fast genauso arm wie du!«

Eduard wurde unruhig, schaute ängstlich in das Gesicht, das sich über ihn beugte. »Das habe ich nicht gewollt, … nicht so, ich wollte nur …« Er versuchte sich aufzurichten, doch Hermann schob ihn behutsam zurück.

»Du kannst in Frieden sterben, Eduard, du hast nichts Böses getan.«

Jakob trocknete sich die Augen. Dann schluchzte er: »Aber, das Gold, Eduard, wo hast du es versteckt?«

Eduard machte eine hilflose Bewegung. »Im Holzschuppen, Jakob, unter … unter …«

Er blieb eine Weile still liegen, versuchte dann die Lippen zu bewegen, schaffte es aber nicht. Jedes Mal, wenn er Atem holte, pfiff es in seiner Brust entsetzlich, und seine Hände hatten eine seltsam bläuliche Farbe bekommen.

Die Frauen im Haus sahen gelegentlich nach dem Verletzten, konnten aber wenig tun. Johannes kam kurz herein, um nach seinem Kameraden zu schauen, seufzte schwer und trat wieder in den Wintertag hinaus. Hermann und Jakob blieben da, Eduard erkannte sie aber nur noch zeitweise.

Als sie nach Eduards Tod zu den Buggehäusern hinuntergingen, sprachen sie nicht miteinander. Der kalte Wind biss in den Ohren, und die Kutter in der Aareidbucht zogen heftig an den Ankerketten.

»Ich möchte, dass du mitkommst«, sagte Hermann, als Jakob in den Laden wollte. »Du solltest hören, was wir miteinander besprechen, denn du bist erwachsen genug.«

Danach saß er wieder in Bugges Wohnstube wie in den Tagen, als der Alte noch am Leben gewesen war. Der junge Bugge war nun ebenfalls nicht mehr ganz jung, hatte sich einen kleinen Bauch angefuttert, wie es sich für einen Mann mit Vermögen gehörte. Gerhard aber hatte aus den Fehlern seines Vaters gelernt: Er ging kein Risiko ein, wollte keine Verluste einstecken. Sogar in den Zeiten, als die Kutter, die nach Nordnorwegen fuhren, nur mäßige Einnahmen hatten, hatte er kaum Verluste gehabt. Es wurde erzählt, dass er an dem Tag, als die Leiche seines Vaters draußen auf den Inseln an Land getrieben war, hoch und heilig geschworen hätte, niemals zu verarmen und seinen Besitz zu verteidigen. Und an diesen Schwur hatte er sich auch gehalten:

Haus und Laden waren gut in Schuss, er hielt immer, was er zugesagt hatte, aber auch nicht mehr, und er war sehr unwillig, wenn die Kunden etwas anschreiben lassen wollten.

»Ja, so ist es, Hermann«, meinte er, als sie beim Kaffee saßen, den seine liebenswürdige Frau eingeschenkt hatte. »Du hättest wie der Polizeibeamte und ich rechtzeitig abspringen müssen! Ich habe diesen Kerlen von der Gesellschaft nie richtig getraut.«

»Vorbei ist vorbei«, gab Hermann zur Antwort. »Es ist nur schade, dass sie aufgehört haben, bevor sie den Berg richtig kennen gelernt haben.«

»Du glaubst immer noch an diesen Wahnsinn«, grinste Bugge.

»Was heißt glauben. Ich weiß, dass man aus dem Felsen dort etwas herausholen könnte. Doch der Granitgneis hätte noch mehr Mineralien beinhalten müssen, das habe ich nicht gewusst. Die Gesellschaft hat auch nicht alles so gut ausgenutzt, wie sie es hätte tun können: Im Quarz gab es Goldstaub, sie hatten aber nicht die richtigen Geräte, um auszuwaschen. Ein Teil davon blieb auf den Schlackehaufen zurück, und der Rest wurde mit dem Sand weggeschüttet und liegt jetzt auf dem Meeresboden!«

»Nur gut, dass der Wahnsinn ein Ende hat. Eine Zeit lang war es kaum möglich, gute Arbeiter zu bekommen, alle rannten zu den Gruben. Es war wie ein Fieber«, Bugge lachte laut.

Für Hermann gab es nichts zu lachen. »Der Bergbau könnte wieder anfangen, wer weiß? Es gibt sicher noch viele Möglichkeiten, Bergbau zu betreiben – leider wird das aber nicht passieren, solange ich lebe.«

»Es gibt immer noch gutgläubige Seelen, die an den Talseiten entlang weiter schürfen, ohne Maschinen, nur mit Hammer und Meißel.«

»Vielleicht ist das auch die bessere Lösung«, meinte Hermann nachdenklich.

Da war Bugge anderer Meinung. »Du und Björn, ihr betreibt gemeinsam die Grube Langlien, ist es nicht so? Ihr habt auch Schiffe gemietet, um das Erz wegzubringen, habe ich gehört.«

Hermann wollte sich nun nicht mehr über das Schürfen unterhalten, er sei aus einem anderen Grund gekommen, fuhr er fort. Er habe vor, wieder nach Nordnorwegen zu fahren, ob Bugge ihn gegen Pfandrecht an dem Kutter ›Die Brüder‹ ausrüsten könne?

Auf einmal wurde Bugge ein anderer Mensch, war völlig ernst. Auf den Lofoten sei es in letzter Zeit nicht gerade hoch hergegangen, antwortete er. Einige seien sogar ohne Fang zurückgekehrt und hätten ihre Kutter verkaufen müssen.

»Im letzten Jahr war ich recht erfolgreich«, versetzte Hermann, und Jakob nickte zustimmend, denn hier kannte er sich aus.

Das schien aber den Mann, der zu entscheiden hatte, nur wenig zu beeindrucken. Er habe wegen der vielen Leute, die im letzten Jahr bei ihm angeschrieben hätten, beinahe Verluste einstecken müssen.

In Bergen hätten sie keine Probleme mit dem Anschreiben, bemerkte Hermann, und schließlich lenkte der andere ein und fragte, was er brauche. So kam es, wie Hermann es schon so oft erlebt hatte: Gegen Ausrüstung und Proviant musste er sein Schicksal in die Hände dieses Geschäftsmannes legen.

»Die Unternehmungslustigen fahren jetzt viel weiter als nur auf die Lofoten«, berichtete Gerhard Bugge. »Kutter genügen nicht mehr, man braucht Fischdampfer, die weit aufs Meer hinausfahren können!«

Eine hohe Summe wurde in die Bücher eingetragen, und nach den vielen Jahren ohne Schulden hatte Hermann ein seltsames Gefühl dabei. Wenn alles gut gehen sollte, müssten sie für den Fang einen guten Preis erzielen.

Erst als sie gehen wollten, sprach Bugge von Eduard und

seinem Schicksal. Dass es gerade jetzt, da die Kirchenmauern beinahe fertig seien, passieren musste! Die Gemeinde müsse dazu beitragen, damit er eine anständige Beerdigung bekäme.

»Dafür ist die Hilfe der Gemeinde nicht nötig!« Hermann sagte es, um sich selbst zu trösten. »Eduard hat ein so gutes Herz und einen starken Glauben gehabt.«

Hermann und Jakob gingen daraufhin zu Eduards Kindern, um ihnen die Trauerbotschaft zu überbringen. Nur die beiden Jüngsten waren noch zu Hause, zusammen mit einer Magd, die nach dem Rechten schaute. Die anderen waren bereits von zu Hause fortgegangen, kaum, dass sie flügge gewesen waren. Anders lebte nun in Bergen, hatte viele Pläne.

Jakob wollte nicht nachgeben, sie müssten nach dem Gold suchen, sagte er entschlossen zu seinem Vater. Sie gingen zum Holzschuppen, der das Dach des Hauses abstützte. Der Schuppen war recht klein, sodass sie ziemlich schnell alles durchsucht hatten. Sie fanden nichts. Vielleicht ist es auch besser so, dachte Hermann. Jakob aber wollte nicht aufgeben. Schließlich fand er ein loses Brett unter dem flachen Stein vor der Tür. Hier hatte Eduard seinen Fund versteckt. In Lumpen eingewickelt lag das, was Eduard so viel Kummer bereitet hatte, vor ihnen: Ein Klumpen Berggold, so rein, wie es nur Gold sein konnte. Es ist nicht die Welt, vielleicht Gold für einen Ring oder zwei, überlegte Hermann, als er den Klumpen in der Hand hielt.

»Was wollen wir damit tun?«, Jakob stand aufgeregt neben ihm.

Sie müssten das Gold wohl der Polizei übergeben, er gehöre in die Konkursmasse der Gesellschaft, antwortete Hermann.

Das gefiel Jakob nicht.

»Das Gebirge gehört uns«, erwiderte eigensinnig.

»Es liegt sowieso kein Segen darin, Jakob.«

Damit war alles entschieden.

XXI

Briefe wurden ausgetauscht, diesen wie auch die vergangenen Winter, Briefe mit warmen Worten und Briefe, die von Hetze und harter Arbeit berichteten, von den Entbehrungen der Männer und der Sehnsucht der Frauen. Es lag immer eine gewisse Spannung in diesen unzähligen Briefen. Sie erzählten von den Fäden, die die Menschen miteinander verbanden, obwohl sie oft nur wenige und alltägliche Worte beinhalteten. Sie wurden, ohne es zu wissen, zu Boten der Liebe.

Auch andere Botschaften wurden übermittelt, Botschaften durch Drähte oder auch durch Zeitungen, die hier und da auftauchten, und Hermann las zufrieden das, was er schon längst wusste.

Der Fischfang auf den Lofoten war dieses Jahr unwahrscheinlich gut. Zwar waren die Fischschwärme recht spät herangeschwommen, sie waren aber anscheinend gekommen, um zu bleiben. Hermann hatte nur eines im Kopf: schnell zu handeln. Deswegen schickte er Anders, der mit der ›Die Brüder‹ in Kabelvaag lag, die Botschaft, sofort zu kaufen, damit sie rechtzeitig volle Ladung bekämen. Der Preis war hoch, sechzehn bis zwanzig Kronen pro hundert Kilo, und das verunsicherte Hermann etwas. Aus Bergen kamen aber keine beunruhigenden Nachrichten, die Preise blieben stabil. Zudem zeichnete sich auf den ausländischen Märkten ein Aufschwung ab.

Als er halbe Ladung hatte, erreichte ihn eine Todesnachricht: Die kleine Sanna, die Jüngere der Zwillinge, hatte diese Welt verlassen. Sie habe eine seltsame Krankheit bekommen, habe nicht richtig atmen können. Sie hätten natürlich den Doktor geholt, er habe aber für die Kleine nichts tun können. Eine Woche später sei sie gestorben.

An diesem Tag war Hermann außer Stande, etwas zu tun, er saß mit dem Brief da, las ihn immer wieder. Eine zitternde Hand hatte ihn vor einer Woche geschrieben. Die kleine Sanna hatte gerade laufen gelernt, bevor er gefahren war, konnte bereits ihre ersten Worte sprechen. Auf einmal hatte er das Gefühl, als hätte ihm jemand ein Bein gestellt: Nichts auf dieser Welt ist selbstverständlich, Hermann!

Er schrieb Marita einen Antwortbrief, einfache Worte, doch zwischen den Zeilen stand das, was nur Marita verstehen konnte.

Ende März hatten sie volle Ladung, und sie waren in guter Gesellschaft, als sie über den Westfjord zu den Trockenplätzen segelten. In Salten begegnete ihm Anders, es wurde aber kein fröhliches Zusammentreffen.

»Es wird drunter und drüber gehen«, vermutete Anders, der erfahren hatte, dass die Preise fielen.

Hermann wollte nicht verlieren, dieses Spiel kannte er.

»Wir haben für den Fisch zu viel bezahlt«, brummte Anders. »Die Alten sagen, dass es noch nie so viel Kabeljau gegeben habe.«

Hermann musste ihm Recht geben, denn es war kein Problem gewesen, volle Ladung zu bekommen. Die Preise waren in letzter Zeit sehr gefallen, und am Anfang hatten sie zu viel bezahlt. Wer hätte aber wissen können, dass es so enden würde?

»Sie haben ausgerechnet, dass zur Zeit die Preise in Bergen bei ungefähr sieben Kronen für eine Waage Trockenfisch liegen«, meinte Anders. »Das bekommen wir nie – es dauert schließlich noch etwas, bis das Ganze getrocknet ist und wir es in Bergen verkaufen wollen!«

Wenn nur das Wetter besser gewesen wäre! Es regnete andauernd, und wenn es nicht regnete, kam oft ein kalter und rauer Wind auf. Ließ die Sonne sich dann urplötzlich blicken, musste man besonders auf der Hut sein, damit der Fisch nicht Schaden nahm. Hermann ging selbst auf den

Felsen herum und beaufsichtigte das Trocknen. Es war die größte Ladung Fisch, die er jemals getrocknet hatte, davon war er überzeugt, aber die ›Hildershafen‹ war ja auch der größte Kutter weit und breit, jedenfalls von denen, die aus der Aareidgegend kamen. Er hatte aber zu viel Geld beim Fischeinkauf ausgegeben, das musste er sich jetzt eingestehen. Ihm wurde ganz heiß beim bloßen Gedanken daran. Es wäre nicht so schlimm gewesen, wenn ihm alles gehört hätte – er hatte aber diesmal das meiste Geld aufnehmen müssen, Kutter und Hof waren verpfändet.

Er hatte sich wie ein Dummkopf benommen. Er schaute sich Jakob an, der dieses Jahr Koch war. Vielleicht würde er eines Tages alles daheim verlassen? Daran hatte Hermann selbst nie gedacht. Für ihn hatte es nur den einen Weg gegeben, zu Hause zu bleiben und hart zu arbeiten, wie seine Vorfahren auch. Jetzt war alles anders: Wenn die jungen Leute nicht zufrieden waren, zogen sie nach Amerika! Nicht nur Eduards Anders dachte daran, sondern auch viele andere. Bevor Hermann nach Nordnorwegen gefahren war, hatte er einen kurzen Brief von Elisabeth bekommen. Sie war nicht glücklich, obwohl es Markus anscheinend gut ging. Hoffentlich würde ihr die Zeit helfen, das zu vergessen, was sie verlassen habe, schrieb sie, sonst würde sie nicht weiterleben können, egal wie gut es ihr in dem neuen Land gehen würde.

Als die Nordnorwegenfahrer endlich Richtung Süden segelten, auf der Backbord-Seite konnten sie die Gegend um Sogn herum erkennen, ließen Hermann die Sorgen für kurze Zeit los. Die Gebirgsweiden waren schon grün, er spürte den Frühling in sich. Sie würden es auch diesmal schaffen. Nach der langen Fahrt war sein Schiff kaum beschädigt. Er besaß sogar zwei Schiffe! Und man müsste lange nach einer besseren Ware als derjenigen, die er im Laderaum hatte, suchen – aber das Wetter hatte sich in den letzten Wochen auch unglaublich gebessert.

Sie hatten in Bergen kaum angelegt und den ersten Fuß an Land gesetzt, da erfuhren sie schon das ganze Elend: Wegen der Unmenge an Fisch auf den Lofoten waren die Preise in letzter Zeit ernorm gefallen. Hermann ging geradewegs zum Büro, doch derjenige, der ihm schon seit vielen Jahren den Fisch abkaufte und den Fang überall hin verschickt hatte, berichtete, dass der Markt wie nie zuvor gesättigt sei.

»Dort oben im Norden habe ich sechzehn bis zwanzig Kronen für hundert Kilo bezahlt«, sagte Hermann.

Der andere aber stand da, von Trockenfisch umgeben, und schüttelte den Kopf. Vier Kronen für zwanzig Kilo und kein Öre mehr! Hermann könne gern anderswo hinfahren und seine Ladung anbieten!

Daraufhin unterhielt sich Hermann mit den anderen Männern von der Gegend um Aareid herum, und er musste feststellen, dass sie alle im selben Boot saßen. Jakob begleitete seinen Vater und verstand nach und nach so viel, dass er aufhörte zu fragen. Hermann wusste, dass man es ihm ansehen konnte: Er war ein Mann, der alles verloren hatte.

Später am Tag hockten sie in einer Bierstube beisammen, aber niemand erwähnte wie sonst die Abrechnung. »Ihr werdet alle eure Heuer bekommen«, versprach Hermann, »mehr ist aber nicht drin – zumindest für dieses Mal.«

Er würde bald zu Marita nach Hause fahren können, hatte sich darauf gefreut. Jetzt graute es ihm davor.

»Wie viel haben wir verloren, Vater?« Diese Frage stellte ihm Jakob, als sie den ganzen Fang verkauft hatten und sich auf den Heimweg machten.

Hermann antwortete nicht sofort. Natürlich hatte er nachgerechnet, hatte in letzter Zeit nichts anderes gemacht. Aber wie er die Zahlen auch drehte und wendete, er bekam einen Verlust von mindestens zehntausend Kronen heraus. Das, was er Bugge und der Bank hätte geben müssen, lag irgendwo zwischen Lofoten und Bergen, war in seiner Buchführung verschwunden.

»Sehr viel Geld, Jakob«, sagte er schließlich. »Jetzt fahren wir erst mal zu Mutter und den anderen nach Hause, mehr kann ich im Augenblick nicht sagen.«

Das Ganze war für Aareid ein großes Unglück. Achtzig Kutter waren nach Nordnorwegen ausgezogen – viele hatten für die Ausrüstung und den Fischankauf Geld aufgenommen.

»Müssen wir die Kutter verkaufen?« Als sie nachmittags den Fjord überquerten und schon nach Hause schauen konnten, stellte Jakob ihm diese alles bedeutende Frage.

Hermann nickte. »Ich weiß nicht, wie wir das jetzt noch verhindern könnten, Jakob.«

Sie stand unten auf dem Laberg und wartete, seine gute, treu sorgende Marita. Als er sie an sich drückte, spürte er, wie eine Welle der Geborgenheit ihn durchströmte. Dabei wurde ihm bewusst, dass es auf der Welt immerhin noch etwas gab, was ihm mehr bedeutete als alles andere.

An diesem Abend unterhielten sie sich lange, über das kleine Mädchen, das sie verlassen hatte, und über die Zukunft. Niemand von ihnen erwähnte die Vergangenheit.

Janna hatte es in ihrem Bett jetzt sehr geräumig. Als Hermann sie endlich auf den Schoß nehmen konnte, wollte er sie gar nicht mehr loslassen.

Später, als sie alleine waren, erzählte ihm Marita, dass sie wieder ein Kind erwarte. »Aber erst um Michaeli herum«, fügte sie hinzu, freudig und ängstlich zugleich.

Trotzdem hatte sie seinen Hof gut versorgt, hatte die Äcker eingesät, die Wiesen von Steinen befreit, hatte sich um Brennholz für den kommenden Winter gekümmert – alles Nötige war getan worden. Außerdem war ihre Webarbeit fertig, sie hatte zudem gestrickt und geflickt, und in den Ställen war alles, wie es sein sollte. Sie führte ihn überall herum, der Hof gehörte schließlich ihnen beiden. Sie ließ ihn für kurze Zeit vergessen, dass alles verpfändet war. Damit ließ sie ihn außerdem in dem Glauben, dass sie alles nur wegen ihrer vielen Helfer geschafft hatte: Draußen habe ihr der junge Knecht geholfen, Lea habe fleißig am Webstuhl gesessen, und die geduldige Ingeborg habe für das Stricken gesorgt.

»Du hast also nichts getan?«, lachte er ihr an einer Hausecke zu.

Doch, sie habe hart gearbeitet, um nicht dauernd an die kleine Sanna denken zu müssen. »Außerdem werde ich niemals aufgeben, niemals! Nicht, bevor ich danieder liege! Die ganze Zeit hatte ich im Gefühl, dass diese Fahrt kein Erfolg werden würde. Ich habe es mir aber trotzdem nicht so schlimm vorgestellt.«

Die Tage, die folgten, waren nicht besonders erfreulich. Bei Bugge Junior war alles schnell erledigt: Er verlangte das, was ihm zustand, von Hermann und auch von allen anderen, die in Schwierigkeiten geraten waren. Er habe ein Geschäft und verteile schließlich keine Almosen, verteidigte er sich.

Später kam der Polizeibeamte, musste im Namen anderer das Nötige erledigen. Er sprach von einem besonders schweren Jahr der Verluste und von den vielen Schiffen, die unter den Hammer kämen. Er drückte sich hochtrabend aus und meinte, Hermann müsse zuerst einmal abwarten. Das hielt ihn jedoch nicht davon ab, alles, was ihnen an irdischem Besitz gehörte, in seinen Büchern aufzuschreiben, bevor er zusammen mit seinem Knecht den Hof wieder verließ.

Auf dieses Vorkommen hin erwähnte Marita erstmals wieder Vatna. Zusätzlich zu dem Besuch des Beamten kam noch, dass Ingeborg völlig verrückt spielte. So drückte es jedenfalls Hermann aus, als seine Mutter angerannt kam, nachdem der Beamte wieder fort war. Sie wollte unbedingt die Wahrheit wissen. So erzählten ihr die beiden alles, und überraschenderweise brach Ingeborg nicht zusammen. Natürlich schimpfte sie, viele böse Worte wurden ausgesprochen, wie dies auch schon früher so oft der Fall gewesen war, wenn alles schief ging. Das Seltsame aber war, dass sie mit keinem Wort den Herrgott erwähnte. Zum Schluss teilte ihnen Ingeborg mit, dass sie nie wegziehen würde, komme, was wolle!

»Wer spricht denn von Wegziehen?«, meinte Marita, doch am selben Abend kam sie noch einmal auf Vatna zu sprechen. Ob Hermann sich vorstellen könne, dorthin zu ziehen – wenn es ernst werden würde?

Im Stillen ärgerte Hermann sich über ihre Stärke! Sie redete von Vatna, als ginge es um eine ganz normale Fahrt zur Kirche! Er war aber so merkwürdig gleichgültig geworden, dass er selbst beinahe Angst bekam. Bald würden in der Bucht keine Kutter mehr vor Anker liegen, bald würde …

Er antwortete nicht darauf, das erwartete sie wohl auch nicht.

Eines Tages kam Henrikka Vatna persönlich in die Spanbucht, kam alleine dahergerudert. Er hatte Marita im Verdacht, ihr eine Botschaft übermittelt zu haben, denn sie tischte auf, als hätte sie Henrikka erwartet.

Es wurde ein außergewöhnlicher Besuch. Henrikka sagte es geradeheraus, für sie gab es kein Drumherumreden mehr: »Ich bin froh, dass du damals Nein sagtest, als ich so verrückt war, dir Vatna anzubieten!«

»Du glaubst wohl, dass ich auch noch Vatna verspielt hätte?«, fragte Hermann verärgert.

»Du wärest auf jeden Fall dazu im Stande gewesen. Man hatte das Gefühl, als könntest du nicht groß genug werden. Du hattest den Hof, eine vortreffliche Frau und zwei Kutter, du musstest aber auch noch Grubenbesitzer werden, hattest so viele Eisen im Feuer, dass du zum Schluss den Überblick verloren hast.«

Hermann ließ sie ausreden. Henrikka aber war nicht gekommen, um Salz in die offene Wunde zu streuen, sie hegte überhaupt keine derartigen Gedanken. Sie schaute Jakob an: »Ich habe gehofft, dass er zu mir ziehen würde, jetzt weiß ich aber nicht mehr so recht?«

Jakob schüttelte den Kopf, konnte sich nicht vorstellen, irgendwo anders hinzuziehen.

»Na ja«, meinte Henrikka, als sie wieder gehen wollte. »Wenn es so weit ist, dass ihr vom Hof ziehen müsst, dann wartet alles bei mir auf euch. Dort hast du ja auch deine Schürfgrube, Hermann. Ich habe zudem noch etwas Wald – wenn du auf der Werft Boote bauen möchtest.«

Sie bekam keine klare Antwort, was sie sicherlich auch nicht erwartet hatte.

Nachdem Henrikka gegangen war, kam Lea in die Wohnstube, sie hatte geschwollene Augen und sah aus, als hätte sie geweint – sie hatte wohl die Unterhaltung belauscht.

»Warum heulst du?«, fragte Hermann schroff.

Die große Lea schaute ihn und Marita hilflos an. »Wenn ich Geld angespart hätte, würde ich es euch geben. Aber was kann eine arme Magd schon ansparen?«

Hermann ging hinaus, hielt es im Haus nicht mehr aus. Er blieb eine Weile unten an der Scheune stehen, suchte sich irgendeine Beschäftigung. Dann kam seine Mutter angehumpelt. Hermann aber wollte nicht gerade jetzt mit ihr sprechen, doch es war zu spät. Sie stand vor ihm, beide Hände auf den Stock gestützt, ein kleiner, zusammengeschrumpfter Mensch. Sie war seine Mutter, aber plötzlich wurde sie zu viel mehr – sie stand für die ganze Spanbucht. Sie hatte ihn zur Welt gebracht, in letzter Zeit aber waren sie sich fremd geworden.

Sie wollte ihm etwas sagen. Er merkte, dass es ihr schwer fiel. »Hermann, du darfst dir nichts daraus machen, dass ich an dem Tag, als der Polizeibeamte hier war, so schrecklich böse wurde. Wenn ihr, du und deine Familie, vom Hof ziehen müsst, werde ich mitkommen, auch wenn ich alt bin. Wenn du es schaffst, werde ich es wohl auch schaffen.«

Sie ließ ihm keine Gelegenheit, ihr zu antworten, drehte sich um und stolperte wieder ins Haus zurück.

Als er zum Essen in die Wohnstube kam, saßen Marita und Janna schon am Tisch. Jakob stand daneben.

Hermann fragte, was los sei, da sie den Kopf so hängen ließen.

»Jakob hat mit mir etwas besprochen. Jetzt möchte er wissen, was du dazu sagst.«

»Du darfst das Ganze nicht zu schwer nehmen, Jakob, vielleicht gibt es noch einen Ausweg«, Hermann klopfte ihm auf die Schulter.

Da schaute ihm Jakob ins Gesicht:

»Nimm doch mein Geld, Vater.«

Hermann wurde rot.

»Nein, Jakob, nein. Nicht dein Geld.«

Jakob war den Tränen nahe.

»Was soll ich denn damit – wenn wir hier wegziehen müssen?«

Marita ließ sie nicht aus den Augen, sagte aber nichts. Nur Janna klopfte mit ihrem Löffel im Brei herum.

Hermann setzte sich an den Tisch, rührte das Essen aber nicht an. Lange sagte er nichts, konnte irgendwie nicht die Worte finden, die er brauchte. Gundi, Hesjaland, Jakobs Zukunft – die Gedanken rasten durch seinen Kopf. Das Geld war ihm immer heilig gewesen – er hatte es in seinen Berechnungen nie berücksichtigt.

»Setz dich hin, Junge, und iss!«

Jakob setzte sich, sprach schnell und undeutlich sein Tischgebet.

»Ich habe nie danach gefragt, wie groß sein mütterliches Erbe war«, sagte Marita kurz darauf.

»Ich bin mir nicht ganz sicher«, antwortete Hermann,

versuchte normal zu sprechen, als gehe es um das Wetter und nicht um ihrer aller Schicksal. »Ich habe das Bankbuch hier, einige tausend Kronen sind darauf – außerdem sind die Zinsen für zehn oder zwölf Jahre dazugekommen.«

Jakob hörte gespannt zu, ließ sie nicht aus den Augen.

Sie rechneten alle nach, jeder auf seine Weise.

»Wie viel könntest du für ›Die Brüder‹ bekommen?«, fragte Marita.

Er wusste es nicht genau, es könnten aber um die sechstausend Kronen werden. »Bei der letzten Fahrt war der Verlust elftausend.«

»Das weiß ich«, antwortete sie, »dann kommen noch die früheren Schulden dazu und das, was wir Bugge schuldig sind.«

Hermann rechnete im Stillen nach, addierte und subtrahierte.

»Ich habe immer gewollt, dass dieses Geld stehen bleibt, bis du erwachsen bist, Jakob. Das meiste davon ist von deiner Großmutter auf Hesjaland.«

»Wir könnten es ihm doch zurückzahlen – mit der Zeit«, meinte Marita, »wenn du den großen Kutter retten kannst. Du könntest ja auch einige Anteile an ihm verkaufen – außerdem wirst du sicher noch einiges mit den Fahrten nach Nordnorwegen verdienen, auch wenn es diesmal schlecht lief?«

Marita hatte anscheinend an alles gedacht. Hermann stand auf, ging zur Schatulle und zog die kleine Schublade mit den vielen Papieren heraus. Er entnahm ein kleines Sparbuch daraus, legte es Jakob hin, ohne selbst darin zu blättern.

»Hier ist dein mütterliches Erbe, Jakob.«

Jakob ergriff das Buch mit zitternden Händen, blätterte und las mit blanken Augen und halb offenem Mund. Dann erhellte sich sein Gesicht, er schaute sie beide an und schob dem Vater das Buch hin: »Nimm du es.«

Am 10. August, am Tag des heiligen Laurentius, war der Hafer an den sonnigsten Stellen oberhalb der Häuser schon geschnitten. Marita stand an der Waschstelle, Jakob holte das Pferd aus den Bergen zurück. Hermann sah die Freude in Maritas Gesicht, als er ihr sagte, dass er an diesem Tag nach Aareid wolle. »Wenn du in Vatna vorbeischaust, vergiss nicht, Grüße von mir zu bestellen!«, mehr sagte sie nicht.

Er nahm den alten Weg durch die Waldweiden, an Tälern und Flüssen entlang, den Weg, den er als kleiner Junge so oft barfuß gelaufen war.

Auf Vatna waren Henrikka und ihre Angestellten oben auf den Hügeln beschäftigt, wo sie unterhalb der Einzäunung Heu zusammenrechten. Eduards Kinder halfen ihnen dabei.

Es war deutlich, dass Henrikka ihn erwartet hatte, wollte ihn zum Essen einladen. Hermann lehnte dankend ab, sagte, dass er auf dem Weg nach Aareid sei und wenig Zeit habe.

Bevor sie ihn fragen konnte, teilte er ihr mit, dass er unterwegs sei, um einige seiner Schulden zu tilgen. Jedenfalls habe er so viel aufbringen können, dass er Aufschub bekommen würde.

Henrikka Vatna stützte sich am Stiel des Rechens ab, schaute ihn unentwegt an: »Ich hätte es wissen müsen. Von mir wolltest du nichts annehmen, Hermann. Trotzdem habe ich meine Hilfe angeboten. Ich war dumm.«

Hermann sagte, dass er ihr deswegen dankbar sei, spürte aber, dass er mit ihr redete wie mit einer Fremden. Wenn er Hilfe bräuchte, würde er immer nach Vatna kommen, dessen könne sie sicher sein.

»Ich bin immer noch in der Lage, meinen Namen unter ein Schriftstück zu kritzeln«, meinte sie.

Hermann ging über die Hügel weiter, näherte sich der Flachalm. Er schlug einen Ziegenpfad ein, ging an Krüppelbirken und Ebereschen vorbei, bis er vor den Felsen stand.

Dort, wo er früher einmal das Moos abgekratzt und ein tiefes Loch ins Gebirge geschlagen hatte, hatte sich Nässe angesammelt, die er mit den Händen wegwischte. Das Wasser war rot und glänzend.

Jenseits der Geröllfelder oberhalb von Indre-Vatna lief er beinahe Björn in die Arme. Er war aber nicht mit Schürfen beschäftigt, ging irgendwie ziellos umher, obwohl es sowohl Erntezeit als auch Zeit für das zweite Schneiden von Heu war.

Sie schauten sich an, unterhielten sich ein wenig. »Wie wird es jetzt weitergehen?«, wollte Björn wissen. Mit keinem Wort erwähnte er Hermanns Verluste oder seinen Geldmangel.

»Im Winter fangen wir an«, antwortete Hermann. »Du musst noch ein Frachtschiff auftreiben, die Ausrüstung haben wir ja, und die Arbeitskräfte stellst du, nicht wahr?«

Björn schien erleichtert, so, als hätte er befürchtet, ihr geplantes gemeinsames Schürfen würde sich nicht realisieren lassen.

Als Hermann weiterging, war er nicht so ganz davon überzeugt. Wegen des Gebirges machte er sich keine Sorgen, denn er glaubte immer noch fest daran. Ab und zu spürte er aber eine Art von Gleichgültigkeit gegenüber seinen vielen früheren Vorhaben. Henrikka hatte sicher Recht gehabt: Er hatte mit den Großen mitmischen wollen – und hatte sich dabei völlig verrechnet. Jakobs Bankbuch wog schwer in seiner Tasche, es war aber trotz allem eine angenehme Last.

Außerdem hatte er auch noch etwas anderes dabei, denn seit einiger Zeit schon plagte ihn das schlechte Gewissen wegen Eduards Gold. Trotzdem hatte er es bisher nicht fertig gebracht, es zur Polizei mitzunehmen. Es hatte daheim in der Schublade gelegen, stand für all sein Streben und seine vielen Träume. Heute nun hatte er es dabei, denn er wollte es aus dem Haus haben.

Um die Mittagszeit ruhte er sich an den Hügeln oberhalb von Aareid kurz aus. Als er die Kutter unten in der Bucht sah – er zählte zwölf davon –, gingen ihm so mancherlei Gedanken durch den Kopf. Er stellte aber fest, dass keiner der Kutter so prächtig anzuschauen war wie die ›Hildershafen‹ in der Bucht daheim. Auf Äckern und Wiesen herrschte Ruhe – die Leute aßen alle gerade zu Mittag.

Er hatte viel zu erledigen. Zuerst suchte er den Kerl auf, der seinen alten Kutter hatte kaufen wollen. Ob er bei seinem Angebot von sechstausend Kronen bleibe? Der andere grinste ein wenig: Wisse Hermann nicht, wie viele Kutter zum Verkauf angeboten worden seien? Die Leute wollten ihre Schiffe loswerden, oder besser gesagt, sie seien dazu gezwungen. Dementsprechend seien auch die Preise.

»›Die Brüder‹ ist ein gutes Schiff«, gab Hermann zu bedenken. »Der Kutter segelt besser als viele dieser Waschtröge, auch mit voller Ladung.«

Das wusste dieser Kerl natürlich auch, er hatte mit dem Kutter schon lange geliebäugelt. Sie einigten sich auf einen halben Tausender weniger, eigentlich ein ganz anständiger Handel.

Anschließend ging Hermann zur Bank. Dort saß ein alter, schlecht gelaunter Angestellter, der sich etliche Male umschaute, bevor er die Geldkassette holte. Man konnte glauben, es würde sich um sein eigenes Geld handeln.

Jakobs Erbe hatte sich mit den Jahren vermehrt, viele Kronen waren dazugekommen. Es sei aber unmöglich, ihm gleich so viel Geld auszuzahlen, meinte der Mann am Schalter. Ob er bis Ende September warten könne?

Und Bugge konnte warten, denn auf ihn kam es an. Er schien sogar glücklich dabei, da jetzt viele seine Schuldner überhaupt kein Geld aufbringen konnten.

Bevor Hermann Onkel Gunnar besuchte, schaute er noch kurz beim Polizeibeamten vorbei. Er war schon mit vielen Anliegen hier gewesen, doch gerade heute war alles anders. Er war dem anderen nicht mehr ebenbürtig, er trug den Kopf nicht mehr so hoch, das spürte Hermann. Der Beamte ließ sich aber nichts anmerken, redete darauflos, als wäre nichts gewesen, sodass Hermann schließlich zur Sache kommen musste. Papiere mit Zahlen und Bilanzen kamen auf den Tisch, sie brüteten eine ganze Weile darüber. Als der Beamte erfuhr, wie viel bares Geld Hermann aufbringen konnte, meinte er schließlich, dass es ausreichen könnte. Eine Teilzahlung sei besser als gar nichts, und dieser Bugge würde nicht gleich verhungern, dafür könne er als Polizeibeamter garantieren.

Als das sündige Gold auf den Tisch kam, hielt der Beamte lange den prächtigen Klumpen in der Hand fest. »Was du nicht sagst«, meinte er immer wieder. Der arme Eduard, den viele hier auf Erden nicht beachtet hatten, wurde nun gelobt wegen seiner christlichen Gesinnung. »Du hättest jedoch den Goldklumpen nicht herbringen sollen, Hermann. Du hast große Verluste einstecken müssen. Du hättest ihn behalten sollen, wenn auch nur als Erinnerungsstück.«

Hermann aber schüttelte den Kopf. »So groß waren die Verluste nicht, dass ich das behalten muss, was mir nicht gehört.«

»Du könntest aber das Gold kaufen?«, schlug der Beamte vor.

»Ich bin nicht in der Lage, so etwas Teueres zu kaufen.«

»Ach, die Goldspange, die der Junge draußen auf den Inseln fand, wurde auf acht Kronen geschätzt, und so toll ist dieser Klumpen hier auch wieder nicht! Wenn du zehn Kronen hinlegst, kannst du ihn mit nach Hause nehmen. Ich übernehme die Verantwortung.«

Als Hermann sich aufmachte, gingen ihm die seltsamsten Gedanken durch den Kopf: Er könnte Jakob das Gold geben, oder er könnte davon einen Ring oder ein anderes Schmuckstück für Marita anfertigen lassen. Niemand verdiente es mehr als sie.

Bei Maler-Gunnar herrschte keine gute Stimmung. Veronika war die meiste Zeit bettlägerig. Sie erkannte Hermann nicht und glaubte zuerst, der Pfarrer sei gekommen, sie stellte aber fest, dass er nicht die richtige Kleidung trage.

Gunnar kümmerte sich treusorgend um seine Frau. Die guten Gefühle zwischen ihnen mussten jetzt für gute und schlechte Zeiten halten, und Gunnar beklagte sich nicht. »Sie erkennt mich nicht immer«, erzählte er. »Dann redet sie ganz wirres Zeug.«

Hermann schaute zufällig auf Gunnars Hände und sah, dass er Farbränder unter den Fingernägeln hatte. In dem weißen Bart konnte er rote Farbkleckse erkennen.

»Ja, schau nur«, sagte Gunnar, seine Stimme hörte sich glücklich an. »Ich habe doch wieder angefangen, mit Farben zu experimentieren.«

Hermann musste den Onkel zum kleinen Schuppen neben dem Wohnhaus begleiten, dort hatte Maler-Gunnar seinen Tabernakel.

An der kleinen Fensteröffnung stand das verschmähte Christusbild, empfing jeden, der hereinkam. Es stellte keine Verheißung dar, sondern war ein stummes Zeichen für Gunnar. Dieses Bild gab ihm Trost und Kraft, egal, was andere von zu starken Farben redeten oder von einem Lendenschurz, der nicht aussah, wie es sich gehörte.

»Schön, dass du gerade heute gekommen bist«, sagte Gunnar aufgeregt. »Ich habe für Eduards Grab ein Kreuz angefertigt, denn so ist es nur ein namenloser Erdhaufen. Das wäre allerdings auch nicht schlimm gewesen, denn derjenige, der ihn einmal auferwecken wird, kennt seinen Namen.«

Der Kreuz war geschnitzt und mit einer Malerei, die ein Rosenmuster darstelllte, versehen. Auf einem dunklen Braun hatte Gunnar Blüten gemalt, Rosen und Wiesenblumen, bemerkte Hermann. Auf dem Querbrett waren die Buchstaben EPSV eingraviert – Eduard Pedersohn Vatna.

»Du kannst es mir zum Friedhof tragen, wenn du Zeit hast«, sagte Gunnar.

Daraufhin setzten sie sich in Bewegung, es ging am Pfarrhof und an der Friedhofsmauer vorbei, Hermann vorneweg mit dem Kreuz, dahinter stolperte Gunnar.

Hermann hatte den Eindruck, als würde der Onkel am Grab leise etwas aufsagen. Vielleicht legte er Zeugnis davon ab, dass der Mensch sich hier auf Erden immer zu sehr abhetzte und dass man sich die Zeit nehmen müsste, die Hände ab und zu in den Schoß zu legen.

Ein anderes neues Kreuz leuchtete hell zwischen den Kindergräbern weiter unten hervor. Dort, auf Sannas kleinem Erdhügel, hatte Gunnar schon ein Kreuz aufgestellt. Mit vergänglichen Malereien steckte es in der frischen Erde – als Zeichen für das Unvergängliche.

Gunnar fragte nicht, warum Hermann nach Aareid gekommen sei, erwähnte mit keinem Wort die unglückselige letzte Fahrt nach Nordnorwegen, das Goldschürfen oder andere Vorhaben. Trotzdem spürte Hermann, dass Gunnar mit ihm fühlte. Gleichzeitig aber lebte ihm der Onkel vor, dass Verlust und Gewinn nicht alles waren. Es gab so vieles mehr, Dinge, die man erst in der Not wahrnahm: Eine kleine Freude, eine warme Hand, ein kühler Windhauch in der Sommerhitze. Etwas Seltsames trieb den Menschen immer weiter, die Winde wehten ununterbrochen, ohne dass einem bewusst wurde, woher sie kamen. Der Mensch musste aber seinen Weg gehen, es war ihm alles vorbestimmt, obwohl er immer noch glaubte, selbst wählen und bestimmen zu können. Vielleicht war es so auch am besten.